LMBPN®
DISRUPTIVE IMAGINATION®

Joshua Anderle & Michael T. Anderle

NOVIZE

ANIMUS – BUCH 01

Für meine Familie, Freunde und alle diejenigen, die es lieben zu lesen. Mögen wir alle das Glück haben das Leben zu leben für das wir bestimmt sind

IMPRESSUM

Novize (dieses Buch) ist ein fiktives Werk.
Alle Charaktere, Organisationen, und Ereignisse, die in diesem Roman geschildert werden, sind entweder das Produkt der Fantasie des Autors oder frei erfunden. Manchmal beides.

LMBPN International ist ein Imprint von
LMBPN Publishing
PMB 196, 2540 South Maryland Pkwy
Las Vegas, NV 89109

Version 1.02 (basierend auf der englischen Version 1.02), Mai 2020
Deutsche Erstveröffentlichung als e-Book: März 2020
Deutsche Erstveröffentlichung als Paperback: März 2020

Übersetzung des Originals (Initiate – Animus 01) ins Deutsche von:
Jens Schulze & Darren Kus

Verantwortlich für Übersetzungen, Lektorat und Satz der deutschen Version:
4media Verlag GmbH,
Hangweg 12, 34549 Edertal,
Deutschland

ISBN der Paperback-Version:
978-1-64202-811-9

DE20-007-00023

ÜBERSETZUNGSTEAM

Übersetzer
Jens Schulze & Darren Kus

Lektorat
Jens Schulze

Beta Team
Heike Fahl
Christian Gombkötö
Astrid Handvest
Jessica Köhler
Stefan Krüll
Sabine Marx
Sascha Müllers
Natalie Roggenkamp
Volker Tesche
Thorsten Wiegand

KAPITEL 1

Er kam rechtzeitig an seinem Ziel an, wenn auch nur noch wenige Minuten übrig waren. Das feine Summen, mit dem die Biosphäre von Seattle aktiviert wurde, hallte durch die Straßen. Der fröhlich-blaue Himmel änderte sich langsam aber sicher in ein unheilverkündendes Grau.

Kaiden blickte zu den sechseckigen Mustern hoch, die weiß über dem Himmel schimmerten und die Luft mit Spuren von chemischen Stoffen anreicherten. Der planmäßige Regen würde in etwa fünf Minuten beginnen.

Die Straßen leerten sich schnell von Passanten und er tat es ihnen nach. Er lief mit schnellen Schritten zu seinem Ziel und seinem potenziellen zukünftigen Arbeitsplatz.

Der weiche Klang von Saxofonen, akzentuiert mit Hintergrundmusik aus dem Synthesizer, begrüßte ihn, als er in die Emerald Lounge trat und einen oberflächlichen Blick über die Einrichtung schweifen ließ. Stühle, Tische und die Wände waren in einem einheitlich langweiligen Dunkelgrün gehalten und eine grün leuchtende Retro-Neonreklame verkündete stolz den Namen des Etablissements über der Bar.

Er ging zu der hinter der Theke stehenden Bedienung. Ein Mann, dem Aussehen nach ein Latino, lehnte gelangweilt am Tresen. Der dicke Schnurrbart und die Frisur, die aussah als würde er morgens seine Haare mit Drehstrom frisieren, waren seine hervorstechendsten Merkmale. In einer Zeit, in der man Mittel gegen Haarausfall für fünf Credits erstehen konnte – inklusive Drohnenlieferung in weniger als einer Stunde – überraschten seine wenigen ungepflegten Strähnen.

Will der Mann damit irgendwas aussagen oder ist es ihm einfach scheißegal wie er aussieht?

»Hey, *hombre*, ich suche nach Julio ...« Er verstummte und dachte gleichzeitig, ob er so dämlich war, weil er einfach Sachen voraussetzte oder weil er die Verbindung nicht hergestellt hatte.

»Direkt vor dir.« Der musternde Blick des Barkeepers wanderte langsam an ihm auf und ab und Kaiden zwang sich dazu, die Musterung unbewegt über sich ergehen zu lassen. »Aber auf Kumpel, Alter oder Freundchen reagiere ich auch.« Er kicherte mit einer Stimme wie knirschender Kies und legte das Geschirrtuch weg, welches er in der Hand gehalten hatte. »Wie kann ich dir helfen?«

»Ricky hat ein Vorstellungsgespräch für mich vereinbart.« Kaiden blickte in den Spiegel hinter der Bar, dann zurück zum Mann hinter der Theke. »Mein Name ist Kaiden. Kaiden Jericho.«

Der Mann musterte ihn erneut und nickte. »Kann ich deine ... *Identifikation* sehen?« Das vorletzte Wort betonte er besonders.

Kaiden nickte und zog den langen Ärmel hoch bis über die Schulter, um ein Tattoo mit dem Schädel eines Langhornrinds zu offenbaren. Peacemaker-Revolver aus den 1870ern ersetzten die Hörner und ein einzelner Stern füllte fast das gesamte rechte Auge aus.

Julio nickte und bedeutete ihm, seinen Ärmel wieder hinunter zu krempeln. »Schön dich hier zu haben, Kaiden. Ricky hat in den letzten paar Monaten mehrfach versucht, einige von euch zu uns zu schicken.« Er nahm sein Geschirrtuch wieder in die Hand, nahm ein Glas hoch und fing an es zu polieren. »Du bist allerdings der Erste, der sich hier bisher hat blicken lassen.«

Kaiden nickte und fingerte einen Creditchip aus einem Versteck in seinem Hosenbund. Er machte eine Trinkbewegung mit seiner freien Hand.

»Pack das weg.« Julio deutete auf den Chip. »Wenn man bedenkt, was alles schiefgelaufen ist, ist es schön jemand von den Dead-Eyes vor sich zu sehen, vor allem einen, der noch atmet.« Er gluckste. »Aber wehe, du trinkst mich unter den Tisch.«

Er stellte zwei Schnapsgläser auf die Theke und deutete auf eine Whiskey-Flasche der Marke ›Devil's Cut‹. Kaiden nickte und steckte den Chip wieder zurück, während Julio beide Gläser füllte. Sie prosteten einander zu und ließen die rauchige Flüssigkeit ihre Kehlen hinunterrinnen.

»Schöner Laden.« Kaiden sah sich um. »Gehört der dir?«, fragte er, als Julio die Gläser wieder auffüllte.

Der Barkeeper nickte. »Mittlerweile schon. Der vorherige Besitzer hat den Löffel abgegeben und sein Kind wollte den Laden nicht weiterführen. Daher kam ich sehr günstig dran.« Sie tranken noch eine Runde auf Ex. »Die arme Sau hat sich versehentlich beim Rasieren die Kehle aufgeschlitzt. Sehr tragisch, wenn du mich fragst.«

Kaiden gluckste. »Immer sehr tragisch, wenn so was passiert. Der vorherige Besitzer hatte nicht zufällig irgendwelche Freunde im Aquarium, oder?«

Julio grinste. »Nein, die Blauen waren es nicht. Die konzentrieren sich mittlerweile auf illegale Verbesserungen und das Cracken von EIs. Wahrscheinlich hat er ein paar Glücksspieler verärgert oder die Schuhe von einem Zaibatsu-Anführer zerkratzt oder so was in der Art. Ich werde mich da nicht einmischen. Das ist wahrscheinlich auch der Grund, warum sein Kind die Bar nicht weiterführen wollte – dachte wohl, die würden als Nächstes bei ihm anklopfen.«

»Hast du vorher die Bücher auf irgendwelche Unregelmäßigkeiten geprüft, ehe du dein Erspartes hier reingesteckt hast?«

Julio schaute ihn schief an. »Hat Ricky irgendwie angedeutet, dass ich ein Vollidiot wäre?«, schimpfte er, als er den Kragen seines Hemdes herunterzog und damit ein Tattoo entblößte, das dem von Kaiden ähnelte, nur mit einer Patrone zwischen den Hörnern.

»Oh, ein Bereichsleiter?« Kaiden ergriff die Whiskey-Flasche und schenkte noch zwei Kurze ein.

Julio zog eine Augenbraue hoch. »Er hat dir wirklich nichts erzählt, oder?«

Kaiden überdachte seine Antwort, als er das Glas an seine Lippen führte und in einem Zug leerte, um dann zu antworten. »Wenn ›Mi Tio‹ jetzt kein Codename ist, dann nicht.«

Julio entfuhr ein genervter Seufzer, bevor er sein Glas ebenfalls leerte. »Der kleine Penner hat schon immer versucht, seine Abstammung ein wenig aufzuhübschen. Es überrascht mich sehr, dass ihn noch keiner rausgeschmissen hat, so wie er die Klappe immer aufreißt.«

»Ricky ist – war – ein guter Laufbursche. Ich hatte eigentlich von ihm erwartet, hier selber aufzukreuzen.

Keine Ahnung was mit ihm los ist«, merkte Kaiden an, ehe sowohl ausgelassenes Lachen als auch das trommelnde Geräusch des Regens zu hören waren.

Er schaute über seine Schulter und sah, wie eine Vierergruppe in die Bar stürzte. Die Männer trugen schwarze Lederjacken mit silbernen und weißen kreisförmigen Akzenten, ihre Frisuren eine stilisierte Mischung aus Punk und Rastazöpfen.

Kaiden verzog abschätzig sein Gesicht. Feierabend-Gangster, reiche Kinder und eingebildete Bastarde, die Papas Geld ausgaben, um so richtig böse auszusehen. Die meisten waren harmlos, aber sie sorgten dafür, dass sich sein Magen umdrehte.

Julio goss zwei weitere Kurze ein, als er in Richtung der reichen Punker nickte. »Mach dir keine Sorgen um die. Sie könnten ein wenig Stress machen, aber Papa zahlt nachher immer brav für alles, was sie kaputt machen.«

Kaiden beobachtete die Neuankömmlinge. Allerdings gab er vor, sie nur oberflächlich zu betrachten, um keine Aufmerksamkeit zu erregen. »Du wirkst ganz schön entspannt für jemanden, von dem Ricky behauptete, dass er dringend einen Rausschmeißer suchen würde«, kommentierte er und wendete sich wieder von der neuen Kundschaft ab.

Julio zuckte mit den Achseln. »Ich glaube heutzutage heißt das ›Türsteher‹ und nicht ›Rausschmeißer‹. Das wertet nämlich den Job gleich ungemein auf. Davon abgesehen wäre jemand wie du wahrscheinlich sofort gelangweilt, wenn er irgendwo rumstehen müsste und der Höhepunkt des Abends wäre es, jemanden bedrohlich anzuschauen. Wenn du dich hier eingelebt hast, werde ich mich darum kümmern, dir ein paar Nebenjobs zu besorgen, die wahrscheinlich eher deiner Kragenweite entsprechen.«

Kaiden dachte kurz darüber nach. Seitdem er Fresno verlassen hatte, hatte er zahlreiche Anrufe und Anfragen für verschiedene unübliche Jobs erhalten – die Art von Jobs, die er immer vermieden hatte, als Jake nach ›freien Mitarbeitern‹ suchte. Aber seit dem Tag damals ...

Er legte seine Hand auf sein Tattoo und sein Unterkiefer spannte sich an. »Vielleicht, aber wenn man bedenkt was daneben ging? Vielleicht solltest du mich bis auf Weiteres nicht als Schutzengel für irgendjemanden einsetzen.«

Julio schaute ihn düster an. »Schon verstanden, Junge, aber du kannst ...« Holz splitterte und wütende Rufe verlangten nach ihrer Aufmerksamkeit.

Julio, Kaiden und die paar Gäste in der Lounge schauten in den oberen linken Bereich der Bar. Die vier Deppen drängten sich um einen anderen Mann, blond mit grüner Jacke, Anfang bis Mitte 20 und eindeutig verängstigt.

Kaidens Gesicht verfinsterte sich, als er zusah, wie sich die Szene entwickelte.

Einer der Halbstarken schubste den Blonden zu Boden. Einer seiner Kollegen setzte seinen Stiefel auf die Brust des auf dem Boden liegenden Mannes und schien ihm Beleidigungen durch seine zusammengebissenen, aber perfekten Zähne an den Kopf zu werfen.

Kaiden ließ seine Finger für ein paar Momente auf der Theke trommeln. Er überlegte, ob es gegenüber seinem potenziellen Arbeitgeber unprofessionell wirken würde, wenn er jetzt ein wenig Dampf abließe.

Julio, das musste man ihm lassen, bemerkte das unausgesprochene Zeichen. »Hey, wenn du immer noch den Job möchtest ...«, begann er mit einem ironischen Lächeln und nickte in Richtung der Arschlöcher. »Ich muss mir schließlich ein Bild von deinen Fähigkeiten machen.« Kaiden schaute ihn verwirrt an. »Ricky sagte, du wärst ein verdammt guter Kämpfer, aber er würde alles erzählen, was ihn und seine Freunde gut aussehen lässt. Wenn du also seine Aussage mit Fakten unterfüttern möchtest, zeige es mir. Die Väter der Arschgeigen werden mich für die entstandenen Schäden nachher entschädigen. Außerdem hast du bei mir noch gar nicht zum Arbeiten eingestempelt.«

Kaiden nickte, ergriff sein noch volles Whiskey-Glas und prostete ihm zu. »Wenn du es auf den Überwachungsvideos hast, machst du mir eine Kopie, okay?« Mit diesem Wunsch machte er sich auf den Weg zur Treppe.

***

»Glaubst du ... du kannst ... einfach so ... bei uns aufhören, ... du verdammter Feigling?«, knurrte einer der Möchtegern-Gangster und verlieh seinen Worten durch mehrere Tritte mit seinem Stiefel Nachdruck. Der am Boden liegende Mann bewegte sich fast nicht mehr.

Kaiden schaute sich die Vollidioten genauer an, als er das obere Ende der Treppe erreichte. Der Mann, der den hilflosen Gast gerade mit Tritten quälte, trug mehrere Ketten um Hals und Handgelenk, sein rasierter Kopf wurde wie der Saturn mit einem blau gefärbten Haarring gekrönt – makellos angelegte Frisur, das musste man ihm lassen.

Er wurde von zwei weiteren Schlägern flankiert, die ihre Köpfe halb rasiert hatten und auf der anderen Seite ihre Haare lang trugen. Die Friseure hatten sich jeweils mit Platinblond und Rosa ausgetobt, zusammen mit weiteren Designer-Schattierungen.

Der Typ im Hintergrund hatte den Mann auf den Boden geschubst und war in der Gruppe reicher Söhnchen der Größte, er erreichte fast die Zwei-Meter-Marke. Sein Kopf wurde von weißen, aus Haaren geformten Spießen gekrönt und sein Nacken ähnelte einer überdimensionierten Zündkerze.

Kaiden stieß einen schrillen Pfiff aus, das Schnapsglas drehte er zwischen Daumen und Zeigefinger. Die vier Chaoten blickten ihn an, als er sich an das Geländer lehnte. »Wisst ihr, ich versuche einen Abend mit Whiskey und Witz zu genießen, aber ihr macht das zu einer echt anstrengenden Aufgabe. Euer schrecklicher Modegeschmack treibt mir zwar Tränen in die Augen, aber das kann ich mir mit ein wenig Mühe noch schön trinken.« Er schüttelte den Kopf. »Aber dieses Kriegsgeschrei wie von einem Kastraten? Das wird schwierig.«

Damit hatte er ihre ungeteilte Aufmerksamkeit. »Keinen von uns interessiert das, du Spinner«, blaffte der mit den Ketten ihm entgegen. »Soweit es dich betrifft, gehört diese Bar uns ... und wenn du dich nicht sofort verpisst«, er deutete mit dem Daumen über seine Schulter, »wird dir Moxy hier mit Freuden den Kopf abreißen, damit wir dir dann alle genüsslich in deinen verdammten Schädel pissen können.«

Der Große im Hintergrund ließ seinen Nacken dramatisch knacken, um die Drohung seines Freundes akustisch zu untermalen.

»Moxy?« Kaidens Augen schlossen sich halb und er rieb sich mit seiner freien Hand den Nasenrücken. »Ein kleiner Rat für euch Schwanzlutscher, ihr solltet die Ideen für eure Straßennamen nicht bei den Hunden aus eurer Kindheit suchen.«

»Er hat ihn zu Ehren seines Hundes gewählt«, platzte der Platinblonde mit offener Streitlust heraus.

Kaiden ließ das Eingeständnis ein wenig einsinken, bis sich langsam ein verwirrtes Lächeln auf dem Gesicht des Jungen abzeichnete, als die anderen sich herumdrehten, um ihn wütend anzusehen.

»Zed, halt verdammt noch mal deine Schnauze!«, bellte der Blauhaarige im Kommandoton, gefolgt von einem ungehaltenen Knurren.

»Oh, äh, tut mir leid, Barry.«

»Das heißt Czar, du verdammter Idiot!«

»Wirklich, Bruder, halt endlich deine verdammte Klappe«, mischte sich der Rosafarbene ein.

Kaiden kicherte. *Das könnte ein wenig unfair werden.* »Also, Moxy, Zed, Czar... und du bist ...?« Er zeigte auf den Übriggebliebenen. »Rosie die Schlächterin, wenn ich raten darf?«

»Ich heiße Zane, du verdammtes Arschgesicht«, antwortete er, seine Finger tippten frustriert gegen seine Stirn.

Kaiden beschrieb mit seiner Hand einen Kreis. »Ihr Typen seid echt goldig. Ich bin mir aber sehr sicher, dass ihr zu spät zu eurem Squash-Unterricht kommt oder was auch immer ihr in eurer wohlbehüteten Freizeit macht. Wie wäre es also, wenn ihr euren Freund hier in Ruhe lasst und verschwindet, bevor euer Haargel komplett auf eure schicken Jäckchen schmilzt?«

Czar gab dem Mann auf dem Boden einen letzten Tritt.

Kaidens Griff um sein Getränk verstärkte sich wütend, als der Schläger sich ihm näherte und ihm direkt in die Augen starrte.

»Er ist nicht länger ein *Freund* von uns. Der feine Herr hat uns verlassen, um auf diese Akademie zu gehen und Deserteure können wir nunmal so gar nicht leiden.«

Kaiden zuckte einmal mehr mit den Achseln. »Ja, kann ich mir vorstellen. Ihr nehmt denen dann sicherlich all die Privilegien ihrer Mitgliedschaft, was? Sowas wie zwanzig Prozent Rabatt aufs Haarebleichen und kostenloser Chardonnay am Mittwoch?«

Czar griff Kaiden am Kragen. »Halts Maul. Wenn du weiterhin solche Sprüche reißt, werden wir dir gleich hier die Scheiße aus dem Hirn prügeln. Und dann werden dich meine Anwälte dazu zwingen, für alle Flecken zu bezahlen, die du auf meiner Jacke hinterlässt.«

Kaiden hob einen Finger und tippte seinem Gegenüber damit auf die Nasenspitze. »Nun, zumindest akzeptierst du deine in deinem Wohlstand begründete Dummheit«, sagte er, bevor er seinen Whiskey austrank. »Aber du wirst wahrscheinlich damit warten müssen, mich zu identifizieren, bis dein Kiefer wieder geheilt ist.«

Als Nächstes warf er das Schnapsglas in die Luft. Czar schaute abgelenkt nach oben, während Kaiden seine Faust ballte und sie mit voller Wucht unter die Nase des Punkers knallte. Ein schmerzhaft knackendes Geräusch erklang, als Czar auf dem Boden zusammenbrach.

Kaiden fing das Glas auf dem Weg nach unten wieder auf, um den Rest der Gang grinsend anzusehen. Er schleuderte Moxy das Glas entgegen, es zersplitterte an dessen Kopf und Glassplitter flogen in seine Augen. Die gespielt harte Persönlichkeit löste sich umgehend in Luft auf, als Moxy auf die Knie fiel und vor Schmerzen schrie, während er versuchte die Glasfragmente aus seinen Augen zu bekommen.

Zane stürzte auf ihn zu, dicht gefolgt von Zed nur ein paar Schritte dahinter. Kaiden kickte gezielt einen Stuhl in den Pfad der Brüder. Die beiden stolperten darüber und übereinander und Kaiden schoss Zed entgegen, als dieser begann sich wieder hochzukämpfen. Er rammte sein Knie in die Brust des Punks mit den platinfarbenen Haaren.

Zane stand mittlerweile wieder hinter ihm und versuchte Kaiden zu schlagen, der den Schlag abfangen konnte und dem Jungen dafür den Arm verdrehte. Zane ließ ein paar schmerzerfüllte Grunzer verlauten, ehe der zukünftige Türsteher einen heftigen Schlag gegen dessen rechte Wange ausführte.

Währenddessen hatte sich Moxy wieder aufgerappelt und stürzte mit wutverzerrtem Gesicht und geschwollenem Auge auf Kaiden los. Der wich ihm jedoch mit Leichtigkeit aus und trat ihm in die Kniekehle, sodass der Riese nach vorne taumelte. Kaiden sprang auf Moxys Rücken und nahm ihn von hinten in den Würgegriff, den er erst lockerte als der große Bastard die Besinnung verloren hatte.

Kaiden schlenderte zum Opfer der Schläge und Tritte der Möchtegerngang und zog ihn wieder auf die Füße.

»Danke, ich ...«, begann dieser. Kaiden sah, wie Czar sich gerade taumelnd wieder aufrichtete. Ein Blutstrom lief aus seinem Mund und seine Zähne waren nicht mehr ganz so ordentlich ausgerichtet wie zuvor.

»Einen kleinen Moment, bin gleich wieder da.« Kaiden schüttelte seinen Kopf, als der Punk einen kunstvoll verzierten Messergriff hervorzog und die knapp 15 Zentimeter lange Klinge herausspringen ließ.

Er rannte auf Kaiden zu, der die Hand mit dem Messer ergriff und zur Seite drehte. Czars Hand öffnete sich vor Schmerzen, die Klinge fiel auf den Boden. »Ich hoffe, du hast eine gute Krankenversicherung?«, fragte er, in die schockierten Augen des Prügelknaben schauend. »Es wird endlich mal Zeit, dass wir die mal praktisch austesten oder was meinst du?« Er beendete seine Aussage mit einem Grinsen, als er Czar über seine Schulter und über die Brüstung in Richtung untere Etage schleuderte.

Der Prügelknabe landete mit einem schweren, dumpfen Aufschlag.

»Oh, das tat sicherlich weh ...« Kaiden lehnte sich über die Brüstung und schaute runter zu Czar. Sein Kopf war zu einer Seite verdreht und seine Augen geschlossen. Von hier oben konnte er nicht erkennen, ob der Mann bewusstlos war, aber zumindest war er clever genug so zu tun.

Kaiden schaute zu Zed und Zane, die beide bei Bewusstsein waren. Beide hatten den Wurf in die untere Etage gesehen, schauten erst ihn und dann sich gegenseitig an, ehe sie ihre Köpfe wieder auf den Fußboden pressten. Er lächelte, als er sich wieder dem blonden Mann zuwandte. »Mach dir darüber keine Sorgen. Ich will nicht wie ein Arsch klingen, aber das war mir eher ein Vergnügen als eine Heldentat.«

»Dann kann ich mich wohl glücklich schätzen, dass du so ein ungewöhnliches Hobby hast«, sagte der Mann mit etwas Vorsicht in der Stimme. »Trotzdem möchte ich mich bedanken. Mein Name ist Ben und der, den du über die Brüstung befördert hast, war mein Cousin.«

»Genetischer Aussatz kommt in den besten Familien vor«, scherzte Kaiden, als er die Arme vor der Brust verschränkte und sich an die Brüstung lehnte. »Also ein Problem hast du jetzt damit nicht, oder? Ich stehe nicht unbedingt besonders darauf, verklagt zu werden.«

»Nein – zumindest nicht dir gegenüber.« Ben seufzte, als er in seine Jacke griff und eine silberne Schachtel hervorzog. Auf dem Deckel war ein Abzeichen eingraviert, ein N in einem Dreieck. »Ich dachte die Akademie wäre ein Weg für mich, mir einen eigenen Namen zu machen, statt wie die da nur vorzugeben, ein harter Macker zu sein. Aber ohne echtes Kampfsporttraining konnte ich noch nicht mal gegen diese Idioten standhalten.« Er schaute zu Kaiden, dann wieder auf die Schachtel. »Ich denke, ich sollte irgendwo anders nach einer Berufung suchen. Irgendwas sagt mir, dass ich mit meinen Fähigkeiten dort nicht allzu lange bestehen werde.«

»Du redest die ganze Zeit über diese Akademie. Welche Akademie?«, fragte Kaiden interessiert, was einen geschockten Gesichtsausdruck von Ben zur Folge hatte.

»Äh ... die Nexus-Akademie? Wieso weißt du nichts darüber? Ich dachte, du wärst auch ein Novize dort, wenn man bedenkt, was für ein guter Kämpfer du bist.«

Ich wäre mir jetzt nicht so sicher, ob ich wirklich hätte gut sein müssen, um diese Deppen auszuschalten, aber am besten halte ich die Klappe und nehme das Kompliment an. Kaiden schmunzelte bei diesen Gedanken. »Ja, ich habe davon gehört, aber es gibt da mehr als eine Akademie, wie du sicherlich weißt.«

»Das kann schon sein, aber keine, die so hochentwickelt und angesehen ist wie unsere«, antwortete eine gebildete Stimme hinter ihnen. Kaiden und Ben schauten nach unten und sahen einen großgewachsenen Mann mit streng nach hinten gebundenem weißen Haar und einem Spitzbart. Er trug eine schwarz-weiße Jacke mit dem gleichen Symbol auf der linken Brust, das auch auf Bens Schachtel zu finden war. Auf seinem Kopf saß irgendein Gerät, welches mit den abgedunkelten Gläsern verbunden war, die seine Augen verdeckten.

»Commander Sasha?«, fragte Ben ungläubig.

»In der Tat ...« – Kaiden konnte gedämpft Lichter erkennen, die auf den Gläsern tanzten – »... Novize Benjamin Hargrove. Aber es heißt eigentlich ›Professor‹, wenn man meine jetzige Stellung in der Akademie bedenkt.« Der Professor schaute auf die beiden jüngeren Männer. »Gut gekämpft, das muss ich zugeben, aber ich glaube nicht, dass diese Nichtsnutze eine große Herausforderung für jemanden waren, der echte Kampferfahrung hat.«

»Nun, tatsächlich habe ich so was in der Art auch schon gedacht«, antwortete Kaiden. »Also kennen Sie diesen Herrn hier und haben nichts getan, um ihm zu helfen?«

»Novize Hargrove ist ein Anwärter für die Akademie und dieses Privileg kommt mit gewissen Erwartungen. Wenn so etwas wie das hier passiert, sollte er selbst damit klarkommen. Wenn die Situation eskaliert wäre, hätte ich eingegriffen.«

»Mehrfaches Getretenwerden finde ich schon ziemlich eskaliert«, witzelte Kaiden, was ein verhaltenes Grinsen beim Professor hervorlockte.

»Nicht nach unseren Maßstäben. Um so getreten zu werden, muss man schon auf dem Boden liegen und sich dem Gutdünken seines Gegners ausliefern. Es kann natürlich sein, dass Sie in Ihrer Freizeit auf so was stehen, aber nicht, wenn Sie im Dienst sind.«

Kaiden musste darüber kichern und hörte ein leises Stöhnen von Moxy. Wie es schien, war er gerade dabei, langsam wieder zu sich zu kommen. Der Professor bemerkte dies ebenfalls und ging auf ihn zu. »Die Nexus-Akademie heißt potenzielle Rekruten willkommen, um sie zu trainieren, egal welchen Lebensweg sie vorher eingeschlagen haben oder in welcher Disziplin sie brillieren – aber sie müssen begabt, intelligent und abgehärtet sein. Allerdings, wenn es die Situation erfordert ...« Als Moxy begann, sich vom Boden hochzustemmen und zu schauen, wer da über ihm stand, wurde er vom Stiefel des Professors begrüßt, der gegen seine Schläfe knallte. »... muss jeder bereit sein, diese Talente mit ein wenig wohldosierter Gewalt zu unterstützen.«

»Verstehe«, bestätigte Ben, dessen Stimme mehr als nur leicht niedergeschlagen klang. »Nach dem, was hier passiert ist, bin ich mir nicht mehr sicher, ob ich für die Akademie überhaupt geeignet bin. Vielleicht war es schon von Anfang an eine total dämliche Idee.«

»Hören Sie auf sich selbst zu bemitleiden, Novize Hargrove. Vielleicht sind Sie nicht für die Akademie geeignet, aber wenn Sie sich jetzt diesen Gedanken hingeben, werden Sie vielleicht für immer so denken. Sie hatten die Noten und die Fähigkeiten, die Erstauswahl zu bestehen. Diese Kriterien haben Sie bereits weiter gebracht, als die meisten anderen«, wies Sasha ihn zurecht, als er sich vor den beiden aufbaute, seine Hände hinter seinem Rücken verschränkt. »Aber wenn es das ist, was Sie wollen, glaube ich, dass Sie die richtige Entscheidung für sich selbst getroffen haben. Allerdings sehe ich, dass Sie eine der Nexus-EIs haben. Sie werden sie entweder abgeben oder an einen anderen Novizen übergeben müssen. Sie darf von Zivilisten nicht verwendet werden.«

Ben schaute auf die Schachtel und dann zurück zu Sasha. Dann drehte er langsam seinen Kopf weiter, bis sein Blick auf Kaiden ruhte. »Professor, wenn ich eine Empfehlung aussprechen dürfte?«, fragte er.

»Reden Sie weiter, aber ich habe irgendwie das Gefühl, dass es der gleiche Vorschlag ist, den ich auch gerade machen wollte.« Kaiden bedachte die beiden mit einem fragenden Blick. Beide Männer schauten ihn nun mit starrem Gesichtsausdruck an, sodass er sich fühlte wie ein Pferd, das für ein Rennen vorbereitet wurde, von dem es noch gar nichts wusste.

»Du, äh ... tut mir leid, ich glaube, ich habe vorhin deinen Namen nicht mitbekommen.« Ben sprach zögerlich, wobei er immer wieder zwischen seinem Retter und dem Professor hin und her schaute.

»Kaiden ... Jericho«, antwortete er, eine Augenbraue hochziehend, um seiner Verwirrung Ausdruck zu verleihen.

»Ich wollte dir danken, Kaiden, dass du mir geholfen hast und ich glaube die Akademie ist eine wunderbare Gelegenheit, auch wenn ich da selber nicht hingehen werde.« Ben nahm Haltung an und hielt Kaiden seine Schachtel entgegen. »Ich glaube, dass du das Zeug dafür hast, an der Akademie zu bestehen. Wenn der Professor es billigt, kannst du meine EI haben und meinen Platz in der Novizenklasse einnehmen.«

»Du willst was? Du darfst das einfach so weitergeben?«, fragte Kaiden zweifelnd.

»Im Namen des Aufsichtsrates des Nexus und als jemand, der bezeugen kann, dass Sie durch praktische Erfahrung ein vielversprechender Kandidat sind, kann ich Benjamins Platz auf Sie transferieren. Allerdings erlaubt Ihnen das nur, die Prüfung für Novizen abzulegen. Ob Sie die bestehen und an der Akademie bleiben dürfen, hängt einzig davon ab, was Sie zu leisten vermögen«, erklärte Sasha. »Wenn Sie akzeptieren, werden Sie die Regeln und Bedingungen am Einschulungstag kennenlernen ... der, das sollten Sie vielleicht noch wissen, übrigens morgen ist.«

»Da habe ich nicht wirklich Zeit, ein paar Nächte darüber zu schlafen, oder?«, entgegnete Kaiden trocken.

»Nun, das war ja bis vor einer Minute auch keine wirkliche Chance in Ihrem Leben, oder?«, gab Sasha mit einem Grinsen zurück.

»Ich weiß, es ist plötzlich und du möchtest sicherlich alles durchdenken oder mit irgendjemand darüber sprechen, aber wenn du auf die Meinung eines dankbaren Fremden irgendwas gibst, ich glaube du würdest das schaffen.« Bens Lächeln war breit und aufrichtig.

Kaiden nahm die Schachtel entgegen und begutachtete sie von allen Seiten, ehe er Ben und Sasha anblickte. »Ach, zur Hölle mit meiner bisherigen Lebensplanung. Da ist nur eine Sache, die ich noch erledigen muss.«

»Und die wäre?«, fragte Sasha neugierig.

Kaiden blickte rüber zur Theke. Julio sah seinen Blick und winkte, ehe mit dem Daumen nach oben deutete, während er mit der anderen Hand auf Czar zeigte, der immer noch in Fötusstellung auf dem Boden lag. »Ich muss noch jemandem mitteilen, dass er nun doch keinen neuen Türsteher bekommen wird.«

KAPITEL 2

Als Kaiden aus seinem Fenster blickte, kam gerade das glitzernde Wasser der Elliot Bay in sein Blickfeld. Der Bildschirm in der Rücklehne vor ihm erwachte zum Leben und verlangte seine Aufmerksamkeit. Es zeigte das Logo des Rainier Hyperloop, die silbernen Buchstaben RH, umrahmt von einem goldenen Kreis. Das Logo wurde schnell kleiner und wanderte in die obere linke Ecke des Bildschirms, als eine Nachricht dargestellt wurde.

Nexus-Klasse von 2196, bitte bereiten Sie sich auf das Eintauchen vor. Wir wollen keinen von Ihnen aufgrund einer unbegründeten Panik verlieren.

Er zog eine Augenbraue hoch. Es war wahrscheinlich nur ein witziger Kommentar, der von einem PR-Praktikanten zusammengezimmert worden war, aber wenn es doch eine ernst gemeinte Warnung war, sollte er sich nach potenziellen Fluchtrouten umsehen. Sein gesunder Menschenverstand spornte ihn an, sich kurz umzusehen. Kaiden schaute noch einmal aus dem Fenster und beobachtete, wie das Wasser an der Röhre immer höher kletterte und die Strecke nun unter Wasser weiterging. Als sie untertauchten, aktivierten sich Leuchtstreifen an den Seiten und oben auf der Röhre. Sanftes blaues Licht erleuchtete die Umgebung.

Kaiden drückte auf die Schaltfläche für die Ankunftszeit auf dem Bildschirm. Noch zwölf Minuten bis zur Ankunft. Sein Blick wanderte durch die Kabine, die anderen Passagiere unterhielten sich leise miteinander, jeder in die gleiche Uniform gekleidet – weiße Jacke, dazu passende Hose und schwarze Turnschuhe. Der einzige Unterschied, den er bemerkte, war der unterschiedlich farbige Streifen, der sich um den linken Ärmel wand.

Sasha hatte ihm heute Morgen eine Nachricht geschickt, um ihm mitzuteilen, dass er dieselbe Kleidung, die formelle Uniform der Novizen, bei seiner Ankunft erhalten würde. Was die farbigen Ringe bedeuteten hatte er leider nicht erwähnt. Wenn er raten müsste, waren sie wahrscheinlich eine Art Unterscheidung der Herkunft oder ein Hinweis auf die spätere Verwendung des Trägers. *Und wenn man bei einer Hundeshow die Preise abräumt, bekommt man bestimmt wunderschöne Polka-Punkte auf seinen Ärmel.*

Er grinste über diesen albernen Gedanken und fragte sich, ob er eine spezielle Farbe erhalten würde, weil er durch ein Mitglied des Gremiums direkt rekrutiert wurde. *Vielleicht*, sinnierte er, *ein reines Silber oder königliches Purpur, irgendwas Nettes und Offensichtliches, was ein wenig subtiler wäre als ein Fadenkreuz auf meinem Rücken.*

Er griff in seine Jeanstasche, um die Schachtel mit der EI herauszuholen, die Ben ihm gegeben hatte, eine sogenannte Elementare Intelligenz. Mit einer geübten Bewegung ließ er den Verschluss aufschnappen und schaute sich den Chip an. Abgesehen von der holografischen Beschichtung an der Außenkante des Chips war an dem elektronischen Bauteil nichts ungewöhnlich.

Offiziell wurden sie Hybrid-EIs genannt, er hatte aber aufgeschnappt, dass einige Studenten sie ›N-Chip‹ genannt hatten. Man hatte ihm gesagt, sie wären eine Mischung aus kommerziell erhältlichen EIs, die die meisten Stadtbewohner ihr Eigen nannten, und professionellen EIs.

Inoffiziell wurden sie meist ›Mentaler Butler‹ genannt, in Anlehnung an ihr Haupteinsatzgebiet. Die Chips waren, wenn man es genau nahm, kleine Computer mit einer programmierten Persönlichkeit und theoretisch tausenden von Funktionen und Anwendungen, abhängig davon was man so brauchte. Sie liefen ausschließlich in speziellen Geräten wie dieser komischen Vorrichtung um Sashas Kopf – der hatte es ›stylische Neurallinse‹ genannt. Andere nutzten spezielle Geräte am Handgelenk oder Tablets, er hatte aber auch schon ein paar albern aussehende Hüte gesehen, die die Möglichkeit boten eine EI einzubauen.

Er selbst hatte niemals eine verwendet, aber ein paar andere Dead-Eyes hatten welche. Er hatte nie begreifen können, wo der Vorteil liegen sollte. Dass man während eines Auftrags in seinem Kopf Solitaire spielen konnte, schien ihm zumindest nicht sehr professionell. Er konnte sich sogar an ein ziemlich unglückliches Ereignis erinnern, welches er von einem aus Baton Rouge stammenden Bereichsleiter erzählt bekommen hatte.

Es gab auf dem Markt nicht viele professionelle EIs und damals noch viel weniger. Pro-EIs waren damals schon der heißeste Scheiß und konnten nicht nur den ganzen Kram, zu dem normale, kommerzielle EIs imstande waren, sondern sich auch noch mit anderen Geräten verbinden. Dies erlaubte dem Benutzer, alle seine

Geräte mit der Pro-EI zu verbinden und von einer einzigen Schaltstelle aus zu bedienen. Das machte sie sehr wertvoll für Geschäftsleute und Wissenschaftler, aber auch für Anführer von Söldnereinheiten.

Der Anführer, der ihm die Geschichte erzählt hatte, sagte, dass einem seiner Leute eine gecrackte Pro-EI in die Hände gefallen war. Fast alles aus dem High-Tech-Bereich war in irgendeiner Weise auf den Besitzer eingestellt, daher waren die Geräte, sollten sie gestohlen und gehackt werden, beinahe nutzlos für jeden, der nicht der Benutzer war.

Die meisten sahen das als eine wertvolle Absicherung für ihren Besitz. Andere sahen das als eine vielversprechende Gelegenheit.

Cracken wurde ein großer Geschäftszweig in den schäbigeren Schichten der Gesellschaft. Gangs und Hackerkollektive sahen das Potenzial, einen Weg um diese angebliche Absicherung zu finden. Mit ein paar vorsichtigen Basteleien und/oder weniger vorsichtiger roher Gewalt fanden sie den Weg in die meisten dieser Geräte.

Unglücklicherweise war das nicht immer perfekt. Diese Methoden stellten die Sicherung nämlich nicht ab, sondern schlängelten sich an den vielen Verteidigungen vorbei und erzeugten neue Wege, die Geräte zu entsperren oder zu aktivieren.

Dies brachte viele neue Probleme. Die Geräte konnten theoretisch genutzt werden, allerdings nicht mit voller Effektivität. Zusätzlich waren die eingesetzten Crackmethoden ziemlich spezifisch, also wenn etwas gecrackt wurde, dann für einen speziellen Zweck. Wenn man Zugriff auf ein bestimmtes Programm auf dem Computer brauchte, dann mochte das funktionieren, aber wenn man aus Versehen auf den Mülleimer klickte, konnte es einem sprichwörtlich voll ins Gesicht explodieren.

Der Dead-Eye mit der gecrackten EI musste das leider auf die harte Tour erfahren. Nach der Geschichte seines ehemaligen Vorgesetzten erhielt die arme Sau die gecrackte EI vom Schwarzmarkt direkt mit einer Neurallinse gekoppelt, so dass er die Verbindungs-Funktion recht eingeschränkt nutzen konnte. Darüber hinaus hatte er auf Einsätzen Zugriff auf seine bisherigen Hackerprogramme, aber der Trottel meinte, er müsste unbedingt mal die Hackerprogramme der Pro-EI testen, um den Unterschied zu sehen.

Das Gerät bekam einen Kurzschluss, der ihm nicht nur einen Elektroschock verpasste und seine Linse zu Elektroschrott frittierte, sondern auch den Geschützturm reaktivierte, den er mit seinen normalen Programmen abgeschaltet hatte. Dies verursachte, wie es sein Vorgesetzter ausdrückte, eine obszöne Anzahl von Löchern in seinem Körper.

Kaiden war der Überzeugung, dass jede Nummer größer als Null sicherlich diese Beschreibung rechtfertigte, aber das Bild blieb ihm vor Augen.

Ein blinkendes Licht alarmierte ihn und riss Kaiden aus seinen Gedanken . Der Bildschirm zeigte nun einen Countdown – einundfünfzig Sekunden bis zur Ankunft.

Er verließ seinen Sitz und ging zum Ende der Schlange, die sich bereits vor der Tür der Kapsel gebildet hatte. Die Leuchtstreifen verschwanden, als die Röhre des Hyperloop wieder aus dem Wasser auftauchte.

Die Aufregung der Anderen war greifbar und er musste zugeben, dass seine eigene Nervosität ebenfalls angestiegen war.

Ihm war noch nicht ganz klar, was ihm das hier bringen würde, aber mit dem Unbekannten umzugehen, war schon immer seine Stärke gewesen. Äußerlich gelassen verließ er den Zug und schaute sich in der Station um. Er bemerkte einige ältere Männer und Frauen in Jacken wie die Sashas, die die Studenten nach unten und in die wartenden Busse scheuchten.

Die Novizen wurden nach den Farben ihrer Ringe getrennt, aber eine kleine Gruppe ohne Uniformen hatte sich neben einem der Busse am Ende der Reihe versammelt. Er ging zu ihnen herüber, wo er nach eingehender Prüfung etwas Ungewöhnliches beobachtete. Einige der Wartenden am Ende des Busses sprachen miteinander mit gedämpfter Stimme, Sorge und Überraschung waren offenkundig auf ihren Gesichtern zu erkennen.

Kaiden schenkte ihnen keine weitere Aufmerksamkeit – wahrscheinlich waren sie nur nervös, argumentierte er mit sich selbst – aber dann bemerkte er eine etwas größere Gruppe, die alle recht seltsam aussahen. Sie waren alle in Einteilern gekleidet, die den ganzen Körper bedeckten und mit verschachtelten Mustern verziert waren. Eine Art zylinderförmiger Metallkasten auf ihren Rücken rundete das Bild ab. Der einzig sichtbare Teil ihrer Körper waren ihre Köpfe.

Die Hautfarben hatten unterschiedliche Blautöne, von leichtem Cyan bis zu dunklem Lila. Wellen und Muster zogen sich über ihre Haut und alle trugen eine Art Maske, die entweder nur ihren Mund oder auch ihr gesamtes Gesicht abdeckte. Die Masken wiederum waren an einen Apparat um ihre Hälse angeschlossen, der mit einer dunklen Flüssigkeit gefüllt war.

Kaiden wunderte sich, ob sie Teil einer extravaganten Gang waren oder vielleicht zu irgendeiner speziellen Abteilung gehörten. Als er den Abstand zu der Gruppe verringerte und dabei nicht versuchte seine Neugier zu verbergen, drehte sich einer aus der Gruppe zu ihm um und betrachtete Kaiden ebenfalls interessiert. Seine Haut hatte einen Lavendelton und ineinander verwobene Dreieckmuster in der Form eines Halbmondes umrahmten seine Augen. Augen wie große, dunkle Wasserlöcher in einem tintenartigen Farbton. *Heilige Scheiße, das sind Aliens!*

Jetzt verstand er das gedämpfte und aufgeregte Flüstern der anderen Menschen. Kaiden hatte niemals zuvor aus einer solchen Nähe einen Außerirdischen gesehen, denn sie waren ziemlich selten in der Welt da draußen. Schon immer, seit dem Erstkontakt, dem Krieg Anfang des 22. Jahrhunderts und dem Waffenstillstand von 2134 wurden Außerirdische, die auf die Erde kamen, üblicherweise sehr gut bewacht und waren normalerweise nur in den Wolkenstädten in der Stratosphäre und den paar Orbitalstationen im erdnahen Raum zu finden.

Einen von ihnen von Angesicht zu Angesicht sehen zu können, statt über einen Bildschirm mit Aufnahmen einer Party eines Allianz-Bonzen, war schon etwas Besonderes.

Er ... sie ... der Außerirdische hob seine Hand in die Luft, die fünf Finger abgespreizt wie ein übertriebenes High-Five. Kaiden betrachtete die Hand mit prüfenden Blicken. Die Anatomie dieses ... Dings schien weitestgehend humanoid, aber Genaueres konnte er aufgrund des Ganzkörperanzugs und der taucherbrillenartigen Atemmaske auf dem Gesicht nicht wirklich sagen. Ihm fiel auf, dass dieses Exemplar hier einen unbehaarten Kopf hatte, während den Anderen dahinter blätterartiges Material aus den Köpfen wuchs. Vielleicht handelte es sich ja auch um strukturlose Tentakel, die sich da entweder in Bereichen oder in Bündeln zusammenfanden. Konkave Öffnungen an den Seiten ihrer Köpfe nahmen offenbar die Funktion von Ohren wahr.

Kaiden schaute wieder auf den Außerirdischen vor ihm, dessen Hand immer noch erhoben war. Er hob seine eigene Hand ebenfalls, in der Hoffnung die Situation richtig zu verstehen, schließlich wusste man bei Aliens nie, ob die einem nicht gerade ihre eigene Form des Stinkefingers zeigten und er unabsichtlich diese Geste erwiderte. Wenn das der Fall gewesen wäre und der Alien deswegen ausflippen würde, käme er wohl nicht umhin, ihm seine Faust in die alberne Gesichtsmaske zu zimmern.

»Hey, Mann.« Der Alien grüßte ihn mit einer tiefen, mechanischen Stimme. Kaiden sah, wie auf der Maske ein Licht aufblinkte, immer wenn die Stimme ertönte.

»Howdy«, antwortete Kaiden als er seine Hand wieder sinken ließ, was der Alien ebenfalls tat. »Hast du irgendwo einen Übersetzer in dieser Bärenfalle?«

»Ja, das habe ich. Es ist eine EI mit einer Übersetzerfunktion, auch wenn die mir nicht sagen konnte, was ›Howdy‹ bedeutet.«

»Da, wo ich herkomme, begrüßen sich die Leute so, ähnlich wie ›Hallo‹«, antwortete Kaiden.

»Ich verstehe. Interessant. Der Mann, der mir dieses Gerät hier gegeben hat, sagte, es wäre mit allen Wörtern und Sprachen vorinstalliert, die wichtig sind und enthielte dazu noch einige Informationen über die Erde. Er sagte, wenn ich ein Wort hören sollte, dass der Übersetzer nicht kennt, wäre ein Gespräch mit dieser Person höchstwahrscheinlich Zeitverschwendung.«

Kaidens Augen wurden zu Schlitzen. »Weißt du zufälligerweise, woher der Typ kam?«

»Kalifornien. Das stand zumindest auf dem Doktorzeugnis an der Wand.«

»Das erklärt es recht gut«, murmelte Kaiden sarkastisch. »Mein Name ist Kaiden Jericho. Darfst du mir deinen Namen sagen oder ist das irgendeine Art heilige Sache da draußen?«

»Da draußen? Wir sind doch draußen!«

»Gottverdammt, hast du einen Namen?«, blaffte Kaiden.

»Habe ich, allerdings wurde mir gesagt, ich soll anderen Leuten sagen, dass mein Name Genos ist.«

»Das hört sich jetzt nicht gerade exotisch an. Warum wurde dir das gesagt?«

»Die Sprache meiner Spezies ist nicht richtig kompatibel mit den meisten phonetischen Sprachen. Eine passende Übersetzung meines Namens, auch wenn er relativ kurz ist, wäre das Äquivalent von 244 Buchstaben im Englischen.«

Kaidens Kopf neigte sich zur Seite. »Ja leck mich doch am ... wie sprichst du normalerweise?«

»Es ist so ähnlich wie euer Sonar, Geräusche mit verschiedenen Tonhöhen, Tönen und Längen. Es ist fast unhörbar für normale menschliche Ohren, aber mir wurde mal gesagt, dass es ziemlich angenehm sei, wenn man sich das über Audiogeräte anhört.«

Kaiden starrte einen Moment auf den Außerirdischen, während sein Kopf versuchte zu verarbeiten, was ihm gerade erzählt wurde. »Echt jetzt?«

»Ja, ein paar meiner Artgenossen haben tatsächlich Aufnahmen gemacht und diese über das Internet verkauft. Was sehr amüsant ist, wenn man bedenkt, dass das Meiste davon unzusammenhängendes Kauderwelsch ist. Eines der beliebteren Stücke ist darüber, wie Menschen Fruchtbecher genießen, während sie auf Marsfelsen sitzen.«

Kaiden kicherte. »War das eine kreative Entscheidung oder irgendein komisches Vorurteil?«

»Es war ein Schlachtgesang, glaube ich.«

»Ihr Typen habt seltsame Beleidigungen.«

»Hilft es irgendwie zu wissen, dass der Mann Steine in seinem Rektum hatte?«

Kaiden kratze sich am Kopf und kicherte erneut. »Ja, das trifft es schon eher.«

Eine Stimme unterbrach ihre Unterhaltung. Der Aufseher bellte: »Alle herhören, stellt euch alle in eine Schlange und macht euch bereit für den Einstieg. Menschliche Novizen zu Fahrzeug Fünf und Tsuna zu Fahrzeug Sechs.« Die Gruppe formte eine Reihe zu den Türen der Busse. Der Aufseher hatte ein Tablet in der Hand und fragte jeden, der einsteigen wollte, nach seiner Identifikation.

»Ich glaube ihr Menschen habt einen anderen Aufnahmevorgang als wir, aber ich hoffe, dass wir uns wiedersehen«, sagte Genos hastig.

»Das hoffe ich auch. Ich muss sagen, es war eine ziemlich coole Erfahrung, meinen ersten Außerirdischen kennenzulernen«, antwortete Kaiden mit einem Grinsen.

»Es scheint so, als hättest du dich ziemlich schnell daran gewöhnt, was eine willkommene Abwechslung ist. Ich freue mich darauf, noch mehr dumme Wörter und Redewendungen von dir zu lernen.« Mit diesen Worten drehte er sich um und folgte seinen Artgenossen. Dabei ließ er Kaiden zurück, der sich fragte, ob sein Gesprächspartner wirklich wusste, was sein Übersetzer da so sagte.

Er ging hinüber zum zugewiesenen Transporter und zeigte dem Aufseher seinen Ausweis. »Kaiden Jericho.«

»Moment ... ah, hier, aufgrund einer Empfehlung vor weniger als 24 Stunden angenommen, und dann noch vom ehemaligen Commander Sasha. Muss etwas Beeindruckendes gewesen sein, was er da gesehen hat. Sasha ist nicht der Typ, der mit sowas durch die Gegend wirft.«

»Er sagt, ihr könntet ein paar Kämpfer gebrauchen. *Das* kann ich sehr gut.«

»Gut zu wissen.« Der Aufseher tippte etwas auf sein Pad. »Das gibt Ihnen wahrscheinlich recht viele Optionen bei der Berufswahl und Sie werden recht schnell Ihren Kontrakt abgearbeitet haben.«

»Ähm, wie bitte?«, fragte Kaiden ein wenig verblüfft. Er konnte sich nicht daran erinnern, irgendwas unterschrieben zu haben. Hatte der Whiskey ihm irgendwie einen Filmriss beschert? Hatte er irgendwelche Geschäfte abgeschlossen, die er nicht so meinte und Dinge getan, die er vielleicht genossen hatte, sie aber hinterher bereuen würde, wenn er am nächsten Morgen wieder nüchtern aufwachte? War gestern Donnerstag? Scheiße!

»Ich kann mich nicht erinnern, einen Vertrag unterschrieben zu haben. Alles, was ich bekommen habe, war das hier.« Kaiden zeigte dem Aufseher die Schachtel mit seiner EI.

»Wenn Ihnen eine Nexus-EI übergeben wurde, haben Sie zumindest zugestimmt, zur Schule zu kommen und die Aufnahmeprozedur mitzumachen. Keine Sorge, die entscheidenden Dinge werden Ihnen von Ihrem Orientierungsberater erklärt. Danach müssen Sie eine körperliche Überprüfung absolvieren und die Integration der EI vornehmen lassen«, erklärte der Mann, als er sein Tablet sperrte und nach rechts deutete. »Gehen Sie in den Transporter und suchen sich einen freien Sitz.«

Kaiden ärgerte sich, als er die Schachtel wieder wegsteckte und den Bus bestieg. Er wählte einen Sitz ziemlich am Ende und ließ seinen Blick durch den Transporter wandern, ein Doppeldecker mit knapp vierzig Sitzen in der unteren Hälfte. Während er wartete, sah er ungefähr fünfzig Menschen, die sich ebenfalls in seiner Gruppe versammelt hatten und vielleicht die gleiche Anzahl an Außerirdischen. Wenn das alle waren, würden ungefähr dreihundert Leute mit ihm in der Akademie eintreffen. Es waren wahrscheinlich auch noch andere, die eher gekommen oder selber gefahren waren, daher schätzte er ungefähr fünfhundert Novizen in seinem Jahrgang.

Er schaute aus dem Fenster, wo sein Blick auf ein Schild mit der Aufschrift »Willkommen in Bellingham« fiel. Die Stadt erstreckte sich über den nahegelegenen Berghang und erinnerte ihn an Fresno, eine bescheidene Stadt, die irgendwann über die Zeit und mit viel Geldzufluss zu einer Großstadt geworden war. Er lehnte sich zurück und versuchte ein wenig zu dösen, darüber sinnierend wie die Akademie aussehen würde, wie er sich da fühlen würde und was es mit diesem Kontrakt auf sich hatte, zu dem sie ihn zwingen wollten.

Hätte er in den Stunden, bevor er hierhergekommen war, ein wenig mehr recherchieren sollen, auf was er sich hier eingelassen hatte?

Wäre vielleicht nicht schlecht gewesen, aber irgendwie mochte er es auch, mit dem Unbekannten zu arbeiten.

KAPITEL 3

Großer Gott, dieser Ort – diese *Insel* – war riesig. Der Transporter kam um die letzte Kurve des Berges und Kaidens Kinnlade fiel nach unten.

Es war buchstäblich eine Insel. Offensichtlich von Menschenhand geschaffen, bestand sie aus einer massiven, kreisförmigen Struktur in der Bucht von Bellingham. Die Akademie konnte man fast schon als eigene Stadt sehen.

Auf der Insel verteilt, konnte man ein paar Dutzend kleinere Gebäude erkennen. Sie hatten alle ein rationelles, militärisches Aussehen, akzentuiert mit modernen Verzierungen und exzentrischen Anbauten. Silber, schwarz, weiß und blau waren die vorherrschenden Farben, aber ein paar der Studentenwohnheime hatten ein paar ganz andere Farbzusammenstellungen.

Kaiden vermutete zumindest, dass dies die Gebäude waren, wo die Studenten wohnten. Die Unterkünfte waren wahrscheinlich den unterschiedlichen Farben auf den Jacken zugeordnet, was auch immer die bedeuteten. Er grübelte darüber, ob er und die anderen, die nicht diese speziellen Ringe hatten, auch eine eigene Unterkunft hatten oder ob man sie einfach zusammen in eine Hundehütte packen würde.

Sein Blick blieb zuletzt auf der zentralen Struktur haften, die er als das Hauptgebäude und die nominelle Nexus-Akademie identifizierte. Ein zentraler Monolith stand stolz vor der Vorderfront des Gebäudes, in den Himmel und über die umliegenden Gebäude hinweg ragend. Die zylindrische Struktur trug das dreieckige Wappen, das auch in das Gehäuse seiner EI eingraviert war.

Der Rest des Gebäudes fächerte sich hinter dem Monolithen auf. Auf den ersten Blick erinnerte es an eine Opernhalle – eine große Halbkuppel mit verschieden langen Seitenflügeln, die hinten und aus den Seiten herausragten. Verziertes Glas und verspiegelte Oberflächen krönten die Spitze, wie ein reflektierender Heiligenschein oder Krone über dem perlweißen Gebäude, das mit blauen und silbernen Mustern akzentuiert war.

Kaiden musste zugeben, dass ihm der Anblick gefiel.

Er überprüfte seine Finger auf Flecken und klebrige Substanzen. Wenn irgendein hochnäsiger Professor ihn dabei erwischte, wie er aus Versehen ein wenig Tapete beschmutzte, würde man ihn wahrscheinlich irgendwo verscharren, ohne dass jemand Fragen stellte.

Endlich fuhren sie talwärts und gelangten auf eine lange Brücke, die zum Eingang führte. Es waren knapp drei Kilometer vom Festland zu den Eingangstoren und als sie ihnen immer näher kamen, konnte Kaiden fast die Erhabenheit spüren, die die Architekten zweifellos im Sinn hatten, als sie diesen Goliath entwarfen. Ihm war auch sofort aufgefallen, dass die mehr als drei Kilometer der Brücke effektiv verhinderten, dass jemand einfach über den Zaun sprang.

Er presste seinen Kopf dicht an die Scheibe und blickte runter auf das Wasser. Anhand der Größe der wenigen Wellen und der Gischt an den Pfeilern der Brücke schätzte er, dass sie mindestens zehn Meter über der Wasseroberfläche fuhren.

Ihr Transporter näherte sich den anderen Fahrzeugen und die Karawane teilte sich in zwei Reihen mit je drei Fahrzeugen, als der Fahrer seine Handfläche auf einen Scanner seiner Armaturentafel presste und etwas in sein Tablet eingab.

Die anderen Passagiere begannen, sich aufgeregt zu unterhalten. Er konnte hören, wie ein Mädchen einen der Aufseher fragte, ob sie das komplette Ding sehen oder ob nur ein Teil davon offen sein würde.

Es war ein wenig schwierig, diese eigenartige Formulierung zu ignorieren, da er nicht wusste was ›davon‹ war, aber als er versuchte einen besseren Blick auf die Mauern zu bekommen, die den Eingang zur Insel flankierten, sah er einen schwachen Schimmer. Als er genauer hinschaute, entdeckte er fasziniert, wie das Wasser der Bucht gegen irgendwas spritzte.

Dieser kurze Moment war genug für ihn, um zu erkennen, dass eine Art Schild vorhanden war. Es musste eine verzwickte und makellose Arbeit gewesen sein, es zu entwerfen, da die meisten Kraftfelder zumindest eine Art Trübung oder fraktalen Eindruck zeigten, sobald man nur nah genug herankam.

Weiße Blöcke, geformt aus dem Wasser und dem Himmel, verbanden sich und offenbarten eine riesige Kuppel, die die komplette Insel überspannte.

Kaiden setzte sich in seinem Sitz auf, als er die Barriere studierte. Technik, die sich auf Verteidigung fokussierte, gehörte nicht zu den Themen, die ihn interessierten – zumindest nicht, bis er einen Weg benötigte, die Verteidigung zu durchbrechen. Aber trotz seines eher oberflächlichen Wissens konnte er verstehen, wie viel Kraft hinter so was wie dem hier steckte. Wenn man eine Atombombe auf die Insel abwerfen würde, während das Teil aktiv war, müsste sich wahrscheinlich nur die Stadt an der Landseite der Bucht Sorgen machen. Er zweifelte daran, dass irgendjemand unter dem Schirm irgendwas davon mitbekommen würde. Vielleicht ein leichtes Schwanken, das sie bei ihrem Nickerchen stören würde, während diejenigen außerhalb entweder lebend geröstet wurden oder sich mit den verschiedenen Effekten und Komplikationen von Mutationen anfreunden mussten. Er war sich ziemlich sicher, dass der einzige andere Ort auf der Welt, der auch über so was verfügte, das Hauptquartier der Weltallianz war.

Der Transporter setzte sich wieder in Bewegung und fuhr durch eine kleine Öffnung, die sich für sie gebildet hatte. Er bemerkte, dass die Einfahrt über keine physikalische Barriere verfügte, aber er wunderte sich nicht wirklich darüber, wenn man die schützende Kuppel bedachte.

Er bemerkte, dass sich sein Transporter von den anderen entfernte, das Fahrzeug der Tsuna blieb hinter ihnen. Kaiden wunderte sich, wohin sie fahren würden, als auch schon der Aufseher, der beim Einsteigen ihre Daten aufgenommen hatte, die Novizen ansprach.

»Wir werden in Kürze im Verwaltungsbereich ankommen. Informiert euch über den Aufbau und die Dienste hier, da ich glaube, dass viele von euch hier noch öfter vorbeischauen müssen«, schlug er vor, während er sein Tablet hervorholte. »Euretwillen hoffe ich, dass ihr das auch brav tun werdet.«

»Na, das nenne ich mal eine abschreckende Einweisung«, murmelte Kaiden, was ihm ein Kichern des Typen hinter ihm einbrachte.

»Jedem von euch wurde ein Berufsberater zugewiesen, der euch die Praktiken der Akademie erklärt, wie auch die Erwartungen, die an euch gestellt werden. Sie werden euch, sobald alles erklärt wurde, eine letzte Möglichkeit geben, aus der Sache auszusteigen.« Er leierte seine Ausführungen weiter herunter, als der Bus immer langsamer wurde. »Meiner Meinung nach solltet ihr aber, wenn ihr irgendwelche Bedenken habt, nicht deren und eure Zeit verschwenden. Bedankt euch einfach bei dem Berater für die Möglichkeit und haut wieder ab.«

»Meinen Sie nicht, es wäre besser gewesen, uns das zu sagen, bevor wir hier eingestiegen sind?«, fragte Kaiden laut, was einige Andere im Bus mit Nicken und Kichern unterstrichen.

»Wir haben festgestellt, dass die meisten von euch Versagern gerne große Sprüche klopfen und den Obermacker spielen. Sobald der Schild aber aktiv ist, wird es ernst hier. Wir hatten nicht wenige Novizen, die dann erst gemerkt haben, dass sie ihr Rückgrat zu Hause gelassen haben«, erwiderte der Aufseher gehässig und Kaiden zuckte daraufhin verstehend mit den Achseln.

»Wo ich gerade dabei bin, lasst mich euch sagen, dass euer Haufen speziell ist, zumindest für mich«, fügte er hinzu. »Seit zehn Jahren muss ich mich nun schon um die sogenannten Spezialfälle kümmern und alle von euch sind aufgrund eines Tests oder eines besonderen Vorkommnisses hergekommen. Vielleicht habt ihr es geschafft, durch die offenen Aufnahmewettbewerbe eingeladen zu werden, oder ihr hattet das gewisse Etwas, was einem unserer Professoren ins Auge gefallen ist. Wie auch immer, da ist ein Unterschied zwischen euch und unseren bereits eingestuften Studenten.«

Der Bus hatte nun komplett angehalten. Der Aufseher tippte auf sein Tablet und nickte zum Fahrer, der die Tür hinter ihm öffnete. »Die Anderen, die hier durch Schulbildung, Beziehungen oder andere traditionelle Kanäle hergekommen sind, wollten das schon ihr komplettes Leben ... oder zumindest ihre Eltern. Alle von euch, so würde ich mal schätzen, hatten entweder nicht die Mittel, keinen Plan für ihre Zukunft oder vielleicht auch einfach keinen Schimmer.«

Da hat er mich erwischt. Kaiden nahm diese Wahrheit an, auch wenn es ihn nicht sonderlich beruhigte.

»Aber ihr hattet die Möglichkeit und wart zumindest intelligent genug, danach zu greifen. Was ihr jetzt tut, liegt in eurer Hand. Wann immer ihr einen Moment der Schwäche oder des Zweifels habt, denkt an euren Mut, eure Willenskraft oder eure Beharrlichkeit, die euch hier hingebracht hat. Dann werdet ihr erkennen, dass ihr manche Vorteile habt, die andere nicht haben.«

Als er mit seiner Motivationsrede fertig war, nickten viele von Kaidens Mitreisenden und zeigten mit einem Lächeln ihre Zustimmung. Der Aufseher nickte zur Antwort und schaute runter auf sein Tablet. »Wenn ich euren Namen aufrufe, kommt nach vorne. Ich gebe euch den Namen eures Beraters und schicke euch dann in die richtige Richtung.«

Er begann alphabetisch Namen aufzurufen. Kaiden schaute aus dem Fenster auf der anderen Seite des

Busses. Das Gebäude, welches sie erwartete, war drei Stockwerke hoch, dunkelgrau gestrichen mit einem silbernen Zierstreifen. Er machte sich eine gedankliche Notiz, nach einer Karte des Campus oder zumindest nach einer Infobroschüre über das Verwaltungsgebäude Ausschau zu halten. Eine Sache, die er von seinem bisherigen Leben in diesem neuen Lebensabschnitt anwenden konnte, war die Tatsache, dass Ressourcen immer eine gute Sache waren, egal in welcher Form. Natürlich bevorzugte er besonders Waffen, Essen und einen warmen Körper.

»Kaiden Jericho«, rief der Aufseher. Er stand auf und zog seine Jacke gerade. Es wurde Zeit zu sehen, wohin ihn das alles hier führen würde.

***

Kaiden inspizierte die kleinen Schilder auf jeder Tür, während er nach seinem zugewiesenen Berater suchte.

»I. Asimov ... nein ... D. Weber ... ohoh ... C. Lupus ... sehr schade. Ah.« Er stoppte vor einer Tür auf deren Schild ›M. Vodello‹ stand und klopfte an die Tür.

»Herein«, hörte er eine schwermütige Stimme aus dem Raum hinter der Tür. Die Tür schob sich seitlich in die Wand und Kaiden sah einen überraschend großen Raum mit Pflanzen, die neben dem Fenster standen und von der Decke hingen. Er nahm auf einem roten Lederstuhl Platz, der vor dem Schreibtisch der Beraterin stand.

Sie hatte gebräunte Haut und langes braunes Haar, der rote Anzug stand im Kontrast zum hellgrünen Hemd darunter. Sie brauchte noch etwa eine Minute bis sie damit fertig war, irgendwas in den Computer einzugeben, dann schaute sie auf und lächelte ihn an. »Willkommen, ich bin Mya und Sie müssen Kaiden Jericho sein, richtig?«

»Ach nein, das ist jemand komplett anderes«, witzelte Kaiden, um ein wenig die formale Situation aufzulockern.

»Na dann ...« Ihre Augen ruhten kurz auf ihm, dann ging ihr Blick wieder weg, mit einem kleinen Schmunzeln, das sich auf ihre Lippen gelegt hatte. »Damit komme ich klar. Chou?« Kaiden sah eine kleine magentafarbene Kugel, die über einem kreisförmigen Gerät auf ihrem Schreibtisch auftauchte, die holografische Präsentation einer professionellen EI.

»Ja, Madame?«, fragte die Kugel, die bei jedem Wort ein wenig aufglühte, in einem nahezu komischen, klischeehaften französischen Akzent.

»Es scheint so, als hätten wir hier einen Störenfried. Werde ihn bitte los.« Sie winkte mit ihrer Hand nachlässig Richtung Kaiden, ihre Worte immer noch in der gleichen Tonlage wie zuvor, trotz der eindeutigen Drohung.

»Verstanden, Madame«, bestätigte die Sphäre und verschwand wieder in dem Gerät. Kaiden hörte ein mechanisches Surren und Klicken und sah überrascht, wie ein doppelläufiges Geschütz aus einem versteckten Schacht in der Decke herunterfuhr. Ungemütliche Bilder von dem Dead-Eye mit der gecrackten EI gingen ihm durch den Kopf.

»Himmelherrgott, Lady! Ja, ja, ich bin Kaiden. Stellen Sie das aus!«, sagte Kaiden in einem plötzlichen Anfall von Panik. Eine eiskalte Hand schien nach seinem Herz zu greifen, als er realisierte, dass er keine Waffe bei sich hatte. Er hatte diesen Bürokraten hier viel zu sehr vertraut. Wenn Jake hier wäre, hätte er ihm seinen Kopf so fest in den Boden gerammt, dass er dort einen Krater hinterlassen hätte.

Sie zeigte auf ihre Augen, wo er das typische Leuchten von Kontaktlinsen erkennen konnte, auf die Daten projiziert wurden. »Das ist nur meine witzige Art der Begrüßung. Natürlich habe ich Ihre Akte und Ihr Bild vor meinen Augen.«

»Äh … die Waffe zeigt noch immer auf mich?«, grummelte Kaiden und versuchte, sich ein wenig nach links zu lehnen, sodass das Geschütz sie beide im Visier hatte.

»Chou, deaktiviere die Verteidigung und starte die Präsentation für Nexus-Novizen«, wies Mya an.

»Jawohl, Madame«, erklärte die künstliche französische Stimme. Kaiden bemerkte, dass ein pinkes Licht am Geschütz ausging, als die Waffe zurück in ihr Versteck glitt. Dies erlaubte Kaiden, wieder ein wenig entspannter zu atmen und zu überprüfen, ob in seiner unteren Hälfte irgendwo Feuchtigkeit zu spüren war.

Das kreisförmige Gerät leuchtete erneut auf, dieses Mal mit einer holografischen Anzeige seiner persönlichen Daten – nun, zumindest die offiziellen Informationen, die die Regierung hatte und an denen die Techniker in seiner Gang nicht herumgespielt hatten. Daneben waren einige weitere Anzeigen, die die Beraterin durchstöberte.

»So, Mr. Jericho, wie lange waren Sie in einer Gang?«, fragte sie ungezwungen.

»Öhm, niemals. Wie kommen Sie darauf?«, fragte er, sich dumm stellend.

»Ehrlichkeit ist eine der besten Charaktereigenschaften, die eine atmende Person haben kann«, grübelte sie, während einer ihrer Zeigefinger nach oben zu der Stelle deutete, aus der der Geschützturm heruntergefahren war.

Verdammt, das war eine Anspielung, oder? Kaiden stockte der Atem und er ließ seine Knöchel hinter seinen verschränkten Armen knacken. Das musste er ihnen lassen, sie hatten gut recherchiert. Das war ein richtig ausgeklügelter Plan – das typische Versprechen auf eine angesehene Akademie, nur um dann von einer vor Humor nur so überschäumenden Frau und ihrem pinken Kugelfreund mit Kugeln durchsiebt zu werden.

»Okay, ich war in einer Gang, während ich in Texas lebte. Habe aber nichts allzu Schlimmes gemacht«, flunkerte Kaiden. So machte man das typischerweise in solchen Fällen, den kleinen Haufen Knochen im Wandschrank offenbaren und auf Gott vertrauen, dass sie nicht das verdächtige Loch im Keller überprüfen.

»Nun gut. Das bedeutet wahrscheinlich, dass Sie auf sich selbst aufpassen können, wenn es hier losgeht«, bemerkte sie herzlich.

Das war überhaupt nicht die Reaktion, die er erwartet hatte. Eigentlich sollte er diese ungewöhnlich positive Entwicklung begrüßen, aber irgendwie fühlte er sich gerade einen Schritt näher an seinem Tod.

»Das ist in Ordnung für Sie? Weiß das die Akademie?«, fragte er ungläubig.

»Natürlich. Die Fälschungen waren schon beachtenswert oder war es das Werk von jemandem aus ihrer Gruppe? Aber sehen Sie es so, wenn wir auf solch simple Fälschereien hereinfallen würden, würde das doch einen sehr schlechten ersten Eindruck von uns machen, nicht wahr?«, verkündete sie, aber anscheinend mehr um sich selbst noch einmal daran zu erinnern, als ihn zu überzeugen.

»Das wäre es in der Tat, aber ist das in Ordnung für Sie? Ich hätte nicht gedacht, dass eine Institution, wie diese hier, begeistert davon wäre, einen Straftäter in ihrer Mitte zu haben.« Kaiden lehnte sich in seinem Stuhl zurück, sein Blick wanderte zwischen der offenen Tür und der Deckenplatte mit dem Geschützturm dahinter hin und her.

»Wenn das der Fall wäre, würde ich hier nicht arbeiten«, antwortete sie knapp.

»Warten Sie ... was haben Sie getan?«, fragte er erstaunt.

»Ich war Teil des Hackerkollektivs ›9 Circulos‹. Wir sind in die Server eines Waffenproduzenten eingedrungen, Karna Munitions. Die anderen wurden letztendlich geschnappt, aber ich bekam die Gelegenheit, hier zu trainieren.« Sie lehnte sich entspannt zurück, ihre Augen blickten zur Seite, als würde sie in Erinnerungen schwelgen. »Sie versuchten einige Dateien zu stehlen oder vielleicht irgendwelche Lieferscheine oder so was in der Art, aber ich wollte nur Blaupausen, die ich mir dann als Poster an die Wand hängen konnte. Da ich diejenige war, die sich den ganzen Plan ausgedacht und die Anderen hereingebracht hatte, wurde mir hier, wie Ihnen, ein Platz angeboten, als SF.«

»Oh ... nun gut, ich glaube Sie haben gerade einen Weg auf meine Liste der respektablen Personen gefunden«, sagte Kaiden mit einem schelmischen Grinsen.

»Schön, dass ich Sie beruhigen konnte, aber ich habe das nur erwähnt, um Ihnen zu sagen, dass ihr Strafregister offiziell gesäubert wird, nachdem Sie hier angenommen werden.« Sie lächelte, ihre Hände lagen ineinander gefaltet in ihrem Schoß.

»Einfach so? Ohne irgendwelche Bedingungen?«, fragte Kaiden irritiert. Sie schaute weg und rollte ihre Daumen und seine Stimmung ging in den Keller. *Natürlich, jetzt kommt das Kleingedruckte.*

»Professor Sasha hat mich angerufen und mich ein klein wenig darüber aufgeklärt, wie Sie Ihre Empfehlung bekommen haben. Es scheint, als wäre Ihnen nicht bekannt, wie man normalerweise auf die Akademie kommt.« Sie klickte durch ein paar Fenster, bevor sie das erreichte, das sie gesucht hatte, und vergrößerte die Ansicht.

»Mir wurde am Bahnhof gesagt, dass es eine Art Kontrakt gibt?«, fragte Kaiden, als er auf die Anzeige blickte, die mehrere Dateien zeigte, unter denen man auswählen konnte.

»In der Tat. Jeder Novize, egal wie er hier hingekommen ist, bindet sich vertraglich an die Akademie. Nur mit diesem Kontrakt erhält der Novize Zutritt zur Akademie und allen ihren Klassen und Technologien, ebenso Unterkunft, Verpflegung und Material. Der Student bezahlt während des Trainings nicht dafür. Nach dem Abschluss wird dieser Kontrakt an eine Firma übertragen, welche die Fähigkeiten und Fertigkeiten des Graduierten gegen die aufgelaufenen Kosten und eine zusätzliche Gebühr in Anspruch nehmen darf. Der Graduierte arbeitet dann für die Firma, bis die Schulden getilgt sind. Dies hilft uns unsere Forschung und

Entwicklung weiterzuführen und gleichzeitig einen positiven Geldfluss zu haben.«

»Einen Moment ...« Kaiden schüttelte seinen Kopf und dachte über den ersten Teil ihrer Erklärung nach. »Ich werde auf dieser sogenannten prestigeträchtigen Akademie ausgebildet, nur um am Ende zu einem Sklaven zu werden? Was soll das bringen?« Er kochte innerlich vor Wut. Das hörte sich an wie ein Schneeballsystem, wo er *wissentlich* zugesagt hatte, ganz am Ende der Verlierer zu sein.

»Natürlich nicht. Ein Sklave hätte keine Auswahlmöglichkeit«, antwortete sie mit einem Winken. »Zusätzlich ist der Wert des Kontrakts abhängig vom Studenten: Was Sie während der Jahre des Trainings benötigen und die Einstiegsgebühren. Was Sie während des Trainings tun – die Fertigkeiten, die Sie ansammeln, den Fleiß, den Sie zeigen und Ihre Einstufung am Ende Ihrer Studien – bringt eine lange Liste an Optionen hervor. Ebenso lockt es viele potenzielle Arbeitgeber an, die großzügig für Sie in die Tasche greifen können. Dann hängt es davon ab, welches Gehalt Sie mit dem Arbeitgeber ausgehandelt haben und wie viel Sie schulden, sodass Sie auch relativ schnell Ihre Schulden abtragen können. Manche haben es schon in weniger als einem Jahr geschafft.«

Kaiden lehnte sich nach vorne und tippte seine Finger auf den Schreibtisch. »Wie viel müsste ich bezahlen?«

»Nun, da in den Schulden alle Gebühren in den vermutlich drei Jahren, die Sie hier sind, stecken, Geräte die abgesehen vom körperlichen Training für Sie angepasst werden – wie eine Integrationseinheit für Ihre EI – würde ich so über den Daumen gepeilt mit etwa fünf Millionen Credits rechnen«, rechnete Mya ruhig zusammen.

Kaiden konnte einen scharfen Stich in seinem linken Arm spüren. Er fragte sich, ob sich das Geschütz wieder angeschaltet hatte und einen sauberen Schuss durch seinen Arm abgegeben hatte. Davon abgelenkt nahm er einen tiefen Atemzug und überprüfte seinen Arm und seine Brust. Seine schnelle Untersuchung brachte keine neuen Körperöffnungen hervor, aber er spürte wie sich seine Rosette zusammenzog.

»Das ... hört ... sich ... nicht ... so ... schlecht an«, antwortete er vorsichtig. Er versuchte sich zuversichtlich anzuhören, aber seine Stimme klang abgehackt und seine Zähne wollten sich partout nicht auseinander bewegen.

»Ich sollte Sie darüber informieren, dass ungefähr eine Million alleine dafür draufgehen wird, Ihr Strafregister sauber zu bekommen«, stichelte sie, während sie etwas aufsetzte, was wie ein warmes Lächeln wirken sollte, aber eindeutig vor Spott triefte.

Sie sollte echt mehr an ihrem freundlichen Benehmen arbeiten.

»Schön ... schön zu wissen, dass sogar eine Institution wie diese Akademie, bereit ist, Bestechungsgelder zu verteilen«, scherzte Kaiden, während er versuchte seine Atmung wieder auf normale Werte zu bekommen.

»Wir bevorzugen da den Ausdruck ›Reinigungsgebühr‹«, erklärte Mya, die sich nun in ihrem Stuhl zurücklehnte und mit ihren Daumen einen beschwingten Rhythmus klopfte, auf den sich Kaiden derzeit nicht richtig konzentrieren konnte.

Er war hin- und hergerissen. Einerseits war es, heilige Hölle, eine sehr große Menge an Credits. Während seiner Zeit mit den Dead-Eyes hatte er etwa 250.000 Credits zur Seite legen können. Jake hatte ihm erlaubt, immer ein wenig mehr als seinen Anteil von dem Job zu behalten, aber dies war lächerlich. Er hatte bereits genug Fähigkeiten und ebenso schon eine ganze Reihe von Aufträgen in der Warteschlange, wenn Julio ihm die besorgen könnte, von denen er gesprochen hatte. Warum also war er hier?

So wird das nie was. Diese Worte klangen in seinem Kopf nach. Er erinnerte sich, als er in einem kleinen Raum war, seine Waffen auf dem Tisch neben einer Notfalltasche. Jake flickte ihn gerade zusammen und verband seine Wunden fester, als es eigentlich nötig war.

»Du schaffst es noch nicht mal, regelmäßig am Training teilzunehmen. Du denkst fast nie vorher darüber nach, was dein nächster Schritt sein könnte und ich schwöre bei Gott, du bist der einzige Grund, warum wir konstant zu wenig Medikamente haben.«

Er erinnerte sich noch, dass er eine Klugscheißerantwort gegeben hatte, für die sich Jake mit einem beherzten Druck auf seine Wunde am Knie bedankte. Er versuchte sich mit einer Kopfnuss zu revanchieren, aber Jake packte ihn mitten im Stoß und schaute dann direkt in seine Augen.

»Schau, Kai, du bist ein talentierter kleiner Bastard. Das ist der Grund, warum ich dich für die Kämpfe und Aufträge mitnehme, aber denk bloß nicht, dass du weiterhin alles nur mit halbem Arsch machen kannst. Mach so weiter, dann wirst du irgendwann auf jemanden treffen, der darauf scheißt und sich selber den Hintern abgearbeitet hat. Dir wird klar werden, was alles aus dir hätte werden

können ... kurz bevor er dir das Licht ausknipst. Gib dich niemals zufrieden mit dem, was du hast.

Myas Stimme holte ihn wieder zurück in die Gegenwart. »Sie können natürlich gerne noch einmal darüber nachdenken, wenn Sie möchten, aber ich habe da noch einige andere Sachen, die wir besprechen müssen, also würde ich...«

»Nee, ich melde mich an«, verkündete Kaiden. Mit gespielter Lässigkeit lehnte er sich zurück und faltete seine Hände zusammen.

»Nun, ich bewundere Ihre plötzliche Zuversicht, aber vielleicht sollte ich erst zu Ende ...«

»Machen Sie, was Sie wollen, aber ich habe es verstanden.« Er lächelte, als er auf den Kontrakt sah, der auf dem Holoprojektor dargestellt wurde. »Wenn dieser Platz mich besser machen kann, dann werde ich es machen und diese Scheißgebühr schneller abbezahlen als Sie ›Lebenshaltungskosten‹ schreiben können. Aber ich sollte Ihnen vorher eine faire Warnung geben.«

»Und die wäre?«, erkundigte sich Mya.

»Wenn dieser Schuppen hier nicht ganz auf der Höhe ist, die der Preis vermuten lässt, werde ich mir die Gebühr mit Blut wiederholen«, antwortete er mit einem Grinsen.

Er erwartete einen geschockten Blick oder zumindest ein Stirnrunzeln. Vielleicht hatte er nun total in die Scheiße gegriffen und würde sich in Kürze mit der Sicherheitstruppe der Akademie ein Rennen liefern.

Stattdessen hörte er: »Sie waren noch nicht mal auf den Geschützturm in der Decke vorbereitet.« Sie bekräftigte die Wahrheit mit einem fragenden Blick und einem Finger, der hoch an die Decke zeigte.

»Bringen wir endlich die Präsentation hinter uns und danach benötige ich einen Stift«, antwortete er beleidigt, als er seinen Kopf zurückkippen ließ. Wäre toll gewesen, wenn er seine Laufbahn hier mit einem krasseren Spruch begonnen hätte.

KAPITEL 4

Kaiden drückte den Wattetupfer gegen seinen Arm. Er konnte das Blut darunter spüren, das nur darauf wartete, herauszuquellen. Zähneknirschend schaute er auf das halbe Dutzend Blutproben, die ihm bereits entnommen worden waren und spürte die in ihm aufkommende Anämie. Die Ärztin gab gerade einer Schwester Anweisungen, als eine medizinische Hilfe das Tablett mit den Probenröhrchen für Blut und andere Körperflüssigkeiten nahm und aus dem Raum brachte.

Er legte sich zurück auf die Liege und ließ seinen Blick durch die Krankenstation schweifen. Sechs andere Novizen waren zusammen mit ihm hier und er hatte auch noch ein paar andere gehen sehen, während er sich durch seine Untersuchung quälte.

Auf jeden Fall waren es viel weniger, als mit ihm in der Akademie eingetroffen waren. Daher ging er davon aus, dass einige immer noch in ihren Beratungsgesprächen saßen oder sich entschieden hatten, der Akademie ein überstürztes Lebewohl zu sagen. Er konnte ihnen nichts vorwerfen, aber er spürte eine warme Genugtuung, dass er die Herausforderung angenommen hatte, wo andere wegkrochen. Schade, dass er kein Diagramm bekam, das die Gesundheit seines Egos zeigte, denn da würde er mit Sicherheit Rekorde brechen.

Er griff vorsichtig nach seiner EI-Schachtel und ließ sie aufschnappen. Neben der EI lag noch ein kleinerer durchscheinender Chip, der alle seine akademischen Informationen enthielt.

Mya war zum Ende ihres Treffens auf die wesentlichen Punkte eingegangen, aber seine Erinnerungen daran waren irgendwie von einem grauen Dunstschleier bedeckt. Sein Draufgängertum gemixt mit der Flut an neuen Informationen und den Möglichkeiten für seine Zukunft hatte ihn fast an den Rand eines geistigen Totalausfalls gebracht. Natürlich hatte seine Beraterin dies bemerkt.

Bevor sie ihn in den medizinischen Bereich geschickt hatte, hatte sie ihm das durchsichtige Gerät übergeben und ihm gesagt, dass darauf alle seine grundlegenden Informationen gespeichert wären und dass er es A) bloß nicht verlieren solle und B) nach seiner körperlichen Untersuchung in seine EI hochladen lassen sollte, sobald er diese erhalten und kalibriert bekommen hatte.

Er schaute auf, als die Ärztin, die ihm das Blut abgenommen hatte, zu ihm herüberkam, die Injektionsstelle verband und ihm dabei half, wieder aufzustehen.

»Das sollte es gewesen sein. Wir haben Ihre medizinische Historie bis zu diesem Zeitpunkt. Damit hätten Sie grünes Licht für die EI-Anpassung. Sollte sich von der körperlichen Untersuchung her noch irgendwas ergeben, werden Sie von uns hören«, verkündete sie, ihr Ton abgehackt und professionell.

»Vielleicht hätte ich hier noch eine kleine Leberuntersuchung machen sollen. Das ist eines der härter arbeitenden Organe in meinem Körper«, antwortete Kaiden, als er mit seinen Schultern rollte und seine Arme streckte.

»Nun, das bedeutet eigentlich nur, dass Ihr Gehirn unterhalb der üblichen Standards arbeitet – aber da sind Sie unter den SFs ja in guter Gesellschaft«, erwiderte die Ärztin schnippisch.

Kaiden zog eine Grimasse. *Verdammt, ist denn jeder hier an diesem Ort ein Klugscheißer?*

Sie klopfte ihm auf die Schulter. »Machen Sie es gut, Novize Jericho. Ich hoffe, Sie werden meine Dienste nicht allzu oft benötigen, während Sie hier sind, aber wenn Sie möchten, können Sie nach Dr. Saluja fragen, wenn Sie mit meiner Arbeit hier zufrieden waren.«

»Ich bin sicher, beim nächsten Mal gibt es von mir Trinkgeld«, witzelte Kaiden, als er sich Richtung Ausgang aufmachte. Über seine Schulter hinweg winkte er ihr zu. »War schön Sie kennenzulernen, Doc.«

»Es war mir ein Vergnügen. Wenn ich Ihnen einen Tipp zum Abschied geben darf«, begann sie, was ihn dazu veranlasste, stehenzubleiben und sich wieder zu ihr umzudrehen. »Zur EI-Anpassung geht es da lang«, beendete sie mit einem breiten Grinsen, als sie mit ihrem Daumen hinter sich auf den Ausgang am anderen Ende des Raumes deutete.

»Ähh ... verstehe. Mir ist noch ein wenig schummrig«, murmelte Kaiden als halbherzige Ausrede, als er die Richtung wechselte und an der Ärztin vorbeilief. Sie nickte und schüttelte amüsiert ihren Kopf, ehe sie sich einem anderen Patienten zuwandte.

Er lief an den geschlossenen Behandlungsräumen vorbei, in die ein paar der Tsuna hereingegangen waren.

Kaiden konnte niemanden sprechen hören, aber es waren ein paar komische Geräusche zu vernehmen, wahrscheinlich medizinische Instrumente und Maschinen, mit denen er während seiner Untersuchung nichts zu tun hatte. Er fühlte eine zwiespältige Mischung aus Neugier und Angst, als er darüber nachdachte, wie die Außerirdischen unter ihren Schutzanzügen wohl aussahen und was sie in den Untersuchungen alles erdulden mussten. Er grübelte darüber nach, ob sie durch menschliche oder durch außerirdische Ärzte untersucht wurden.

Als er das medizinische Zentrum betrat, hatte er am Empfang einen Außerirdischen sehen können, der von einer anderen Art als der an der Hyperloop-Station war. Dieser hatte einen eiförmigen Kopf mit runden schwarzen Augen wie die Tsuna, aber einen schlaksigen, dunkelgrauen Körper mit drei Fingern an den langen Armen.

Es erinnerte ihn daran, wie Außerirdische in den alten Dokumentationen über Popkultur in der Mitte und der zweiten Hälfte des zwanzigsten Jahrhunderts dargestellt wurden. Er erinnerte sich daran, dass Leute behauptet hatten, UFOs gesehen zu haben, die durch den Himmel geflogen waren, Leute entführt hatten und mit ihnen Dinge ... gemacht hatten, über die er lieber nicht nachdenken wollte.

Man nannte sie die Mirus, aber die meisten Leute nannten sie die Grays oder Sondierer aufgrund ihrer Ähnlichkeit zu den alten Beschreibungen. Nicht die nettesten Spitznamen, aber er hatte niemals einen Außerirdischen gesehen, der sich daran gestört hätte. Andererseits hatte er bis heute auch nicht wirklich irgendeinen Mirus gesehen.

Tatsächlich hatte er bisher nicht nur keinen gesehen, sondern auch noch niemals einen sprechen gehört, wahrscheinlich weil sie keine Münder hatten.

Vermutlich erzeugten sie irgendeine Art Frequenz oder Energie oder so was in der Art, das direkt in den Verstand des Zuhörenden projiziert wurde. Die Meisten nannten das Telepathie, auch wenn das so nicht ganz richtig war. Ehrlich gesagt, interessierte er sich nicht wirklich dafür, ob sie es direkt mit einer neuen Rasse konnten oder ob einige bedauerliche und unschöne erste Versuche nötig waren.

Irgendwie schwierig jemanden davon zu überzeugen, dass man in Frieden kommt, wenn man beim Begrüßen dem Gegenüber gleich den Kopf explodieren lässt.

Kaiden verließ die Krankenstation und erblickte eine interaktive Karte. Er drückte auf den Eintrag für ›EI-Zentrum‹ und sah, wie vor ihm ein blaues Licht aufleuchtete. Es war ein Leuchtstreifen, der den Wänden folgte und nach knapp acht Metern um die Ecke bog. Er schaute zurück auf die Karte und las die Nachricht ›Bitte folgen Sie dem blau markierten Weg, Novize Jericho‹.

Praktisch, sicherlich, aber er hatte sich immer noch nicht damit abgefunden, dass jeder bis hinunter zu diesem glorifizierten Informationsschalter verdammt noch mal wusste, wer er war.

Kaiden folgte der Beleuchtung, bis er einen langen Flur erreichte, der zu einer bogenförmigen Tür mit zwei Türsegmenten führte. Das Licht des Leuchtstreifens schien in eine der Türen zu laufen und eine Nachricht erschien in blauem Licht.

Bitte halten Sie die Vorderseite Ihres EI-Behälters auf den Scanner rechts von den Türen.

Er schaute sich um und sah, dass ein rechteckiges Panel anfing zu leuchten. Er fischte den Behälter mit seiner EI aus seiner Tasche und presste ihn gegen den vermeintlichen Sensor. Eine Linie grünen Lichtes wanderte über den Bildschirm, dann wurde das gesamte Rechteck grün und die Türen glitten auf.

Der Raum dahinter war ein riesiger Würfel, aufgeteilt in drei Etagen. Dunkle Teppiche und Wände ergaben einen starken Kontrast zum hellen Flur davor. Als er weiter in den Raum hinein ging, kam ihm ein Mann entgegen, bei dem ›Techniker J. Arvin‹ auf seinem Namensschild am Overall stand.

»Novize Kaiden«, grüßte dieser ihn, als er Kaidens Informationen auf einem Tablet durchblätterte. »Willkommen, ich bin Ihr Techniker für die Integration und Anpassung der EI. Es scheint, als hätten Sie noch nicht allzu viel Erfahrung mit einer EI, ist das korrekt?« Er blickte auf und schaute fragend und auf Antwort wartend zu Kaiden.

Dieser zuckte mit den Schultern. »Ich habe ein paar Mal ein kommerzielles Modell genutzt, aber nichts aus dem professionellen Bereich, geschweige denn noch Bessere«, erklärte er, während er weiterhin seinen Blick durch die geschäftigen Büros schweifen ließ. Viele Menschen und eine Handvoll Außerirdischer hasteten umher. Er konnte in der Masse ein paar Novizen entdecken, die entweder mit anderen Technikern sprachen oder in andere Räume geführt wurden, jeweils mit Kisten in ihren Armen.

»Ich verspreche, das ist überhaupt nicht kompliziert ... nun, vielleicht ein wenig am Anfang, aber mit unserer Führung und ein wenig Zeit werden Sie die Wohltaten erkennen, die unsere Nexus-EIs Ihnen zukommen lassen können. Das ist natürlich ein bedeutender Teil Ihres Trainings«, sagte der Techniker mit einem fröhlichen

Zwitschern in seiner Stimme. »Nun gut, haben Sie eine bevorzugte ... warten Sie bitte, da kam gerade eine Nachricht von der medizinischen Abteilung.«

Jetzt schon? Verdammt, hatte er sich vielleicht in den letzten Stunden unbemerkt einen Supervirus eingefangen? *Wenn er nur wüsste, was gestern nach diesen Drinks noch alles passiert war ...*

Techniker Arvin schaute über seine Notizen, seine Stirn grübelnd in Falten gelegt und die grünen Augen fingen an zu blinzeln. Dann wurden seine Augen groß und er nahm seinen Kopf hoch, um erst Kaiden anzusehen, dann wieder runter zu seinen Notizen und letztendlich wieder zu dem Novizen, allerdings mit einem stummen Starren, als wäre ihm plötzlich ein drittes Auge gewachsen.

»Novize, würden Sie mir bitte folgen?«, fragte er, auch wenn es eher wie ein Befehl als eine Bitte klang. Ohne eine Antwort abzuwarten, drehte er sich abrupt um und eilte davon. Da er nichts mehr hasste, als mit fieberhaften Spekulationen irgendwo stehen gelassen zu werden, nahm Kaiden die Verfolgung auf. Hoffentlich bekam er raus, was Techniker Arvin da geschickt bekommen hatte, um sein sonst anscheinend sehr sonniges Gemüt zu dämpfen.

»Was haben die Ihnen gesagt? Werde ich sterben? Wird mir ein neuer Arm wachsen?«, fragte er neugierig.

Der Techniker tippte irgendwas ein, ohne auf seine Frage einzugehen und Kaiden konnte anhand der sichtbaren Symbole erkennen, dass eine Nachricht auf das Tablet gesendet wurde. »Hmm? Oh, nein, nein, alles in Ordnung mit Ihnen – außer die finden noch irgendwas anderes.« Er hatte den letzten Satz hastig hinterhergeschoben, als würde dieses mysteriöse Etwas eine Freigabe benötigen.

Das ist doch mal beruhigend.

Sie näherten sich einem Aufzug. Der Techniker zog eine Magnetkarte durch das Lesegerät an der Wand daneben, sodass sich umgehend die Türen öffneten. »Es scheint so, als ... Nun, ich werde die Erklärung einfach Professor Laurie überlassen, sobald wir bei ihm angekommen sind, bitte steigen Sie in den Aufzug.« Er legte seine Hand auf Kaidens Rücken und begann, ihn vorsichtig in die Kabine zu schieben.

Kaiden schüttelte ihn ab. »Hey, ich kann alleine laufen. Ich will einfach nur wissen, was hier gerade abgeht.« Er grunzte missmutig, als er in die Aufzugkabine stieg, sich an die Wand lehnte und wartete, dass der Techniker ebenfalls einstieg. Die Aufzugtüren schlossen sich, ohne dass dieser auf einen der Etagenknöpfe gedrückt hatte.

»Wir werden zu Professor Laurie gehen. Er hat sein eigenes Büro über diesem Bürobereich und wird sicherlich alles erklären«, sagte der Techniker. Seine Nervosität war sehr gut zu erkennen, nicht nur am Tonfall, sondern auch anhand seiner Finger, die unruhig auf dem Tablet trommelten.

»Nun, Sie scheinen sehr aufgeregt zu sein. Habe ich einen Preis gewonnen?«, fragte Kaiden, während er den Techniker beobachtete. Dieser wippte auf seinen Füßen auf und ab.

»Eher *wir*, höchstwahrscheinlich«, antwortete Arvin wenig hilfreich.

Bevor Kaiden ihn bitten konnte dies ein wenig genauer zu erklären, hielt der Aufzug an und die Türen öffneten sich.

Der Raum, den sie betraten, war überraschend kahl eingerichtet, zumindest für jemanden mit einem so hohen Rang, wie Kaiden annahm. Weiße Wände und ein dazu passender Teppich wirkten ziemlich kalt. Ein paar dekorative Holobilder, bemalte Kunstgegenstände und ein makelloser weißer Schreibtisch mit einem Paar Stühlen davor halfen nicht wirklich dabei, diesen Eindruck abzuschwächen.

Als sie sich dem Schreibtisch näherten, bemerkte Kaiden einen großen perlmuttfarbenen Stuhl mit einer gebogenen Rückenlehne, der von ihnen weg zeigte.

»Professor, es tut mir leid, dass wir so kurzfristig vorbeischauen, aber …«

»Ich habe Ihre Nachricht bekommen. Danke vielmals für Ihre Professionalität, mein lieber Arvin«, antwortete ein Mann mit einem weichen, noblen Akzent jenseits der Rückenlehne. »Weiß unser Freund hier Bescheid?«

»Ich glaube nicht. Zumindest scheint es so. Es war nicht in seinen Akten und die medizinische Abteilung hat es gerade erst in den Voruntersuchungen herausgefunden«, sagte Arvin, als er sein Tablet auf den Schreibtisch legte. »Wäre es anders gewesen, hätte man Ihnen sicherlich schon vorher die Informationen geschickt."

»Ähm, Leute, ich bin ja auch sehr aufgeregt, dass Ihr aufgeregt seid, aber könntet Ihr mir bitte sagen, was zum Teufel hier los ist?«, fragte Kaiden, als er mit seinem Stiefel einen der Stühle zu sich drehte und darauf Platz nahm.

»Aber natürlich, mein neuer Freund«. Der Mann drehte sich in seinem Stuhl so, dass er ihn endlich zu Gesicht bekam. Seine Frisur war ein kunstvolles Durcheinander, mehr gerupft als zerzaust. Die Farbe der Haare, die noch vorhanden waren, passte zu dem scharfen Blick der silbernen Augen, eine Kombination, die einen Effekt auslösten, den man einfach nicht beschreiben konnte. Sein schmales Gesicht mit dem ausgeprägten Kiefer verzog sich zu einem amüsierten Lächeln. Er trug einen zweiteiligen lavendelfarbenen Anzug mit einem weißen Hemd darunter, betont durch eine silberne Krawatte mit dem Wappen der Nexus-Akademie auf dem Knoten.

»Mein Name ist Alexander Laurie, ehemaliger Geschäftsführer von Anima Technologies und jetzt Chefentwickler für EI-Technologien hier bei Nexus«, verkündete er mit einem Wink seiner Hand. Kaiden bemerkte Rüschen an den Manschetten und unterdrückte ein Grinsen.

Er kniff seine Augen zusammen. »Moment, ich kenne Sie! Sind Sie nicht tot oder ein Einsiedler oder so was?«, fragte er. Kaiden konnte sich an Nachrichtenbeiträge erinnern, wo berichtet wurde, dass Laurie seine Stellung bei Anima verlassen hatte. Das war etwa vor zehn Jahren gewesen und Laurie war danach wie vom Erdboden verschwunden. Anima war eine der ersten Firmen gewesen, die zu Anfang des Jahrhunderts EI-Technologien entwickelt hatten. »Aber ich muss zugeben, wenn Sie tot sind, dann haben Sie sich sehr gut gehalten.«

»Ja, ich sehe trotzdem immer noch sehr gut aus«, witzelte Laurie, als er Arvins Tablet zu sich heran zog und die Informationen auf dem Bildschirm anschaute. »Freilich ist der Tod jetzt nicht so ganz mein Stil. Technologien zu entwickeln und Fortschritte für die Zukunft dann schon eher. Mir wurde diese Position hier angeboten und ich akzeptierte. Nicht verwunderlich, konnte ich hier doch Projekte entwickeln, die im kommerziellen Sektor ein wenig ... schwieriger zu realisieren gewesen wären.«

»Sie haben eine der weltweit größten Firmen verlassen, um an einer Schule zu arbeiten?«, fragte Kaiden ungläubig und versuchte spöttischen Unglauben in seinen Ton zu legen.

»*Au contraire*, mein Freund. Nexus ist mehr als eine Schule, wenn auch die Beste, was ich erwähnen sollte, in diesem Feld und anderen.« Laurie nickte Arvin zu, als er ihm sein Tablet zurückgab. Der Techniker nickte und drehte sich zur Tür, um das Büro zu verlassen.

»Hey, Strippenzieher, was ist denn jetzt mit meinem EI-Kram?«, fragte Kaiden.

»Warum, mein lieber Novize, sollten Sie sich mit einem Samenkorn rumschlagen, wenn Sie eine blühende Blume zur Verfügung haben?«, warf Laurie ein und lehnte sich in seinem Stuhl nach vorne. »Es scheint, als hätten Sie da etwas Spezielles in sich und ich kann Ihnen etwas anbieten, dass Sie vielleicht interessieren könnte.«

Kaiden zog überrascht seine Augenbraue hoch und wandte seinen Blick von Arvin zurück zu Laurie. »Was ist so besonders an mir?«

Lauries Lächeln wurde breiter. »Sie müssen wissen, eine der Technologien, die wir hier haben, um unseren Studenten so fortgeschrittene Fähigkeiten in so kurzer Zeit zu vermitteln, sind unsere speziellen EIs.« Er drückte auf einen Knopf auf seinem Schreibtisch und eine silberne Flasche mit einem Logo von zwei ineinander laufenden Gesichtern erschien. Er nahm ein Glas und bot es Kaiden an.

Er hätte wahrscheinlich ein wenig argwöhnischer sein sollen, aber er war durstig und das Zeug sah sehr ausgefallen aus. Kaiden nickte und nahm das Glas entgegen, welches Laurie ihm einfüllte.

»Mit einer Kombination von dem was wir eine Hybrid-EI nennen und Geräten, die mehr Leistung und Fähigkeiten haben als die typischen EI-Gehäuse, können sich die EIs zu einem kleinen Teil sogar mit den Benutzern selber verbinden.«

Kaiden lehnte sich an die Rückenlehne und versuchte die Information zu verarbeiten. Er nahm einen tiefen Schluck des Getränks, das wie frisches Quellwasser schmeckte. Es hatte eine leicht fruchtige Note, aber welche genau konnte er nicht herausschmecken.

»Und was bringt das genau? Professionelle EIs geben Leuten Zugriff auf verschiedene Geräte und Funktionen. Ihrem euphorischen Ton nach reden Sie von der heißesten Erfindung seit dem geschnittenem Brot.«

Laurie kniff für einen Moment seine Augen zusammen, bevor er den Grund der Frage verstand. »Sie missverstehen da etwas. Es integriert nicht den Benutzer mit Technologien, die er nutzen kann. Die EI selber integriert sich mit dem Benutzer. Beide zusammen werden die Technologie«, erklärte Laurie, während er sich bedächtig am Kinn kratzte. »So zumindest könnte man es ausdrücken.«

Kaidens Aufmerksamkeit stolperte über diese Erklärung. »Warten Sie, was? Wir werden Cyborgs oder ...« Ihm fiel keine zweite Option ein.

»Ach, seien Sie nicht albern. Wie können sie so was Großes und Kompliziertes nicht einfach nur falsch, sondern auch noch so banal beschreiben?«, brachte Laurie ziemlich aufgebracht vor. »Während der Übungen in der virtuellen Realität, die Sie absolvieren werden, wird die Ausrüstung Eindrücke im Gehirn hinterlassen, die der Benutzer mithilfe der EI in seine natürlichen Erinnerungen integriert. Wir nennen dies ›Synapsen-Verbindung‹ oder kurz ›Synapse‹.«

Kaiden nickte. So langsam dämmerte ihm, dass das, was auch immer er da gerade trank, verdammt gut war. Er musste unbedingt herausfinden, was das war, wenn diese Unterredung hier beendet war.

»Normalerweise kann der menschliche Verstand nur eine bestimmte Menge dieser neuen Informationen aufnehmen, was auch der Grund ist, warum die Lektionen sukzessive angelegt sind. Der Benutzer baut langsam Widerstandskraft auf und kann im Laufe der Zeit schneller lernen und seine Fähigkeiten erheblich verbessern – vorausgesetzt, er macht die Übungen korrekt mit und übt regelmäßig«, erklärte Laurie.

Kaiden nickte, stellte sein leeres Glas auf den Tisch und deutete auf die Flasche. Laurie gluckste und goss ihm in weiteres Glas ein. Schade, dass er selber nichts davon trank, denn dieses Zeug war großartig.

»Ich glaube, ich verstehe was Sie meinen, aber warum bin ich dann hier? Haben die Anderen nicht unten ihre Einweisungen erhalten?«, fragte er.

»Normalerweise ja. Die Ausrüstung, die wir verwenden, ist relativ einfach. Geräte, die nicht nur die EI aktivieren, sondern auch Hirnwellen durch die Haut senden, mit Datenfragmenten während der Benutzer lernt. Allerdings, vor ein paar Jahren, haben wir ... oder sollte ich eher sagen, habe ich etwas sehr Interessantes entdeckt.« Er seufzte, während er sich weiter an seinem

Kinn kratzte. »Eines der Dinge, die ich dabei vermisse, hier an dieser Institution neue Dinge zu erschaffen, ist, dass hier niemand meine Großartigkeit zu würdigen weiß. Das ist eine verdammte Schande, denn das würde mir verdammt noch mal zustehen.«

»Was genau haben Sie entdeckt?«, erkundigte sich Kaiden, während er kleine Schlucke aus seinem Glas nahm.

»Es gibt Leute mit einem speziellen genetischen Merkmal – wir nennen das den Gemini-Faktor – die erweiterte Kompatibilität mit diesen Wellen bekommen können. Dadurch können sie und ihre EI auf einer gleichen Ebene oder Wellenlänge miteinander verbunden werden. Dadurch können sie Wissen schneller absorbieren und generell die EI schneller nutzen, als es normalerweise üblich ist.«

Kaiden begann die Puzzlestücke zusammenzusetzen. »Also bin ich hier, weil ...?«

»Soweit wir es sehen können, *haben* Sie dieses Merkmal«, sagte Laurie mit einem Lächeln. »Nicht viele von Ihnen kommen hier her. Viele werden früh entdeckt und durch anderen Wissenschaftsabteilungen oder Programme vereinnahmt. Ich hatte bisher leider nur die Gelegenheit mit ein paar von ihnen zu arbeiten und zu was sie fähig waren, war außergewöhnlich ... weit mehr als die unglaublichen Höchstleistungen, die ich eh schon gewohnt bin.«

»Also bekomme ich irgendeine spezielle Behandlung oder so was in der Art?«, fragte Kaiden. »Wenn ich mehr von diesem Likör bekomme, dann verspreche ich, mich nicht zu beklagen.«

»Nun, das hängt von Ihnen ab«, sagte Laurie. »Wenn es nach mir geht, hätte ich Sie bereits in einem

Operationsraum, aber der Aufsichtsrat stellt sich immer ein wenig an, wenn solche Dinge erzwungen werden. Dabei geht es hier um wichtige Fortschritte.« Er wischte über die Oberfläche seines Tablets und eine holografische Projektion eines Apparats begann sich auf Augenhöhe zu drehen.

Kaiden schaute genauer hin. Da war ein Ring mit vier langen Vorsprüngen dahinter und einem in der Mitte, der aussah wie eine Antenne. »Das sieht aus wie ein Foltergerät aus dem Mittelalter.«

»Nun, vom ästhetischen Standpunkt her ist es wirklich kein elegantes Design fürs Auge, da muss ich Ihnen recht geben«, gab Laurie stirnrunzelnd zurück. »Allerdings ist dies das Gerät zur Implantation, das wir für die Menschen mit diesem Merkmal entwickelt haben. Wir haben ein paar Versuche benötigt, um es herzustellen. Das kreisrunde Design ist die Basis und hilft dabei, das Gerät mit Strom zu versorgen, die Energieversorgung ist unbegrenzt. Die Zinken sind so entwickelt worden, um die entsprechenden Bereiche des Gehirns zu versorgen und ...«

»Sie wollen DAS in meinen Kopf packen?«, rief Kaiden geschockt. Großer Gott, wie viele Leute gab es hier, die ihm solche erschreckenden Sachen vorschlugen, als wären es ganz normale Anfragen?

Er spürte ein Frösteln, als ihm klar wurde, dass dies vielleicht für diese Leute ganz normale Anfragen waren. Dann wurde ihm klar, dass, wenn er nicht diesen speziellen Faktor hätte, er unten mit den Anderen die normale Ausrüstung bekommen hätte und damit wahrscheinlich schon fertig wäre.

Speziell zu sein, fing so langsam an, ihn zu nerven.

»Nun, ja, aber wie ich bereits sagte, die Entscheidung liegt bei Ihnen«, gab Laurie zu. Kaiden hörte einen niedergeschlagenen Ton in den letzten paar Worten. »Sie können die normalen Geräte nutzen wie alle unsere anderen Novizen. Dafür sind wir bekannt und es ist schließlich das, was Ihre Klassenkameraden nutzen werden.«

Laurie langte über den Tisch und ergriff Kaidens Hand mit dem Getränk. Das halb leere Glas wackelte durch den plötzlichen Druck. Er schaute dem früheren Gangmitglied fast bittend in die Augen, seine Arroganz schwand ein wenig.

»Sie müssen das verstehen, Kaiden. Sie könnten die Zukunft dieser Technologie sein und dieser Akademie«, erklärte er. »Durch die Informationen, die wir erhalten, indem wir Theorien und Geräte wie dieses verwenden, erhöhen wir unser Potenzial. Sie würden eine Chance verschenken Dinge zu erreichen, von denen sie vermutlich nicht einmal zu träumen wagten, bis sie für sie zur Gewohnheit geworden sind.«

Kaiden schaute lässig auf das flehende Genie vor ihm. Er lehnte sich vorwärts und entzog seine Hand der des Professors, um sein Glas zu leeren. Er erinnerte sich an sein zurückliegendes Treffen mit Mya. An Jakes Zwang, sich niemals zufriedenzugeben.

Er lachte. Von all den Dingen, die Jake ihm eingebläut hatte, war es wahrscheinlich dieses Mantra, das ihn vermutlich eines Tages das Leben kosten würde.

»Ich muss aber dafür nichts extra bezahlen, oder? Ich habe bereits fünf Millionen Credits angesammelt.«

»Aber nein, ich übernehme alle zusätzlichen Kosten. Ich werde den Eingriff selber vornehmen«, verkündete

Laurie, dessen gute Laune zurückkehrte. »Nun ja, eigentlich werden es die Roboter machen, die ich entworfen und programmiert habe.«

»Nun, ich kann immer einen Vorteil gebrauchen. Ich werde ... verdammt ... in Ordnung, ich werde es machen. Sorgen Sie nur dafür, dass keine Narben zurückbleiben oder ich schwöre Ihnen, ich werde ...«

»Natürlich nicht. Es ist eine simple und schmerzfreie Prozedur. Sie werden nichts spüren und Ihre Integration wird beginnen, sobald Sie aufwachen«, versicherte Laurie, der seine vorherige Selbstsicherheit wiedergefunden hatte.

Er nahm ein Tablet aus seiner Schreibtischschublade und reichte es Kaiden, der das Glas auf die Platte zurückstellte und es entgegennahm. Eine Art Formular war auf dem Bildschirm sichtbar.

»Es steht dort nur, dass Sie verstanden haben, was die Prozedur ist und dass Sie Ihre Einwilligung dazu freiwillig geben«, erklärte Laurie.

Kaiden nickte und scrollte nach unten. Es war recht einfach gehalten, aber er nahm an, dass es nicht oft genutzt wurde und man sich nicht die Mühe gemacht hatte, ein umfangreiches Vertragswerk zu entwerfen. Er fügte seine Unterschrift hinzu und drückte seinen Daumen gegen einen Scanner auf dem Bildschirm. Es piepte als Bestätigung. Laurie nahm es wieder entgegen und stellte es in eine Halterung.

»Das ist fantastisch. Ich verspreche Ihnen, dies wird der Moment sein, in dem Ihr wahrer Aufstieg beginnen wird, Novize Jericho«, rief das Genie aus, füllte das Glas ein weiteres Mal zur Hälfte und reichte es Kaiden.

Dieser hob das Glas wie bei einem Trinkspruch und stürzte sich die Flüssigkeit in den Rachen. »Darauf freue ich mich schon. Machen wir einen Termin aus oder so was in der Art? Das Semester startet recht bald, oder? Wir sollten vorher damit fertig sein.«

»Oh, wir werden sofort starten. Sobald die Medikamente ihre Wirkung entfalten.«

Kaiden nickte. »Alles klar, je eher, desto besser, her mit den Medikamenten!«

»Die haben Sie bereits getrunken«, gab Laurie zu und zeigte dabei auf das Glas in Kaidens Hand.

Er schaute zuerst auf den Wissenschaftler und dann auf sein leeres Glas. »Oh ... na dann.« Er bemerkte, dass das beruhigende Gefühl, das er vorher wahrgenommen hatte, sich schrittweise verstärkte. Es durchströmte ihn und er konnte nicht mehr dagegen ankämpfen, als sein Blick auf den Professor verschwommen wurde. »Das ist ... das ist total beschissen, Prof ...«

»Zeit zu verschwenden ist eine Sünde. Davon abgesehen, haben Sie ›*ja*‹ gesagt.«

Der Wissenschaftler platzierte seinen Finger auf einer Leiste seines Schreibtisches. Kaiden konnte Laurie vage »Bereitet den Operationsraum vor« rufen hören. Es schien vom Ende eines langen Tunnels zu kommen statt von dem Mann auf der anderen Seite des Schreibtisches.

Als die letzten Lichter seines Bewusstseins ausgingen, sackte Kaiden auf seinem Stuhl zusammen und ein allerletzter Gedanke kam ihm noch.

Man sollte genau aufpassen, was man sagt.

KAPITEL 5

Kaiden erwachte in einem abgedunkelten Raum. Er schaute sich nach dem Professor um, konnte aber niemanden sehen. Tatsächlich sah er überhaupt nichts, wie er mit einem vagen Gefühl der Furcht bemerkte. Er setzte sich auf und starrte in den dunklen Raum. Das wenige Licht schien nur den Boden ein paar Meter vor ihm zu erleuchten.

»Hey, Professor, wo verstecken Sie sich?«, rief er. Dann hörte er ein schrilles Summen und spürte einen weiß glühenden, scharfen, stechenden Schmerz, der sich in seine Eingeweide bohrte und dafür sorgte, dass er sich total verkrampfte. Er presste seine Hände über die Ohren, in der Hoffnung, das Geräusch zu dämpfen, aber er konnte es trotzdem noch unverändert hören.

»Was zur Hölle geht hier vor?« Er keuchte auf und das Geräusch hörte plötzlich auf. Langsam stand er auf und sah sich vorsichtig um. Nichts und niemand war in diesem dunklen Raum zu sehen.

Seine Sorge wuchs mit jedem Herzschlag.

»Kaaai-den.« Er hörte ein neues Geräusch, kratzend und gedämpft, als würde jemand über eine sehr schlechte Funkverbindung mit ihm sprechen. Sein Kopf schwenkte nach links, dann nach rechts, auf der Suche nach Lautsprechern, aber er fand keine. Als er dann nach oben schaute, bemerkte er, dass sich auch dort kein Licht befand, das den Nahbereich um ihn herum beleuchtete.

Jetzt wurde das hier wirklich bizarr.

»Kaiden? Novize Kaiden, können Sie mich hören?« Es war Lauries Stimme, die von überall zugleich zu kommen schien.

»Ja ... ja, ich höre Sie. Wo zur Hölle stecken Sie und wo zur Hölle bin ich überhaupt? Beantworten Sie die letzte Frage zuerst. Bin ich in der Hölle?«

Eine schimmernde Figur erschien neben ihm. Er sprang überrascht zurück und hob seine Hände in eine Boxhaltung. Das Ding bestand aus unzähligen kleinen Lichtern, die auf der Stelle wirbelten. Kaiden ging misstrauisch zwei Schritte zurück während er die Erscheinung dabei beobachtete, wie sich die Lichter auszurichten begannen und eine menschliche Form annahmen.

Er kniff seine Augen zusammen. Zuerst war nicht mehr zu sehen als eine solide Form, aber während er zuschaute, verschwanden einige der Lichter und andere bewegten sich, um dieser Erscheinung mehr Details zu verleihen. Haar, Gesichtsstruktur und Körperform wurden sichtbar. Kaiden begann die Erscheinung zu erkennen.

»Einen kurzen Moment noch, ich versuche die Verbindung zu synchronisieren«, war Lauries Stimme zu hören. Die Stimme war nun nicht mehr nur ein Echo im ganzen Raum, sondern schien von den Lichtern zu kommen. Als Reaktion auf die Worte war ein heftiger Blitz zu sehen und die Lichter formten sich in eine Silhouette von Professor Laurie, sein Körper perfekt in weißem

Licht nachgebildet, während Details wie seine Augen oder sein Mund durch die dunkle Umgebung gebildet wurden.

»Großer Gott, Professor, was passiert da mit Ihnen? Sie sehen aus, als wären sie aus einem alten Schwarz-Weiß-Comic ausgebrochen«, fragte Kaiden, vollkommen verblüfft von der surrealen Geistererscheinung vor ihm.

Der Professor lächelte. »Das ist nur ein simpler Avatar, den ich erschaffen habe, um mit dem System zu interagieren. Ich wünschte, ich hätte etwas ein klein wenig Aufwendigeres erstellt, aber ich wollte auf keinen Fall ein Ausbrennen verursachen, zumindest nicht, solange Sie da drin sind.«

»Das System?«, forschte Kaiden nach. »Ausbrennen? Was könnte hier brennen?« Seine Augen öffneten sich alarmiert, seine steigende Panik fand sich in seiner Stimme wieder, die nun eine Oktave höher war. »Haben Sie irgendwie Mist gebaut?«

»Beruhigen Sie sich, Novize. Niemand mag so einen überreizten Tonfall«, stellte Lauries Avatar mit einem nachlässigen Winken der Hand klar. »Ihnen fehlt freilich jeder Anstand, oder? Ich empfehle da vielleicht einen Kurs zu belegen, sobald wir hier fertig sind. Oder auch zehn, wenn Sie schon mal dabei sind ...«

Mit was genau müssen wir denn hier fertig werden? Kaiden kümmerte sich einen Scheiß um Anstand. Ohne darüber nachzudenken, stürzte er vor, um den Mann zu packen, aber seine Hände glitten ohne Widerstand durch den Körper des Professors. Er stolperte und fiel auf den Boden. Er spürte keinen wirklichen Aufschlag, schaffte es jedoch, auf seinen Händen und Knien zu landen.

»Ich würde empfehlen, dass Sie sich daran gewöhnen, mein lieber Kaiden«, ermahnte ihn Laurie, während er eine Hand auf die Schulter seines Gegenübers legte.

Kaiden konnte keinen Druck von dieser Geste spüren und es sah auch nicht wirklich so aus, als würde der Professor tatsächlich mit ihm interagieren – es sah eher aus wie eine Projektion, die knapp über seinem Körper schwebte.

»Wir befinden uns derzeit im Stolz der Nexus-Akademie, dem Anima-System«, erklärte Laurie, der seine Hände hinter dem Rücken verschränkt hatte und seine Augen durch die Gegend schweifen ließ. »Dies ist eine einfache Simulation. Ich habe sie geladen, um ihr Verhalten kennenzulernen und so ihre EI-Integration einfacher zu machen. Das Anima-System ist eine fortgeschrittene Technologie für Virtuelle Realität und wird von der Akademie dafür genutzt, die Schüler, das Lehrerkollegium und auch den einen oder anderen Soldaten oder Freiberufler zu trainieren. Letztere natürlich nur, wenn diese für die Dienstleistungen auch bezahlen können.«

Kaiden schaute sich um, während er immer noch damit kämpfte, leichte Anflüge von Hysterie zu unterdrücken. Es gab zwar immer noch nicht viel zu sehen, aber es kam ihm auch nicht wirklich komisch vor. Er hatte schon vorher VR-Geräte benutzt, meist für Computerspiele oder wenn er sich mit Freunden oder auch Kollegen bei den Dead-Eyes traf und einen diskreten Treffpunkt benötigte, den man vor neugierigen Augen abschirmen konnte. Allerdings war bei diesen virtuellen Erfahrungen die Künstlichkeit klar erkennbar gewesen. Digitale Repliken von einem selbst oder anderen, modifizierte Charaktere aus der Popkultur oder Persönlichkeiten aus dem Spiel liefen dann herum.

Dies allerdings – so bizarr es auch war – sah alles sehr echt aus.

»Ich gebe Ihnen ein paar Momente, um sich an diese Tatsache zu gewöhnen. Ich nehme Ihr wortgewandtes Schweigen mal als Kompliment für mich entgegen«, sagte der Professor, ehe sich sein Grinsen verbreiterte. »Das letzte große Update stammt übrigens von mir und alle folgenden Updates wurden von mir und meinem Team aus Topentwicklern, Ärzten und Technikern entworfen.«

Er wirbelte herum und starrte mit seinen durchsichtigen, digitalisierten, weißen Augen in die Kaidens. Ohne Warnung streckte er einen seiner Arme aus und eine weitere Masse aus Licht formte sich über seiner Handfläche. Es nahm schnell eine Form an, eine Platte mit einem hervorstehenden Griff. Es war ein Handspiegel, schwarz mit einer reflektierenden Oberfläche. Bedeutsamer war allerdings, dass der Spiegel echt aussah, ganz im Gegensatz zum derzeitigen Aussehen des Professors.

»Schauen Sie mal rein. Ich habe sichergestellt, alles bis ins kleinste Detail nachzubilden. Es kann zu Anfang ein wenig unheimlich sein, aber Sie sollten sich im Nullkommanichts daran gewöhnt haben«, versprach er, während er Kaiden den Spiegel mit einer dramatischen Geste entgegenhielt.

Kaiden sah sich selber an und war gleichzeitig beeindruckt und erschrocken. Laurie hatte recht – es sah verdammt unheimlich aus.

Sein Haar war lang und gekämmt mit der ihm eigenen Schmalzlocke, kohlrabenschwarz und die Seiten seines

Kopfes fast komplett abrasiert. Seine blauen Augen starrten ihm in ihrer natürlichen, durchdringenden Art entgegen, als Kontrast zu seiner gebräunten Haut. Sein Nasenrücken hatte sogar die kaum wahrnehmbare Unebenheit, ein Überbleibsel eines Kampfes vor drei Jahren, als seine Nase nach einem Bruch nicht ordentlich gerichtet worden war.

»Nicht schlecht. Wird wahrscheinlich so seine Zeit gedauert haben, so was Hübsches wie mich nachzustellen«, kommentierte Kaiden mit einem Grinsen. Er versuchte den Spiegel zurück an Laurie zu geben, aber das Utensil verschwand einfach in einem Lichtblitz.

Der Professor antwortete mit spöttischem Ton: »Nicht wirklich. Die Fähigkeiten meines Systems zur Abtastung können nicht mit denen anderer Firmen oder angeblich genialer Entwickler verglichen werden. Wenn ich ehrlich bin, habe ich während der Operation mehrmals daran gedacht, ein paar Ihrer ... nun ja ... sagen wir ... nicht so sympathischen Merkmale auszubessern.« Er beendete diese Aussage mit Daumen und Zeigefinger, die über seinen Nasenrücken glitten.

»Ach da freue ich mich aber.« Kaiden rollte mit den Augen, um seinen Sarkasmus zu unterstützen. »Und, wie hat es geklappt? Haben Sie dieses klauenartige Ding hinein bekommen?«

»Mein Ruf benötigt anscheinend ein wenig Überarbeitung. Sie sollten es besser wissen, als mir zu unterstellen, dass ich bei so einer Aufgabe versagen könnte.«

»Sie sagten, dass Sie das nicht allzu oft tun würden, also nehmen Sie es wie ein Handicap hin«, sagte Kaiden und verschränkte seine Arme. »Davon abgesehen könnten Sie mir ein wenig mehr Wertschätzung zeigen. Ich kann mir sehr gut vorstellen, dass viele Spielverderber sind, wenn es darum geht, einen Fremden in ihrem Hirn herumfummeln zu lassen."

Der Professor lehnte sich wieder zu ihm hin. Kaiden konnte sehen, dass dieser mit sich rang, einen bissigen Kommentar zurückzugeben, dann aber seufzte und nickte. »Na gut, Novize. Ich muss zugeben, dass ich derzeit ein wenig eingerostet bin. Die Operation verlief problemlos, aber die Anpassung der Nervenschnittstelle und deren Verbindung zum Anima-System hat ein wenig länger gedauert, als ich erwartet hätte. Ich hatte mir ein Zeitfenster von drei Stunden vorgenommen und habe es nur um elf Minuten überschritten – wer weiß, wann ich mal wieder die Chance haben werde, mich selbst zu übertreffen?«, gab Laurie seine Unzulänglichkeiten mit einem Seufzen zu. »Das Leben kann so trostlos sein, wenn man keine wahre Konkurrenz hat. Da muss man sich von Zeit zu Zeit seine eigenen Herausforderungen stellen.«

Kaiden nickte und versuchte seinen Gesichtsausdruck neutral zu halten, aber unterbewusst trommelte er mit seinen Fingern auf seinem Arm. »Also, das Ding ist in mir und ich bin in diesem Anima-System-Dingens. Was wäre da noch zu wissen? Ich spüre gerade einen leichten Anflug von Hunger.«

Der Professor legte seinen Kopf zur Seite. »Nun gut, wie wäre es, wenn ich Ihnen nun mal Ihre EI vorstelle?«, fragte er.

Laurie trat ein paar Schritte zurück und gab Kaiden zu verstehen, es ihm gleichzutun.

»Beginne EI-Integration«, befahl der Wissenschaftler in die Leere hinein.

Zuerst passierte gar nichts. Dann erschien eine große Kugel zwischen den beiden, ähnlich der, die er in Myas Büro gesehen hatte, aber mit einer eindeutigen Farbe. Das Konstrukt strahlte das gleiche weiße Licht aus, wie alles um ihn herum.

»Initialisierung läuft, beginne Startvorgang und Benutzerintegration«, war von einer körperlosen Stimme zu hören. Sie war komplett mechanisch, ähnlich den künstlichen Stimmen, die Kaiden schon an Informationsständen oder billigen Werbetafeln gehört hatte.

»Warum hört es sich so ... billig an?«, fragte er.

»Alle EIs werden beim ersten Start mit Werkseinstellungen geladen. Der Benutzer wählt dann die entsprechenden Einstellungen, wie Aussehen oder Persönlichkeit«, erklärte der Professor bei einem Gang um die Kugel.

Das Licht der EI pulsierte sanft und rhythmisch, als sie ihre Startfunktionen lud. Dann war wieder die monotone Stimme zu hören: *»Grundlegende Komponenten geladen, bereit für die Integration mit Nexus-Akademie-Novize Kaiden Jericho.«*

Kaiden schaute auf die glühende Kugel und sah einen schmalen, helleren Ring, der ihn zu verfolgen schien, als er seine Position relativ zur EI veränderte. Er zwang sich, stehenzubleiben, etwas unsicher wegen dieser unerwarteten Entwicklung. »Bereit, wann immer du es bist, äh, Chef ...«

»EI erkennt ›Chef‹ nicht als Funktion oder ausführbares Programm. Ist dies eine Bezeichnung für mich?«, fragte die Stimme.

»Was, wie ein Name? Ja, sicher, kannste so machen.« Kaiden zuckte mit den Achseln. Er war nun ein wenig ungeduldig und hatte keine Lust, mit dem Gerät

›Fünfhundert Fragen‹ zu spielen. Es interessierte ihn viel mehr endlich zu sehen, wozu die EI fähig war.

»Ich wäre an Ihrer Stelle ein wenig vorsichtiger, mein lieber Kaiden.« Laurie betonte das Wort ›vorsichtig‹ als er an seine Seite trat. »Es ist sehr schwer, EIs zurückzusetzen, sogar die kommerziellen Varianten. Ich denke nicht, dass es sehr weise ist, so planlos mit ihr zu hantieren, vor allem wenn man daran denkt, dass sie von nun an quasi mit ihnen verbunden ist.«

Daran hatte Kaiden natürlich nicht wirklich gedacht. Schließlich war es nicht so einfach möglich, seinen Hinterkopf zu öffnen und das Ding zu ersetzen. Er dachte kurz darüber nach und zuckte erneut mit den Achseln. »Chef ist nicht wirklich ein schlechter Name. Beim Rest werde ich aber vorsichtig ...«

»EI mit zugewiesenem Namen ›Chef‹ beginnt nun mit der Startsequenz, um die Benutzereinstellungen abzufragen. Geschätzte Zeit für die grundlegenden Einstellungen: fünf bis sechs Stunden.«

Er schüttelte mit dem Kopf. »Oh, zur Hölle damit. Hast du eine Express-Installation?«

»Express-Installation ist verfügbar. Diese Option installiert auf dieser Einheit alle Basisprogramme der Nexus-Akademie und notwendige Programme. Der Benutzer kann dann die kosmetischen Einstellungen und das Persönlichkeitsprofil dieser Einheit vornehmen. Erwartete Zeit für Installation: zehn Minuten.«

»Kaiden, ich finde wirklich, dass Sie sich die Zeit nehmen sollten, um ...«, begann Laurie, wurde aber direkt von Kaiden abgewürgt.

»Nein, alles in Ordnung, Professor, aber es ist wahrscheinlich schon tief in der Nacht und ich habe noch ein paar andere Sachen, die ich machen muss, bevor das Wochenende zu Ende ist und die Akademie startet. Ich kann schon damit leben, wenn ich nicht festlegen muss, ob ich ein paar virtuelle Plüschwürfel für meinen Sichtbereich haben möchte oder was meine bevorzugte Kaffeetemperatur ist, okay?«

Der Professor hatte immer noch seinen ›Sie machen einen großen Fehler‹-Blick aufgesetzt, hob aber seine Hände als Zeichen des Aufgebens und trat etwas zurück.

»Mach weiter«, befahl Kaiden der EI.

»Beginne Installation, lade Treiber und Basisprogramm …«, tönte die EI und schwieg dann für mehrere Minuten.

Das Licht flackerte immer wieder an und aus, als die EI ihre Installation vornahm. Dann endlich konnte Kaiden sehen, wie sie wieder normal leuchtete. Die Kugel war nicht mehr ein einfacher Lichtfleck, sondern hatte rundherum ein aufwendiges Design bekommen, wie Gas, das durch eine klare Blase waberte. Ihr kleines Auge schaute nun erneut auf Kaiden. *»Installation komplett, Basisaussehen als zeitweilige Vorlage geladen. Bitte legen Sie Modell, Farbe und persönliche Vorlieben fest.«*

Kaiden schaute die Kugel von oben bis unten an und fand, dass sie so gut aussah, wie sie war. Außerdem hatte er nicht vorgehabt, sich hier ein Maskottchen zu suchen. »Du siehst gut aus, Chef. Vielleicht könntest du noch was an der Farbe machen. Sieht ziemlich schlicht aus, aber davon abgesehen siehst du gut aus.«

»Empfehlung: Farbpalette nach Gefühlslage. Die Primärfarbe dieses Modells ändert sich je nach Situation und den Gefühlen der Konversation.«

»Du hast Gefühle?«, fragte Kaiden, schaute dann zu Laurie, dessen Lächeln stärker wurde, während seine Augen ein paar Mal hoch und runter wackelten.

»Die Programmierung dieses Modells enthält Funktionen und Algorithmen, die eine simulierte Zurschaustellung menschlicher Emotionen erlaubt. Es ist kein chemisches Konstrukt und kann daher auch nicht wirklich fühlen. Dies ist eine kosmetische Option, implementiert durch den Designer dieses Modells, Alexander Laurie.«

Kaidens Blick ging nach unten und er schüttelte seinen Kopf. »Und was ist daran jetzt genau eine Verbesserung?«

»Es ist einfach praktisch. In der Hitze des Kampfes oder in stressigen Momenten kann es sein, dass eine Person nicht klar denkt. Die EI überwacht den Blutdruck des Benutzers, den Herzschlag und andere Anzeichen von Aufregung oder Stimmungen und passt daraufhin seine Algorithmen an, um besser zum Benutzer zu passen und um Ratschläge geben zu können, die der Benutzer besser verstehen oder vielleicht sogar in diesen Situationen gebrauchen kann. Die verschiedenen Farben geben dem Ganzen nur ein wenig mehr Flair«, erklärte der Professor. »Ich würde es aber tatsächlich empfehlen. Wenn Sie es schon in der Basisvorlage nutzen möchten, können Sie dem armen Ding wenigstens noch ein wenig Farbe gönnen.«

»Ja, okay, mach weiter«, befahl Kaiden der EI und gab sich nicht mehr die Mühe, seine Gleichgültigkeit zu verbergen. »Was kommt jetzt?«

»Persönlichkeitsprofil.«

»Was sind die Optionen?«

»Es gibt eine Liste von mehr als eintausend Basispersönlichkeiten, die auf dieser Einheit gespeichert sind. Allerdings scheint es so, als hätten wir Zugriff auf die Datenbanken der Akademie und wir können auf der Basis von psychologischen Beurteilungen und Beschreibungen in den Datenbeständen eine eigene synthetisieren.«

»Gehört das zum Standard?«, fragte Kaiden halbwegs interessiert, als er wieder hoch zu Laurie blickte.

Laurie hustete in seine Hand. »Nicht gänzlich. Ich habe die Operation in meinem eigenen Operationssaal durchgeführt, daher habe ich die Verbindung zum Anima-System über mein persönliches Netzwerk eingerichtet, welches ein wenig umfangreichere Zugriffsrechte hat als die meisten anderen Zugänge.« Er schritt um die EI herum. »Diese Option wird normalerweise dazu verwendet, um EIs zu erschaffen, welche die Persönlichkeiten von Personen des öffentlichen Interesses nachbilden sollen. Meist wird dies verwendet, wenn die Behörden diese benötigen oder wenn Gefechtssimulationen erstellt werden, die den Studenten verschiedene Szenarien bieten. Zur persönlichen Unterhaltung wird dieser Vorgang also üblicherweise nicht verwendet."

»Nun, ich wüsste auch gar nicht, wofür das gut sein soll. Mir würde da keiner einfallen«, sagte Kaiden nachdenklich auf sein Kinn tippend. »Ich kann jetzt nicht behaupten, ich hätte da eine Vorliebe, wenn ich ehrlich bin.«

»Ihr Mangel an Vorstellungskraft ist beunruhigend, Kaiden, mein Junge«, murrte Laurie, verschränkte seine Hände hinter seinem Kopf und lehnte sich zurück.

»Diese EI wird für den Rest Ihres Aufenthalts hier Ihr Partner sein und außerdem wird sie Sie auch in Gefechte begleiten. Wollen Sie nicht liebliche Töne in Zeiten der Entspannung hören oder wie wäre es mit tapferen Worten, während Sie durch die Hölle stürmen? Dürfte ich vielleicht einige Vorschläge machen?«

»Auf gar keinen Fall, danke.« Kaiden verzog das Gesicht. Er wollte zwar nicht zu viele Annahmen machen, aber wenn Laurie bei der Wahl seines kleinen Begleiters im Kopf die Hände im Spiel haben würde, müsste er wahrscheinlich damit leben, dass mitten in einer Gefechtszone seine EI plötzlich anfangen würde, ihn wie eine Cheerleaderin anzufeuern. Der Professor würde nur auf seine Kosten mit seinem neuen Spielzeug spielen.

»Nun dann, ist da wirklich niemand, der Ihnen einfallen würde, den Sie als Begleiter gerne dabei haben würden?«, erkundigte sich Laurie.

»So spontan fällt mir da gar nichts ein. Die einzige Person, mit der ich jemals zusammengearbeitet habe oder dessen Befehle ich ausgeführt habe, war Jake«, sagte Kaiden gedankenlos.

Laurie hob seine Augenbraue, als Kaiden genervt an seinen Nasenrücken packte. Das hätte er vielleicht nicht ausplaudern sollen.

»Und wer war das? Ein Freund? Ein Bruder? Das könnten Sie als Basis nehmen und etwas Ähnliches finden.«

»Jake Havik? Zur Hölle, nein. Jake war ... er war ein Mentor, könnte man sagen, aber er war auch eine totale Nervensäge. Ich meine, ich würde sagen ... er war ein feiner Kerl, aber ich möchte verdammt sein, wenn er nicht auch ein griesgrämiger Bastard war.« Kaiden knurrte verärgert und ließ seine Knöchel knacken. »Hat mich dauernd herumkommandiert, hat mich während des Trainings auf viele Arten gequält. Er war ständig ein Klugscheißer ...«

Kaiden verstummte langsam. Er konnte die Kälte fühlen, die sich durch seine Eingeweide zog, als er an die letzten Wochen zurückdachte. Trotz der ganzen Wut, die er gegenüber Jake fühlte, hätte er eigentlich nicht so gleichgültig sein dürfen. Eigentlich müsste es komplett andersherum sein, aber ...

Er seufzte, als er die Arme wieder vor seiner Brust verschränkte. »Ich meine, er war ein Bastard, aber ich nehme mal an, er hat auf mich und die anderen geachtet. Eigentlich war er nicht so übel, wäre vielleicht hilfreich gewesen, wenn er einen kleineren Stock im Arsch gehabt hätte. Wenn ich ehrlich bin, hätte ich ihn gerne wieder in meiner Nähe.«

»Verstanden, erstelle Persönlichkeit aus dem Profil ›Jacob Thomas Havik‹ aus der Datenbank.«

»Oh lieber Gott, nein«, flüsterte Kaiden als er fühlte, wie sich sein Puls beschleunigte und ihm kalter Schweiß ausbrach.

»Nun, das hat ja wunderbar geklappt. Sie sehen, es war gar nicht so ...«

»Stellen Sie es aus. Sorgen Sie dafür, dass es aufhört«, sagte Kaiden und rannte hinüber zu Laurie. »Auf keinen Fall möchte ich diesen Idioten rund um die Uhr in meinem Kopf haben. Es war schon übel genug, als ich ihn nur unregelmäßig gesehen habe.«

Lauries Avatar hob abwehrend seine Hände. »Stellen Sie sich nicht so an. Die EI ist schließlich keine Séance. Sie erstellt nur eine Persönlichkeit auf der Basis von

Beschreibungen und historischen Dateien aus einem Profil der Regierung. Sie sind wirklich melodramatisch.« Der Professor sah nachdenklich aus. »Davon abgesehen, hatten Sie nicht wirklich einen Plan B und ich dachte, Sie wären begierig, dass es weiter geht.«

»Ich dachte Sie sagten, dass es gegen die Regeln wäre.«

»Ich sagte, dass es nicht normal wäre, wenn diese Funktion verwendet wird, aber ich bin immer an neuen Erfahrungen interessiert«, antwortete Laurie mit einem Glitzern in den Augen. »Davon abgesehen, wären Sie wahrscheinlich in mehr Schwierigkeiten, als ich es wäre. Ich bin hier der oberste Entwickler, aber Sie sind nur ein Novize, der mit Sachen herumgespielt hat, an denen er nichts zu suchen hatte.«

»Wozu Sie mir Zugriff gegeben hatten«, gab Kaiden zurück.

Kaiden konnte sehen, wie der Avatar des Professors zu verblassen begann. »Ich werde alles Notwendige für Ihre Rückkehr in die Realität vorbereiten. Lernen Sie Ihre EI ein wenig besser kennen und sagen sie ihm in ein paar Minuten, die Verbindung zu deaktivieren.« Seine letzte Anweisung hing noch in der Stille nach, die letzte Begleiterscheinung seiner Teilnahme verschwand ebenfalls – sein verschlagenes Lächeln.

»Ich hasse Sie! Sie aufgeblasener Bastard!«, schrie der junge Student dem verschwindenden Avatar hinterher.

»Sie haben das Formular unterschrieben«, erinnerte der Professor ihn süffisant.

Verdammte Wortklauberei. Der Avatar war nun komplett verschwunden und Kaiden drehte sich zurück zur EI.

»Abgeschlossen«, sagte sie immer noch in der monotonen Stimme.

»Du klingst überhaupt nicht anders. Ich nehme an, es hat nicht geklappt?«, fragte er mit langsam wiederkehrender Erleichterung und einem Quäntchen Hoffnung.

»Du hast mir noch nicht die Zeit gegeben, mich zu synchronisieren, du Klappspaten«, gab Chef schnippisch zurück. Seine Stimme hatte einen merklichen Akzent, angelehnt an den von Kaiden mit einem synthetischen Unterton.

»Oh verdammt ... ich bin echt gefickt.« Kaiden stöhnte. Er hatte noch nicht mal einen Satz durchgehalten und wünschte sich für seine EI die Standard-Stimme und vor allem Persönlichkeit zurück.

»Was glaubst du denn, wie es mir geht? Hast es noch nicht mal für nötig gehalten, mich vernünftig einzurichten. Musstest du auf eine verdammte Schlummerparty oder habe ich dich bei deinem Mittagsschlaf gestört? Hör mal, du Schnarchnase, du hattest nur diese eine Aufgabe.«

Kaidens Fäuste ballten sich. »Ich habe dir nicht die Erlaubnis gegeben, diese Persönlichkeit auszusuchen. Du hast einfach entschieden, einen Alleingang zu machen und hast diese dumme Entscheidung ohne mich getroffen. Ändere es.«

»Das geht nicht, du Schwachkopf. Aufgrund der Sicherheitsvorkehrungen hätte ich komplett gelöscht werden müssen und wir hätten von vorne anfangen müssen. Daher musst du mit mir leben – aber was schlimmer ist, dass ich dich ertragen muss – bis Professor Frankenarsch da draußen einen Weg gefunden hat, mich von dir zu befreien.« Die EI unterstrich ihre Stimmung mit etwas, was sich wie ein Knurren anhörte.

EIs konnten knurren?

Kaiden schaute das Konstrukt an. »Das hört sich so an, als würde dich das mehr nerven als mich. Den nervigen Akzent hast du aber auch nur mit halbem Arsch implementiert. Wo hast du den her? Aus einer uralten Doku über einen drittklassigen Freizeitpark mit Wildwest-Thema?«

»Nee, ich habe dir bloß zugehört und im Netz nach ›Südstaaten-Arschgesicht‹ gesucht ... tja, und das hier kam dabei raus.« Kaiden konnte sehen wie die kleine Kugel, die er für das Auge des Konstrukts hielt, sich zusammen kniff und ihn anstarrte, als wenn Blicke töten könnten.

»Oh, ich werde deinen Hintern in Form eines glorifizierten Strandballs in der Sekunde loswerden, in der sich mir eine Chance bietet«, drohte Kaiden.

»Ja klar, mach das. Ich stecke jetzt in deinem Kopf, Kumpel. Selbst wenn du mit dem Gedanken spielen solltest, dir einen Schraubenzieher in deine hohle Birne zu rammen, würde das viel mehr Schaden bei dir selber, als bei mir anrichten. Nun ja, du hättest zumindest große Chancen, dein Gehirn einfach zu verfehlen. Da ist so viel Platz in deinem Schädel, dass es eigentlich recht gemütlich hier drin ist, wie eine Altbauwohnung mit hohen Decken.«

»Weißt du was, die süße Stille des Todes wäre vielleicht gar keine schlechte Alternative zu der Aussicht, Jahre meines Lebens damit zu vergeuden, den schnippischen Kommentaren einer glorifizierten Christbaumkugel zuzuhören.«

»Verdammt, Mann, du hast echt Probleme«, grunzte Chef, sein Auge war nun wieder komplett geöffnet.

»Alles ist vorbereitet, Novize Jericho. Haben Sie sich mit Ihrer EI mittlerweile angefreundet?«, fragte Laurie, dessen Stimme wieder durch Kaidens Verstand hallte.

»Nochmal, verdammt, nein! Sind Sie sicher, dass ich dieses Ding nicht irgendwie einäschern kann?«, flehte er.

»Derzeit nicht. Die Installation ist zu frisch und da dies das erste Mal ist, dass Sie eine EI mit diesen Fähigkeiten benutzen, kann es mit großer Wahrscheinlichkeit zu Hirnschäden kommen und der Möglichkeit, dass es zukünftige Einsätze der Synapse-Funktion fast unmöglich macht«, erklärte der Professor ungerührt. *Da geht die letzte Hoffnung dahin.*

»Du hast echt die Arschkarte gezogen, KJ«, fügte Chef amüsiert hinzu.

»Zusätzlich, angesichts der Tatsache, dass die EI in das Neuralgerät selber geladen ist, könnten Sie bei einer Entfernung, ein Trauma bekommen. Wenn die EI so plötzlich und ohne die passende Vorbereitung die Verbindung zu Ihnen verliert, könnte das den Chip durchschmoren lassen und damit die EI komplett löschen.«

»Ihr könnt mich alle mal ordentlich am Interface lecken«, rastete Chef aus. *»Was habt Ihr verwendet, um mich zu bauen? Recycelte Zahnstocher und Aluminium-Warmhaltefolie?«*

»Jetzt mal ernsthaft, Prof, sollte das nicht eigentlich die nächste Stufe der technologischen Entwicklung oder so was in der Art sein? Ich dachte, das hier sollte der heiße Scheiß sein?«

»Wie es scheint, könnte ich das wortwörtlich sein.«

»Es ist experimentell. Ich hatte ja erklärt, dass es brandneu ist und noch nicht umfangreich getestet werden konnte. Die Tatsache, dass es jemand aufgrund von Idiotie und absoluter Fahrlässigkeit entfernen möchte, wurde nicht in Erwägung gezogen«, schalt Laurie mit einem leichten Unterton von ›Ich habe es Ihnen doch gesagt‹, was Kaiden nur noch wütender machte. »Wenn Sie jetzt bitte in die Realität zurückkommen würden, könnten wir eine finale Überprüfung vornehmen, und dann können Sie auch schon Ihrer Wege gehen.«

»Himmelherrgott ... deaktiviere bitte die Verbindung, Wollknäuel«, rief Kaiden, als die EI nicht reagierte.

»Ich hatte eh keine Lust mehr, deinem sinnlosen Gestammel zuzuhören.«

»Du bist jetzt in meinem Kopf, Klugscheißer.«

»Und ich wette, du Sparnummer hast noch nicht mal Kabelfernsehen hier drin«, bemerkte die EI und drückte damit Kaiden noch einen allerletzten Spruch rein.

Kaidens Sicht begann zu verschwimmen und er konnte erkennen, wie sich sein Körper langsam auflöste. Trotz des wachsenden Infernos in seiner Brust, als er realisierte, dass er mit diesem aufmüpfigen Ding in der nächsten Zukunft zwangsweise verbunden sein würde, konnte er nicht verhindern, dass er trotzdem lächelte.

»Der kleine Bastard ist wirklich fast genauso so wie Jake«, kicherte er in die herabsteigende Dunkelheit.

KAPITEL 6

Kaiden schnappte verzweifelt nach Luft und seine Augen sprangen auf, aber er brauchte noch ein paar Momente, bis er seine Umgebung wieder fokussieren konnte. Er setzte sich auf und schaute auf seine Hände, die er erst zusammen und dann gegen seine Brust drückte, um zu überprüfen, dass sein Körper wieder in einem Stück war.

»Machen Sie sich nicht lächerlich, Kaiden, mein Junge«, ermahnte ihn der mittlerweile vertraute Singsang von Lauries Stimme. »Ihr physischer Körper war nicht im System. Es geht ihm sehr gut.«

»Ich wollte nur sicherstellen, dass Sie während der Operation keine ›Verbesserungen‹ vorgenommen«, grunzte Kaiden ärgerlich.

»Das war nicht Teil des Vertrags.«

Er drehte sich zur Seite und sah Laurie, wie er auf der anderen Seite des Raumes eine Treppe hinunterkam. Er schaute sich um und bemerkte, dass er in einem kugelförmigen Raum stand, die Wände ein solides, steriles und kaltes Grau, ein scharfer Kontrast zu den aufgewühlten Emotionen in ihm.

Seine Hand wanderte zu seinem Hinterkopf, wo er feine Linien am Schädelansatz fühlen konnte. »Haben Sie einen Spiegel?«

Der Professor erreichte ihn, griff dann Richtung Decke über ihn und zog einen Bildschirm herunter. »Schauen Sie mal.«

Der Monitor zeigte Kaiden die chirurgische Arbeit. Nachdem er alle Details gesehen hatte, musste er zugeben, dass er beeindruckt war. Er konnte nur mit genauem Ertasten die Einschnitte fühlen, die für die Arbeit des Professors notwendig gewesen waren. Zwei gekreuzte Linien formten ein sauberes ›X‹. Wenn man seinem Haar genug Zeit geben würde ein wenig mehr zu wachsen, würde man gar nichts mehr davon sehen.

»Schön genäht, Prof«, brachte er heraus und gab damit wahrscheinlich das erste echte Kompliment an den Professor, seitdem sie sich kennengelernt hatten.

»Dankeschön, aber da haben wir nicht wirklich genäht. Kühllaser wurden verwendet, um die Haut wieder zusammenzubinden.« Der Professor hob beide Arme in die Höhe, als Antwort senkten sich zwei lange roboterartige Geräte von der Decke herab. »Diese beiden Geräte hier haben die ehrliche Arbeit verrichtet – es sind chirurgische Präzisionsdroiden. Ich nenne sie Nightingale und Blackwell.«

»Oh, schön euch kennenzulernen«, sagte Kaiden mit einem höflichen Nicken. Die Droiden schienen zurück zu nicken, bevor sie sich wieder hoch in ihre Behälter hoben.

»Laser? Ich muss sagen, was auch immer sie getan haben, ich fühle wirklich überhaupt keinen Schmerz. Sie arbeiten sauberer, als ich gedacht habe.«

Der Professor lächelte als Antwort und zog eine kleine Ampulle mit einer trüben Flüssigkeit hervor. »Das ist meine persönliche Lieblingsmischung – nicht wirklich legal, aber wenn Sie ein Geheimnis bewahren können, dann kann ich das auch.«

»Sorgen Sie einfach dafür, dass das gute Zeug weiter in meine Richtung fließt und Sie haben mein Wort«, schlug Kaiden vor, als er vom Operationstisch herunterhüpfte.

»Bevor Sie gehen, aktivieren Sie Ihre EI. Wir müssen sicher gehen, dass die Integration erfolgreich war.«

»Oh, toll, das war es dann wohl mit den wenigen Momenten des Friedens und der Ruhe«, seufzte Kaiden. »Hey, Chef, bist du online?«

»Jau, ich habe erst mal ein wenig ausgefegt und dekoriere hier drinnen gerade etwas um«, sagte die EI in einem sarkastischen Ton.

»Alles fein«, grummelte Kaiden. »Ich kann sie zwar nicht sehen, aber dafür umso besser hören.«

»Ah, wo Sie das erwähnen ...« Laurie griff unter den Tisch und brachte eine Schachtel hervor. »Schauen Sie sich das hier mal an, mein Junge.«

Kaiden öffnete die Schachtel und sah eine Art Brille. Die Gläser waren rund, klar und hatten einen durchsichtigen Rahmen. Er setzte sie vorsichtig auf, nicht ganz sicher was er erwarten sollte aber ziemlich sicher, dass er es nicht mögen würde, egal was es war. Als er keinen Unterschied sah, schaute er den Professor fragend an.

»Normalerweise wird eine EI direkt in den Rahmen eingesetzt, da aber Ihre EI mit einem neuralen Link verbunden ist, habe ich einen netten kleinen Behelf entwickelt, der bei dieser besonderen Komplikation hilft«, erklärte Laurie. Er ging hinüber zu Kaiden und legte seine Hand auf dessen Schulter. »Chef ... ich glaube, das war sein Name? Sei bitte so freundlich und übertrage auf die Brille, welche Novize Jericho gerade trägt.«

Kaiden bemerkte ein Flackern auf den Linsen vor seinen Augen, dann konnte er sehen, wie Chef am Rand seiner rechten Linsen auftauchte.

»Tach auch, du Bastard«, sagte dieser, während seine Hülle einen gedämpften blauen Ton annahm.

»Ihre EI kann die Ausgabe auf jedes Gerät übertragen, das mit einer EI geladen werden kann und eine offene Verbindung bereitstellt«, erklärte Laurie. »Aber je weiter Sie von dem jeweiligen Gerät entfernt sind, desto weniger Möglichkeiten und Leistung haben Sie zur Verfügung. Für die optimale Leistung benötigt es eine sehr starke, zuverlässige Verbindung.«

»Aha, interessant ...«, sagte Kaiden und brach dann seinen Gedankengang ab. »Tut mir leid, ich war nur etwas schockiert, wie es ohne zu mucken den Befehl befolgt hat.«

»Lassen Sie sich nicht von der Persönlichkeit täuschen. Eine EI ist darauf programmiert, auf den Benutzer zu hören. Es wäre in gefährlichen Situationen nicht wirklich hilfreich, wenn man die ganze Zeit damit rumdiskutieren müsste, oder?«, bemerkte Laurie mit einer Prise Humor in seiner Tonlage.

»Was aber noch lange nicht heißt, dass ich dich nicht dauernd daran erinnern werde, wenn du Scheiße gebaut hast. Da wir ja jetzt so was wie ziemlich beste Freunde geworden sind, würde ich mich freuen, wenn wir das Versagen auf ein Minimum reduzieren könnten, alles klar?« Die Farbe von Chef wechselte bei seiner Ermahnung zu einem heißen Rotton.

»Hast du auch eine Funktion zum Stummschalten?«

»Das würde unsere potenzielle Verbrüderung unterbrechen«, gab er hämisch zurück. *»Aber okay, du meldest dich dann.«*

Kaiden nahm die Brillengläser ab und faltete sie zusammen. Er nahm eine kleinere Hülle aus der Schachtel und steckte die Optik dort rein, um die Hülle dann in seine Tasche zu legen. »Nun, danke, Prof. Muss ich irgendwann für Überprüfungen wiederkommen oder werden wir uns einfach irgendwann mal wieder über den Weg laufen?«

»Oh ja, ich werde Sie regelmäßig überprüfen«, versicherte ihm der Professor. »Aber fürs Erste beachten Sie einfach Ihre Befehle und stellen Sie sicher, das Beste aus dieser neuen Gelegenheit zu machen. Ich bin schon gespannt, wie das bei Ihnen laufen wird.«

»Das ist ja nett … und irgendwie Unheil verkündend.« Kaiden blickte sich um. »Haben Sie meine Jacke gesehen?«

»Aber natürlich.« Laurie zeigte auf einen Stuhl, auf dem die Jacke ordentlich gefaltet lag. »Ich habe mir erlaubt alle anderen Einzelheiten schon mal für Sie zu erledigen, daher gehört der Rest der Nacht Ihnen. Nehmen Sie sich eine Mütze voll Schlaf. Morgen ist der Tag Ihrer Jobeinstufung.«

»Vielen Dank«, brachte Kaiden mit einem Winken seiner Hand hervor, aber als er sich zum Ausgang des Operationssaals drehte, rief er noch einmal zurück, »bevor ich jetzt wie ein Vollidiot zurückkomme, wie komme ich hier raus?«

»Aus der Tür raus und dann nach links, da ist ein Aufzug. Den nehmen Sie runter bis ins Erdgeschoss und dort finden Sie dann eine Karte, die Ihnen den nächsten

Ausgang zeigt. Sie finden die temporären Unterkünfte für SFs ebenfalls auf der Karte. Und, Kaiden ...«

Er schaute zurück, als er die Tür durchschritten hatte. Der Professor lächelte ihn an und die Droiden, die wieder im Blickfeld aufgetaucht waren, schienen ihm zuzuwinken.

»...denken Sie daran, nur Sie können entscheiden, ob Sie Ihre Zeit hier nutzlos oder sinnvoll und freudig verbringen. Bleiben Sie sich treu, mein lieber Junge, dann – so denke ich – werden Sie begeistert sein.«

Kaiden gab ihm ein zögerliches Nicken zur Antwort, als sich die Türen hinter ihm schlossen. Er bezweifelte stark, dass er in der nächsten Zeit irgendwelche persönlichen Bitten an den Wissenschaftler herantragen würde.

Er fühlte über die feinen Linien an seinem Hinterkopf, als er auf den Aufzug zuging. Es war nur eine verdammte Schande, dass er diesen Moment der Erleuchtung viel zu spät bekommen hatte.

Kaiden schlenderte durch die mondbeschienene Anlage der Akademie und betrachtete den Anblick der Gebäude um sich herum. Von weiter weg war es eine beeindruckende Erscheinung, aber aus der Nähe machte es diese ganze Erfahrung erst greifbar und echt.

Er stoppte an einer Wegkreuzung und schaute zum Zentrum der Insel. Das Hauptgebäude der Akademie überragte alles in einiger Entfernung, die Spitze beleuchtet in der Dunkelheit der Nacht durch wirbelnde weiße, blaue und violette Streifen.

Ein wenig ehrfürchtig blieb er einen Moment stehen, genoss den Anblick und sinnierte darüber nach, was in den letzten 24 Stunden alles passiert war. Er war von ›kein Plan‹ zu einem potenziellen Rausschmeißerjob gekommen, hatte dann ein paar reiche Schwachköpfe vermöbelt – das war sein persönlicher Höhepunkt – und hatte dann die Chance bekommen, an dieser prestigeträchtigen Akademie zu lernen. Er hatte diese Chance ergriffen, Außerirdische getroffen und einen Vertrag unterzeichnet, der ihm Millionen von Credits an Schulden einbringen würde.

Dann, in einer bizarren Wendung des Schicksals, die er immer noch nicht so ganz verstanden hatte, hatte er erfahren, dass er eine spezielle Mutation hatte, die es ihm erlaubte, ein protziges Prachtstück von Computer in seinem Gehirn unterzubringen. Nun blickte er über die Insel, die er in den nächsten paar Jahren als seine neue Heimat ansehen würde und fragte sich, ob er das alles irgendwie nur geträumt hatte.

Er schüttelte seinen Kopf und lächelte, darüber sinnierend, wie es den anderen in Fresno wohl gerade ergehen würde. Viele waren nicht mehr übrig, aber er betete dafür, dass sie etwas Trost gefunden hatten. Mittlerweile hatte er ein wenig mehr Frieden gefunden, trotz der ganzen Verrückten, die er bisher so getroffen hatte.

Allerdings musste er zugeben, dass sie genau seine Art von ›verrückt‹ waren.

Er ging weiter in die Richtung seiner Unterkunft für die Nacht. Als er über den Vorplatz ging, konnte er einige aufgeregte Stimmen hören, die von einem Brunnen zu seiner Linken kamen. Er schaute hinüber und sah fünf Gestalten, die um den Brunnen herum standen, vier davon hatten sich anscheinend gegen die fünfte Person verbündet, ihre Stimmen erhoben wie bei einer Anklage.

Kaiden erinnerte sich an den Kampf in der Bar und fragte sich bereits, ob er die Vorstellung wiederholen müsste. Er änderte seinen Weg in Richtung der Gruppe, nahm seine Hände aus seinen Taschen und ließ seine Knöchel knacken.

»Das ist alles? Hast du nichts zu sagen? Ich möchte hier gar nichts anfangen. Ich finde das einfach nur verdächtig«, sagte einer von ihnen. Kaiden konnte den Sprecher ausmachen, ein Typ mit blondem Bürstenhaarschnitt, der auf die fünfte Gestalt einredete.

»Wenn du hier nichts anfangen willst, dann hättest du deine Gedanken für dich behalten sollen, Novize Finnigan«, gab das anscheinende Opfer zurück, ihre Stimme ruhig aber mit einer Andeutung von Ärger, den sie sichtlich unterdrückte. »Ich werde mich nur dieses eine Mal wiederholen. Ich habe dir nichts zu sagen und deine Anschuldigungen sind entweder deiner Paranoia geschuldet oder deinem Neid oder vielleicht auch einer Mischung aus beidem.«

Kaiden bewegte sich zum Rand der Gruppe, seine Arme vor der Brust verschränkt und versuchte so unauffällig wie möglich zu sein, während er die Gestalten genauer beobachtete. Zwei Männer und zwei Frauen in Uniformen der Akademie mit blauen Ringen auf den Jacken standen im Kreis.

Die fünfte Person war eine junge Frau mit langen schwarzen Haaren und bleicher Haut, asiatisch geschwungenen Augen und ärgerlich gespitzten Lippen. Ihre Arme hatte sie vor der Brust verschränkt und wenn sie wegen der Möglichkeit, dass sie von den anderen misshandelt werden könnte, besorgt war, dann zeigte sie das nicht.

»Vielleicht ist dir nicht klar ...« Der Mann verstummte, als sein Blick auf Kaiden fiel. »Wer zum Teufel bist du?«

»Jemand auf der Suche nach ein wenig nächtlicher Unterhaltung«, antwortete Kaiden mit gesenkter Stimme. »Es scheint, als würdest du auch gerne noch ein wenig Energie loswerden. Den Gefallen könnte ich dir tun.«

»Wenn Ihr das vorhabt, könntet Ihr das bitte irgendwo anders machen? Ich muss zurück in mein Wohnheim«, mischte sich die junge Frau ein.

»Seht mal, ihr könnt doch nicht so eine ... nette Person wie sie, einfach so spät hier draußen festhalten. Warum versucht Ihr hier Ärger zu machen?«, fragte Kaiden in einem Anflug von Tapferkeit, als er seinen Blick über die Gruppe schweifen ließ.

»Sie versuchen keinen Ärger zu machen«, sagte sie und blickte zu Kaiden. »Weil sie Studenten sind, die sich an die Regeln halten, da sie wissen, was es für Auswirkungen haben würde, wenn sie Probleme auf dem Campus machen, besonders wenn sie diese Probleme der Tochter eines Sponsors bereiten.«

Dieser Kommentar sorgte dafür, dass der Mann und seine Freunde sichtlich erstarrten. Ihre Kiefer waren wütend zusammengebissen und ihre Fäuste geballt, aber letztendlich atmete der anscheinende Rädelsführer sichtbar aus und schüttelte seinen Kopf.

»Fein, wie auch immer, Chiyo. Wir verschwinden.« Er grunzte unzufrieden, als sie sich zu entfernen begannen. »Du kannst dennoch nicht so tun, als wäre das normal. Andere werden das auch bemerken, also fang besser schon mal an, dir für diesen Moment eine Erklärung zurechtzulegen.«

Mit diesen Worten gingen sie weg und ließen Kaiden und Chiyo alleine am Brunnen zurück.

»Hast du was dagegen, wenn ich dich frage, was zur Hölle das gerade war?«, fragte Kaiden und erntete dafür einen misstrauischen Blick von ihr.

Er hob seine Arme abwehrend und trat einen Schritt zurück. »Schau, ich war der Meinung, wir müssten alle freundlich zueinander sein und so. Wenn ich hier in so eine ›Der Herr der Fliegen‹-Geschichte hineingeraten bin, hätte ich gerne eine Vorwarnung.«

Sie schüttelte ihren Kopf und seufzte. »Nein, nichts in der Art. Es war eine ... Meinungsverschiedenheit.«

»Ich dachte eigentlich, diese werden im Allgemeinen höflicher ausgetragen.«

»Seine Ablehnung war halt sehr leidenschaftlich.« Sie beendete diese unverbindliche Aussage mit einem lässigen Abwinken.

»Nun gut, was immer das auch war, ich bin froh, dass das für dich gut ausgegangen ist.« Kaiden reichte ihr seine Hand. »Schon ein komischer Moment, aber es wäre unhöflich, mich nicht vorzustellen. Kaiden Jericho.«

Sie schaute mit hochgezogener Augenbraue zuerst runter auf seine Hand und dann wieder hoch in sein Gesicht. Nach einem kurzen Moment des Zögerns schüttelte sie schnell seine Hand, bevor sie sich wegdrehte. »Chiyo Kana. Wie man sieht, hast du keine Uniform.«

»Nee, ich wurde noch nicht eingekleidet«, stammelte Kaiden und ließ seine Hände wieder in seine Jackentaschen gleiten.

»Also bist du ein SF?«

»Spezialfall haben mich schon viele Leute genannt, noch bevor ich an diese Akademie gekommen bin.«

»Oje, du scheinst echt nicht fähig zu sein, einfach mal klare Antworten zu geben, oder?«

»Können schon. Ich habe nur die nötige Willenskraft, das einfach nicht zu machen«, witzelte er.

Sie trat näher an ihn heran. Kaiden konnte den vertrauten Schimmer in ihren Augen erkennen – EI-Kontaktlinsen. Sie legte ihren Kopf zur Seite und Kaiden sah, dass ihre Augen zwar in seine Richtung schauten, ihn aber nicht direkt ansahen. Sie las irgendwas.

»Nun, es scheint als wärst du ehrlich zu mir gewesen. Ich frage mich, ob du mir von den Verstrickungen in deiner Vergangenheit erzählt hättest, wenn wir weitergemacht hätten.«

Kaiden war ziemlich erstaunt und brauchte einige Momente, bevor er sich wieder unter Kontrolle hatte. Dass die Lehrer über seine Vergangenheit Bescheid wussten, war eine Sache. Aber jetzt dieses zufällig getroffene Mädel? Ein wenig setzte Heimweh ein, denn in Texas war es recht einfach, sein Privatleben auch privat zu halten.

»Sag mir, warum bist du hier?«, fragte sie.

»Wegen der weltbekannten Poledance-Kurse. Mir wurde gesagt, ich habe da großes Talent«, gab Kaiden grinsend zurück.

Sie seufzte, schaute wieder zu ihm hoch und sah ihn diesmal aber wirklich an. »Warum bist du hier?«

Kaiden lehnte sich etwas zurück, sichtlich genervt von ihrem Verhalten. »Warum interessiert dich das so brennend? Ich dachte, ich helfe freundlich jemandem, nicht den Schädel eingeschlagen zu bekommen – und jetzt spiele ich hier ein verdammtes Quiz mit dir.«

»Also weißt du es nicht?«, befragte sie ihn weiter.

»Schau, Schätzchen, du fängst an zu nerven wie so ein Kobold aus der Sagenwelt, der einer Person die Seele raubt, wenn sie es nicht schafft, seine Rätsel richtig zu lösen. Daher bitte ich dich, geh mal zurück auf eine sichere Distanz, die sich nicht zum Seelenaussaugen eignet oder geh zumindest aus meinem Tanzbereich raus.«

Chiyo schloss ihre Augen und seufzte, als sie sich von ihm wegdrehte und ohne zurückzuschauen, davon ging.

Kaiden verstand den Hinweis und entschied ebenfalls, seinen Weg fortzusetzen, als er sie sagen hörte: »Also hast du noch keinen Pfad?«

»Was meinst du damit?«, fragte er genervt und schaute zu ihr zurück.

»Wenn du keinen Pfad hast, dann hast du hier keine Zukunft«, sagte sie, ihre Worte eine eindeutige Herausforderung, auch wenn sie keine Anstalten machte, ihn anzusehen. Während er verzweifelt nach einer Antwort suchte, zuckte sie mit den Achseln und fügte hinzu, »Du scheinst aber interessant zu sein. Du solltest einen Pfad für dich selbst finden und eine Weile hierbleiben.« Mit diesen Worten ging sie davon.

Kaiden beobachtete, wie sie zwischen den Gebäuden verschwand. Da hatte sein Charme ausnahmsweise mal total versagt. Er sinnierte über ihre Worte auf dem Weg zu den Wohnheimen für die Sonderfälle. Verwirrt von ihrer Äußerung dachte er an all die Leute, die er kürzlich kennengelernt hatte. Sie hatten alle auf die eine oder andere Weise über die Zukunft gesprochen.

Die Idee einer Zukunft war nichts, dem Kaiden in seinem bisherigen Leben viel Beachtung geschenkt hatte. Vielleicht zu überleben, um die Zukunft zu sehen, so viel mochte er sich selbst eingestehen, aber er hatte niemals in Erwägung gezogen, dass es einen vordefinierten Kurs geben könnte. Hätte er es tun sollen? Würde er hier verlieren, wenn er seinen bisherigen Verhaltensmustern folgte? Auf einer gewissen Ebene widerstrebte ihm die Idee, dass eine unbekannte Zukunft ihm Beschränkungen auferlegen könnte in seiner Vorliebe, für den Moment zu leben – völlig egal wohin ihn das bringen würde. Andererseits schien ihn sein impulsives Wesen an einen Ort gebracht zu haben, an dem er dazu gezwungen wurde, die Möglichkeit in Betracht zu ziehen, dass eine festgelegte Zukunftsplanung doch wichtig war.

Sein Ziel tauchte vor ihm im Halbdunkeln auf, vielleicht 180 Meter entfernt und riss ihn aus seinen Gedanken. Kaiden blieb wieder stehen und schaute hoch in den Nachthimmel. Er konnte Sterne sehen, was eigentlich unmöglich sein müsste mit all den Lichtern um das Gebäude. Er entschied, dass es wahrscheinlich eine Projektion auf der Kuppel war.

Kaiden kicherte über diese Ironie. Natürliche Schönheit wurde durch künstliches Licht nicht mehr wahrnehmbar, also hatte jemand einfach die natürliche Schönheit künstlich nachgebildet – ein wunderbarer kleiner Kreis. Er bewunderte allerdings den Gedanken dahinter. Klar, Dinge sollten auf eine bestimmte Art sein, aber sie waren es nicht und wurden dann einfach so dargestellt, dass es so aussah, als wäre es richtig.

Ja, vielleicht hatte die junge Frau recht gehabt. Er hatte sich keinen Pfad zurechtgelegt, vielleicht hatte er für sich noch keine richtige Zukunft bereitgelegt. Er gestand sich ein, dass er in der Vergangenheit irgendwann mal alles geplant hatte, aber diese Pläne verpufften schneller, als er ›Moment mal‹ sagen konnte. Trotzdem hatte er das alles überlebt und war nun hier, immer noch atmend, immer noch in Bewegung und bald würde er an sich arbeiten und sich weiter verbessern.

Als er letztendlich beim Anmeldeschalter des Wohnheimes ankam, kam ihm ein Gedanke. Er mochte vielleicht keinen festgelegten Pfad für seine Zukunft haben, aber er hatte es zum gleichen Bestimmungsort geschafft wie diejenigen, die das alles vorgeplant hatten. Also eigentlich gar nicht schlecht angesichts der Tatsache, dass er bisher immer nur improvisiert hatte.

Diejenigen, die seinen Pfad beanstandeten – oder vielmehr das Fehlen desselben – sollten erst mal abwarten, was passierte, wenn er sich richtig rein hängte.

KAPITEL 7

Eine Kakofonie elektrischer Geräusche riss Kaiden aus dem Schlaf. Er stöhnte, als er sich auf seinem Bett drehte und glühende Leuchtstreifen ihn in blaues Licht badeten.

»Guten Morgen, Novize Jericho. Es ist fünf Uhr dreißig«, erklärte eine monotone Stimme. »Ihre Aufgaben für heute beinhalten den Abschluss Ihres Karriereeinschätzungstests, danach einen Besuch im Nachschubdepot der Akademie. Anschließend haben Sie den Rest des Tages zur freien Verfügung.«

»Ja, ja, schon gut«, murmelte er verschlafen. »Öffne die Kapsel.«

»Verstanden. Ich empfehle für einen guten Start in den Tag ein herzhaftes Frühstück in der Cafeteria. Carpe diem.« Die computerisierte Stimme war so unglaublich ekelhaft gut gelaunt, aber mit einem kaum zu hörenden gelangweilten Unterton. Kaiden hörte ein Klingeln und fühlte den Luftstrom, als sich die Tür zu seiner Schlafkapsel öffnete. Er kletterte halbwegs elegant heraus, stellte sich in seinem Quartier auf und streckte sich, während er sich im Raum umsah.

Ein paar Dutzend andere SFs teilten den Schlafsaal mit ihm und kletterten oder fielen gerade aus ihren Kapseln in verschiedenen Stadien des angekleidet seins.

Kaiden musste ein wenig über die Szene kichern, die sich vor ihm im gedämpften, künstlichen Licht abspielte. Es sah fast so aus, als hätten die Untoten die Akademie angegriffen. Wie es schien, war er nicht der Einzige, der sich noch an diese neue Routine gewöhnen musste.

Einer der Novizen kramte gähnend in einem Rucksack und suchte nach etwas, ehe er eine schwarze Schachtel herauszog und daraus dann ein Tablet. »Jeeves, bitte zeige mir eine Karte der Akademie. Ich habe vergessen, wo die Cafeteria ist.«

Kaiden machte ein finsteres Gesicht, als er sich an seinen neuen Partner erinnerte. Chef war bisher ruhig geblieben, aber er wusste, dass er sich früher oder später wieder mit ihm auseinandersetzen musste. Als er sich streckte, um Leben in seine Arme zu bringen, erinnerte er sich an Lauries Worte darüber, dass die EI-Persönlichkeit nicht die Funktionalität beeinflusste. Das Ding mochte ihn beschimpfen, aber es war immer noch unter seinem Kommando ... vermutlich.

Er seufzte und entschied in den sauren Apfel zu beißen und reaktivierte den schnippischen Mistkerl. Irgendwann würde er sich an ihn gewöhnen müssen oder seine Zeit hier wäre wahrscheinlich sinnlos. Er stoppte, weil ihm klar wurde, dass die EI über Nacht von einem ›es‹ zu einem ›er‹ geworden war. Für einen kurzen Moment hatte er das Gefühl, als wäre hier eine Linie überschritten worden. Ein Gerät würde doch eigentlich ein Gerät bleiben, oder? Ganz ohne Persönlichkeit und damit hätte es gar kein echtes Pronomen verdient. Dann erinnerte er sich an ihre bisherigen kurzen Konversationen und zuckte mit den Achseln. Chef war in seinem Kopf – zumindest in einer gewissen Weise – daher wäre es sicherlich angenehmer ein ›er‹ anzunehmen als eine einfache elektronische Präsenz, mit der er keine Beziehung haben würde. Warte, Beziehung? Mit einer EI? War das überhaupt möglich? Sein Gesicht wurde wieder finster. Es gab nur einen Weg das herauszufinden.

Zeit, sich etwas näher kennenzulernen.

»Hey, Chef, bist du da?«

»Guten Morgen, du wunderbares Arschgesicht«, zwitscherte die künstliche Stimme mit Südstaatenakzent in seinem Kopf.

»Für dich immer noch Kaiden.«

»Du mich auch, Kackbratze«, antworte Chef mit einer Stimme, die an wahnsinnige Schadenfreude erinnerte.

Kaiden ließ ein tiefes Grummeln vernehmen, als er sich gegen die Wand seiner Schlafkapsel lehnte. »Hör mal, du fliegender, im Dunkeln leuchtender Hoden, ich brauche eine Wegbeschreibung. Das bekommst du doch wenigstens hin, oder?«

Er hätte schwören können, dass er gehört hatte, wie die EI schniefte. *»Ja, natürlich kann ich das, aber es würde wahrscheinlich helfen, wenn du die Brille aufziehen würdest, außer du möchtest, dass ich versuche den Lageplan innen auf deine Netzhaut zu ätzen«,* empfahl Chef. *»Außerdem siehst du dann für deine Zimmergenossen nicht ganz so vollkommen durchgeknallt aus.«*

Kaiden zog eine Augenbraue hoch, als er sich langsam umsah und bemerkte, dass ein Trio von den anderen Novizen zu ihm hinübersahen. Sie waren gerade dabei sich anzuziehen und obwohl sie alle selber Datenbrillen aufhatten, konnte er ihre argwöhnischen Blicke spüren.

Er versuchte gelassen zu bleiben, als er wieder wegschaute und hob seine Hand zu seinem entgegengesetzten

Ohr – wie, als würde er einen In-Ohr-Kopfhörer nutzen – in der Hoffnung, sein bisheriges Verhalten mit einer glaubhaften Erklärung zu überspielen. Es schien zu klappen, da seine Beobachter das Interesse verloren. Er ging um seine Kapsel herum und öffnete ein Fach an der Seite, in dem seine Kleidung vom Vortag und eine frische Uniform bestehend aus Akademie-Trainingshose und einem Langarmshirt lag.

Er kramte in den Taschen seiner Jacke, um die Schachtel mit seiner Brille zu suchen. Die Anzeige leuchtete fast direkt auf, nachdem er sie aufgesetzt hatte.

»Ah, da ist ja meine liebliche Hackfresse. Schenkst du mir ein Lächeln?«, fragte Chef, als seine Kugel auf der Anzeige hüpfte und einen pinken Farbton bekam.

»Du bist auf jeden Fall noch ein größerer Scherzkeks als gestern«, gab Kaiden zurück, als er seine Akademiekleidung anzog.

»Tja, was soll ich sagen? Ich bin gerade erst aufgewacht und daher ein wenig launisch. Aber viel wichtiger ist, dass ich gestern Nacht am Brunnen deinen kleinen Stunt mitbekommen habe. Das hat mir eine vollkommen neue Seite an dir aufgezeigt.«

»Wie das?«

»Da ich ja dein Gehirn in- und auswendig kenne, werde ich nicht allzu sehr in die Details gehen. Sei mir nicht böse, aber das wäre Zeitverschwendung«, stellte Chef lässig klar und erntete damit ein weiteres genervtes Grunzen von Kaiden. *»Wie es der eitle Professor schon gesagt hat, helfen unsere Algorithmen uns dabei, die besten Wege zu finden, unseren Gastgebern zu helfen, sowohl im Feld als auch außerhalb. Einer dieser Wege, die Algorithmen zu verbessern, ist, einfach die Natur und Persönlichkeit*

unserer Gastgeber zu beobachten und dabei neue Erkenntnisse zu erlangen.«

»Alles klar, aber hast du nicht bereits mein Persönlichkeitsprofil installiert? Außerdem sagst du ständig ›Gastgeber‹. Ich bevorzuge da eher ›Gebieter‹ oder ›Meister‹.«

»Ich bevorzuge da eher, mit jemandem verbunden zu sein, der kein ungeduldiges Sackgesicht ist und der sich die Zeit genommen hätte, mich vernünftig zu installieren. Aber wir müssen alle mit den Arschkarten leben, die uns das Leben manchmal austeilt, oder?«, grummelte Chef, was ein grollendes Summen in Kaidens Ohr auslöste. Der Novize zuckte überrascht zusammen. *»Das war übrigens einer der Gründe, warum ich gestern so schlecht gelaunt war. Und was dein Profil angeht … das gibt mir nicht wirklich viel Hoffnung, wenn ich ehrlich bin.«*

»Beraterin Mya hat gesagt, ich hätte großes Potenzial«, gab Kaiden zurück, als er seine Stiefel zuschnürte.

»Beraterin Mya ist eine Beraterin – dass Leute zufrieden mit sich sind und sich wohlfühlen, ist ihre verdammte Aufgabe, Schwachkopf. Meinst du, sie würden sie in ihrem Job lassen, wenn sie das nicht gut könnte?«

Kaiden hörte einen Moment auf, seine Stiefel zu binden, seine Augen wanderten nach links und rechts, als er über seine Antwort nachdachte. »Das heißt aber nicht, dass sie unrecht hat.«

»So verlockend es auch ist, dein Ego mal richtig zu rasieren, muss ich dir das lassen – nach dem, was mir an Wissen zur Verfügung steht, würde ich annehmen, du wärst zumindest ein guter Plünderer oder Kopfgeldjäger, also war es keine komplette Verschwendung. Klar, ich würde mit nichts Besserem als einem Waffenheini

abhängen müssen, aber es hätte mich durchaus noch ein wenig schlechter treffen können.«

»Was hat dich umgestimmt?«

»Glaub ja nicht, ich hätte eine 180-Grad-Wendung gemacht, aber als ich gesehen habe, wie du diese arroganten Gören konfrontiert hast, hat es mir gezeigt, dass du zumindest die Dinge in die Hand nimmst. Dann hast du nicht sofort eine Vier-gegen-Einen-Prügelei gestartet, was gezeigt hat, dass du deine Handlungen überdenkst ... oder zumindest doch kein so hoffnungsloser Hitzkopf bist, wie ich immer dachte.«

Kaiden hatte plötzlich den Kampf in der Bar vor Augen, welcher der eigentliche Grund war, wieso er überhaupt hier an der Akademie gelandet war. Er entschied wohlweislich, das Thema besser nicht anzusprechen.

»Also ja, du hast ein wenig mehr von meinem Respekt verdient, aber du hast noch einen langen Weg vor dir. Du hast erfolgreich die geringfügige Beförderung von ›Vollpfosten‹ zu ›Schwachkopf‹ geschafft. Da gratuliere ich aber.«

»Vielen Dank«, murrte Kaiden. Dieses Zugeständnis hörte sich nicht nach viel an, aber wenn es bedeutete, dass sie weniger aneinander geraten würden, würde er es dankbar annehmen.

Er verschränkte seine Finger ineinander und streckte dann seine Arme zur Decke hoch. Dabei schaute er sich um und bemerkte, dass die meisten anderen den Schlafsaal verließen.

»Hast du eine Karte für mich, Chef?«

»Auf dem Bildschirm.«

Kaiden sah eine kleine Übersichtskarte, die auf seiner Linse eingeblendet wurde. Sie zoomte näher, um ihm die direkte Umgebung von ihm zu zeigen.

»Könntest du mir nicht mal die Wegbeschreibung zur Cafeteria anzeigen?«

»Könnte ich ein ›bitte‹ bekommen?«

»Könnte ich eine kooperative EI bekommen?«

»Oh, das war aber eine gekonnte Erwiderung. Hättest du die gleiche Raffinesse gestern schon gezeigt, wären wir beiden heute wahrscheinlich viel besser dran.«

Ein Pfeil erschien in seinem Blickfeld, der auf die Tür zeigte.

»Der wird dich in die Cafeteria führen. Tut mir leid, dass ich dir auf dem Weg dahin nicht das Händchen halten kann.«

»Schon okay, Kumpel, ich wüsste auch schon, wie du mir weiterhin hilfreich zur Seite stehen könntest.« Kaiden kicherte.

»Und wie?«

»Audio aus«, befahl Kaiden.

»Du armseliger Sack voller ...«, begann Chef bevor der Ton abgeschnitten wurde. Kaiden grinste als der pinke Farbton der Kugel ein feuriges Rot wurde. Der kleine Bastard würde ihn vielleicht nicht Meister nennen, aber er war definitiv derjenige, der die Kontrolle hatte.

***

Kaiden ging mit einem Tablett zu dem Pavillon, der neben der Cafeteria stand. Er hatte es mit einer Obstschale, Haferbrei, kleinen Pfannkuchen, Aufschnitt, gekochten Eiern, Orangensaft und Tee voll beladen. Er musste zugeben, dass die Akademie sie wirklich ziemlich gut versorgte.

Die Sonne hatte bereits begonnen über den Horizont zu schauen und Kaiden zuckte zusammen, als die Lichtstrahlen ihm in die Augen stachen.

»Chef, aktiviere die Sonnenbrille«, befahl Kaiden und sah, dass sich die Kugel zur Seite drehte, ihr Auge hoch in die Ecke schaute und so tat, als hätte sie ihn nicht gehört.

»Na los, komm. Wenn du ein guter Junge bist, gibt es auch eine Belohnung.« Er kicherte und das Auge rollte herum, aber Kaiden bemerkte wie sich sein Blickfeld abdunkelte. Dies ging immer weiter, bis sein Blickfeld total verdeckt war.

»Haha, sehr witzig, du Honk.«

Chef änderte seine Farbe zu einem erheiterten pinken Farbton. Die Linsen hellten sich ein wenig auf, bis er wieder sehen konnte, aber ein hinreichender Lichtfilter verblieb, um das Sonnenlicht zu dämpfen.

»Danke.«

Kaiden lief herum und suchte nach einem Platz zum Sitzen, wo er in Ruhe sein Frühstück genießen konnte. Als er einen Bereich mit Bäumen und Gras passierte, sah er eine bekannte Figur an einem der Picknicktische im Schatten der Bäume. Es war die junge Frau von gestern Nacht. Chiyo Kana.

Er überlegte für einen kurzen Moment, ob er zu ihr gehen und sie ansprechen sollte. Sie schien eigentlich ganz nett zu sein. Zumindest, wenn sie nicht gerade anfing ihre kryptischen Sätze herauszulassen, denn dann hörte sie sich an wie jemand, der versuchte ihn in ihre New-Age-Religion einzuladen.

Er überlegte seine Möglichkeiten, spürte aber wie sein Magen knurrte. Viel wichtiger noch war, dass er noch viel mehr Informationen benötigte, was hier alles passierte. Seufzend traf er die Entscheidung, zu ihr hinüber zu gehen, denn er musste zumindest sich selbst gegenüber zugeben, dass er mehr Freunde gebrauchen könnte.

Es könnte natürlich sein, dass er sie verärgern würde, was der wahrscheinlichste Ausgang wäre, aber er würde einfach mal sein Glück versuchen und sehen was passierte.

»Hättest du was dagegen, wenn ich mich zu dir setze?«, erkundigte er sich höflich.

Sie drehte sich, um ihn anzusehen, anscheinend desinteressiert, bis er ein aufblitzendes Erkennen in ihren Augen bemerkte. Ihre EI-Kontaktlinsen schimmerten, was ihm ein wenig unangenehm war.

»So trifft man sich wieder«, sagte sie und deutete mit ihrer Hand vor sich. Kaiden nahm dies als Erlaubnis sich zu setzen, stellte sein Tablett auf dem Tisch ab und nahm ihr gegenüber Platz.

»Hallöchen.« Er öffnete das eingeschweißte Besteck und fing an in seinem Essen zu stochern. »Zuerst muss ich zugeben, dass ich kein Freund von Höflichkeiten und Smalltalk bin. Hättest du etwas dagegen, mir ein paar Fragen zu beantworten?«

Sie verschränkte ihre Arme auf dem Tisch und lehnte sich ihm entgegen. »Das ist doch mal eine nette Abwechslung. Was möchtest du wissen?«

»Weißt du, ohne dass wir jetzt wieder auf das ganze ›Was ist deine Zukunft‹-Ding zurückkommen, werde ich ehrlich sein. Bei mir läuft das auf diese Art nicht. Ich bin da eher der ›improvisieren und dann werden wir schon sehen‹-Typ«, gab er zu, während er seine Pfannkuchen zerteilte. Wenn sie den abwehrenden Ton in seiner Beichte vernommen hatte – vielleicht auch schon ein wenig trotzig – kommentierte sie diesen nicht. »Eigentlich habe ich die Empfehlung, hierher zu kommen, auch erst vor zwei Tagen erhalten.«

Sie hob ihre Augenbraue neugierig und kicherte dann. »Das erklärt natürlich einiges. Erzähl weiter.«

»Nun, ich habe noch immer keine Antwort auf dein kleines Rätsel, aber ich vermute, ich könnte dich fragen, was du von all dem denkst? Ich schätze mal, du hast schon eine durchgeplante Zukunft?«

»Sowas in der Art ...«, begann sie mit einer Stimme, die zum Flüstern überging. »Ich muss zugeben, dass die Art, wie wir hierhergekommen sind, eigentlich gar nicht so viel anders ist.«

»Du hast ein paar Penner in einer Bar aufgemischt?«

Sie schaute ihn ungläubig an und blinzelte dann einige Male. »Ich, äh, nein. Ich meinte, dass keiner von uns beiden ursprünglich die Intention hatte, hierher zu kommen.«

»Aha, also bist du dann doch ein wenig sprunghaft?«

»Wenn wir das mal beiseite lassen, war mein Punkt eigentlich der, dass wenn du mich fragst was ich dir zu tun empfehlen würde, alles eigentlich zuerst mit der Frage beginnt, was du erreichen willst.«

»Ja, ja, soweit war ich auch schon, aber ist das nicht eigentlich der Sinn dieses Ortes hier?« Er vollführte mit seiner Gabel eine Geste, die die Umgebung einschloss. »Die sollten einen hier seinen Weg entlang führen oder so, herausfinden worin man gut ist.«

»Du scheinst mir jetzt aber nicht der Typ zu sein, der darauf steht von anderen an der Leine herumgeführt zu werden«, bemerkte sie.

»Wenn ich ehrlich bin, hängt das ganz davon ab wie unanständig ich mich fühle und wie viel Alkohol im Spiel ist.«

Der nichtssagende Ausdruck war wieder in ihren Augen zu sehen. Kaiden zuckte innerlich mit den Schultern und nippte langsam an seinem Tee,

»Ja, die Akademie kann dir einen Weg aufzeigen basierend auf den Kriterien, die zu dir passen und den Fähigkeiten, die du hast. Allerdings fände ich das eine Verschwendung. Du kannst dein Schicksal selber bestimmen, hier und auch darüber hinaus.«

Kaiden hatte den Tee leergetrunken und drehte die Tasse auf seinem Tablett auf den Kopf. »Ein paar Leute haben mir das schon erzählt, aber es kommt mir irgendwie sinnlos vor, da wir ja am Ende hier eh an den höchsten Bieter vermietet werden. Warum sollte ich dann nicht einfach das tun, was ich am besten kann?«

»Wenn das der Fall ist, warum bist du dann überhaupt hier? Müsstest Du dann nicht schon in den Straßen sein und Geld damit machen, in dem du ›das machst, was du am besten kannst‹?«

Kaiden legte nachdenklich seinen Kopf auf die Seite. Er bemerkte, dass Chef auf seinen Linsen auf und ab hüpfte und machte ein finsteres Gesicht. *Lachte* er etwa?

»Mir wurde die Chance gegeben hier anzufangen, weil ich ein paar Rüpeln in den Hintern getreten habe. Ich dachte, ich würde mehr Chancen bekommen so etwas zu tun. Warum sollte ich nicht einfach darauf aus sein, ein knallharter Teufelskerl zu werden?«

»Weil das hier jeder ist.«

»Willst du mir etwa damit sagen, dass du auch eine Soldatin werden willst?«

»Nicht ganz«, murrte sie, drehte den Deckel von der Wasserflasche und nahm ein paar Schlucke. »Jeder auf der Akademie, sei es durch die vorhergehende Schule, Prüfungen oder Einladung, ist hier, weil er bewiesen hat, dass er in einem Wissensfeld oder einer Disziplin entwicklungsfähig ist. Es ist nicht so, dass sie einfach einen Niemand von der Straße nehmen, nur weil er eine Faust ballen oder eine simple Divisionsaufgabe lösen kann. Egal warum sie alle hier sind, sie werden als die Besten in ihren Berufszweigen die Akademie verlassen, solange sie sich an ihr Training halten. Wenn du also weiterhin deinen Weg gehst, wirst du sicherlich ein Teufelskerl werden, aber ein Gesichtsloser unter vielen.«

Kaiden nickte, das Bild in seinem Kopf wurde langsam klarer. »Nun, ich bin nicht wirklich ein Stammgast in der Planungsabteilung ...«

»Das hast du mittlerweile eindeutig klargemacht«, antwortete sie zwischen ihren Schlucken.

»Schön, dass du aufgepasst hast«, murmelte er und sinnierte über das Gesagte, während er die Schale der Frucht abwischte. »Ich bin jetzt nicht wirklich der Typ, der nach einem Handzettel fragt, aber wenn du irgendeinen Ratschlag hast ... nun, ich würde ihn mir anhören.«

Sie stockte für einen Moment und wirbelte dann mit ihrer Wasserflasche in der Hand herum. »Der einzige andere Zeitpunkt, an dem du mich gesehen hast war, als ich von meinen Mitschülern angeschrien wurde. Kommt dir das nicht irgendwie komisch vor, von so einer Person Ratschläge zu bekommen?«

»Die können mich mal«, machte sich Kaiden lustig. »Ich mag jetzt nicht der Spezialist für Menschenkenntnis sein, aber es schien, als hätten die alle einen Stock im Arsch. Du schienst über meine ... Herkunft Bescheid zu wissen, als ob du über mich recherchiert hättest und es schien dich nicht zu stören, also bist du für mich in Ordnung. Übrigens, wie hast du das gemacht?«

»Das ist einer der Gründe, warum ich hier bin. Geheimnisse meines Handwerks«, antwortete sie wenig hilfreich. »Wo wir aber gerade bei dem Thema sind, ich wollte dir danken.«

Kaiden beendete sein Frühstück und wischte sich den Mund mit einer Serviette ab. »Was, für letzte Nacht? Alles in Ordnung, ist mein Hobby.«

»Es scheint inkonsequent zu sein, aber es zeigt an deinem Charakter eine gute Seite und erspart mir, dass ich mich für eine längere Zeit mit ihnen rumschlagen muss.«

»Mein natürliches Charisma ist auch eine sehr gute Charaktereigenschaft, nicht wahr?«, grinste er.

»Vielleicht, aber es wird etwas durch deine Konversationsfähigkeiten getrübt.«

Kaiden zog eine Grimasse, als er sah wie Chef vor Vergnügen wieder aufleuchtete. Er machte sich eine geistige Notiz, nach einem EI-Anzeigeschema zu suchen, das unsichtbar war.

»Du musst noch deinen Karriereeinschätzungstest vollenden, richtig?«, fragte sie.

»Das wäre meine nächste Station nach dem Frühstück mit dir.«

»Mein einziger Ratschlag zu diesem Zeitpunkt ist, dass du alle Antworten wahrheitsgetreu beantwortest. Die meisten Leute, mit denen ich gesprochen habe, haben verzerrte Antworten gegeben. Halt so wie sie dachten das es erwünscht wäre und nicht das, was sie selber geantwortet hätten. Mach nicht den gleichen Fehler.«

Sie stand vom Tisch auf und nahm ihr Tablett. »Ich weiß nicht, wann ich dich wiedersehen werde, aber viel Glück. Wenn du noch mehr Fragen hast, das nächste Mal kannst du mich gerne wieder fragen. Solange ich nicht mit irgendwas anderem beschäftigt bin, würde ich die Abwechslung genießen.« Mit diesen Worten verließ sie den Tisch, ließ den Abfall von ihrem Tablett in einen der Mülleimer gleiten und verschwand in der Menge.

Kaiden lehnte sich zurück und dachte über das Gespräch nach. Sie war ein ziemlich trockener Typ, aber zumindest tat sie nicht so als wäre er ein Idiot. Dies sprach wirklich dafür, dass sie recht nett war.

Chef hüpfte auf seinen Linsen auf und ab und versuchte damit, seine Aufmerksamkeit zu erregen. Er seufzte.

»Audio an.«

»Dass du nicht wie schleimiger Rest im Rinnstein ausgesehen hast, war gute Arbeit, aber mal ehrlich: du hast dich wie ein Vollidiot angehört. Vor allem das ›du machst das, was du am besten kannst‹? Bist du früher in einer dunklen Gasse anschaffen gegangen?«

»Audio aus.«

»Du kannst mich zum Schweigen bringen, aber du wirst niemals die Wahrhe…« Chefs Stimme wurde ausgeblendet.

»Klugscheißer«, murmelte er.

KAPITEL 8

Also, was hast du bekommen?«

»Mechaniker.«

»So wie deine Mutter, oder? Ich habe Sanitäter.«

»Oh, cool. Darauf hast du doch bisher trainiert, oder irre ich mich da?«

»Es war die offensichtlichste Wahl. Was ist mit dir, Lisa?«

»Finanzen.«

»Das war auch eine Option?«

»Wahrscheinlich werde ich noch einen Nebenkurs für Feuerwaffen belegen, damit ich mit einem Abzug genauso nützlich bin wie mit dem Taschenrechner.«

Kaiden hörte der an ihm vorbeilaufenden Gruppe von Novizen zu, wie sie die Urteile ihrer Einschätzungstests diskutierten. Die letzte Stunde hatte er Däumchen drehend im Warteraum verbracht und hatte dutzende Bezeichnungen gehört, die die anderen Novizen zugewiesen bekommen hatten. Einige hatte er erwartet, andere erschienen ihm eher bedauerlich.

Es wäre schon eine verdammte Schande, zu so einer schicken Institution wie dem Nexus zu gehen und dann als Konditor festzustecken.

Mehr seine Kragenweite waren einige der gehörten Bezeichnungen wie Kopfgeldjäger, Soldat oder

Personenschützer. Er dachte noch mal an Chiyos letzte Worte an ihn, ehrlich zu antworten, statt so wie er meinte, dass es von ihm erwartet würde. Kaiden grübelte noch eine Weile darüber, während er wartete. Es war ihm gesagt worden, dass man nicht zwangsläufig der Testempfehlung für die Laufbahn folgen musste, aber wenn man den anderen so zuhörte war er sich da nicht mehr so sicher.

Bei denen hörte es sich so an wie ein geheimes Elftes Gebot – du sollst nicht stehlen, du solltest nicht töten, du sollst nicht dem Einstufungstest widersprechen.

Er fragte sich, ob er mit so was wie Sanitäter oder Techniker klarkommen würde, auch wenn er die Chance, dass das bei ihm als Ergebnis herauskommen würde, als sehr gering einschätzte. Es war sinnlos jemandem einen Job zu geben, der dadurch keine Vorteile hätte oder der nicht bereits die Fähigkeiten dazu hatte, die man nur weiter trainieren müsste. Davon abgesehen hatten sie sein Profil und seine Vergangenheit. Sie wären ja sicherlich nicht so blöd einem ehemaligen Gangmitglied so was Langweiliges zu geben, oder?

Andererseits, wenn man die vergangenen 24 Stunden hier betrachtete, hatten sie hier vielleicht einen Heidenspaß ihn zu verarschen.

»Novize Kaiden Jericho, bitte kommen Sie in Untersuchungsraum 30«, kommandierte eine ruhige, künstliche Stimme aus dem Deckenlautsprecher.

Er stand auf und ging zum Eingang der Prüfungshalle, ein Schild zeigte ihm die Richtung zu Raum 30. Er bemerkte, dass in den anderen Richtungen ebenfalls mehrere Räume untergebracht waren, aber genau achtete er da nicht darauf. Kaiden spürte ein klein wenig

Nervosität, als er den Hinweisschildern folgte und dann am Ende eines langen Ganges eine Tür mit einer stilisierten ›30‹ vorfand.

Jetzt wurde ihm doch ein wenig unwohl, denn er erinnerte sich an das letzte Mal, als er von seinen Mitstudenten getrennt worden war – er war in den übereifrigen Fängen von Professor Laurie gelandet. Sofern sich das nicht als wiederkehrendes Muster herausstellte, würde er hier wohl einen Vertrauensvorschuss geben müssen.

Als er eintrat, fiel ihm sofort auf, dass der Raum überraschend spartanisch eingerichtet war. Jeweils ein Computer war auf gegenüberliegenden Seiten des Raumes aufgebaut, die Raummitte war von einer langen Röhre dominiert. Lange Kabel verbanden diese mit beiden Computern und es gab kein Sichtfenster, durch das man den Inhalt der Röhre erkennen konnte.

»Ach, willkommen zurück, mein lieber Junge.«

Oh, gütiger Gott, nein.

Kaiden drehte sich herum und sah niemand anderen als den makellos gekleideten Alexander Laurie, ein strahlendes Lächeln im Gesicht und sein Kopf wahrscheinlich voller Tests und Hypothesen, bei denen sicherlich nicht sein Wohlbefinden im Vordergrund stehen würde. Wenn doch, dann wahrscheinlich nur als Sekundärziel.

Kurz bevor er einen dramatischen Seufzer loslassen konnte, bemerkte er wie eine andere Person hinter Laurie herantrat, die ihm ebenfalls bekannt vorkam. Es dauerte einen Moment, dann erkannte er das ungewöhnliche Anzeigegerät, das um seinen Kopf geschlungen war und die formale Art, mit der er es zur Schau trug.

Es war Commander Sasha, der Mann, dem er die Chance zu verdanken hatte, hier zu sein.

»Tagchen, was machen Sie beide denn hier?«, fragte Kaiden und nahm ein wenig mehr Haltung an. »Die Akademie scheint echt Personalmangel zu haben, wenn sie zwei so hochgestellte Personen wie Sie zu einem normalen Test schicken.«

»Ja, nun, was das angeht ...«, begann Laurie, während er sich seitlich ans Kinn tippte. Die Geste nervte Kaiden, je öfter er sie sah. »Sehen Sie, Kaiden, als ich mit dem Verwaltungsrat über unser kleines Arrangement gesprochen habe, wurde mir doch mehr sinnloser Protest entgegengebracht, als ich erwartet hatte.«

»Novize Jericho, was mein... Kollege versucht Ihnen mitzuteilen ist, dass die Operation, der Sie zugestimmt haben und die durchgeführt wurde, ein paar Folgen haben könnte, über die der Professor vorher nur unzureichend nachgedacht hat und die ein paar Probleme mit Ihrem Training hier an der Akademie mit sich bringen könnten.«

»Wovon zum Teufel reden Sie?«, forderte ihn Kaiden auf. »Dieser eitle Bastard sagte mir, dass alles in Ordnung wäre, ließ mich ein Formular unterschreiben und so. Er sagte, dies wäre der nächste Schritt in der technologischen oder menschlichen oder technomenschlichen Entwicklung oder so was in der Art.«

»Ich glaube, meine Antwort war ein wenig feinsinniger«, kommentierte Laurie mit seinem typischen weltgewandten Ton.

»Ich sollte das vielleicht ein wenig klarer ausdrücken«, erwiderte Sasha. »Ich wollte weder den Eindruck erwecken es stünde zur Debatte, Sie vom Nexus auszuschließen, noch dass Ihre Entscheidung generell falsch war. Professor Laurie handelte im Rahmen seiner Befugnisse, als er Ihnen die Operation angeboten hat, obgleich er wusste, dass er den Verwaltungsrat hätte informieren sollen.«

»Was ich ja letzten Endes auch gemacht habe. Unter solchen Umständen ist Zeitverschwendung eine Sünde.«

»Ist das Ihr Werbeslogan oder so was in der Art?«, schimpfte Kaiden, immer noch ziemlich weit davon entfernt, durch die gerade gehörten Beteuerungen besänftigt zu sein.

»So wie es aussieht ist das Problem jetzt noch nicht konkret, aber es gibt potenzielle Schwierigkeiten, die auftreten könnten«, erklärte Sasha.

Kaiden schielte zu Laurie. »Ich dachte eher, dass das hier mir helfen sollte.«

»Und das wird es. Nur in einer etwas mehr ... ähm, gewundenen Art«, sagte Laurie verteidigend. Er ging an Kaiden vorbei zu einer der Stationen und begann etwas einzugeben. Der Deckel der Röhre ging auf.

»Was macht er?«, fragte Kaiden.

Sasha kam heran, stellte sich neben ihn und beobachtete dann Laurie, wie der hinüber zur anderen Station ging. »Der Professor hat Ihnen das Animus-System erklärt, richtig?«

»So in etwa ... es ist ein Virtuelle-Realität-System, das wir zum Trainieren nutzen, richtig?«

»Korrekt. Die Kapsel, die Sie vor sich sehen, ist eine von denen, die Sie und die anderen Studenten während Ihrer Zeit hier benutzen werden, um auf das System zuzugreifen. Sie scannt Ihren physischen Körper und erstellt daraus einen Avatar. Danach verbindet es sich mit

Ihrer EI und verbindet Sie mit dem System. Metaphorisch gesprochen trennt es Sie von Ihrem Körper und lässt Sie in die Simulation eintauchen.«

»Okay …«, bestätigte Kaiden mit einem zögerlichen Ton und langsamen Nicken. »Wenn das so normal ist, was ist dann die Schwierigkeit für mich?«

»Fast alle normalen Pods auf dem Campus der Akademie sind speziell kalibriert auf die üblichen EI-Systeme, welche die anderen Studenten nutzen – Ihre Sichtgeräte, Neurallinks und andere traditionelle Geräte. Man könnte also sagen …« Sasha drehte sich herum, um Kaiden direkt anzusehen. »…alle Geräte, die nicht Ihr Gerät sind.«

»Warten Sie, was? Ich dachte, meins wäre im Grunde ein Neurallink. Er hat es in meinem Schädel vergraben.«

»Sie verfälschen wirklich schon wieder die Großartigkeit meiner Arbeit«, rief Laurie von der anderen Seite des Raumes herüber. »Ihr Gerät ist weit jenseits der grundsätzlichen passiven Möglichkeiten eines einfachen Neurallinks. Es braucht keine Aktivierung. Es ist ein Teil von Ihnen und Sie von dem Gerät.«

»Sicher, das haben Sie schon das erste Mal gesagt. Mir ist aber immer noch nicht klar, wieso mich das nicht zu einem Cyborg macht«, gab Kaiden zurück.

»Vom technischen Standpunkt her ist es eine Erweiterung. Es ersetzt nichts in Ihrem Körper, was Kybernetik machen würde«, erklärte Sascha, was Kaiden veranlasste ihn durchdringend anzusehen.

»Schon klar, ich gebe auf. Was ist also das Problem, wenn mein Neurallink eigentlich überlegen sein müsste?«

»Wahrscheinlich gar nichts. Das Problem liegt eher darin, dass der Aufsichtsrat aus paranoiden Kriechern besteht«, warf Laurie ein, während seine Finger mit einer Geschwindigkeit über die Tasten rasten, die ein wenig beunruhigend war.

»Es könnte auch Beschädigungen im Gehirn bedeuten«, fügte Sasha hinzu.

»Könnten Sie das genauer erklären? Sie kommen mir hier wie der Vernünftigere vor«, stellte Kaiden klar, auch wenn er ihm Punkte abziehen musste, weil er ihn eigentlich erst in diese ganze Scheiße hineingeritten hatte.

»Oh, er ist so melodramatisch. Der Aufsichtsrat hat mich darum gebeten, eine kleine Liste der möglichen Komplikationen aufzuschreiben, die auftreten könnten, wenn wir die derzeitige Software in den Pods dazu verwenden, Sie mit ihrem jetzigen System in das Animus-System zu integrieren. Diese Möglichkeit hat eine unwahrscheinlich kleine Chance, überhaupt einzutreten.«

»Die Liste war nicht klein, da waren über zweihundert Einträge gelistet«, korrigierte Sasha leise.

»Und ich habe natürlich auch bemerkt, dass er ›unwahrscheinlich‹ sagte und nicht ›unmöglich‹«, fügte Kaiden hinzu, sein Ton abgehackt durch seinen Unmut.

»Hören Sie nicht auf ihn, mein lieber Kaiden. Ich war gerade dabei so langsam das Gefühl zu bekommen, dass Sie eines Tages mein persönlicher Schützling werden könnten.« Laurie seufzte er, als er zur Röhre hinüberging, um dort eine Konsole zu aktivieren.

»Glauben Sie, er kennt den Unterschied zwischen einem Schützling und einem Projekt?«, fragte Kaiden Sasha mit Flüsterstimme.

»Bisher habe ich wirklich nichts gesehen, was darauf schließen ließe. Ich habe schon mitbekommen, wie er ein paar seiner Roboter als Haustiere bezeichnet hat«, antwortete Sasha, was Kaiden zu einem genervten Stöhnen veranlasste.

Er grübelte über seine Möglichkeiten. Gerade jetzt fühlte er sich wirklich wie ein Testsubjekt, das man herumwerfen und an dem man rumpieksen konnte wie es einem beliebte. Aufmerksamkeit war schön, sicherlich, aber ihm war noch nicht mal ein Abendessen angeboten worden, bevor sie damit begonnen hatten, Dinge in ihn einzusetzen.

Sollte er sich einfach das Implantat wieder entfernen lassen und mit dem traditionellen System arbeiten? Seine sogenannten Verbesserungen waren eher Kopfschmerzen, sowohl tatsächlich als auch metaphorisch. Er würde dann zwar nicht die Vorteile haben, die es bereitstellte, aber Dinge langsamer zu lernen war ein kleiner Preis dafür, sein Gehirn in einem normalen Zustand belassen zu können.

Es war eigentlich recht witzig, wenn er sich einen Moment nahm, objektiv darüber nachzudenken. Er hatte nie viel Aufmerksamkeit auf seine grundsätzlichen motorischen Fähigkeiten verwendet – bis zu dem Moment, als die Gefahr bestand, dass diese abhanden kommen könnten.

»Niemals zufriedengeben.«

Verdammt.

»Was machen Sie da eigentlich gerade genau, Laurie?«, fragte Kaiden, als er zum Professor hinüber ging.

»Was ich bereits dem Aufsichtsrat versucht hatte zu erklären. Ich kann die bisherige Software so umstellen, dass sie sich mit Ihrem Implantat so verbindet, als wäre es ein Neurallink. Das wird allerdings mit großer Wahrscheinlichkeit

Ihre Synapsenverbindung auf ein Basisniveau herunterbremsen, bis ich ein vernünftiges Update durchführen kann«, erklärte er und ging erneut zurück zu einer der Stationen, um dort noch mehr Kommandos einzugeben.

»Alles klar, aber alles andere wird dann problemlos laufen?«, fragte Kaiden.

»In der Tat wird Ihr Implantat vollkommen lauffähig sein außerhalb des Animus. Wenn ich dann das System aktualisiert habe, wird es wie gedacht laufen und ich werde denen und der Welt zeigen, dass wir gerade erst an der Oberfläche dessen gekratzt haben, was alles möglich ist«, erklärte Laurie mit Begeisterung. »Ich werde diese Gelegenheit der technischen Weiterentwicklung nicht verstreichen lassen, nur weil der Aufsichtsrat so zartbesaitet ist, natürlich steht Ihre Sicherheit in all dem an erster Stelle.«

»Schön zu wissen, dass es Sie kümmert, Prof.« Kaiden unterstützte sein Augenrollen mit einem lauten Seufzer.

Er schaute zurück zu Sasha. »Sind Sie sicher, dass es da keine Alternativen gibt?«

»Nun, offenkundig können Sie das Implantat entfernen lassen und den traditionellen Weg gehen. Ich nehme an, dass Sie darüber bereits nachgedacht haben.«

»Oh ja. Aber wenn es die Möglichkeit gibt das hier ans Laufen zu bekommen, würde ich gerne davon absehen.«

»Da ist wieder dieser Antrieb, den ich schon bei unserem ersten gemeinsamen Treffen bewundert habe«, rief Laurie stolz aus.

»Sie könnten vielleicht exklusiv mit dem Professor zusammenarbeiten, bis er die nötigen Aktualisierungen für den Rest der Pods erstellt hat. Er hat eines der wenigen Systeme, die kein Problem damit haben, mit Ihrem Implantat zu laufen«, schlug Sasha vor.

Kaiden erinnerte sich an den Operationstisch mit den robotischen Chirurgen, auf dem er erwacht war, tief im Inneren von Lauries privater Domäne.

»Ich gebe diesem Pod nochmal eine Chance, auch auf die Gefahr hin, dass er mir Inkontinenz bescheren könnte, vielen Dank.«

»Und wieder verletzen Sie meine Gefühle«, jammerte Laurie schmollend.

Sasha nickte, als er hinüber zur Kapsel schritt. »Ich bin hier als Gesandter des Aufsichtsrates, um den Test zu überwachen. Ich werde auch als Aufseher für Ihren Einschätzungstest fungieren, sobald Sie mit dem System verbunden sind«, erklärte er. »Professor, sind Sie bald fertig?«

»Gleich soweit, muss nur noch einmal kurz über die Änderungen drüber schauen.«

»Von mir aus können Sie das auch länger machen, nur um sicher zu sein«, bot Kaiden an, seine Hände vor der Brust verschränkt, um seiner Verstimmung Ausdruck zu verleihen.

»Für die letzten Überprüfungen benötige ich Ihre Hilfe, Kaiden«, verkündete Laurie und drehte sich zu ihm. »Erinnern Sie sich, wie ich ihnen sagte, Sie könnten Ihre EI in jedes System mit einer offenen Verbindung und einer passenden Stromquelle eindringen lassen? Nun, warum versuchen Sie es nicht einfach?«

Er zeigte auf die Kapsel. Kaiden hob verwirrt seine Augenbraue.

»Was soll ich machen?«, fragte er. Seine Finger ließ er in Richtung Kapsel schnellen, als würde er Wasser wegschnippen.

»Sagen Sie einfach Ihrer EI, dass sie sich mit dem System der Kapsel verbinden soll.« Laurie schüttelte den Kopf, er war sichtlich irritiert. »Bitte hören Sie auf, Sie sehen aus wie ein Zauberer aus einem Schundfantasyroman.«

Kaiden kratzte sich verlegen den Hinterkopf und hustete dann in seine geschlossene Faust. »Öhm, alles klar. Chef, verbinde dich mit dem Pod.«

Kaiden hörte einen tiefen Ton, wie das Summen eines Computers, der gerade startete, aber so schnell, wie es begonnen hatte, war es sofort wieder still. Dann sah er Chefs blau glühende Kugel auf dem Bildschirm der Konsole an der Kapsel, die Laurie benutzt hatte.

»Also, Chef ist dein Name? Du müsstest mir jetzt sagen können, ob die neuen Kommandos und die Änderungen am Code alle am richtigen Platz und synchronisiert sind«, wandte sich Laurie an die EI.

Stille.

Sasha und Laurie schauten zu Kaiden hinüber, der mit seinen Fingern nervös auf seinem Arm herum klopfte. Für einen Moment überlegte er, ob irgendwas schiefgelaufen sein könnte, bis ihm das Offensichtliche auffiel.

»Ach, stimmt ja. Audio an.«

»Alles ist in Ordnung, Professor, auch wenn ich ein wenig gehofft hatte, dass Sie ihn nur zum Spaß für eine Trockenübung in die Kapsel gesteckt hätten«, gluckste Chef.

»Eine sehr eigentümliche Wahl für die Persönlichkeit einer EI, Novize«, bemerkte Sasha, als er auf das erleuchtete Auge auf dem Bildschirm schaute.

»Es war nicht wirklich eine ... Fehler wurden gemacht«, gab Kaiden zu.

»Wie dem auch sei, es ist eine interessante Fähigkeit, wenn die eigene EI die Möglichkeit hat, jedes offene System zu kontrollieren. Wäre sicherlich für einen Hacker oder technischen Spezialisten weitaus praktischer, könnte ich mir vorstellen.«

»Gib mir ein paar Jahre, alter Freund, dann erwarte ich, dass alle unsere zukünftigen Rekruten diese Fähigkeit haben werden«, bekannte Laurie. »Kaiden, diese Sichtgläser, die ich Ihnen gegeben habe, ziehen Sie die an.«

Er gehorchte und als die Anzeige aktiviert wurde, konnte er einen neuen Bildschirm sehen mit Auswahlmöglichkeiten, die er bisher noch nicht gesehen hatte. Daneben war ein Graph, der verschiedene Parameter wie Stromversorgung und Verbindungsqualität visualisierte.

»Was ist das alles?«, fragte er.

»Wenn Ihre EI in einem neuen System ist, gibt es Ihnen die Möglichkeit das System aus der Ferne zu kontrollieren, solange nichts die Verbindung blockiert oder versucht Sie hinauszuwerfen«, erklärte Laurie. »Wir fangen jetzt mal einfach an. Weisen Sie Ihre EI an, die Kapsel zu starten.

»Bring es in Gang, Chef«, befahl Kaiden.

»Na endlich haben wir mal etwas zu tun«, witzelte Chef, ehe die Kapsel erleuchtet wurde. Kaiden konnte das ansteigende Brummen von Generatoren und das Summen von Elektrizität hören.

»Und nun schauen sie auf ihren Bildschirm auf das Feld, das mit ›Aktivieren‹ beschriftet ist. Es sollte Ihnen ein Menü anbieten, um die Tür zu öffnen«, erklärte Laurie.

Kaiden tat dies und schaute auf den Karteireiter mit der Beschriftung ›Aktivierung‹, starrte für einen Moment darauf als sich die Beschriftung markierte und sich weitere Optionen offenbarten, darunter auch ›Tür öffnen‹. Er schaute zu, wie es kurz markiert wurde, ehe er es bestätigte. Kaiden schaute zur Kapsel hinüber, wo sich ein Segment der Kapsel mit einem Zischen entriegelte und nach oben glitt, um einen metallischen Innenraum zu offenbaren.

»Gut gemacht«, lobte der Professor. »Ich würde Sie ja gerne noch ein wenig mit den verschiedenen Funktionen herumspielen lassen, damit Sie ein wenig mehr Übung bekommen, aber wir haben noch einiges zu erledigen. Wie zum Beispiel etwas über ihre mögliche Zukunft herauszufinden.«

»Novize, steigen Sie in die Kapsel und schließen die Tür. Der Professor wird ab hier übernehmen. Der Link braucht nur ein paar Momente, um sich aufzubauen. Sobald dies geschehen ist, werden wir mit dem Einschätzungstest beginnen.« Sasha deutete mit seinem Kopf in Richtung Kapsel.

Kaiden nickte, näherte sich dem metallischen Ungetüm und trat hinein. Es war ein komisches Gefühl zu wissen, dass er gerade freiwillig in ein Gerät stieg, dass ihn im Grunde genommen in ein paar Minuten komplett digitalisieren würde.

»Chef, schließ die Tür«, wies er an.

»Wir sehen uns nach dem Sprung. Ich hoffe, du hast nicht irgendwelche losen Zahnfüllungen.«

Mit diesen Worten schloss sich die Tür und ein gedämpftes weißes Licht erschien unterhalb von ihm. Er sah Gruppen von blauen Kreisen um ihn herum, die ihn abtasteten ehe er eine gewisse Schwere in seinem Kopf spürte. Es überraschte ihn, dass es das gleiche Gefühl des Absteigens war, genau so, als wenn er kurz davor wäre einzuschlafen.

Für einen Moment waren seine Augen geschlossen, ehe sie wieder aufsprangen. Seine Kinnlade fiel herab und er zitterte leicht. Er schaute sich um und konnte nicht anders als über den unwirklichen Ausblick zu lächeln, der sich ihm gerade bot.

Er war jetzt gewiss nicht mehr an der Nexus-Akademie.

KAPITEL 9

Der Himmel war das Erste, was Kaidens Aufmerksamkeit auf sich zog. Es war ein unnatürlicher Farbton ätherischen Blaus, optisch schön, wenn auch ziemlich unheimlich. Er schaute hinunter und erblickte ein Tal. Die Landschaft war grau, aber nicht kränklich, wie als hätte es dort nie eine andere Farbe gegeben.

Zu seiner Linken und Rechten waren titanische Bergmassive, die in den Himmel ragten und die monochrome Einfärbung der Landschaft widerspiegelten, mit Flecken von schwarz und weiß, die die irdische Landschaft akzentuierten.

War irdisch in diesem Fall korrekt? Er war sich da nicht so sicher. Das ungewöhnliche Flackern des Himmels und das Rascheln des Grases unter seinen Füßen, das sich ohne Wind bewegte, half ihm nicht wirklich dabei, eine Entscheidung zu fällen.

»Können Sie mich hören, Novize Jericho?« Sashas Stimme donnerte in seinem Kopf. Kaiden zuckte überrascht zusammen, aber mit seiner vorherigen Erfahrungen nach der Operation mit Laurie war er nun besser auf die körperlosen Stimmen vorbereitet, die mit ihm redeten.

Zumindest so weit, dass er seinen Geisteszustand nicht mehr andauernd anzweifelte.

»Jawohl, ich empfange Sie«, antwortete Kaiden und ging ein paar Schritte vorwärts und schaute den Hügel hinunter, auf dem er stand. »Das ist ... anders. Hat die Akademie eigentlich nicht genug Geld, um das hier in Farbe darzustellen oder sind das Inhalte, die man extra kaufen muss?«

»Der Professor hat eine einfache Karte für Ihre erstmalige Verbindung geladen. Im Hinblick auf die Umstände wollten wir auf alle Fälle sicher gehen, dass nicht irgendwelche unnötigen Gegenstände geladen oder Prozesse verarbeitet werden müssen.«

»Nun, ich schätze den Gedanken, denke ich.« Kaiden kratzte sich hinter dem Ohr. »Allerdings bin ich mir sehr sicher, dass dies das ist, was Geister im Jenseits sehen. Was dagegen, wenn wir es ein wenig ausgefallener machen? Ich wäre schon dankbar, wenn der Himmel nicht die Farbe von einem defekten LCD-Monitor hätte.«

»Machen Sie sich keine Sorgen, Kaiden, mein Junge«, zwitscherte Laurie, seine beschwingte Stimme hörte sich im Kopf fast wie ein Singsang an. »Das war lediglich ein Test. Alles scheint zu funktionieren und ich sehe hier bei mir keine Probleme mit der Integration. Wir werden Sie in ein paar Augenblicken auf ein passendes Trainingsfeld bringen.«

»Nun, um fair zu sein, das hier ist immer noch besser als diese unendliche Leere, in die Sie mich beim ersten Mal gesteckt haben«, gab Kaiden zu.

»Natürlich. Dieses Mal werden Sie die *wahren* Fähigkeiten meines Systems sehen«, prahlte Laurie. »Aber eins nach dem anderen. Stellen Sie sicher, dass Ihre EI bei Ihnen ist.«

»Chef, tanz an, wir haben Sachen zu erledigen«, schrie Kaiden.

»Oh gut, etwas zu tun. Das ist zumindest besser als das, was wir bisher getan haben.« Hätte die EI ein Gesicht, entschied Kaiden, hätte sie jetzt wahrscheinlich mit unbeweglicher Miene geschaut. Ihre schwebende Form erschien knapp vor ihm in ihrer ganzen Herrlichkeit.

»Nun, schau dich doch mal an. Warum hast du so lang gebraucht? Ich bin schon seit zwei oder drei Minuten hier. Du musst dein Leben mal unter Kontrolle bekommen«, beschwerte sich Kaiden mit vor Sarkasmus triefender Stimme.

»Ja doch, ja, du hast ja recht. Das nächste Mal, wenn du das hier veranstaltest, werde ich den Verbindungsprozess zum Animus einfach mal mit halbem Arsch durchführen, dann geht es auch schneller.« In Chefs Stimme konnte man aufgebrachte Verzweiflung hören. *»Ich bin sicher, da wird schon nichts Schlimmes passieren. Du könntest dann vielleicht ein paar extra Gliedmaßen haben, wenn du das nächste Mal hier auftauchst, aber hey, mit fünf Beinen kommt man auf unebenen Grund viel besser voran. Oder wie wäre es, wenn du ein paar Milliarden Gehirnzellen verlierst? Das hätte den charmanten Vorteil, dass wir für dich viel weniger Rechenzeit bräuchten.«*

»Du bist ja echt ein Schätzchen«, erwiderte Kaiden. »Ich bin mir ziemlich sicher, dass wenn irgendwas mein Hirn frittiert, du sicherlich die gleiche Menge Ärger an den Hacken hast.

»Wenn man bedenkt, was ich gerade zur Verfügung habe, würde ich wahrscheinlich gar keinen großen Unterschied bemerken.« Die Kugel leuchtete für einen kurzen Moment auf, ehe sie verschwand.

»Frecher Bastard«, spottete Kaiden.

»Ich fange langsam an diese Kosenamen zu lieben«, alberte Chef und tauchte oben links in Kaidens Blickfeld wieder auf.

»Ich nehme mal an hier drinnen braucht man dann keine Optik, oder?«, fragte Kaiden seinen omnipräsenten Lehrer.

»Korrekt. Ihre EI kann sowohl als Head-Up-Display agieren als auch in einer simulierten physischen Art, zumindest fällt mir da kein besseres Wort für ein«, antwortete Sasha. »Wie es scheint, sind wir bereit, Sie in eine passende Einschätzungskarte zu laden. Sind Sie ebenfalls bereit, Novize?«

»Klar. Ich nehme mal an, ich muss irgendwie ausloggen und dann wieder rein oder so was in der Art?«

»Mit Sicherheit nicht, auch wenn ich empfehlen würde ziemlich still zu stehen«, empfahl Laurie. »Wirklich, Ihnen sollte nichts passieren, aber einige Benutzer sind ein wenig desorientiert beim ersten Mal, wenn sie zwischen zwei Karten wechseln.«

Kaiden verschränkte seine Arme vor der Brust und spannte vorbereitend seine Muskeln an. Es war nicht so als gäbe es da irgendwas, wo er sich festhalten konnte, daher war Selbstbeherrschung seine einzige Ausfallsicherung.

»Beginne Transfer in drei … zwei … eins …« Sashas Stimme verhallte.

Kaiden sah zu, wie das Tal begann sich zu verformen, einige Teile verdrehten sich in sich selbst und andere verschwanden. Seine Augen weiteten sich und er fühlte, wie sich seine Hände fester um seine Brust legten, als er dabei zusah, wie die Welt um ihn herum anscheinend implodierte.

Er hatte immer von sich gedacht, dass er jemand war, der immer für alles bereit war. Das dachte er immer noch, aber nicht auf das hier – niemals auf das.

Dann tauchte plötzlich ein Geflacker von Licht und Farben auf und die sich verdrehende und zusammenfallende Aussicht begann sich wieder zu etwas zu formen und größer zu werden. Er sah zufällige Gegenstände – Fässer, Tische, Stühle zusammen mit anderen Dingen, die aus dem Nichts auftauchten und von selbst auf ihren Platz rutschten. Der Himmel verschwand und eine Metalldecke erstreckte sich nun über ihm – sehr hoch, wenn man genau war. Diese Tatsache schien eigenartig unerwartet und fehl am Platz. Der Boden verwandelte sich in einen Linoleum-Bodenbelag und Wände rauschten an ihm vorbei und zogen sich weit über seine Sichtweite hinaus in die Ferne.

Er schloss seine Augen für einen Moment, eine kurze Ruhepause vor dem visuellen Chaos, aber als er sie langsam wieder öffnete, war alles still. Er schaute sich vorsichtig um. Kaiden befand sich in einer Halle und konnte eine Schießbahn auf der einen Seite und was aussah wie ein Hinderniskurs auf der anderen sehen. Waffenschränke und Spinde waren leicht zu erkennen und er konnte andere Räume hinter diversen Türen und Fenstern sehen, sowie verschiedene Fahrzeuge, die ihm in dem enormen Raum wie zufällig geparkt vorkamen. Seine Umgebung war nun voll eingefärbt, wenn auch auf die typisch triste Farbgebung des Militärs braun, grau, weiß, grün und blau beschränkt.

Dies alles wirkte ein wenig mehr offiziell, aber etwas in ihm fand, dass es ziemlich enttäuschend war, nachdem sich die ganze Welt in diesem unwirklichen Prozess um ihn herum verwandelt hatte.

»Wie war es, Novize? Schon ein ziemlicher Kick, oder?«, fragte Sasha.

Bevor er antworten konnte, mischte sich Chef ein. *»Ich habe mir die Freiheit genommen seine Vitalwerte zu überwachen, als es abwärts ging. Meine ersten Messungen haben ›eine Scheißangst und die Hosen voll‹ ergeben, aber vielleicht wäre nach einem genaueren Studium der Messwerte ›dumm wie ein Meter Feldweg‹ die passendere Beschreibung.«*

»Es geht mir gut.« Kaiden verzog das Gesicht »Es war ... es war durchaus ein kleiner Schock, muss ich zugeben.«

»Oh, es ist immer eine faszinierende Erfahrung, wenn man es das erste Mal erlebt«, brach es aus Laurie heraus. »Aber keine Sorge, im Normalfall ändern wir die Karten nicht mitten in einem Test oder einer Übung, denn dafür gibt es normalerweise keinen Grund.« Allerdings empfehle ich, als persönliche Übung, sich daran zu gewöhnen. Es erlaubt Ihnen, mehr zu erledigen.«

»Habe es mir gemerkt«, bestätigte Kaiden als er durch die Halle wanderte. »So, wo muss ich starten?«

»Normalerweise mit dem grundsätzlichen Persönlichkeitstest, aber angesichts der Umstände werden wir damit bis zum Ende warten«, erklärte Sasha. »Ich würde mal schätzen, dass Sie nichts dagegen haben, ein wenig Energie aus Ihrem Körper zu bekommen, oder?«

»Da würde ich nicht nein sagen.« Kaiden gluckste, als er in die Richtung der Anlage ging, wo er den Schießbereich vermutete. Er stellte sich vor eine Trennwand, die ihn von einer Reihe gesichtsloser Zielattrappen trennte.

»Lade den Feuerwaffentest«, verkündete Laurie. Kaiden sah, wie alle Lichter bis auf die über der Schießbahn herunter dimmten. Die Zielattrappen lösten sich auf, ein Waffenschrank an einer der Wände verschwand und tauchte dafür direkt neben ihm wieder auf.

Kaiden untersuchte ihn vorsichtig. Er schaute auf die Tür, sah jedoch kein Schloss am Griff, daher griff er danach und zog daran. Die Tür schnappte einfach auf. Er atmete erleichtert auf. Endlich funktionierte hier mal etwas wie geplant.

Der Schrank war komplett leer. »Wissen Sie, ich möchte ja nicht die Lehrer irgendwie übertreffen, aber normalerweise braucht man für einen Feuerwaffentest auch eine Feuerwaffe, würde ich meinen«, rief er aus und schaute hoch zur Decke, wo er annahm, dass die Professoren ihn beobachten würden. »Vielleicht bin ich naiv, aber es ist eigentlich schon traditionell.«

»Sie sind naiv, Novize, aber nicht deswegen«, versicherte ihm Sasha. »Schauen Sie noch mal.«

Kaiden folgte der Anweisung und sah fünf Lichter, die sich in verschiedene Formen wandelten. Dann, mit einem kurzen Blitz, sah er, wie aus den fünf Lichtern fünf verschiedene Pistolen wurden – spezielle Modellvarianten, die er noch nie zuvor gesehen hatte.

Er ließ seine Hände kurz über jede von ihnen gleiten. Sie fühlten sich echt an – der raue Griff, das kompakte Gewicht, das wärmeleitende Material und die Auslassdüsen bei den Plasmamodellen. Er nahm eine der Waffen hoch und schaute sie genau an. Er studierte den silbernen Körper und die schwarzen Einkerbungen an der Spitze des Laufs. Sein Blick verharrte auf einem leuchtenden Kreis auf der Rückseite des Patronenlagers. Er runzelte die Stirn und grübelte, ehe ihm ein Riegel an beiden Seiten der Mündung auffiel. Vorsichtig drückte er sie beide herunter und zog sie dann nach hinten, der obere Teil der Waffe sprang auf. Er konnte einige Spulen und einen Lademechanismus erkennen, dies war eindeutig ein elektromagnetisches Modell. Damit konnte man einen ordentlichen Schlag aufgrund der Feuergeschwindigkeit und Feuerrate austeilen, zusammen mit einem Rückstoß, der einem die Waffe zurück ins Gesicht treiben konnte, wenn man nicht aufpasste.

Natürlich waren sie auch technisch gesehen eine Fälschung, schließlich war das hier alles nur digital.

Er schloss das Fach wieder und schaute sich die Waffe erneut an. Es sah nach einem Fulgora-Modell aus, hergestellt durch ›Tera Sovereign Arms‹, ein verdammt teures Stück auf dem Schwarzmarkt. Jeder, der so eine Waffe trug, gab alleine damit schon ein Statement ab.

Wenn du damit danebenschießt, würde man dich wahrscheinlich erschießen, bevor du die Chance hättest einen weiteren Schuss anzubringen. Vor allem, wenn man bedachte, wie lange die Waffe brauchte um sich aufzuladen, aber man hatte es ja nicht anders gewollt.

Andererseits bemerkte er bei einer genaueren Untersuchung kleine Unterschiede zwischen dieser Waffe und der Variante, mit der er vertraut war. Das Farbschema, die zusätzlichen Auslassdüsen und die Energiespulen schienen optimiert worden zu sein. Der glühende Kreis am hinteren Ende der Waffe schien darauf hinzudeuten, dass man wählen konnte, wie viel Durchschlagskraft man mit dem Schuss hatte. Das war keine Option, die man mit der Fulgora ab Werk hatte.

»Was ist das?«, fragte Kaiden. Er erwartete eine Antwort von seinen Professoren, sah dann aber, wie weiße Strahlen die Waffe überdeckten und eine Infobox in seinem Blickfeld auftauchte. Es schien eine Zusammenfassung der Marke und des Modells der Pistole zu sein, eine Thunderbird-M3, entworfen von der Entwicklungsabteilung der Nexus-Sicherheit.

Kaiden schniefte amüsiert. Sicherheit war das richtige Wort für diese Waffe. Wenn man sicherstellte, dass, wer auch immer am empfangenden Ende war, durch die Wand gedrückt wurde, war das im Hinblick auf die Verteidigung eine sichere Sache.

»Dies sind die fünf Handfeuerwaffen, die wir an der Akademie anbieten. Sie wurden hier im Haus von einigen unserer besten und gescheitesten Mitarbeiter entworfen, mit ein wenig Zuarbeit von außen. Alle Novizen trainieren mit einer Vielzahl von Waffen und Munition, aber diese Pistolen werden ihre treuen Begleiter in ihren Trainingseinheiten im Animus sein«, bemerkte Sasha.

»Nur im Animus?«, fragte Kaiden mit einem leichten Anflug von Trauer. »Kommt mir ehrlich gesagt wie Verschwendung vor. Dieser Ort ist schon recht cool, aber wie kann man in einem VR-System das Gefühl und die Kraft einer Waffe wirklich erleben?«

Er hörte ein leises Kichern. Überraschenderweise hörte es sich an, als käme es von Laurie. »Versuchen Sie es, Kaiden«, schlug dieser vor.

Kaiden sah, wie eine der Zielattrappen wieder auf der Schießbahn auftauchte. Er ließ seinen Arm in Richtung des Ziels schwenken und zielte auf die angedeutete Brust, seinen Arm entspannt, aber die Waffe fest im Griff.

Er atmete gleichmäßig aus, als er den Abzug betätigte. Die Pistole vibrierte und der Kreis füllte sich langsam gegen den Uhrzeigersinn mit einem hellen blauen Licht.

Als er sich immer mehr auffüllte, fühlte er wie die Waffen vibrierte und schwerer wurde. Er griff mit seiner anderen Hand langsam über die Hand, mit der er die Waffe hielt und bereitete sich auf den Schuss vor. Als die Anzeige den Höhepunkt erreichte, ließ er den Abzug los und einen Blitz schoss mit einem Krachen wie bei einem Einschlag heraus. Er riss seinen Kopf leicht nach links, als die Waffe und seine Arme zurück und über die Schulter flogen. Sein Fuß rutschte nach hinten und es dauerte einen Moment, bevor er das Gleichgewicht wieder erreicht hatte. Dann wanderte sein Blick zur Attrappe.

Diese war mindestens drei Meter nach hinten gegen die Wand der Schießbahn geflogen. Die Brust sah aus wie verdampft, alles vom linken Brustmuskel über die Schulter zum Oberarm war verschwunden. Was vom Arm übrig war, lag ein paar Meter vor der Attrappe und kokelte vor sich hin.

»Himmel, Arsch und Zwirn, was zur Hölle war das?«

»Das war wahrscheinlich das echte Gefühl, wenn man eine Thunderbird auf voller Kraft abfeuert«, kicherte Laurie.

»Es ist eine schwere Pistole, die auf Basis des Fulgora-Models von Tera Sovereign Arms von unseren Technikern verbessert wurde. Wir konnten ein paar ihrer Baupläne als Gegenleistung für einige Kontrakte mit kürzlich graduierten Soldaten und Ingenieuren erlangen ... zusammen mit einem beträchtlichen Honorar«, fügte Sasha beiläufig hinzu.

»Jau, ich dachte mir schon, dass es eine modifizierte Version ist«, gab Kaiden stöhnend zurück, als er die Waffe wieder zurück in den Schrank legte und versuchte, den Schmerz aus seinen Unterarmen zu reiben.

»Sogar mehr als das, aber wir können später darüber fachsimpeln«, gab Sasha zurück. »Bitte schauen Sie auf die bereitgestellten Waffen. Professor Laurie wird noch ein paar weitere Ziele vorbereiten, falls Sie noch ein wenig üben möchten oder wenn Sie ein Gefühl für die individuellen Charakteristiken von jeder Pistole benötigen. Aber eine von den fünf Waffen müssen Sie sich aussuchen und den Test damit absolvieren.«

»Verstanden«, grunzte Kaiden und schaute auf die anderen Pistolen. »Chef, könntest du bitte den Rest scannen?«

»Schon dabei, aber suche Dir nachher nicht einfach die glänzendste Waffe aus«, warnte Chef sarkastisch.

Kaiden schüttelte den Kopf als er sah, wie jede Waffe aufleuchtete, bevor sich kurz danach vier andere Boxen mit Informationen auf seiner Anzeige öffneten.

Er ging die Waffen durch, nahm jede in die Hand, sodass die anderen Boxen kleiner, dafür die jeweils passende Infobox größer wurde und die Eigenschaften der ausgewählten Waffe auflistete.

Die erste, eine Handfeuerwaffe in schwarz und grau, war sogar größer als die Thunderbird, allerdings ein wenig leichter. Als Modellname war ›Black Dog‹ hinterlegt. Sie war für Kämpfe im engen Raum gedacht und feuerte Metallschrapnelle in breiter Streuung ab. Das Magazin war vergleichsweise groß und fasste acht Schuss, ehe man nachladen musste.

Kaiden legte die Waffe wieder zurück in den Schrank. Er war kein Fan von beengten Kampfsituationen, wenn er sie vermeiden konnte und wenn man mit diesem Ding aus beträchtlicher Entfernung schoss, ergab das wahrscheinlich weniger Sinn, als wenn er Einmachgläser mit Bienen auf seine Gegner schleudern würde.

Die nächste Waffe war die Yokai, ein schlankes Modell, hergestellt aus reinem, schwarzem Aluminium und Polymeren. Kaiden nahm vom Namen und dem Stil an, dass die Waffe einem japanischen Modell nachempfunden war. Sie war unglaublich leicht und hatte eine sehr schmale Bauform. Er zielte mit der Waffe auf die Schießbahn, als Reaktion darauf tauchte eine neue Attrappe auf. Ohne Eile zog er am Abzug und ließ ihn wieder los – es war fast nichts zu hören. Er sah, wie ein kleines Loch auf dem Ziel erschien, welches aus der Entfernung nicht sehr tief aussah.

Er betätigte und hielt den Abzug erneut und zielte auf den Kopf. Dieses Mal hörte er ein sehr leises Surren und spürte ein Vibrieren, als würde etwas in der Waffe rotieren. Ein weiteres Loch tauchte genau da auf, wo der Mund der Attrappe sein würde. Er hatte nur wenig mehr als ein leichtes Surren gehört, als die Kugel den Lauf verließ.

Er beäugte die Waffe kritisch. Ein magnetgetriebenes Modell war ideal für heimliche, leise Einsätze. Er fand die Waffe interessant, aber sie war nicht wirklich sein Ding. Das Aufladen und die Durchschlagskraft waren nichts, mit dem er sich mitten in einem Feuergefecht rumschlagen wollte.

Die Phoenix war eher eine leichte Maschinenpistole mit einem weiß-roten Farbschema. Er zielte wieder auf die Schießbahn und eine weitere Attrappe tauchte auf. Ruhig und wohlüberlegt zog er den Abzug durch und sah, wie sein Ziel in schneller Folge mit Löchern übersät wurde. Er stoppte und schaute sich die Waffe an. Seine Anzeige hob jetzt einen Schalter direkt über dem Abzug hervor.

Er legte ihn um, bevor er wieder auf die Attrappe schoss. Diesmal sah es so aus, als wäre die Munition mit Leuchtspurgeschossen gemixt. Als er sah, dass die Attrappe in Flammen aufging, pfiff er zustimmend.

Allerdings konnte er fühlen, wie sich die Waffe schneller als sie sollte erhitzte. Er schaute sie sich genauer an und sah die passive Abwärmevorrichtung an beiden Seiten. Die Zusatzinformationen besagten, dass hier Brandmunition anstatt Energie oder Kugeln genutzt wurden. Diese Munition vereinte die Vor- und Nachteile aus beiden Welten. Man konnte in der gleichen Zeit mehr Munition verschießen als bei einer normalen Projektilwaffe, dafür hatte man weniger Durchschlagskraft als bei normalen Energiewaffen. Allerdings hatten die Waffen für Brandmunition die lästige Angewohnheit zu überhitzen, was dazu führte, dass sie bis zum Abkühlen unbrauchbar waren oder im ungünstigsten Fall sogar explodierten.

Eine Hand konnte man nicht wirklich nachladen, oder? Er seufzte, als er die Waffe zurück in den Schrank legte. *Warum sind die ganzen coolen Waffen so total nervig?*

Die letzte Waffe, eine Siren, war energiebasiert. Sie sah aus wie eine Betäubungswaffe, war eigentlich ideal gegen Roboter und Technik und nicht sehr effektiv gegen menschliche Söldner und ähnliche Gegner einsetzbar. Vielleicht taugte sie ja gegen Außerirdische? Aber dafür wollte er jetzt nicht extra einen Biologiekurs besuchen.

»Dies sind alles Waffen für Spezialisten«, rief Kaiden. »Klar, sie sehen gut aus, liegen gut in der Hand, haben einige raffinierte Fähigkeiten und so, aber haben Sie nicht etwas mehr … ich weiß nicht … Klassisches?«

»Nun, wir trainieren hier im Nexus Spezialisten«, erinnerte Sasha ihn. »Allerdings verstehe ich, was Sie meinen. Wir haben da eventuell was.«

Kaiden sah, wie die Pistolen im Schrank verschwanden, um durch eine einzelne Pistole ersetzt zu werden – schwarz mit Kupferakzenten, einem langen Lauf und einem gekrümmten Griff und Abzug. Er nahm die Waffe in die Hand und untersuchte sie genauer.

»Debonair.« Er lächelte. Dem Namen nach klang sie schon besser und schien für schnelle Einzelschüsse ausgelegt. Zielen und dann den Abzug betätigen, sodass es an einem selbst lag, wie viele Ziele man umlegte und ob man dann noch atmete.

»Für ein paar Jahre war die Waffe eine der Auswahlmöglichkeiten, aber in den Augen unserer Studenten und Entwicklungsteams wurde sie schnell als überholt angesehen. Sie ist energiebasiert mit einem starken, durchschlagenden Schuss, kann aber nur so schnell feuern wie man den Abzug betätigen kann. Was ihr allerdings fehlt ist die Mannstoppwirkung. Außer natürlich man trifft das gleiche Ziel mehrere Male.«

Kaiden lächelte. Damit konnte er arbeiten.

»Geben Sie mir ein paar Ziele«, bat Kaiden. Die von den Kugeln durchlöcherten Attrappen verschwanden und wurden durch fünf neue ersetzt, die in V-Formation aufgereiht waren.

Er zielte auf die Attrappe ganz links, atmete aus und betätigte dann den Abzug. Es fühlte sich an, als hätte er den Abzug fast nicht berührt, als der Schuss in einem Streifen hoher Hitze vom Lauf genau in die Brustmitte des Ziels einschlug.

Oh, *zur Hölle*, ja.

Er schoss schnell die Reihe entlang. Jeweils einer in den Kopf, dann in die Brust und die Gliedmaßen, wo er der Feuergeschwindigkeit und dem Rückstoß entsprechend seinen Rhythmus fand. Die Waffe war zügig, zielgenau und hinterließ ein respektables Loch. Die Typen, welche die Waffe links liegen gelassen hatten, waren einfach viel zu verwöhnt.

»Ich nehme sie«, rief Kaiden aus und ließ die Waffe Richtung Boden sinken, als er dabei zusah, wie die durchsiebten Zielattrappen verschwanden.

»Nun, ich gratuliere. Ich werde sie zu Ihrem Akademieprofil hinzufügen, dann können Sie sie in Zukunft weiterverwenden«, bestätigte Laurie. »Nun, bevor wir mit dem eigentlichen Test beginnen, würde ich gerne noch etwas ausprobieren. Bitte halten Sie still.«

»Ich dachte, Sie hatten gesagt, dass wir nicht noch mehr von diesem Kartenwechsel-Kram machen.« Kaiden seufzte und seine Streitlust kam langsam wieder, nun da er erst mal nicht mehr mit seiner Pistole spielen konnte.

»Tun wir auch nicht. Ich muss nur noch eben die Schadensabgabe testen. Es ist natürlich viel schwieriger, ein sich bewegendes Ziel zu treffen«, erklärte Laurie.

»Ach so … Warten Sie, bin ich das …« Bevor er seine Frage beenden konnte, spürte er einen sengenden Schmerz in seiner Brust, der ihn auf den Boden trieb. Keuchend und zitternd rollte er sich mühsam hinter den Waffenschrank und kämpfte sich zurück auf die Knie.

»Arschloch!«, ließ er seinem Zorn freien Lauf.

»Das schien ausreichend zu sein, obwohl ich eigentlich fragen sollte ...«, grübelte Laurie, »...war das echt genug für Sie, Kaiden?«

»Ja ... äh ... nein ... war wirklich toll«, gab er schnippisch zurück.

»Nun gut, lassen Sie uns beginnen«, wies Sasha an.

Kaiden schaute hinter dem Waffenschrank hervor und sah, wie eine Menge gesichtsloser, humanoider Gestalten in der Halle auftauchte. Sie waren alle unterschiedlich gefärbt, weiß, schwarz, rot, blau und gelb. Manche hielten Schusswaffen, andere hatten Nahkampfwaffen und einige hatten gar nichts in ihren Händen.

»Der Test beginnt in dreißig Sekunden. Jedes Ziel ist eine bestimmte Anzahl Punkte wert, abhängig von der Bewaffnung, den Fähigkeiten und wie viele Schüsse benötigt wurden, um sie zu neutralisieren. Ihr Endergebnis hängt von den Punkten ab, die Sie verdient haben, abzüglich der Minuspunkte für jeden Treffer, den Sie einstecken mussten.« Sashas Stimme leierte emotionslos die Anweisungen herunter.

Kaiden sah, wie oben an der Decke eine rote Nummer ›30‹ auftauchte und anfing im Sekundentakt herunterzuzählen.

»Ich hoffe, Sie sind bereit«, warnte Sasha.

Kaidens Lächeln kehrte zurück, als er seine Ziele in den Blick nahm und seine Debonair mit einer präzisen Bewegung anhob. »Aber so was von ...«

KAPITEL 10

Kaiden hechtete hinter eine niedrige Mauer und wich damit knapp einem Blitz aus, der von oben auf ihn abgefeuert worden war. Fliegende Roboter, noch etwas, auf das er nicht vorbereitet gewesen war.

Nun, das waren zwei Sachen aus einer potenziell unendlichen Zahl an Möglichkeiten, auf die man vorbereitet sein musste.

Sieht immer noch gut für mich aus.

Er schaute flüchtig hinter der Wand hervor und sah zwei Roboter, die einen Kistenstapel emporklommen, um einen höheren Standort zu erreichen, sie standen vollkommen ungeschützt. Er beugte sich aus der Mauerecke heraus, zielte und betätigte zweimal den Abzug. Den einen Gegner traf er in den Kopf, den anderen durch den Nacken und beide verschwanden aus der Simulation. *Wenn Ihr so blöd sein möchtet, nehme ich liebend gerne ein paar Gratispunkte.*

Natürlich bemerkte er, dass es albernes Gelaber war, künstliche Gegner zu beleidigen, die das gar nicht mitbekommen würden.

»Stirb, du bleicher Fleischsack«, hörte Kaiden die Worte, die ihm ein anderer Roboter mit künstlicher Stimme zurief. Sein Blick suchte die Stimme und blickte in den Lauf eines Sturmgewehrs, ein paar Meter von ihm entfernt. Instinktiv warf er sich gleichzeitig nach unten und hinten aus der Schussbahn, zielte dabei mit seiner Pistole und jagte einen Schuss in das Knie des Ziels. Als er in schneller Folge zwei weitere Schüsse in die Brust abgab, brach die Zielattrappe zusammen und verschwand.

»Bleich? Ich bin nicht bleich!«, rief Kaiden aufgebracht.

»Und das ist echt dein einziges Problem?«, spottete Chef.

Kaiden schaute sich um. »Nachher glaubt noch jeder, ich wäre kränklich oder so was in der Art.«

»Er hat dich aber auch Fleischsack genannt.«

»Hey, ich habe auch Science-Fiction-Filme gesehen. Solche Sprüche gehören zum Standardrepertoire von Robotern und Ähnlichem, richtig?«, fragte Kaiden. Er zog die Oberseite seiner Waffe zurück und öffnete damit eine größere Abwärmeöffnung. Er ließ den Schlitten los, der nach einigen Momenten der Abkühlung wieder nach vorne schnellte.

»Aber dennoch beschämend, finde ich. Links von dir, ziemlich weit oben«, warnte Chef, seine Stimme wurde forsch.

Kaiden schaute in die angegebene Richtung und sah die drei kleineren fliegenden Kreaturen, die er vorher schon gesehen hatte. Ohne nachzudenken, rannte er in Richtung einer der Pfeiler. Sicherheitsmauern und verstärkte Barrieren tauchten in der gesamten Halle auf, verschwanden oder deaktivierten sich aber auch unvermittelt wieder, während die Pfeiler allerdings die ganze Zeit dagewesen waren, diese waren die sichere Wette.

Trotz des Chaos und der Schüsse konnte er die statische Entladung hören, als sich die Waffen der beiden verbliebenen Drohnen aufluden. Er schaute hinter sich, ob er einen schnellen Schuss riskieren konnte. Die fliegende Gruppe löste gerade ihre Formation auf, als könnte sie seinen Plan voraussehen, aber er sah eine Chance. Kaiden drehte sich zu seinen neuen Gegnern um und zielte ein wenig weiter rechts neben die Drohne. Er betätigte den Abzug, die Kugel schlug in den Flieger ein, welcher gerade eine Ausweichbewegung ausführte, die ihn direkt in die Flugbahn des Schusses beförderte hatte.

Jawohl. Er lächelte, als er den Schüssen der anderen beiden auswich und sich hinter die Säule drückte. Dort sackte er dem Boden entgegen, als sie heranflogen und feuerbereit um die Säule kurvten.

»Hey, es macht natürlich voll Spaß, dabei zuzusehen, wie man auf dich schießt, aber du hast doch bestimmt nichts dagegen, wenn ich mich ein wenig an der Action hier beteilige?«

»Klar. Was hast du vor, die Gegner wutentbrannt anblinzeln?«

»Dann sag mir doch mal, was du davon hältst, Klugscheißer.« Zeitgleich sah Kaiden, wie der Avatar von Chef verschwand.

»Hat ... hat der mich jetzt echt hängen lassen?«, fragte er sich verblüfft.

Soviel zu einem treuen Begleiter.

Das Summen der elektrischen Waffen der Drohnen brachte ihn in die Realität zurück. Verdammt, er hatte sich ablenken lassen. Als er gerade seine Waffe für einen weiteren Schuss bereit machte, sah er, wie der Flieger auf der rechten Seite seinen Begleiter so rammte, dass dieser Kaiden verfehlte. Dann drehte sich die rammende Drohne und feuerte auf seinen trudelnden Begleiter.

»Was war das denn jetzt?«

»Das war schon cool, oder?«, fragte Chef vergnügt, als sein Avatar wieder vor seinen Augen auftauchte, mit einem neuen Karteireiter voller Funktionen.

»Wo warst Du? Was ist das da auf dem Display?«

»Schau nach links.«

Kaiden folgte dem Vorschlag und sah die verbliebene Drohne neben ihm schweben. Er sprang schnell auf und wollte in Deckung hechten, bevor er merkte, dass ihn die Drohne weder verfolgte noch die Waffe auflud.

»Der alberne Professor hat diese Gegner als fernsteuerbare Drohnen geladen, was bedeutet, dass diese eine Verbindung haben, die ich kapern kann«, verkündete Chef stolz. *»Natürlich alles simuliert.«*

»Oh ... das ist wirklich eine coole Funktion«, musste Kaiden zugeben. »Ich hatte eigentlich damit gerechnet, dass er das irgendwie blockiert hätte.«

»Normalerweise gibt es dafür keine Veranlassung, wenn ich dich daran erinnern darf. Das, was ich kann, kann längst nicht jeder«, prahlte die EI.

»Also wenn man es genau nimmt, hat seinen größten Anteil an den Fähigkeiten dieses spezielle Gerät in meinem Schädel, nicht du«, erinnerte Kaiden ihn.

»Als wenn du dich daran erinnern könntest, du schießwütiger Einfaltspinsel.«

»Verdammt.« Er seufzte. »Okay, den Punkt muss ich dir lassen.« Kaiden suchte wieder hinter der Säule Zuflucht.

»Also, was soll ich jetzt für dich tun?«

Kaiden schaute um die Säule herum. Er konnte keine weiteren Drohnen mehr sehen, aber die Soldaten wurden nun in höherer Geschwindigkeit in die Simulation geladen und näherten sich schnell seiner derzeitigen Position. Er schaute auf die eingeblendete Zeitanzeige – er hatte noch mehr als drei Minuten übrig.

Das war genug Zeit, um ein paar Extrapunkte einzusammeln.

»Du könntest den Köder spielen.«

»Sorry, ich habe meine Perücke vergessen.«

»Dann kannst du die ja hier hinlocken, Kumpel«, schlug Kaiden trocken vor.

»Semper fi, Ihr Hurensöhne!«, bellte Chef als er mit der Drohne Geschwindigkeit aufnahm und eine Spur elektrischer Entladungen hinter sich herzog.

Kaiden sprang hinter seiner Deckung hervor und rannte im Laufen Schüsse abgebend quer durch den Raum. Die Soldaten waren nun eine massive regenbogenfarbene Gruppe. Wie es schien, hatten sie stärkere Waffen als er, mussten sich aber erst einmal um die Ablenkung kümmern.

Er feuerte weiterhin auf seine Gegner und sah aus den Augenwinkeln, wie etwa zwanzig Meter von ihm entfernt eine Barriere aus dem Boden glitt. Zwei Minuten und fünfzig Sekunden verblieben noch auf der Uhr. Er gab in schneller Folge drei weitere Schüsse ab und wurde mit drei toten Gegnern belohnt. Wenigstens war er in den letzten Tagen nicht eingerostet.

»Chef, wie läuft es bei dir?«, fragte Kaiden und erhielt als Antwort eine Kakofonie von Flüchen, Schreien und aufgeregten Ausrufen. »Komm zurück, die kommen gerade alle schnurstracks in meine Richtung.«

»Verstanden. Das hier ist eh genauso anspruchslos wie menschenähnliche Kegel umzuschießen!«, johlte Chef. Dann hörte Kaiden einen lauten Knall und ein weiteres elektrisches Zischen. *»Mistkerl! Die Drohnen sind übrigens zurück. Sie haben ein Upgrade bekommen und sind jetzt ziemlich stinkig auf uns.«*

»Kannst du nicht einfach in eine von denen wechseln?«, fragte Kaiden und sah, wie Chef wieder in seine Reichweite zurückkam. Ein Trio von V-förmigen Fliegern rasten hinter ihm her wie rasende Haie, die einem verstümmelten Barrakuda hinterherjagten.

»Nee, diesmal sind sie durch eine Firewall geschützt. Ich denke mal der Professor hat das Problem behoben. Ich nehme nicht an, dass du weißt, wie man vernünftig hackt, oder?«

»Schießwütiger Volltrottel, du erinnerst dich?«

»Oh, na dann gibt uns das ja eine vollkommen neue Option. Wie wäre es, wenn Du mal auf die schießen *könntest, Volltrottel?«*, brüllte Chef und wechselte seine Farbe zu einem glühenden Rot in Kaidens Blickfeld.

»Du könntest ab und an auch mal ›Bitte‹ sagen. Manchmal kommt es mir so vor, als würdest du dich gar nicht um meine Gefühle scheren«, antwortete er sarkastisch.

Kaiden wirbelte herum und feuerte auf die fliegenden Roboter. Ein paar von ihnen touchierte er mit seinen Projektilen, aber sie schafften es sich zwischen seinen Schüssen durchzuschlängeln. Chef hatte recht, diese hier hatten einige Verbesserungen mit auf den Weg bekommen. Er sah, dass die Barriere, die ihn bisher beschützt hatte, langsam anfing zu verschwinden, was ihn dazu veranlasste verärgert zu grunzen.

»Chef, flieg an mir vorbei und halte grob den Kurs bei. Ich werde mir die dann von hinten schnappen.«

»Verstanden«, bestätigte die EI. Er ließ die Drohne hart nach links kurven und flog dann weiter in zufälligen Schlangenlinien, um weiteren Schüssen der anderen Flieger auszuweichen.

Kaiden rannte los. Mit einer wilden Mischung aus Rollen und unvorhergesehenen Richtungswechseln wirbelte er zwischen den Schüssen der mittlerweile abgelenkten Bodenroboter hin und her. Ein paar Meter vor ihm sah er eine weitere Mauer auftauchen und brachte sich mit einem Hechtsprung dahinter in Deckung. Im letzten Moment spürte er, wie ein Schuss in seine Wade eindrang. Er schrie vor Schmerzen. Simuliert oder nicht, es fühlte sich an, als würde ein Feuer durch sein Bein rasen.

Er sah wie Chef und seine Verfolger an ihm vorbeiflogen. Trotz der Schmerzen rollte er sich auf den Rücken und legte ruhig an.

»Auf mein Zeichen lässt du die Drohne absacken und ziehst dich dann zurück«, befahl Kaiden. Er atmete aus, als er sich auf seine Ziele konzentrierte.

»Los!«, rief er. Chefs Drohne deaktivierte kurz ihren Antrieb und sackte für einen kurzen Moment wie ein Backstein nach unten. Sobald die gegnerischen Roboter über ihn hinweg geflogen waren, ließ er seinen fliegenden Roboter wieder mit voller Geschwindigkeit in die vorherige Richtung fliegen. Kaiden drückte im schnellen Takt auf den Auslöser und landete mehrere Treffer bei seinen fliegenden Gegnern. Zwei verdampften, der Verbliebene ging in eine steile Linkskurve.

Die gegnerische Drohne flog einen großen Bogen und nahm wieder Kurs auf seine Deckung. Eine

Rauchfahne zog sich hinter dem Fluggerät her, aber es konnte die Höhe noch immer halten. Kaiden fluchte und versuchte zu feuern, hörte aber nur das summende Fehlergeräusch seiner überhitzten Pistole. Laut fluchend öffnete er die Abluftöffnung, aber er wusste instinktiv, dass ihm nicht genug Zeit bleiben würde. Er würde ein paar Treffer kassieren, bevor seine Pistole genug abgekühlt war.

»Erwischt, du Bastard«, rief Chef. Eine Überspannung jagte in den verbliebenen Flieger, als Chef vorbeiflog. Die feindliche Drohne geriet ins Stocken, krachte auf den Boden und verdampfte in einem Feuerball.

»Verdammt netter Schuss, Chef«, rief Kaiden.

»Hah, dem habe ich es gezeigt, diesem Sohn einer räudigen ...« Kaiden hörte einen lauten Knall und Chefs Avatar hüpfte wild in seinem Blickfeld herum. *»... Schlampe ...!«*, schrie die EI, als Kaiden hörte, wie in einiger Entfernung Metall in den Boden krachte und danach etwas explodierte.

Kaiden sah, wie Chefs Farbe zwischen zornbebendem Rot, empörtem Grün und düsterem Grau wechselte.

»Du bist direkt in den Haufen Gegner geflogen, nicht wahr?«

»Ich fliege nur mit einem Auge, da ist meine Tiefenwahrnehmung halt ziemlich beschissen«, erwiderte Chef.

Da musste Kaiden doch kichern. Er schaute an den unteren Rand seines Sichtfeldes und sah, dass nur noch vier Sekunden übrig waren. »Alles gut, Chef. Du sahst schon ziemlich krass aus ... für etwa drei Sekunden.«

Ein lauter Summer ertönte. Kaiden schloss die Abluftöffnung seiner Waffe wieder, als sich die verbliebenen Roboter auflösten. Er ging mit einem leichten Humpeln in die Mitte der Halle, schien aber schneller zu heilen als in der Realität.

Es tat trotzdem noch höllisch weh.

»Netter Job, Kaiden, mein Junge«, bemerkte der Professor fröhlich. »Eine wirklich exzellente Nutzung der Fähigkeiten Ihrer EI, muss ich sagen.«

»Es war tatsächlich Chefs Idee, mir kam das nicht in den Sinn«, gab Kaiden zu.

»Das ist eine der wundervollen Sachen einer Partnerschaft zwischen einem Novizen und dessen EI«, sagte Laurie mit einem Anflug von Poesie.

»Allerdings ist das so nicht vorgesehen«, bemerkte Sasha. »Dieser Test war eigentlich dafür gedacht, Ihre Fähigkeiten in den Bereichen Schießen und Überleben in ihrer natürlichen Ausprägung auszuloten.«

»Davon habe ich nicht gerade wenig gezeigt«, grummelte Kaiden seine etwas defensive Missbilligung. »Davon abgesehen sollten wir hier doch unsere EIs einsetzen, oder? Ich dachte, das wäre der Sinn der Sache.«

»Das sollen Sie in der Regel auch, aber dieser Einschätzungstest war dafür gedacht, um eine Grundlinie Ihrer normalen Fähigkeiten aufzuzeigen«, erklärte Sasha.

»Ach, stellen Sie sich mal nicht so an, Commander«, warf Laurie seufzend ein. »Wie Sie bereits gesagt haben, war dies ein Test, um die Überlebensfähigkeiten wie auch den Umgang mit Waffen zu prüfen. Der Novize hat schlicht und einfach alle Werkzeuge verwendet, die er zur Verfügung hatte, um die Situation zu seinen Gunsten zu verändern. Daran kann ich nichts Negatives finden.«

»Ich widerspreche Ihnen da nicht, aber wenn man die Umstände betrachtet, muss ich das endgültige

Ergebnis anpassen und einrechnen, welche Werkzeuge eingesetzt wurden«, erklärte Sasha.

»Machen Sie, was nötig ist«, gähnte Kaiden. »Chef hat lediglich dafür gesorgt, dass es ein wenig mehr Spaß gemacht hat. Ich glaube, meine Fähigkeiten sprechen für sich.«

»Da Sie die Umstände verstanden haben, gehen Sie bitte weiter in den für die Eingruppierungsprüfung vorgesehenen Raum«, sagte Sasha.

Kaiden hörte das Klicken einer entriegelten Tür und sah beim Umdrehen, wie hinter einer Fensterscheibe Licht anging. Über dem Eingang zu dem Raum leuchtete ein grünes Licht auf. Er ging gemütlich los und streckte dabei wie ein Sportler beim Aufwärmen seine Arme, nachdem er kurz zuvor an seinem getroffenen Bein gerieben hatte.

»Ich habe mich schon gewundert, warum du dich bei der Nummer gerade eben nicht eingemischt hast«, sagte er mit flüsternder Stimme.

»Ach, mir war gerade nicht nach Gezanke. Wenn die meine Taten nicht anerkennen wollen, können die mich mal. Aber ich muss Dir gegenüber auch mal Hochachtung aussprechen – ich habe einen Schießkünstler als Partner. Das ist sehr praktisch.«

»Also bin ich jetzt schon ein Partner? Kein Gastgeber mehr?«

»Nun, es ist nicht allzu wohnlich hier drin und das Essen könnte auch besser sein, also warst du jetzt sowieso nicht gerade ein sehr guter Gastgeber.«

»Das gute Zeug packe ich eh nur bei feinen Leuten auf den Tisch«, witzelte Kaiden.

»Ach so, willst du jetzt auch noch, dass ich mir eine schicke Fliege um den Hals lege oder was?«

Er lachte. »Schon schwer dich als Teufelskerl vorzustellen, wenn du eine Fliege um hast.«

»Ach, zur Hölle mit dir, ich würde das Kind schon schaukeln«, gab Chef an, während sein Aussehen ein amüsiertes Pink annahm.

Kaidens Grinsen wurde breiter und er ließ einen entspannten Seufzer hören, als er sich dem Raum näherte. »Ich nehme mal an, es gibt da nichts, was du mir über die Prüfung erzählen kannst, oder?

»Über die Eingruppierungsprüfung? Nee, es ist nicht wie ein Test der Fähigkeiten oder so was in der Art. Es ist eher wie ein Fragebogen und ein paar Simulationen, um zu sehen, wie du in verschiedenen Situationen reagierst. Aber auch wenn es eine richtige Prüfung wäre, würden sie mich wahrscheinlich eh abstellen, wenn man überlegt, wie hochnäsig Commander-Professor Spaßbremse plötzlich wurde«, vermutete Chef. Er ließ seinen Körper auf dem Bildschirm erschöpft hin- und herwandern.

»Ah, ich verstehe«, nickte Kaiden. »Scheint so, als müsste ich einfach alles auf mich zukommen lassen. Es ist ja nicht so, als müsste ich mir über irgendwas anderes Sorgen machen. Ich werde wahrscheinlich eh als einfacher Soldat enden. Der verdammte beste Soldat auf dem Planeten, *sicherlich*, aber doch nur ein einfacher Soldat.«

»Was ist denn mit der Sache, die das Mädchen gesagt hat?«, fragte Chef. *»Chiyo? Sie sagte, dass Leute Antworten geben, von denen sie denken, dass sie sie geben sollten und nicht was sie wirklich denken und meinen oder so was in der Art? Vielleicht solltest du in der Sache ein wenig außerhalb deines Mikro-Gehirns denken, dann bekommst du vielleicht eine bessere Karriere als die eines Blutspenders fürs Militär«*, schlug Chef vor. *»Geh nicht*

einfach wieder auf Autopilot, wie du es getan hast, als du mich installiert hast und alles wird gut.«

»Wirst du irgendwann mal damit aufhören mir das vorzuhalten?«, fragte Kaiden.

»Zur Hölle, nein«, kicherte Chef. *»Aber hey, ich gebe zu, in Plackerei scheint das hier jetzt nicht auszuarten.«*

»Nun, schön für dich, dass du langsam damit klarkommst.«

»Mach weiter so und ich könnte dich sogar zu meinem nächsten Grillfest einladen.«

»Was zum Teufel veranstaltest du da in meinem Kopf?«

»Oh, hab' ich das etwa laut gesagt? Nun ja, viel Glück und so weiter, ich bin dann mal weg ...«, brachte Chef hervor, bevor seine Stimme langsam leiser wurde.

»Du weißt aber schon, dass ich dich immer noch in meinem HUD sehen kann, oder?«, fragte Kaiden, bevor nun auch der Avatar in seinem Blickfeld verschwand. »Frecher Bastard.« Er schüttelte den Kopf, als er die Tür zum Raum öffnete.

Ein einsamer Stuhl stand auf einem runden Podest in der Mitte des Raumes. Kaiden ging um Sitzmöbel hinüber. »Hey, ich bin hier. Was kommt als Nächstes?«

»Einen Moment, Kaiden. Sasha beendet nur noch eben die Zählung Ihrer Punktzahl aus dem Schusswaffentest«, sagte Laurie.

»Verstanden, aber muss ich jetzt einfach nur meine Däumchen drehen oder liegt noch was an?«

»Sie können sich ruhig hinsetzen. Ich bin sicher, er ist bald fertig.«

Kaiden fügte sich dem Vorschlag, setzte sich auf den Stuhl und lehnte sich zurück. Er dachte über Chiyos Worte nach. Sollte er so antworten, wie er es wollte? Er versuchte, den Sinn hinter ihren Worten zu verstehen. Warum sollte er nicht einfach seine Erfahrung einbringen? Er war gut im Schießen, im Kämpfen und generell allem, was beherzter Gewaltanwendung bedurfte, sicher. Er hatte einige andere grundlegende Fähigkeiten, aber die Kombination würde hier wahrscheinlich keinen von den Socken hauen, auch nicht außerhalb der Akademie.

Er war kein Hacker und der größte Teil seines Ingenieurwissens war eher mechanisch als technologisch, aber vielleicht könnte das etwas sein? Kaiden dachte an den Tsuna zurück, den er am Bahnhof getroffen hatte, diesen Genos. Er fragte sich, ob es diesen wohl interessierte, was andere über ihn dachten und von ihm erwarteten und ob solche Überlegungen für ihn überhaupt eine Rolle spielten. Es konnte auch sein, dass der Außerirdische sich über solche komischen Fragen überhaupt keine Gedanken machte. Vielleicht waren sie wie Ameisen oder so und jeder bekam seinen Job bereits in der Gebärmutter vorgegeben.

Dann begann er sich zu fragen, ob die Tsuna überhaupt so geboren wurden und merkte, dass er total vom Thema abkam.

»Novize Jericho.« Sashas Stimme drang in seine Gedanken und zog Kaiden aus seiner Benommenheit.

»Tagchen, Commander Sasha.«

»Hier an der Akademie wäre eher ›Professor‹ angebracht.«

»Der einzige andere Professor, den ich bisher kennenlernen durfte, ist Laurie. Sie beide jetzt unter einen Hut zu stecken würde wahrscheinlich ein mentales Schleudertrauma bei mir auslösen.«

»Ich … hmm, nun, technisch gesehen ist das nicht unpassend. Ich würde es in diesem Fall allerdings tatsächlich vorziehen, mich von ihm zu unterscheiden.«

»Ihr wisst aber schon, dass ich euch beide hören kann?«, murmelte Laurie.

»Nichts gegen Sie, Prof, da ist nur ein gewisser Unterschied in Charakter und Wertschätzung«, betonte Kaiden erklärend.

»Ah, aber natürlich. Der *Commander* ist ein guter Mann, aber er ist in Bezug auf Witz und Glamour einfach meilenweit von mir entfernt.«

»Ja, natürlich.« Kaiden widersetzte sich dem starken Drang, über die unverschämte Eitelkeit des Professors zu kichern.

»Wir sind bereit, den beruflichen Evaluierungsteil der Prüfung zu beginnen. Sie beantworten eine Reihe von Fragen zu Ihrer Persönlichkeit, Ihren Vorlieben und Fähigkeiten sowie eine Reihe von Meinungsäußerungen, die Sie im Einklang mit Ihren eigenen Ansichten und Werten beantworten sollten. Die Prüfung endet mit einer Handvoll verschiedener Szenarien, die nach den möglichen Berufen erstellt werden, die sich aus Ihren vorherigen Antworten ergeben. Also stellen Sie sicher, dass Sie alle Optionen sorgfältig prüfen«, erklärte Sasha.

»Ja, verstanden«, bestätigte Kaiden ungeduldig.

»Außerdem wird es der EI nicht erlaubt sein, Ihnen während dieser Prüfung in irgendeiner Weise zu helfen … nicht, dass die EI Ihnen sagt, was Sie tun sollen.«

»Wenn die EI versuchen würde ihn zu manipulieren, wäre das schon ein ziemliches Problem«, gab Laurie zu.

»Wie soll ich denn das verstehen?«, fragte Kaiden, erwartete aber eigentlich keine Antwort.

»Sind Sie bereit, Novize?«

Er lehnte sich zurück und legte seine Arme in den Schoß. »Verstanden. Ich dachte schon wir fangen überhaupt nicht mehr an ...«

KAPITEL 11

Hat emotionale Musik eine signifikante Wirkung auf Sie?«, fragte eine weibliche Roboterstimme, eine weitere der unzähligen Fragen, die Kaiden bisher beantworten musste.

Lieber Gott, das war echt öde.

»Aber natürlich, *Ode an die Freude* lässt mich immer ganz wuschig werden«, gab er zurück, ein deutlicher Spott in seinem Ton.

»Verstanden. Ich speichere die Antwort als ›ja‹. Der Rest der Antwort wird ignoriert.«

»Ja, du mich auch!«

»Bitte warten Sie auf die nächste Frage.«

Kaiden stöhnte, als er sich wieder im Stuhl zurücksacken ließ. Es kam ihm so vor, als würde er diese Fragen schon seit einer Ewigkeit beantworten. Zumindest schon länger als eine Stunde, aber vielleicht waren es auch schon zehn Stunden oder aber mehrere Tage oder Wochen. Eine Uhr hatte man hier dummerweise nicht eingebaut.

»Mögen Sie selbst gewählte Aktivitäten?«

So langsam kam er sich verarscht vor.

»Ich gehorche nur den Befehlen der großen Pingu-in-Götter des gefrorenen Nordens, das persönliche Vergnügen wird überbewertet«, jammerte er gespielt und seine Stimme senkte sich zu einem dumpfen, monotonen Tonfall.

»Bitte antworten Sie positiv oder negativ.«

»Bitte erhöre meine Gebete und töte mich«, dröhnte Kaiden.

»Novize Kaiden, bitte gehen Sie mit dem nötigen Ernst an die Sache ran. Ich habe Ihnen zu Beginn gesagt, dass die ehrliche Beantwortung aller Fragen hilft, nicht nur die letzten Szenarien Ihrer Prüfung festzulegen, sondern auch mögliche Werdegänge, die Sie für den Rest Ihrer Dienstzeit hier in Betracht ziehen können«, befahl Sasha in klarem und sachlichem Ton.

»Wo liegt bei diesen Fragen denn der Sinn? Die erste Handvoll schien mir noch sinnvoll zu sein. Jetzt fühle ich mich einfach, als wäre ich auf der Couch eines Quacksalbers.«

»Sie befinden sich im psychiatrischen Teil des Tests. Dieser Teil wurde entworfen, um eine solidere Interpretation Ihrer Persönlichkeit für Ihr Profil zu erhalten.«

»Wollen Sie mir damit sagen, dass jeder das durchmachen muss?«

»Nein, andere haben ihre vorherigen behördlichen und gesundheitlichen Aufzeichnungen nicht manipuliert. Bei denen ist das nicht nötig.«

»Das fühlt sich langsam wie Diskriminierung an.«

»Vielleicht. Vielleicht hatte Beraterin Mya die falschen Informationen. Ich kann gerne die Polizeireviere in Texas anrufen. Vielleicht hätten diese nichts dagegen, einen Blick darauf zu werfen, ob alles in Ordnung ist.«

»Ich nehme oft an Aktivitäten teil, die mir Spaß machen, ja.«

»Verstanden, nächste Frage wird geladen.« Der Computer bestätigte seine Kapitulation ohne das geringste Zögern.

»Sehr gut. Sie sind gerade halb durch den Fragenkatalog, also machen Sie weiter so«, bemerkte Sasha trocken.

Kaiden kochte und begann sich zu fragen, ob es möglich war, sich in der virtuellen Realität irgendwie selbst ohnmächtig zu schlagen.

* * *

»Fragebogen beendet. Lade Missionsszenarien.«

Kaiden hatte fast Lust sich einmal befreit im Kreis zu drehen. Er war endlich fertig mit all den langweiligen Fragen. Er konnte tatsächlich das Licht am Ende des Tunnels sehen.

Angenommen, natürlich, dass diese ominösen Szenarien, was auch immer sie waren, nicht ewig dauerten.

»Gut gemacht, Novize.« Sasha gratulierte ihm mit reger Zustimmung. »Das System wird drei vorgegebene Szenarien laden. Sie haben nur ihren Verstand und Ihr persönliches Wissen zur Verfügung, um eine Lösung für das vor Ihnen liegende Problem zu finden. Es gibt immer mehrere Optionen und keine alleinige, richtige Antwort.«

»Ich habe Sie ... Warten Sie mal, was heißt vorgegeben? Ich dachte, Sie hätten vorhin gesagt, dass die Fragen helfen, die endgültigen Szenarien zu entscheiden oder was auch immer?«

»Bis zu einem gewissen Grad, sicher, aber bei Sonderfällen bestimmt das, wofür sie an die Akademie gebracht wurden, typischerweise die endgültige Gruppierung, zu der sie gehören werden. Der Fragebogen schränkt das Feld lediglich etwas ein.«

»Was zum Teufel? Warum musste ich das alles dann überhaupt durchmachen?«

»Ich habe Ihnen bereits gesagt, dass wir Korrekturen an Ihrem Profil vornehmen müssen. Mya fand das meiste von dem, was zu Ihrer wirklichen Geschichte gefunden werden konnte, aber andere Dinge wurden nicht berücksichtigt, also entschieden wir einfach, dass dies die einfachste Option sein würde«, erklärte Sasha.

Kaiden konnte schwören, dass er den Beginn eines Aneurysmas spürte. »Also was nun? Bin ich hier, um meine Statistiken in den Griff zu bekommen oder was?«

»Nein, dafür sind wir hier. Sie sind hier, um zu sehen, welchen Beruf und welche Fähigkeiten Sie ausüben könnten, natürlich zusammen mit der Kalibrierung des Animus-Systems für Ihre individuelle Situation.«

»Mich einfach zu fragen wäre da keine Option gewesen?«

»Dieser Vorgang hier bringt einfach genauere Messungen«, verriet Sasha. »Davon abgesehen ... hätten Sie diese Fragerei hier ernst genommen, wenn wir es nicht unter dem Vorwand getan hätten, dass es Kriterien für die Einschreibung sind?«

»Unter dem ... Warten Sie, ich muss gar nicht hier sein?« Kaidens Laune verschlechterte sich rapide und er knirschte mit den Zähnen.

»Alle Sonderfälle müssen hierherkommen, mein Junge. Andere Novizen kommen hierher, um ein besseres Verständnis ihrer möglichen Karrierewege zu bekommen und welche Fähigkeiten sie während ihres

Aufenthalts üben oder berücksichtigen sollten. Ich meine, dachten Sie wirklich, jemand, der als Mechaniker oder Makler hierherkommt, müsste auch ein guter Scharfschütze sein?« Laurie lachte kurz auf. »Können Sie sich das vorstellen? Da trainiert man sein ganzes Leben lang, um ein EI-Techniker zu werden und plötzlich drückt einem jemand ein Gewehr in die Hände?«

»Warten Sie, haben Sie etwa niemals gelernt, wie man eine Waffe abschießt? Selbst nachdem Sie über ein Jahrzehnt lang hier an der Akademie waren?«, fragte Kaiden ungläubig.

»Ich habe Roboter, die für mich die Drecksarbeit erledigen. Außerdem habe ich aus gutem Grund geholfen, die Barriere um die Schule herum zu entwerfen.«

Kaiden spürte, wie seine Augen zuckten, als er sich an sein Gespräch mit Chiyo zurückerinnerte. Sie hatte nie erwähnt, dass sie sich durch die gleiche Litanei der dämlichen Fragen kämpfen musste. Stattdessen hatte es sich angehört, als ob sie hierhin an die Akademie gekommen war, weil sie wusste, was sie tun würde ... dann bedeutete das ...

»Also wurde ich nur aus Spaß angeschossen?«

»Nein, das war schon zu Übungszwecken und um eine Kampfauswertung zu erstellen. Aber ich würde mich da jetzt nicht zu sehr drüber aufregen. Es wird im Laufe Ihrer Zeit hier an diesem Institut im Überfluss auf Sie gefeuert«, sagte Sasha mit einem fröhlichen Unterton.

»Regen Sie sich jetzt darüber nicht so auf, Kaiden, sonst platzt Ihnen noch ein Blutgefäß. Außerdem ergeht es den meisten so, die hierherkommen. Sie arbeiten an ihren Kampffähigkeiten, halt wie sie es für ihre jeweiligen Fachgebiete benötigen.«

»Ich … ich dachte nur … ich dachte, ihr Leute hier arbeitet professionell.«

»Oh, das tun wir, sehr professionell sogar«, antwortete Sasha und jedes seiner Worte bohrte sich in Kaidens Kopf. »Eine Sache, die Sie wie auch jeder andere Schüler hier lernen werden, ist, dass Professionalität darin besteht, die Arbeit zu erledigen und sich nicht darum zu kümmern, wie Sie aussehen, während Sie es tun oder sogar die Methoden, was das betrifft.«

Kaiden wollte schon eine scharfe Antwort entgegnen, beschloss aber, es für sich zu behalten, als die letzten Worte von Sasha verklangen.

»Wie habe ich mich nur in diese Situation hier manövriert?«, fragte er sich laut.

»Ich glaube da war ich nicht ganz unbeteiligt, wenn Sie sich daran noch erinnern können.« Sasha klang amüsiert.

»Ah … richtig, ja, da kann ich mich wohl gar nicht genug für bedanken.«

»Sie sagen das jetzt aber mit ziemlich viel Sarkasmus, Novize Jericho. Ich möchte betonen, dass ich bei unserem ersten Treffen in keinster Weise versucht habe Sie zu täuschen. Nicht jeder bekommt diese Möglichkeit. Ich würde wetten, dass Sie bis Ende dieses Schuljahres die Früchte Ihrer Arbeit sehen können und mir dann aufrichtig dankbar sein werden.«

Kaiden schnaubte. »Was macht Sie da so verdammt zuversichtlich?«

»Der gleiche Grund, der Sie dazu bewogen hat zu bleiben, als Ihnen die Schulden mitgeteilt wurden, die Sie hier im Laufe Ihrer Ausbildung ansammeln würden. Der gleiche Grund, der Ihnen das Vertrauen gab, Professor Laurie zu erlauben, das Implantat in Ihren Schädel zu stecken, nur um einen Vorteil zu erlangen. Der gleiche Grund, der Sie davon abhält zu verlangen, dass wir die Prüfung beenden, von der Sie jetzt zu glauben scheinen, dass sie vollkommen sinnlos ist.« Sasha hielt einen Moment inne und ließ die Worte kurz in der Luft hängen. »Der Grund, der Sie in ihrem Leben antreibt und Ihnen sagt, dass es hier etwas zu gewinnen gibt. Was Ihr Leben sein könnte, verlockt Sie mehr, als nur zu dem zurückzukehren, was bisher war.«

Kaiden dachte einen Moment darüber nach und betrachtete den leeren Bildschirm vor sich, als er mit seinen Fingern über die Tätowierung auf seinem Arm stieß, die unter seinem Hemd verborgen lag. Er erinnerte sich an seine Zeit damals bei den Dead-Eyes. Er hatte dort ein Ziel gehabt, deshalb hatte er alles gegeben um zu lernen, sich anzupassen und dass er der beste Schütze und Kämpfer wurde, der er sein konnte.

Kaiden hatte damals durchaus einen Lebenszweck, als er die fröhlichen Stimmen seiner Freunde nach einem erfolgreichen Job hören konnte, die Kameradschaft, wenn sie einen Verlust zusammen betrauerten und das Gefühl, mit den schlimmsten Bastarden von ganz Texas in den Kampf zu ziehen.

All dies hatte er jetzt nicht mehr.

Sasha fuhr ungehindert fort: »Diese Akademie muss Ihnen wie ein Geschäft erscheinen, Kaiden. Ich gebe zu, dass es gewisse Übel geben muss, damit sich die Welt sozusagen dreht. Aber ich wäre nicht hier, wenn man die Sache rein klinisch betrachten würde. Professor Laurie wäre nicht hier, wenn er keine Möglichkeit sähe, sein Lebenswerk voranzubringen und es fast sofort erblühen zu sehen.«

Kaiden griff an seinen Arm und klopfte mit seinem Finger auf seine straffen Muskeln.

»Wenn es Ihnen irgendwas bedeutet, ich habe Sie nicht alleine hierher geholt, weil ich sehen konnte, dass Sie eine Faust ballen können. Sie haben sich mit einer Gruppe von Schlägern angelegt, um einer Person zu helfen, die Sie nicht kannten. Zudem haben Sie sie mit Konzentration und Leichtigkeit besiegt, aber nicht um des Kampfes wegen.«

»Ich habe lediglich versucht, einen Job als Türsteher zu bekommen. Ich dachte mein Arbeitgeber wollte mal sehen, wie ich probearbeite«, gab Kaiden halbherzig zu.

»Dennoch haben Sie unsere Akademie über einen garantierten Job gestellt.«

»Ja, nun, dieser Typ gab mir seinen Chip, erzählte wie toll der ist, Sie brauchten Schüler und es schien, als könnte es interessant sein. Davon abgesehen sieht es langsam so aus, als wäre ich nichts anderes als ein weiteres Zahnrad in der Maschinerie von Ihnen allen.«

»Also, ich hätte Ihnen meine Empfehlung auch gegeben, wenn Novize Hargrove Ihnen seinen Chip nicht gegeben hätte«, stellte Sasha klar. »Wir kennen uns vielleicht nicht so gut, aber ich kann Ihnen versichern, dass ich kein Mensch voll blinder Nächstenliebe bin.«

Kaiden hörte auf, mit den Fingern zu klopfen und atmete aus, schaukelte seinen Kopf nach links und rechts, bis er das Knacksen seiner Gelenke hörte. »Das wurde jetzt aber schnell ziemlich ernst.«

»Das war es schon immer, Sie holen nur auf.«

Kaiden grinste. »Ich schätze, wenn man es so betrachtet, haben Sie recht und wenn nicht, würde ich sagen, dass sie zumindest ziemlich gut mit Worten umgehen können.«

»Ich bin ein Offizier, da muss man auch mal mit Worten kämpfen.«

»Ah, verdammt, ich schätze, ich muss mich einfach nur daran gewöhnen, dass die Dinge hier etwas ausgeflippter sind als draußen. Starten Sie die Szenarien.«

»Geht gleich los«, rief Laurie.

Obwohl Kaiden ihn nicht sehen konnte, hörte er ein Rascheln und ein positives Grunzen, was so klang, als hätte Sasha seine Zustimmung gegeben. »Ihre ersten beiden Szenarien haben kein Zeitlimit, aber je länger Sie dafür benötigen, desto mehr wird es sich auf Ihre Endnote auswirken.«

»Ist das jetzt für die echte Note oder wieder nur was, worüber hinterher gekichert wird, weil ich das ernst genommen habe?«

»Immer echt, Novize. Wenn Sie mit Ihrer Frage meinen, ob es Konsequenzen gibt, kann ich die Köche in der Cafeteria gerne bitten, Ihnen zu jeder Mahlzeit einen zusätzlichen Keks zu geben, wenn Sie es hier gut machen.«

»Haha, Sie Klugscheißer.«

»Bitte mehr Respekt Ranghöheren gegenüber, Novize«, erinnerte Sasha ihn ungehalten. »Die letzte Aufgabe hat übrigens eine Frist von fünf Minuten, also seien Sie vorbereitet. Beginn in drei ... zwei ... eins ...«

Die Anzeige vor Kaiden erwachte wieder zum Leben. Er sah eine holografische Gasse erscheinen, die das Drahtgittermodell einer Gestalt offenbarte, die eine andere mit einer Pistole am Kopf vor sich hielt.

»Szenario: Ein Angreifer, den Sie aufgespürt haben, hat eine Geisel genommen. Ihre Waffe ist gezogen, aber der Angreifer droht, die Geisel zu töten, wenn Sie sich nicht zurückziehen. Was machen Sie?«

Kaiden dachte einen Moment über die Situation vor ihm nach. »Muss ich die Zielperson lebend zurückbringen?«

»Irrelevant.«

Kaiden studierte das Bild. »Dann ist es ganz einfach. Ich bewege die Waffe nach unten, als ob ich sie weglegen würde. Dann würde ich einen Schuss über die Schulter der Geisel abgeben. Es besteht die Gefahr, dass ich die Geisel streife und leicht verletzte, aber ich würde die Zielperson genau in den Kopf treffen, eine relativ saubere Tötung.«

»Mögliche Fehler: Reaktionszeit des Schützen, Präzision des Schusses, Durchführung dieser Aktion in schneller Folge. Eine Demonstration ist erforderlich.«

Das Bild wuchs und erweiterte sich, bis es den Raum füllte, Kaiden war nun zehn Meter vom Abbild des Schützen entfernt. Seine Waffe, die Debonair, erschien in seiner rechten Hand.

»Neuer Fehler: Position von Schütze und Angreifer. Der Kopf des Angreifers liegt über der rechten Schulter der Geisel, der Schütze ist Linkshänder.«

»Jetzt fange ich an zu verstehen, warum Ihr bessere Informationen braucht«, sinnierte Kaiden. Die Figuren begannen sich zu bewegen und zeigten den Beginn der Demonstration an. Er deutete an, seine Waffe nach unten zu bewegen, ruckte aber schnell mit dem Handgelenk, sodass die Waffe in seine linke Hand sprang. In einer Bewegung zielte und feuerte er. Der Schuss, der als Streifschuss die Schulter der Geisel aufriss, durchbohrte dann den Kopf des Angreifers. Die Gestalt wurde schlaff und die Geisel bewegte sich vom Täter weg und hielt ihre Schulter.

»Ich kann mit beiden Händen gleich gut schießen«, sagte Kaiden mit einem selbstbewussten Grinsen, die Debonair verschwand wieder aus seiner Hand.

»Demonstration abgeschlossen, Lösung bewiesen. Hinzufügen neuer Informationen in die Datenbank. Lade nächstes Szenario.«

Die Karte schrumpfte wieder, diesmal verwandelte sie sich in den Boden eines Bürogebäudes. Die Drahtgitter wurden rot und verwandelten sich in eine Gruppe aus vier Figuren. Dann erschienen zwei gelb gefärbte Drahtgitter auf der anderen Seite des Flurs, die in einem Raum verbarrikadiert waren. Eine letzte, blaue Drahtgitterfigur befand sich direkt vor dem Raum, neben dem Eingang gegen die Wand gedrückt.

»Szenario: Eine terroristische Gruppe hat eine Serverfarm infiltriert, diese sind rot gekennzeichnet. Zwei davon sind in schwerer Rüstung und verfügen über schwere Waffen. Sie selber werden durch die blaue Figur dargestellt, die gelben Figuren sind Zivilisten. Wie kann man die Terroristen eliminieren und gleichzeitig die Zivilisten retten?«

»Ich muss die Zivilisten in Sicherheit bringen? Das ist wirklich unpraktisch ...«

»Klarstellung: Hauptziel ist, die Terroristen zu eliminieren. Die Zivilisten sind entbehrlich.«

»Nun, das ist doch schon viel bequemer«, zwitscherte Kaiden erheitert. »Aber ich schätze, ich bekomme Punkte abgezogen, wenn sie sterben?«

»Korrekt.«

»Dann haben die Zivilisten Glück, dass ich Herausforderungen liebe ...« Kaiden studierte die Karte nachdenklich. Er könnte die beiden ohne Rüstung wahrscheinlich leicht ausschalten. Es gab allerdings nicht viel Spielraum – wenn die beiden schwergepanzerten Terroristen über Sprengstoff oder Miniguns verfügten, war er am Arsch – oder zumindest die Zivilisten wären es, wenn die Gegner wild um sich schießen würden.

Er schaute sich etwas genauer im virtuellen Raum um und konzentrierte seine Aufmerksamkeit auf die Details. Die Terroristen befanden sich in der Bucht mit den Servern, während sich die Zivilisten in einem angrenzenden Bereich zu befinden schienen – vielleicht ein weiterer Flur, der wegen der Abriegelung verbarrikadiert war?

Er erinnerte sich, dass er mit einem der Techniker der Dead-Eyes gesprochen hatte. Sie waren gerade in den Vorbereitungen eine Serverfarm zu infiltrieren, wo sie versuchen wollten, Zugang zu den Offshore-Konten eines Firmenkonglomerats zu erhalten. Er erinnerte sich düster, dass die Techniker darauf bestanden, dass sie während der Infiltration nur archaische Waffen mit echten Kugeln verwenden durften, irgendetwas mit dem Brandschutzsystem war die Begründung gewesen.

Plötzlich kam ihm eine Eingebung. »Habe ich meine Waffe bei mir? Die Debonair?«

»Für dieses Szenario, ja.«

»Dann würde ich mich in den Raum mit den Zivilisten begeben. Bevor ich die Tür schließen und verriegeln würde, würde ich noch auf die Decke schießen. Das Brandschutzsystem wird die gesamte Luft aus dem Raum absaugen und durch ein nichtbrennbares Gas ersetzen. Die Terroristen würden ersticken.«

»Verstanden. Lösung plausibel und akzeptiert. Ich beginne mit dem letzten Szenario.«

Kaiden ließ seine Knöchel knacken. So langsam gefiel ihm das hier.

Das ihn umgebene Szenario wurde wieder geändert. Diesmal erstreckten sich zwei lange Flure vor ihm, die von zwei Seitengängen gekreuzt wurden, ähnlich der Raute auf Computertastaturen. In einem Flur standen sechs rote Figuren zwischen den zwei Seitengängen, in einem Seitengang zwischen den zwei langen Fluren standen drei blaue Figuren, eine vierte lag auf dem Boden auf der gegenüberliegenden Seite der Gangkreuzung.

»Letztes Szenario: Sie und ein Team von drei weiteren Soldaten haben es mit einer gegnerischen Truppe zu tun. Einer Ihrer Mitstreiter ist verletzt und ist von Ihnen durch den Quergang getrennt. Die Person wird ohne medizinische Hilfe nicht überleben und ist ebenso zu schwach, um sich selbst um die Verletzung zu kümmern. Die Person benötigt die Hilfe eines der anderen Teammitglieder. Ihr Hauptziel ist die Beseitigung der gegnerischen Einsatzkräfte.«

Kaidens Fäuste ballten sich. Das war ... unbequem real.

»Sie haben fünf Minuten Zeit, um Ihre Antwort zu geben. Ab jetzt.«

Er blickte schnell über die Szene und suchte nach Eingebungen. Es schien keine Lüftungsschächte zu geben, durch die sie klettern konnten. Der verletzte Teamkollege befand sich im gegenüberliegenden Korridor, was bedeutete, dass, wenn einer helfen wollte, dieser sich durch die Sichtlinie des Gegners bewegen musste, wenn auch nur für ein oder zwei Sekunden.

Er blickte auf die gegnerische Seite. Sie waren alle den einen Flur hinunter konzentriert. Sie über den gegenüberliegenden Gang zu flankieren, war die einfachste und offensichtlichste Option, aber wenn sie alle dieser Route folgten, würde der Feind sie wahrscheinlich schnell und einfach erschießen, sobald sie um die Ecke gingen. Ganz zu schweigen von dem anderen Teamkollegen, der im Sterben lag.

Einer von ihnen könnte ein Deckungsfeuer legen, damit ein anderer aus dem Team dem verwundeten Teamkollegen helfen konnte … dann könnten vielleicht zwei versuchen, den zweiten Flur hinunterzugehen? Das würde den verletzten Teamkollegen und denjenigen, der ihm half verwundbar machen, ebenso wie den Feind, der noch die Oberhand gewinnen konnte.

Also, einer hilft dem Verwundeten, einer umgeht die Gegner und der Dritte konfrontierte den Gegner im Flur von der Gangkreuzung aus … er würde nicht dieser Kerl sein wollen.

»Du warst nicht dieser Typ«, murmelte er geistesabwesend, dann fasste er sich wieder. Er hatte nicht einmal bemerkt, dass er mit sich selber sprach. Sein Atem stockte, als er seine Faust öffnete und schloss. »Mach die Karte größer. Ich werde eine weitere Demonstration durchführen.«

»Bestätigt. Noch eine Minute und 22 Sekunden.«

Die Karte umfasste wieder das komplette Areal. Der Flur war etwas kleiner, als es aus isometrischer Sicht aussah. Kaiden nahm den Platz einer der Figuren an der Wand ein, die Debonair tauchte in seiner Hand wieder auf.

»Bitte erklären Sie den Plan, um mit der Demonstration zu beginnen.«

»Ich werde ein Deckungsfeuer über den Flur legen, damit der Teamkollege direkt hinter mir auf die andere Gangseite wechseln und dem Verwundeten helfen kann, die beiden werden evakuieren. Der verbliebene Teamkollege wird über den leeren Parallelflur die restlichen Gegner flankieren und erledigen, während ich ihre Aufmerksamkeit auf mich ziehe.«

»Bestätigt. Nachspielen.«

Kaiden zuckte instinktiv zusammen, als simulierte Geschosse an ihm vorbeiflogen. Er hielt den Atem an, schoss blind um die Ecke und lehnte sich dann leicht hinaus in die Kreuzung, um schnelle Schüsse den Flur hinunter abzugeben. Er platzierte zwei solide Treffer und schien einen weiteren gestreift zu haben. Sie waren nicht neutralisiert, aber er hatte das Gegenfeuer für den Moment gestoppt. Er bewegte sich, damit sich der Teamkollege beeilen konnte. Er hechtete an ihm vorbei auf die andere Gangseite und begann, dem verwundeten Kameraden zu helfen.

Der letzte Teamkollege setzte sich in Bewegung und rannte zur Kreuzung des Parallelflurs. Kaiden entlüftete seine Waffe für einen Moment, beugte sich leicht um die Ecke und gab einige weitere schnelle Schüsse auf den Feind ab. Er musste ihre Aufmerksamkeit weiter auf sich lenken, wenn sein Plan funktionieren sollte – er konnte sich nicht einfach verstecken.

Nur ein paar Augenblicke, das war alles, was nötig war. Aber in wenigen Augenblicken konnte viel passieren.

Er schoss weiter, sah erst zwei Gegner tot auf den Boden fallen, dann wie ein weiterer zusammenbrach, dabei aber nach einer Pistole am Gürtel griff. Mit einem weiteren gutplatzierten Schuss in den Rachen brach dieser zusammen. Im selben Moment spürte Kaiden einen Schmerz in seiner rechten Schulter und fluchte. Er hatte nicht aufgepasst und sah nun ein Gewehr hinter der Ecke der nächsten Gangkreuzung hervorschauen. Die Kugel hatte ihn in seinem Schussarm getroffen.

Kaiden ließ sich hinuntersacken, rollte sich zur Seite ab und wechselte gleichzeitig die Waffe in seine linke Hand. Er feuerte und streckte den Schützen nieder, aber nicht, bevor dieser einen weiteren Schuss auf ihn abfeuern konnte. Er fluchte erneut lauthals, als er einen brennenden Schmerz in seinem Bein spürte. Wütend blickte er nun auf und sah, wie sich die beiden verbliebenen Feinde näher heranarbeiteten, um ihm den Rest zu geben.

Er richtete seine Waffe wieder nach oben und feuerte zwei Schüsse ab. Der erste streifte den Kopf des einen Gegners und traf dann den Arm des Anderen, aber Kaiden konnte sich aufgrund der Schmerzen nicht richtig konzentrieren. Er versuchte es mit einem weiteren Schuss, hörte aber das warnende Geräusch, das immer dann ertönte, wenn seine Waffe überhitzt war. Verzweifelt wollte er seinen Arm bewegen, um den Wärmeauslass zu öffnen. *Verdammt.* Der letzte Schütze stand über ihm, die Waffe richtete sich auf ihn, zum Schießen bereit. Kaiden sah, wie der etwas weiter hinten stehende zweite verbliebene Gegner zusammenbrach und sah das blaue Drahtgittermodell seines Teamkollegen drehen und sich auf das Schießen vorbereiten, als der letzte Gegner anfing, den Abzug zu betätigen.

Dann wurde sein Blickfeld komplett weiß.

KAPITEL 12

Kaiden erwachte mit einem Keuchen und sah für einige Augenblicke nur die Dunkelheit, bevor das vertraute schwache Licht der Glühstreifen seine Umgebung erhellte.

»Willkommen zurück.« Er brauchte einige Augenblicke, um den Satz zu erfassen, aber der nervtötende Sing-Sang-Ton war bereits unverkennbar.

»Hey, Prof!«, stöhnte Kaiden. »Was ist passiert?«

»Einen Moment«, antwortete der Professor. Kaiden hörte ein Rauschen und den Klang von Metall. Dann bildete sich vor ihm eine rechteckige Form von Licht. Es schälte sich zur Seite und setzte mehr Licht frei. Er zuckte und schützte seine Augen, als diese sich langsam an die Helligkeit gewöhnten und sich auf die Silhouette des Professors vor ihm konzentrierten.

»Es dauert immer einen Moment, bis man sich aus dem Animus herausgearbeitet hat – im Grunde ist das so etwas wie das Aufwachen aus einem Traum«, beruhigte ihn Laurie. »Sie sind wieder in der Realität. Nehmen Sie sich einen Moment Zeit, um sich neu zu konzentrieren und dann steigen Sie einfach aus dem Tank heraus.«

»Bekomme ich keinen Zimmerservice oder so was?« Kaiden stöhnte wieder, als er nach draußen an die Seite der Öffnung griff und sich heraushob.

»Nein, aber ich werde natürlich mit den Köchen über den Keks sprechen, den Sasha Ihnen versprochen hat«, sagte Laurie mit einem verschmitzten Lächeln.

»Das bedeutet, dass ich meine Aufgabe gut gemacht habe?«, erkundigte sich Kaiden, während ihm seine letzten Momente wieder in den Sinn kamen. »Was ist am Ende passiert?«

»Ihnen ging die Zeit aus«, erklärte Sasha, als er zu ihnen trat. Laurie half Kaiden aus dem Tank. »Interessante Entscheidungen, die Sie während der Prüfung getroffen haben. Das letzte Szenario war ein besonders innovatives Gambit.«

»Habe ich verloren oder was?«

»Technisch gesehen? Nein.«

»Was meinen Sie damit, technisch gesehen?«, fragte Kaiden mit einem leicht genervten Unterton.

»Da das Szenario erst nach seiner endgültigen Fertigstellung lief, wurden die letzten Momente vom System berechnet. Der letzte Gegner hätte seinen Schuss beendet und Sie wären gestorben«, erklärte Sasha lässig.

»Das klingt ziemlich eindeutig.«

»Nun, das war nicht die Mission, oder?«, deutete der Kommandant an.

»Wie bitte?«

»Die Mission war es, alle Gegner zu besiegen, mit dem zusätzlichen Ziel, Ihren sterbenden Teamkollegen zu retten. Der Teamkollege wurde gerettet, und der letzte Gegner wurde von Ihrem eigenen Teamkollegen ausgeschaltet, der den Gegner flankiert hatte.«

»Ich würde es aber nicht für einen feierlichen Umtrunk und Stripperinnen zurückschaffen«, bemerkte Kaiden mit einem falschen Grinsen.

»Vielleicht nicht, aber es war eine interessante Lösung für mich.«

»Schön, dass ich als Ihre Unterhaltung für den Abend dienen konnte … es ist Abend, oder?«

»Kurz nach sieben Uhr oder 19:00 Uhr oder wie auch immer sie es bevorzugen«, fügte Laurie hinzu.

»Ihr Endergebnis war beeindruckend, aber wir betrachten mehr als nur Zahlen. Statistiken helfen uns, die Fähigkeiten, Talente und Kenntnisse eines Schülers zu verstehen und einzuordnen. Dinge wie Charakter und Einfallsreichtum sind jedoch etwas kniffliger, wenn es darum geht, sie auf ein paar Worte einzugrenzen oder mit Graphen zu repräsentieren«, erklärte Sasha.

»Ich hoffe, dass das irgendwo hinführt. Wenn Sie mich bitten, meine Gefühle zu teilen … nun, die letzte Psychologin, die das bei mir versucht hat, hat danach gekündigt und ist Drogendealerin geworden«, meinte Kaiden unverblümt.

»Vermerkt, aber nein. Ich bezog mich darauf, wie Sie mit den verschiedenen Zielen umgegangen sind und etwas gesehen haben, was ich nicht erwartet habe.« Der Kommandant schritt hin und her und hielt das Tablet hinter sich. »Im ersten Szenario haben Sie die Situation geschickt und schnell gemeistert, mit wenig Schaden für die Geisel und einer schnellen Eliminierung des Ziels. Sie haben nicht daran gedacht zu verhandeln, die Geisel vom Angreifer zu trennen oder sogar den einfacheren Schuss zu wählen und einfach durch die Geisel zu schießen, um das Missionsziel zu erreichen.«

»Ich dachte wirklich, das wäre nicht so gerne gesehen worden.«

»Wie ich bereits sagte, sollten immer mehrere Optionen in Betracht gezogen werden. Zu Ihren Gunsten sei gesagt, dass es Sie jedoch leichtsinnig oder noch leichtsinniger hätte erscheinen lassen. Sie haben weder nach weiteren Informationen über das Ziel gefragt, noch ob die Geisel ein wertvoller Aktivposten oder eine Person von Interesse ist.«

Kaiden öffnete seinen Mund, um zu erwidern, dass er nicht wusste, dass er das tun konnte oder sollte, aber andererseits hatte er keine Probleme, den Computer nach Informationen zu fragen, wenn es darum ging, Ziele zu töten. Er beschloss, die Sache auf sich beruhen zu lassen.

»Selbst, wenn Sie sich für Ihre Aktionen entschieden haben, weil Sie dachten, es würde zulasten Ihres Endstandes gehen, haben Sie schnell gehandelt und zumindest eine kleine Bereitschaft gezeigt, mögliche Auswirkungen Ihrer Handlungen in Betracht zu ziehen. Das sind Punkte zu Ihren Gunsten.«

»Prima, also bekomme ich den versprochenen Keks?«

»Kommen wir zum zweiten Szenario ...«

»Sie machen mich fertig, Commander.«

»Eine ziemlich geniale Antwort auf das Problem, mit dem Sie konfrontiert waren. Ein mögliches Problem wären Feinde mit schweren Waffen gewesen, die sich durch die Türen hätten sprengen können, hinter denen Sie und die Zivilisten versteckt waren. Aber wieder schnelles Handeln und – in einer Lockdown-Situation wie dieser – wahrscheinlich eine der durchdachteren Möglichkeiten, zu versuchen, die Ziele zu eliminieren, während man die Zivilisten relativ sicher bei sich hat und sie nicht töricht riskiert.«

»Das war eigentlich für mich jedenfalls das Hauptanliegen dort.«

»Wirklich jetzt?«, fragte Sasha, als er sich umdrehte, um Kaiden direkt anzusehen. »Weil das letzte Szenario etwas anderes besagen würde.«

Kaiden lehnte sich gespannt gegen die Kapsel und verschränkte seine Arme. »Und was sagt das letzte Szenario?«

Sasha stand gerade, sein Gesicht war vollkommen still und seine dunklen Augen verbargen alle Emotionen, die er in seinen Augen hätte gezeigt haben können. »Es gab eine Reihe von Optionen, die Sie nicht in Gefahr gebracht hätten. Sie hätten den Flur mit ihren Begleitern vor ihnen stürmen können. Sie hätten derjenige sein können, der den Feind durch den anderen Flur flankiert und einen anderen Teamkollegen mitgenommen hätte, während der dritte Kollege für Ablenkung sorgte. Der verletzte Teamkollege war in diesem Szenario eine Belastung – in der Tat waren alle Ihre Teamkollegen nur künstliche Wesen, aber Sie haben so getan, als wären sie echt.«

Kaiden blickte zur Seite, weg von den musternden Blicken seines Lehrers. »Äh, ich wusste nicht, wie der Computer die Bots laufen lassen würde. Besser, den harten Teil selbst zu übernehmen. Was den verwundeten Kerl betrifft ... nun, es waren Extrapunkte, richtig?«

»Also wollten Sie einfach nur gewinnen?«, fragte Sasha, ein Füllhorn weiterer Fragen hinter dieser einfachen Fragestellung.

»Ich nehme an ...«, murmelte Kaiden. »Es hat funktioniert, oder? Außerdem wusste ich, dass es eine Simulation war. Es war ja nicht so, als würde ich tatsächlich sterben können – auch wenn es wie die Hölle wehgetan hat.«

»Stimmt, Sie wären nicht gestorben, aber Sie kannten trotzdem den Schmerz, der Ihnen zugefügt werden konnte. Dennoch haben Sie trotzdem diese Lösung gewählt. Es war wirklich eine interessante Entwicklung.«

»Schön, dass Sie das denken«, sagte Kaiden und wiegelte ab. »Also, was bringt mir das nun für einen Job? Ich schätze, Soldat oder so was?«

»Soldat, ja, aber das stand nie zur Debatte. Der Soldat ist einfach die Abteilung, für die Sie bestimmt sind, nicht Ihre Klasse.«

»Abteilung?«

»Ja, Ihr Fachgebiet. Sie haben doch sicherlich andere Schüler mit verschiedenfarbigen Armstreifen gesehen, richtig?«

Kaiden dachte an die Zugfahrt zum Bahnhof zurück und erinnerte sich an die verschiedenen bunten Bänder, die die anderen Nicht-SF-Schüler trugen.

»Das habe ich. Ich dachte, das wären Verdienstabzeichen oder so.«

»Nicht ganz. Novizen werden in verschiedene Abteilungen aufgeteilt.«

Laurie meldete sich zu Wort: »Die Abteilungen sind Soldat, Techniker, Ingenieur, Logistiker und Mediziner. Jedes dieser Fachgebiete hat mehrere Klassen, um verschiedene Wissens- oder Handwerksbereiche und verschiedene Möglichkeiten darzustellen.« Er wirbelte mit seiner Hand dramatisch in der Luft, bevor er sie auf seine Brust legte. »Zum Beispiel wäre ich in der Abteilung Techniker, aber meine Klasse wäre Robotik, da sich meine Fähigkeiten auf die Entwicklung und Verbesserung von Technologien konzentrieren.«

»Ich verstehe. Dann wären Sie also auch ein Soldat?«, fragte Kaiden und blickte zurück zu Sasha.

Der Kommandant nickte. »Als ich hier meine Zeit absolviert hatte, war ich ein Soldat, angefangen habe ich mit einer Spezialisierung als Scharfschütze.«

»Angefangen? Sie haben getauscht?«

»Ja, nach ein paar Jahren empfahl mir ein Mentor ein anderes Fachgebiet, in dem meine bereits entwickelten Fähigkeiten deutlich mehr von Nutzen, aber damals nicht so offensichtlich waren und besser umgesetzt werden konnten. Es ist nicht sehr verbreitet, aber es passiert.«

»Ich glaube, ich verstehe das jetzt. Also, wohin führt mich das?«

»Sie haben eigentlich ein paar Optionen zur Auswahl«, sagte Sasha, brachte das Tablet wieder nach vorne und klopfte ein paar Mal auf den Bildschirm. »Wir könnten direkt zu Ihrer Wahl kommen, aber ich würde gerne eine Empfehlung abgeben.«

»Oh? Lassen Sie schon hören«, entgegnete Kaiden, ein wenig verwirrt, als er versuchte, all diese neuen Informationen und deren Auswirkungen in seinen Kopf zu bekommen.

»Ich würde Ihnen die Ass-Klasse empfehlen«, sagte Sasha und hielt dabei das Tablet an seine Brust gedrückt.

Eine Pause hing in der Luft. Kaiden wartete darauf, dass die beiden vor Lachen platzten, nachdem sie diesen Witz während seiner Zeit im Animus vorbereitet hatten. Als jedoch die gestelzte Pause immer länger andauerte, erkannte er, dass Sasha ihn humorlos anblickte. Ass?

Was für ein Titel war das? Er mochte es, ganz klar und sein Spitzname war ihm herzlich egal. Es hatte einen schönen Klang, aber es klang auch wie ein Titel, den man jemandem geben würde, der ... einen Sinn für Disziplin hatte?

»Was bedeutet das genau?«, fragte er, als die Stille fast qualvoll wurde.

»Die Ass-Klasse ist für diejenigen Studenten gedacht, die außergewöhnliche Fähigkeiten in den grundlegenden Prinzipien eines Soldaten zeigen. In Ihrem Fall sind Ihre Fähigkeiten im Umgang mit Waffen und im Kampf sicherlich Vielen hier voraus, sowohl bei unseren Studenten als auch bei einigen unserer Nexus-Absolventen. Es gibt natürlich noch andere Dinge, an denen Sie arbeiten können. Sie könnten die Funktionen und Fähigkeiten Ihrer EI studieren, aber auch das Erlernen der Vorteile von Tarnung und Strategie wäre von großem Vorteil. Außerdem – das könnte Ihnen sicherlich nicht schaden – Disziplin.«

Das war ja klar. Kaiden behielt den Gedanken ausnahmsweise für sich.

»Aber abgesehen von Ihren Schießkünsten sind Sie körperlich ausgesprochen fit. Sie haben ein Gespür für taktisches Denken in die Wiege gelegt bekommen und außerdem ein ausgeprägtes Überlebensgefühl.«

»Ein guter Schütze zu sein hilft ungemein beim Thema Überleben«, stimmte Kaiden zu.

»Sie sind vielleicht nicht an der Spitze der Klasse, aber ich glaube, es würde Ihnen auf lange Sicht den größten Nutzen bringen.« Sasha trat ein paar Schritte näher an Kaiden heran. »Es würde Ihnen den Weg bereiten, einer der wohl vielseitigsten Soldaten zu werden, die je an dieser Schule waren. Zusammen mit anderen Möglichkeiten, die Sie vielleicht bisher nie in Betracht gezogen haben, wenn Sie eher wie ein Marineinfanterist oder Kopfgeldjäger an Ihre Aufträge herangegangen sind.«

»Ich verstehe ... nun, ich nehme an, ich könnte es nachher immer noch ändern, aber solange ich noch in den Dreck komme und Abzüge ziehen darf, ist das für mich in Ordnung. Es ist ja nicht so, als hätte ich einen richtigen Plan für meine Zukunft.«

»Es geht doch nichts über eine überzeugte und zielstrebige Lebensplanung«, murmelte Sasha trocken.

»Nun, liegt noch irgendetwas anderes an?«

»Nur eine kurze Überprüfung der EI, damit wir sichergehen können, dass mit der Synchronisation alles geklappt hat«, bat Laurie.

»In Ordnung.« Kaiden nickte, tastete seine Taschen nach seiner Brille ab, fischte sie heraus und legte sie an. »Hey, Chef, komm zurück.«

»Tagchen! Und, alles versaut?«, fragte Chef vergnügt, seine Kugel rollte gemächlich im Sichtfeld herum.

»Du hast nicht zugesehen?«

»Nein. Ich dachte, ich bewahre mir die Überraschung auf und habe meine Zeit in der Zwischenzeit mit Solitär verbracht.«

»Weißt du, ich denke immer wieder, dass du mich verarschst, aber je mehr ich von dir ertragen muss, desto weniger bin ich mir da sicher.«

»Eine der großen Fragen im Leben, Partner. Nun, wie schlimm hast du es vermasselt?«

»Tut mir leid, dich zu enttäuschen, aber der Kommandant hier sagt, ich bin ein Ass.«

»Ach, dein Wert ist ein Punkt wie beim Solitär?«

»Ich habe gerade Ihre Einordnung in Ihr Profil geladen, Novize. Sie und Ihre EI können es nun selbst sehen«, kommentierte Sasha den Dialog.

»Kommt sofort auf den Bildschirm.«

Kaiden sah, wie eine Box mit seinem Bild in der Ecke in seinem Blickfeld erschien. Sein Name, sein Geburtstag und alle Grunddaten waren ersichtlich. Dann konnte er einen Eintrag mit der Bezeichnung ›Feld/Klasse‹ und darunter ›Soldat/Ass (SF)‹ sehen.

»Nun, das ist eine Wendung, mit der ich gar nicht gerechnet habe«, murmelte Chef und ehrliche Überraschung zeigte sich in seiner Stimme.

»Eigentlich wollte ich Dich ein wenig verspotten, aber wenn ich ehrlich bin, ich hätte nicht gedacht, dass ich mit etwas so Raffiniertem hier rausgehen würde.«

»Kein Witz. Vielleicht kann ich, wenn mir mal andere EIs über den Weg laufen sollten, ihnen dann tatsächlich ins Gesicht sehen, anstatt meinen Kopf vor Scham hängen zu lassen.«

»Weißt du, es sind diese herzlichen Komplimente, die mir das Selbstvertrauen gaben, überhaupt so weit zu kommen.«

»Vorsicht, dein Kopf wird durch Größenwahn zu groß und dadurch ein höllisch einfaches Ziel«, tadelte die EI.

Kaiden lächelte und zuckte mit den Achseln, dann blickte er zum Kommandanten zurück. »Sonst noch etwas? Ich scheine ja hier jetzt durch zu sein, oder?«

Sasha nickte. »Sie sind hier fertig. Ich würde empfehlen sich nun zur Ausrüstungsabteilung zu begeben, um den Rest Ihrer Ausrüstung und Materialien zu erhalten. Sie bekommen dann auch Ihre Nexus-Akademie-Jacke mit Ihrem zu Ihrer Klasse passenden Ärmelstreifen. Sie können auch eine Koje im Schlafsaal für Soldaten anfordern, wenn Sie wollen.«

»Da lehne ich dankend ab, im Wohnheim für die Sonderfälle scheint es weniger stickig und gedrängt zu sein«, scherzte Kaiden. Er nickte den Professoren zu, bevor er zur Tür ging. »Wir sehen uns. Vielleicht können wir ja mal einen trinken gehen oder so, wenn Sie es in Ihren Dienstplänen unterbringen können.«

»Ich habe eine große Auswahl aus erlesenen Drinks in meinem Büro«, bot Laurie hilfreich an.

»Solange es mich nicht wieder ausschaltet, könnte ich versucht sein Sie darauf anzusprechen«, rief Kaiden über seine Schulter, als er den Raum verließ. »Bis später.«

Laurie beobachtete ihn beim Gehen und ging neben Sasha zum Ausgang. »Ich bin froh, dass das so gut gelaufen ist. Ich werde das System aktualisieren, wenn ich zum Zentrum zurückkehre.« Er hielt einen kleinen Datenträger in der Hand. »Obwohl ich sagen muss, eine Empfehlung für die Ass-Klassifizierung zu bekommen, ist eine große Leistung. Ich hätte nicht gedacht, dass ihm das vom System angeboten würde, wenn man bedenkt, dass er ein Sonderfall ist. Ich war immer der Meinung, dass nur vorbereitete Studenten die Chance hätten, es zu schaffen.«

»Das System hat die Empfehlung nicht ausgesprochen«, bemerkte Sasha und übergab das Tablet Laurie. »*Ich* war das.«

Laurie blickte auf den Bildschirm, um zu sehen, für welche Optionen Kaiden vom System ausgewählt worden war: neben anderen grundlegenden Klassen waren die Worte Scharfschütze, Sicherheitsdienst,

Marineinfanterist und Kopfgeldjäger dick hervorgehoben. Dann wanderte sein Blick auf den Eintrag Ass und sah, dass dieser eigentlich ausgeblendet war. Ein leuchtendes Nexussymbol schwebte daneben und deutete darauf hin, dass es von der Schulleitung umgangen und vom System registriert worden war.

»Nun, ich muss sagen, Sasha, du musst dich wirklich für unseren jungen Freund interessiert haben«, kommentierte Laurie und gab das Tablet zurück. »Ich frage mich, was der Akademievorstand dazu sagen wird.«

»Ich bin Teil des Vorstands, Laurie. Außerdem ist es nicht so ungewöhnlich, dass ein Mitarbeiter dabei hilft Schüler anzuleiten. Deshalb sind wir doch überhaupt erst hier.«

»Ja, ich glaube, ich habe schon von ein paar vereinzelten Fällen gehört – wie das Mädchen, das dank dezenter Einflussnahme durch ihren Lehrer als Kampfpilotin zurückkam oder der begnadete Feldchirurg, der ursprünglich nur in der medizinischen Entwicklung arbeiten wollte.«

Laurie ging beiläufig davon und klopfte erneut mit dem Finger gegen sein Kinn. »Ich habe auch von einem Jungen gehört, der vor ein paar Jahrzehnten ziemlich gut mit Waffen umgehen konnte. Er kam eigentlich nur, um sich fortzubilden und dann zur Kriegsfront aufzubrechen, wechselte aber ein paar Jahre später auf Empfehlung seine Klasse.«

Laurie drehte sich herum, ein vergnügtes Lächeln auf seinem Gesicht. »Ist dann in der Klasse für Führungskräfte gelandet, glaube ich. Nicht viele machen das, damals wie heute. Die damalige Akademieleitung änderte schließlich tatsächlich den Namen der Klasse, weil sie dachten, dass die Studenten zu ängstlich oder unsicher wären, um diese Verantwortung zu übernehmen. In welchen Namen haben sie es noch mal geändert?«

»Du scheinst dich wirklich zu amüsieren«, murmelte Sasha. Er ging zu einer der Computerstationen und legte das Tablet darauf. Mit ruhigen Fingern löste er den Griff seiner Okulare und entfernte sie von seinem Kopf.

»Ah, mir liegt es auf der Zunge ... ach, stimmt ...« Laurie schlenderte direkt hinter Sasha her. »Man hat sie dann in Ass umbenannt, richtig?«

Sasha drückte sich von der Computerstation ab und drehte sich so, dass er den Professor ansehen konnte. Laurie lächelte, als ihn die silbernen, müden Augen anstarrten.

»Okay, du hast recht – willst du jetzt auch einen Preis wie unser junger Freund?«, spottete Sasha.

»Oh, mir geht es prima und ich bin im Moment mehr als amüsiert. Ich schätze, ich kann dir Vetternwirtschaft nicht anlasten, da er nicht dein Sohn ist, aber ich schätze, du siehst ein wenig von dir selbst in dem lieben Kaiden?«

»Ich sehe jemanden mit enormer Geschicklichkeit, der etwas erreichen kann, was er in seiner bisherigen Lebensplanung nicht bedacht hat. So ähnlich erging es mir.« Sasha nickte nachdenklich und nahm Platz. »Der Unterschied war, dass ich zumindest bereit war, die Verantwortung zu übernehmen und das Beste daraus zu machen.«

»Wenn man dir so zuhört, könnte man meinen, dass du nicht glaubst, dass er es kann«, bemerkte Laurie. »Warum ihn in diese Klasse stecken, wenn du denkst, dass er die Gelegenheit vertun wird? Die Akademie ist kein Ort, an dem das Scheitern gefeiert wird.«

»Nein, ich glaube nicht, dass er scheitern wird.« Sasha lehnte sich im Stuhl zurück. »Er wirkt zu fixiert auf das, was er ist, und nicht auf das, was er sein könnte, aber er ist mit seiner Hartnäckigkeit und seinen selbst entwickelten Fähigkeiten so weit gekommen. Er muss mehr poliert werden als ich, also fangen wir besser früh an.«

»Du scheinst dir bei all dem ziemlich sicher zu sein, aber du stützt das alles auf was? Ein Psychoprofil und zwei Tage Kennenlernen?«

»Vertrau mir einfach, Laurie«, antwortete Sasha. »Ich gehe noch ein paar Dinge auf meinem Tablet durch und dann zurück in mein Büro. Aktualisiere die Systeme und wir können uns zum Abendessen treffen, wenn du Gesellschaft brauchst.«

»Geht klar.« Laurie wandte sich mit einem Achselzucken seinen anstehenden Arbeiten zu. »Wir sehen uns dann. Versuche einfach, dich nicht zu sehr in deine Arbeit zu vertiefen, es macht dich immer ein wenig mürrisch.« Damit drehte er sich um und verließ den Raum mit zügigen Schritten.

Sasha blickte auf sein Tablet, nahm es wieder auf und blätterte durch Kaidens Ergebnisse.

Kaiden Jericho

Eliminierte Ziele: 55

Genauigkeit: 92%

Schaden erlitten: 1 Schuss

Endergebnis: 13.441 Punkte (Top 1% des laufenden Jahrganges / Top 10% aller Zeiten)

Er schaute sich danach die Ergebnisse der Befragung an. Sie deuteten auf einen hitzköpfigen, rücksichtslosen aber effizienten Kampfhund hin – ein guter Kampfhund war das, was die meisten Leute sehen würden. Aber es waren die persönlicheren Antworten, die ihn interessierten – etwas das, wenn auch nur leicht, auf jemanden hindeutete, dem irgendwann mal irgendwas wichtig war und der vielleicht die Fähigkeit dazu hatte, dass dies erneut so sein würde.

Sasha fuhr mit der Hand über den Kragen seines Hemdes und zog ihn herunter. In der leichten Reflexion des Tabletbildschirms konnte er das verblassende Tattoo eines Schädels mit Peacemaker-Pistolenläufen anstatt der Hörner und einem einsamen Stern im rechten Auge sehen.

KAPITEL 13

Baioh Wulfson blickte mit stählernem Blick über den Andockbereich der Nexus-Akademie. Er hatte nun schon fast zwei Stunden auf eine Lieferung gewartet. Der unglückliche, inzwischen bewusstlose Mann, der auf dem Boden zu seinen Füßen lag, hatte ihn gerade darüber informiert, dass sie auf morgen Abend verschoben worden war. Die Lunte seiner Geduld war schon seit einiger Zeit zu einem explosiven Temperament heruntergebrannt.

Etwas entspannende Gewalt war einfach überfällig gewesen.

Er war ein großgewachsener Hüne, der fast zwei Meter erreichte, mit langen, schmutzig-blonden Locken, die an seinem Hinterkopf zu mehreren Zöpfen gebunden waren, der Archetyp eines Wikingers. Seinen Kopf zierte ein schwarzes Kopftuch, er trug ein ebenfalls schwarzes Muskelshirt, eine graue Cargo-Hose und schwarze Stiefel, wobei das Abzeichen eines Administrators wie zufällig in der Nähe seiner linken Schulter befestigt war. Ein langer, grauer Bart, der bis knapp über seine Brust fiel, schwankte in der Meeresbrise, deren Kühle sein Temperament nur wenig beruhigte.

Der einzige Grund, warum er hier nicht alles kurz und klein geschlagen hatte, war die Willenskraft, die er durch jahrelanges Training und unfreiwillige Therapie erworben hatte. Auch die Tatsache, dass sich niemand die Mühe gemacht hatte, auch nur näher als dreißig Meter an ihn heranzukommen, war wahrscheinlich zum Besten für alle Beteiligten.

»Wenn das nicht Wulfson, der Höllenhund ist ... was für ein Zufall, dass wir uns hier treffen ...« Die ruhige Stimme stand im Kontrast zum brodelnden Temperament des Angesprochenen. ›Wulfson der Höllenhund‹ war ein Spitzname, der ihm aus Gründen verliehen wurde, die für die meisten ziemlich unangenehm sein würden. Nur ein Narr oder jemand mit tragischer Ignoranz würde ihn so ansprechen.

Baioh blickte hinüber, um das joviale Lächeln und die winkende Hand von Professor Alexander Laurie zu sehen. Er warf dem Wissenschaftler einen Blick der Verachtung zu und drehte ihm dann wieder den Rücken zu, dabei auf die Bucht blickend.

»Warum bist du hier, *Narhat*?«, fragte er, seine Stimme tief und kehlig, obwohl er leise sprach.

»Ich werde mir nicht die Mühe machen, das übersetzen zu lassen und einfach davon ausgehen, dass es ein freundlicher, nordischer Gruß war«, entgegnete Laurie in einem trockenen Ton.

»War es nicht, aber lebe weiter in deiner Fantasie.« Baioh tat es mit einem Achselzucken ab. »Solange du weiter deinen kleinen praktischen Schnickschnack bastelst, hast du immer noch einen Nutzen.«

»Du bist zu freundlich. Sprich nur weiter so mit mir und ich werde dafür sorgen, dass meine Verteidigungsdrohnen eingeschaltet bleiben, wenn du mein Labor das nächste Mal als Büchsenmacher benutzen möchtest.«

»Nur zu, ich brauche das Training. Ich habe seit ein paar Jahren auf nichts mehr geschossen, was auch zurückschlägt.« Er machte keinen Hehl aus seiner Verärgerung. »Vielleicht kannst du ja beim nächsten Mal, wenn der Vorstand mal wieder deinen Arsch küsst, diese Narren davon überzeugen, die Schussfunktion der Bots auf dem Gelände zu reaktivieren.«

»Das könnte ich durchaus, schon allein, weil du so freundlich gefragt hast.« Laurie schnurrte fast die Antwort. »Es kann jedoch sein, dass es dann nicht ganz so gut ausgeht, wie du vielleicht denkst. Meine Beziehung zum Vorstand hat sich in den letzten Monaten ... nun ja ... leicht verschlechtert. Ich bin nicht gerade der Wunderkind-Sohn, der ich mal war.«

»Was für eine verdammte Schande. Bedeutet das, dass sie dir deinen wöchentlichen Korb mit erlesenem Wein und Käse nicht mehr schicken? Das Budget erlaubt nur noch Obstkörbe?« Wulfson kicherte.

»Es liegt eher an meinen Projekten, die ein wenig zu fantasievoll und zu speziell für ihren Geschmack werden. Ich bin schon so lange hier und ich habe sie immer noch nicht dazu gebracht, die kreative Notwendigkeit von persönlichen Projekten von Zeit zu Zeit zu verstehen. Ich muss wohl doch einen wissenschaftlich belegten Weg finden, um mit Neandertalern umzugehen.« Er schniefte. »Nichts gegen deine Familienlinie.«

Laurie befand sich Momente später in der Luft, vom Sicherheitsbeamten in einer schnellen Bewegung geschnappt und in die Luft gewuchtet. »Putziger kleiner Witz, du Narr. Wenn du meine Stimmung so sehr aufheitern willst, dann versuche es doch mal damit für ein paar Minuten einfach nichts zu sagen«, drohte der wütende Riese.

»Das könnte ich in der Tat tun. Diese Diät aus Bier und schaumigem Speichel muss dich innerlich ziemlich leer lassen, vor allem aber im Kopf.« Laurie grinste scherzend, eine seiner Hände wanderte zur Seite seines Gürtels. »Aber komm schon, du weißt genau, wie dieser Tanz zwischen uns läuft.«

Ein blendender Lichtblitz folgte einem lauten Brummen und Baiohs Hand wurde aufgezwungen. Der Riese stolperte ein paar Schritte zurück, schüttelte sich und blickte auf, um zu sehen, wie sich der Professor theatralisch abstaubte. Dieser zeigte auf seinen Gürtel, um ein Gerät an der Schnalle zu zeigen, welches nun aufleuchtete und vor Energie brummte.

»Und du weißt, dass ich gerne führe«, schloss er mit einem selbstgefälligen Gesichtsausdruck.

»Du und deine verdammten Geräte.« Der Berg aus Fleisch knurrte, als er sich aufrichtete. »Fühlte sich eher an, als würde ich gegen einen Roboter als gegen einen Mann kämpfen.«

»Ich würde es vorziehen, wenn wir nicht kämpfen würden, Wulfson, aber ich würde lügen, wenn ich sagen würde, dass es mich nicht amüsiert.«

»Ich schwöre, eines Tages werde ich dich im Schlaf ersticken«, drohte Baioh.

»Stell aber bitte sicher, dass das Kissen hypoallergen ist. Ich möchte nicht niesend sterben – ich würde bei der Beerdigung schrecklich aussehen, mit der roten Nase und einem geschwollenen Gesicht«, spottete Laurie und schnippte das letzte unsichtbare Staubkorn von seiner Jacke. »Jetzt, da ich deine Aufmerksamkeit habe, habe ich etwas, das dich interessieren könnte.«

Baioh faltete seine Arme vor seiner Brust. »Was denn nun schon wieder? Du weißt wie skeptisch ich bei deinen Ideen bin, es sei denn, es ist eine neue Waffe, die ich ausprobieren soll oder ein Killerroboter, den ich auf Herz und Nieren prüfen darf.«

»Ich habe tatsächlich einmal an einem Killerroboter gearbeitet, der auch fast fertig war. Dann stoppte der Vorstand die Entwicklung auf unbestimmte Zeit, sagte, es könne irgendwelche an den Haaren herbeigezogenen und unvorhergesehenen Folgen haben und dass es nicht die richtige Technologie für ein Studium an der Akademie sei. Banausen, allesamt.«

»Pah, *Kronidiots*«, grinste Wulfson.

Laurie nickte. »Echt, oder? Obwohl ich vergessen habe zu erwähnen, dass ich eine Kopie zum Experimentieren im Animus-System anfertigen konnte. Ich kam nie dazu ... na ja, Gedanken für später. Ich wollte dich auf einen Novizen aufmerksam machen, dem ich begegnet bin.«

»Was ist mit ihm?«

»Nun, weißt du, er ist ein ziemlich interessanter Fall. Professor – obwohl, ich sollte vielleicht lieber sagen Commander – Sasha hat ihn vor ein paar Tagen gefunden, als er ein paar Schläger in einer Bar ausschaltete.«

Baioh hob überrascht eine Augenbraue. »Was? Hat Sasha den Jungen mitgenommen, nur weil er zuschlagen konnte?«

Laurie schüttelte den Kopf. »Nicht so ganz. Er scheint von dem jungen Mann sehr angetan zu sein. Ich war mir seiner selbst nicht bewusst, bis seine Akte auf meinen Schreibtisch landete. Es stellte sich heraus, dass er das Gemini-Gen hat, eine wunderbare, kleine Überraschung für mich«, erklärte Laurie, seine Begeisterung war ihm deutlich anzusehen.

»Und?«, murmelte Baioh und drehte seinen linken Zeigefinger in einem kreisförmigen Muster, um dem Professor anzudeuten, sich mit der Geschichte zu beeilen.

»Lange Rede kurzer Sinn, ich habe ihm ein experimentelles, zerebrales EI-System in den Kopf gesetzt – ich hatte seine Zustimmung, keine Sorge.«

Der Riese grunzte. »Ich war es nicht.«

»Der Vorstand hat sich damit dann so auseinandergesetzt, wie sie es normalerweise tun. Also habe ich Sasha dazu gebracht, für mich zu bürgen und musste noch einige technische Arbeiten erledigen, die ich dir nicht groß erklären werde, weil du alleine vom Nachdenken sicherlich ein Blutgerinnsel im Hirn bekommen würdest. Es sieht gut aus, mein Arsch ist in Deckung, aber angesichts des ganzen Tohuwabohu möchte ich sicherstellen, dass meine metaphorische goldene Gans ein leuchtendes Beispiel abgibt und der Vorstand mir weitere Zeit und Finanzen gewährt, um das Studium fortzusetzen und diese Technologie möglicherweise für den weiteren Gebrauch zu verbessern.«

Zu diesem Zeitpunkt starrte Baioh irgendwo hinter Laurie mit desinteressiertem Blick und glasigen Augen in die Luft. »Schön für dich, da bin ich mir sicher, aber was kümmert es mich?«

Lauries Stirn bekam eine Furche. »Nun, abgesehen davon, dass du mir erlauben wirst, mein zerebrales EI-System zu verbessern und es zum besten System unter allen Akademie-Fakultäten zu machen – und es zu benutzen, um potenziell dein beschädigtes Gehirn zu reparieren ...«

Baiohs Augen starrten Laurie an, dessen Hand wieder zum Abzug an seinem Gürtel zurückwanderte, während dieser seine andere Hand vorsichtig hochreckte. »Ich wäre bereit, mit dir zu verhandeln, wenn du ... diesem Novizen für eine Weile bei seinem Studium *helfen würdest.*«

Wulfson lehnte sich ein wenig zurück und ließ seinen Kopf kreisen, um seinen Nacken zu entspannen. »Und warum willst du dafür meine Hilfe? Sasha brachte den Jungen hier her, wenn ich dich richtig verstanden habe. Wenn er so sehr an ihm interessiert ist, warum sollte er ihn dann nicht selber trainieren wollen?«

»Sasha ist Mitglied des Vorstandes. Er hat viele andere Aufgaben, um die er sich kümmern muss. Wenn er dem Jungen helfen würde, könnte er seine Position und vor allem *mein* Sicherheitsnetz gefährden. Außerdem weißt du, wie Sasha ist. Er ist ein wenig zu distanziert – zeigt nicht wirklich, dass er sich so oft um ihn kümmert.«

Der Sicherheitsbeamte ließ ein leises, tiefes, rumpelndes Lachen aus und zeigte auf sich selbst. »Und du denkst, ich wäre da besser?«

»Dein Training ist in der Regel etwas praxisorientierter – wenn du dich erinnerst, manchmal etwas zu viel.«

Er schnaufte noch einmal und rollte spielerisch mit den Schultern. »Ach, wenn sie die vielen Kinder in den Anfängerkursen verwöhnen wollen, dann lass sie. Sie werden sich wünschen, ich wäre noch da, wenn das echte Blut zu fließen beginnt.«

»Zu wahr, deshalb denke ich, dass du perfekt wärst, um diesen Schüler für die Zukunft zu entwickeln. Ich persönlich habe kaum Zweifel daran, dass er mit der richtigen Zeit und Ausbildung außergewöhnlich gut sein wird, aber wenn wir es beschleunigen und sein Potenzial zeigen können, würde ich meinen Zuschuss viel früher bekommen.«

»Was würde ich davon haben? Also abgesehen davon, Babysitter für dein Liebhaberprojekt zu spielen?«

Laurie schürzte seine Lippen. »Nun, abgesehen davon, dass du tatsächlich wieder unterrichten könntest, würdest du deine heißgeliebte Trainingshalle wieder so herrichten können, wie sie mal ausgestattet war. Da du dann tatsächlich andere Besucher als dich selbst haben würdest, müsste der Vorstand dir dein Budget für die Instandhaltung und die Ausstattung zurückgeben. Sobald andere anfangen zu erkennen, wie sehr er sich durch dein Training verbessert hat, werden sicherlich noch viel mehr Interessenten zu dir kommen, um ihre Fähigkeiten auch außerhalb des Animus-Systems zu verbessern.«

Baioh streichelte seinen Bart und überdachte das Potenzial von Lauries Idee. »Vielleicht ... aber das wird Zeit brauchen, sogar um die Genehmigung der Kommission zu erhalten. Wie steht es mit einer Art Vorschuss?«

»Du warst schon immer ein schwer zufriedenzustellender Mann«, seufzte Laurie. »Darauf bin ich jedoch vorbereitet. Ich werde dir Zugang zu einer meiner persönlichen Werkstätten gewähren, wo du tun kannst, was immer du willst. Du bekommst auch ein Budget in Höhe von fünfzigtausend Credits pro Monat für Lieferungen und Materialien für das nächste Jahr, auch wenn er nicht das ganze Jahr mit dir trainieren sollte.«

Das brachte den Kopf des kampfhungrigen Mannes zum Nicken. »Ich verstehe ... kein schlechtes Angebot, Laurie. Aber bevor ich meine Zeit verschwende, wie kannst du dir überhaupt sicher sein, dass ich aus diesem Jüngelchen etwas machen kann? Zu nasser oder fauler Ton nimmt nicht einmal die einfachste Form an.«

Laurie hob seine Hand von seinem Gürtel und schob sie in eine Tasche auf der Innenseite seiner Jacke. »Ich habe einige wunderbare kleine Statistiken, die ich dir zeigen möchte. Sasha und ich haben gerade ein paar Tests mit ihm durchgeführt und ich konnte die Ergebnisse diskret kopieren.«

»Hast du dich eigentlich jemals gefragt, warum du von den Leuten um dich herum mit Argwohn behandelt wirst?«, fragte Baioh spöttisch.

»Glaube es einfach jemandem, der mit den richtigen Manieren aufgewachsen ist, Wulfson. Die Manieren werden einfach benutzt, um alle dunklen Geheimnisse der Person zu verbergen«, warnte Laurie. Er zog einen kurzen Stock aus der Tasche, den er auf beiden Seiten drückte und auseinanderzog. Ein Holoschirm erschien, auf den er ein paar Mal klopfte. »Sieh selbst.«

Baioh nahm das Tablet vom Professor entgegen und las die Informationen auf dem Bildschirm. Seine Augenbrauen hoben sich leicht an und er streichelte wieder nachdenklich seinen Bart.

»Interessant. Es könnte tatsächlich ein größeres Potenzial in ihm stecken ... er muss es nur mit ein wenig Mühe herausarbeiten.«

»Also haben wir einen Deal?«

Er reichte das Tablet dem Wissenschaftler zurück und verschränkte danach wieder seine Arme. »Ich will den Roboter.«

»Wie bitte?«

»Der Killerroboter, von dem du sagtest, dass du an ihm arbeitest. Ich will ihn.«

»Ich sagte doch, der Vorstand hat es abgelehnt. Der Prototyp lagert in einer Militärbasis außerhalb der Akademie.«

»Hmm.« Baiohs Stirn runzelte sich gedankenvoll. »Du sagtest vorhin, du hättest eine Kopie in den Animus hochgeladen, oder?«

»Das habe ich.« Laurie nickte eifrig.

»Gib mir Zugang dazu, ich werde eine Verwendung dafür finden.«

»In Ordnung, er sammelt sowieso virtuellen Staub an«, entgegnete Laurie mit einem Achselzucken. »Also, haben wir einen Deal?«, fragte er und bot seine Hand an.

»Den haben wir ganz sicher«, stimmte Baioh zu und nahm schraubstockartig die Hand des Professors in seine.

Der Professor trat einige Schritte zurück, nachdem er sich aus dem Griff des Riesenmannes gelöst hatte. »Nun, gut, ich bin froh, dass wir endlich einen Deal auf Augenhöhe haben.«

»Und ich bin froh, dass du mir endlich etwas Sinnvolles angeboten hast«, konterte Baioh. »Also, wo ist dieser Novize? Ich würde gerne sofort anfangen.«

»Nun, es ist fast Zeit für das Abendessen.«

»Er sollte anfangen, sich jederzeit auf ein spontanes Training vorzubereiten. Im Kampf auf Leben und Tod gibt es auch keine Essenspausen.«

»Ich ... nun, ich nehme an, ich überlasse die Überzeugungsarbeit am besten dir. Ich bin sicher, du kannst äußerst charmant sein«, seufzte Laurie. »Wenn er nicht in der Cafeteria ist, könnte er noch im Versorgungszentrum sein, denn Sasha hatte ihn vorhin da hingeschickt.«

* * *

»Wollen Sie mich verarschen? Ich muss ein Anfrageformular in dreifacher Ausfertigung für eine Trainingspistole mit Gummigeschossen ausfüllen?« Kaiden ließ seiner Frustration knurrend freien Lauf. »Ich bin aus Texas, da stellt man die Waffen am Schießstand zur Verfügung und die erste Stunde ist immer gratis.«

»Nun, Sie sind hier an der Nexus-Akademie und wenn Sie so scharf drauf sind Dinge abzuballern, dann gehen Sie doch einfach in das Animus-System«, antwortete die Mitarbeiterin des Versorgungszentrums und sah dabei kaum von ihrer Konsole auf.

»Wir können das System einfach benutzen?«, erkundigte sich Kaiden.

»Der erste Jahrgang darf das nicht, aber der reguläre Unterricht beginnt in etwa dreißig Stunden. Achten Sie einfach darauf, dass Sie sich für viele Schieß- und Soldatenkurse anmelden. Das sollte dann das kommende Jahr recht gut abdecken, bis Sie sich im nächsten Jahr dafür anmelden können, einen dauerhaften Zugang zum Animus-System zu erhalten. Ob der Antrag dann genehmigt wird, wird sich zeigen.«

»Genau darauf wollte ich hinaus. Wenn ich in meiner Freizeit nicht das Animus-System nutzen kann, dann brauche ich irgendwie anderweitig die Möglichkeit, mit den regulären Studenten gleichzuziehen. Ich zeige hier etwas Initiative, da könnten Sie mir einfach mal eine Chance geben.«

»Hah, du Arschgesicht, da hat sie dir ja schön die Tour vermiest«, kommentierte Chef höhnisch.

Die Angestellte runzelte die Stirn. »Füllen Sie einfach die verdammten Formulare aus, wenn es Ihnen so wichtig ist. Dann kann ich sie bearbeiten, während Sie den Zugang zum Schießstand und die Mitnahmeerlaubnis beantragen und in etwa einem Monat sollte dann alles bereit sein.«

»Grundgütiger Gott, all diese Regeln – ich dachte, ich bin hier an einer Militärakademie?«

Sie blickte ihn an, ein kleines Grinsen zeigte sich auf ihrem Gesicht. »Na ja, zumindest *meistens*.«

Kaiden kochte, seinen erhitzten Atem presste er durch zusammengebissene Zähne: »Dank Bürokraten wie Ihnen werde ich hier noch ein Magengeschwür bekommen.«

»Wenn Sie hier weiterhin mit solch einer Melodramatik auftreten, muss ich Reggie rufen«, warnte sie.

Kaiden legte neugierig den Kopf schräg. »Wer zum Teufel ist Reggie?«

»Der persönliche … Verteidigungsdroide der Versorgungsabteilung. Zumindest wird er hier so genannt. Ich bin mir nicht sicher, wie Sie einen reparierten und neu verdrahteten Killer-Bot nennen würden.«

»Sie bluffen.« Er versuchte sie niederzustarren.

Sie rollte mit den Augen, drehte sich nach links, schaute über ihre Schulter und erhob ihre Stimme. »Hey, Reg! Ich habe hier jemanden, der die Regeln nicht befolgen will.«

Obwohl er die Quelle der Geräusche nicht sehen konnte, hörte er den lauten Knall eines Motors, der eingeschaltet wurde, gefolgt von einem Geräusch sich drehender Zahnräder und Metallplatten, die aneinanderrieben. Dann sah Kaiden zwei rote Lichter in der Dunkelheit des Lagerraums hinter dem Angestellten aufflammen.

»Reggie online, bitte geben Sie Tötungsbefehle oder die Schmerzstärke an«, fragte eine klickende Roboterstimme an.

Kaiden erblasste. »Also, wo kann ich noch mal genau diese Formulare finden?«

Sie lächelte, blickte nach oben und deutete hinter ihn. Dann weiteten sich ihre Augen, als sie etwas bemerkte und fuhr schnell mit ihrem Bürostuhl vom Schreibtisch zurück.

Kaiden drehte sich um und starrte auf lange Haarsträhnen auf schwarzem Stoff. Er blickte leicht auf, nur um festzustellen, dass der Stoff an einem Goliath von einem Mann mit schmutzig-blonden und grauen Haaren befestigt war. Dieser sah an den Novizen auf und ab, als würde er ihn abschätzen.

Ausnahmsweise zögerte Kaiden ein wenig zu fragen, ob da jemand auf Streit aus war.

»Kaiden Jericho?«, fragte diese menschgewordene Bestie mit tiefer, schwerer Stimme.

Kaiden schwieg, während er über seine Optionen – Kampf oder Flucht – nachdachte.

»Hey, ich weiß, ich drücke dir normalerweise gerne blöde Sprüche rein und freue mich über jeden Schmerz, den du erleidest, aber äh ... denk dran, wenn du stirbst, sterbe ich auch, so rein technisch gesehen.«

»Ich werde es mir merken«, murmelte Kaiden. Er wünschte sich wirklich, er hätte jetzt eine Waffe, er würde sich sogar mit einem improvisierten Messer nach Gefängnisart oder sogar einem Göffel – dem unehelichen und gehassten Kind aus einer Gabel und einem Löffel – zufriedengeben.

»Hier ist Novize Jericho, ja, Sir«, antwortete die Angestellte und verschwand schnell im angrenzenden Lagerraum.

Kaiden peitschte mit großen Augen herum, fixierte sie mit seinem Blick und er murmelte: »Teuflische Schlampe.«

»Gut, ich habe dich gefunden.« Der Riese packte Kaiden am Kragen und begann, ihn wegzuziehen. Er rief über seine Schulter hinweg: »Hey, Schreiberling! Schicken Sie *alle* seine Vorräte zu seinem Schlafsaal, in meinem Auftrag.«

»Ja, Sir, Officer Wulfson«, rief sie hastig.

»Officer Wulfson? Na wenigstens kennen wir nun den Namen deines zukünftigen Mörders«, bemerkte Chef, ausnahmsweise einmal mit düsterem Ton. Sein Pessimismus war nicht gerade ermutigend. *»Ehrlich gesagt solltest du hoffen, dass er dich nur töten will. Obwohl es nicht viel gibt, was du effektiv tun könntest, wenn er andere Pläne mit dir haben sollte.«*

Kaiden versuchte, sich aus dem Griff des Mannes zu befreien, aber ohne Erfolg. Er hatte sich sogar an den Seiten des Türrahmens festgehalten, als sie den Raum verließen, aber mit einem scheinbar mühelosen Ziehen wurde er weggerissen und war überrascht, dass er keine Wandstücke mitnahm.

Er hatte sich nie wirklich für einen religiösen Menschen gehalten, aber in diesem Moment ertappte er sich dabei, dass er mit jedem Gott, von dem er je gehört hatte, in stummem Monolog versuchte Geschäfte zu machen, während er aus dem Gebäude und in die Nacht gezogen wurde.

KAPITEL 14

Chiyo Kana saß allein in der Bibliothek der Akademie.

Es war ein großer Raum mit breiten Fenstern, mehreren Treppenhäusern, mehreren Informationsschaltern und Computerterminals sowie klinisch-weißen Böden und Wänden.

Sie saß allein an einem Tisch in der Mitte des Gebäudes. Mit ihrem Fuß klopfte sie leise auf den Holzboden. Der Ort war ruhig und die Hauptlichter waren vor einiger Zeit abgeschaltet worden. Nur noch ein paar Leuchtstreifen erhellten ihre Umgebung, zusammen mit den Lichtkugeln, die leise um das Gebäude herum schwebten.

Chiyo schaute auf ein Tablet, dessen Bildschirm mit Informationen über eine taktische Hacking-Anwendung und das richtige Verfahren im Feld gefüllt war. Sie fragte sich, ob sie ihren Plan für den Technikerklassen-Test der Akademie überdenken sollte. Es schien solide genug zu sein, wenn man bedachte, welche anderen Techniker sie in ihrem Wohnheim beobachtet hatte, ganz zu schweigen von den Dateien, die sie bisher geknackt und zu denen sie Zugang hatte.

Sie wusste, dass es eine Regel gab, dass diese Akten eigentlich nicht für die Augen der Novizen bestimmt waren und dass das Eindringen in diese Akten mit einem Rauswurf oder vielleicht sogar mit einer Gefängnisstrafe bestraft werden konnte.

Aber sie wusste auch, dass es eine unausgesprochene Regel gab: Wenn man ein Hacker an dieser Akademie war und bei etwas so Grundlegendem erwischt wurde, sollte man sich wirklich fragen, ob man hier überhaupt richtig war. Außerdem, sinnierte sie, wenn man bedachte, wie beleidigend einfach es gewesen war, fragte sie sich, ob das nicht überhaupt irgenwie auch eine Art Test war.

Wird schon alles in Ordnung sein.

Aber als sie sich die Dienstpläne und viele der Fähigkeiten und Talente der anderen Klasse ansah, bemerkte sie, dass die meisten von ihnen eine Art Training im Außendienst oder dergleichen hatten. Praktische Erfahrung, über die sie leider nicht verfügte.

Sie war sich der Besonderheiten des Einweihungsfeldtests nicht bewusst. Chiyo würde wahrscheinlich noch mehr herausfinden können, indem sie weiter in den Datenbanken der Akademie herumstöberte. Aber sie kam nicht umhin sich zu fragen, ob ihr das in diesem Fall wirklich helfen würde.

Natürlich würde es ihr helfen, zumindest wenn man es logisch betrachtete, aber der Test sollte dabei helfen, die individuellen Fähigkeiten jedes Novizen zu bestimmen. Aber woher sollte sie wissen, wo sie genau stand, wenn sie sich beim Test einen Vorteil verschaffen würde?

Andererseits – mit dieser unausgesprochenen Regel im Hinterkopf – schien es ein Teil eines grundlegenden Tests für diejenigen mit ihrer Klassifizierung und ihren besonderen Fähigkeiten zu sein. Die Vorbereitung war von grundlegender Bedeutung für die ordnungsgemäße Ausführung eines Auftrags, ob Test oder nicht, schließlich war ihre Spezialität die Infiltration von Netzwerken und Systemen und deren Lahmlegung oder Verfälschung.

Sie machte einfach ihren Job und das war doch genau das, wofür sie hierhergekommen war.

Es ist vollkommen in Ordnung.

Sie legte das Tablet zur Seite und stützte ihr Kinn auf ihre verschränkten Finger, als sie über ihren nächsten Zug nachdachte. Ihr Vater würde ihr wahrscheinlich sagen, dass sie sich von der persönlichen Moral oder Tradition abhalten ließ. Sie wurde nicht mit vielen Regeln erzogen, aber das war eines der wenigen Dinge, das in den Augen ihrer Eltern der Erbsünde gleichkam.

Sie seufzte und dachte an die Tage ihrer Kindheit zurück. All das Training und Studium, nur um hier zu enden. Sie sollte Firmenerbin sein oder vielleicht die rechte Hand ihres Vaters. Doch all die hinterhältigen Bastarde, die sich in seinem Schatten versteckt hatten, hatten die Stützpfeiler dieses Weges eingerissen.

Vielleicht, wenn es etwas gewesen wäre, was sie wirklich gewollt hätte? Hätte sie dann stärker darum gekämpft?

»Entschuldigung, dürfte ich um ihre Hilfe bitten?«, fragte eine dumpfe Stimme hinter ihr, die klang, als würde der Besitzer eine Gasmaske tragen.

Sie drehte sich um und ihre Augen verengten sich. Das Wesen hatte einen violettfarbenen Hautton und schwarze Kugeln anstelle der Augen mit tattooartigen Markierungen um sie herum.

Es war in einen blau-schwarzen Einteiler gekleidet, der akademie-typische graue Umhang über den Schultern, der Ärmel war mit einer orangefarbenen Markierung gekennzeichnet. Ingenieurs-Klassifizierung. Eine Apparatur um den Hals schien mit einer Art Flüssigkeit gefüllt zu sein, darüber ein quadratisches Mundstück, das die Seiten der Apparatur vor seinem Kopf vereinte.

Es war ein Tsuna, erkannte sie. Sie war mit ihnen grob vertraut, denn das Konglomerat ihres Vaters hatte ein paar Kontakte zu ihren Vertretern und sie hatte auch an Konferenzen mit ihnen teilgenommen, allerdings war sie noch nie zuvor mit einem direkt konfrontiert worden.

»Ich entschuldige mich dafür, dass ich Sie gestört habe, aber ich habe nach einem Index gesucht, um mehr über die Maschinen und Waffensysteme Ihres Planeten zu erfahren. Ich kann weder den Bibliothekar noch irgendwelche Schriftgelehrten finden.«

Chiyo drehte sich leicht um, legte einen Arm auf den Tisch und ein verhaltenes Lächeln erschien auf ihrem Gesicht. »Ich glaube, der Bibliotheksleiter ist heute Abend nicht mehr da. Wie bei allen Schriftgelehrten wäre es wahrscheinlich hilfreich zu wissen, dass sie seit einigen Jahrhunderten nicht mehr Teil unserer normalen Gesellschaft sind.«

Er sah sich um, bevor er seinen Blick zurück auf sie richtete. »Ich fragte mich bereits, warum sie hier so rar gesät sind. Zum Glück habe ich hier nicht mehr als eine Stunde damit verbracht, nach ihnen zu suchen. Es scheint hier drin glücklicherweise nicht allzu viele Verstecke zu geben«, bemerkte der Außerirdische, als er seine Arme nach unten streckte und seine Hände zusammendrückte.

»Nun, ich bin froh, dass ich dir etwas Zeit erspart habe.« Chiyo kicherte und legte ihre Wange gegen die Handfläche.

»Ich weiß das sehr zu schätzen. Mein zugeordneter Name ist Genos Aronnax. Ich bin ein Tsuna und hier, um Ingenieurwesen zu studieren.«

»Chiyo Kana, Technikerin ... ist mir ein Vergnügen.« Sie bot ihm ihre Hand an, was Genos veranlasste, seinen Kopf leicht zur Seite zu legen, bevor er verstehend nickte. Er öffnete seine Hände und nahm Chiyos angebotene Hand in beide.

»Ich muss sagen, es ist immer schön, wenn ich freundliche Menschen treffe. Die *Aggressiveren* sind leider zu einem echten Ärgernis geworden.« Er ließ Chiyos Hand nach einem schnellen Schütteln los.

»Hattest du viel Ärger mit den Anderen?«, fragte Chiyo.

»Nein, nicht Ärger, eher Unannehmlichkeiten. Die Zeit, die ich gebraucht habe, um sie bewusstlos zu schlagen, wenn sie mich anpöbeln, ist Zeit, die ich besser für Forschung oder Praxis verwenden könnte.« Seine Antwort wurde ohne Hass und Emotionen abgegeben, lediglich als Tatsachenaussage.

Chiyos Augen wurden für einen Moment groß, bevor sie kicherte. »Ich verstehe. Ich weiß jemanden zu schätzen, der die Bedeutung und Wichtigkeit des Studiums versteht.«

»Oh, ganz sicher«, rief Genos aus und legte eine Hand auf seine Brust, die andere streckte er in die Luft, zwei Finger ausgestreckt. »Wissen zu erlangen bedeutet, die Währung des Lebens selbst zu erlangen.«

Chiyo schenkt ihm einen sowohl fragenden als auch erheiterten Blick.

»Es ist eine grobe Übersetzung eines unserer ... ich nehme an, man würde sie als Sprichwörter betrachten«, erklärte er und senkte seine Hände. »Viele glauben, dass es sich um Lehren handelt, die von Vorfahren lange vor uns hinterlassen wurden. Wir haben keine vollständigen Übersetzungen, aber die meisten Clans halten sich an die einzelnen Zeilen dieser Lehren, je nach ihrer Clanarbeit, obwohl alle eine gewisse Führung von jeder der Lehren entnehmen können.« Er drückte nun beide Hände gegen seine Brust. »Mein Clan zum Beispiel hatte die Ehre, unsere Gesellschaft in den Bereichen Maschinenbau und Alchemie einige tausend Jahre lang voranzubringen. Wir sind zwar der Jüngste der Clans, dem diese Ehre zuteil wurde, aber wir haben großen Anteil am Fortschritt unseres Volkes gehabt und uns unseren Lebensunterhalt verdient.«

Sie lehnte sich ein wenig an ihn heran. »Hast du *Alchemie* gesagt?«

»Ja, ich ...« Er hörte für einen Moment auf zu sprechen. »Oje, habe ich wieder einen antiken Begriff verwendet?«

»Wahrscheinlich die Schuld des Übersetzers«, sagte Chiyo und winkte beschwichtigend mit ihrer freien Hand. »Ich schätze, dass die Entwickler, die für die Übersetzungssoftware verantwortlich sind, immer noch die Fehler beheben. Ich würde annehmen, dass du so etwas wie unsere Chemiker meinst?«

Genos schob den unteren Teil seines Mantels aus dem Weg und enthüllte ein großes Metallfach, das um sein Bein gewickelt war. Er löste eine Verriegelung und zog eine EI-Konsole heraus. »Saren, würdest du bitte was für mich heraussuchen, die Definition des Wortes ...«

»Nicht nötig. Es war nur eine merkwürdige Beobachtung. Wir sollten wahrscheinlich auf die ursprüngliche Frage zurückkommen.«

Genos blinzelte und Chiyo bemerkte, dass er zwei Augenlidsätze hatte – ein horizontaler Innensatz und ein vertikaler Außensatz. Er schüttelte den Kopf entschuldigend und drückte das Tablet gegen seine Brust. »Entschuldigung, habe ich das zu methodisch erklärt? Ich habe mich zwar mittlerweile an die menschliche Sprache gewöhnt, aber die Anzahl der Wörter und die Zeit, die es braucht, um Informationen auszutauschen, waren von besonderer Schwierigkeit.«

»Eigentlich kam die Ablenkung zur rechten Zeit, aber wie du bereits sagtest, es ist Zeit, die man mit dem Lernen verbringen könnte, oder?«, erinnerte ihn Chiyo an seine Worte.

»Natürlich«, rief dieser aus. Durch die Maske klang es eher wie ein aufgeregtes Blubbern. Er zeigte wieder mit zwei Fingern in die Luft und drückte die andere Hand fest an seine Brust, aber bevor er erneut etwas sagte, sah er schüchtern zur Seite. »Ähm ... vielleicht ist jetzt nicht die Zeit, die Lehren zu zitieren. Mich selbst zu lehren wäre allerdings klug.« Er bewegte seine Hände hinter seinen Rücken, die Geste deutete darauf hin, dass er sich mit seiner Antwort zurückhielt.

»Sicherlich. Du sagtest, du suchst nach Informationen über Maschinen und Waffen der Erde?«

»Ja. Die Erde. Ich meine aber den Planeten, nicht das Element.«

»Ich verstehe.« Chiyo lächelte. »Du kannst fast alle Informationen über dein Fachgebiet an der dafür vorgesehenen Station finden.« Sie zeigte auf eine

Vorrichtung in der Ferne. Beleuchtete orangefarbene Ringe kreisten um mehrere Säulen, an denen jeweils Dutzende von Öffnungen sichtbar waren. »Sie sind in der Farbe deines Fachgebietes markiert. Schließe einfach deine EI oder ein Tablet an einen der Anschlüsse an der passenden Station an und es wird ein Verzeichnis angezeigt, in dem du Notizen, Einträge und dergleichen zu einem Thema deiner Wahl herunterladen kannst. Aber stell sicher, dass du die Informationen nach einer gewissen Zeit löschst, sonst wird dir nach einer Weile der freie Speicherplatz knapp.«

»Ich verstehe und was muss ich für allgemeinere Informationen machen?«, erkundigte er sich.

»Erster Stock.« Chiyo zeigte zur Betonung nach oben. »Jedes Stockwerk ist themenspezifisch. Der erste Stock ist für Enzyklopädien, Anleitungen und Wörterbücher, der zweite beherbergt Sachbücher und der dritte ist für fiktionale Werke. Die Stationen sind alle gekennzeichnet, daran kann man auch den Leistungsumfang der Station erkennen. Wenn du Probleme hast, bin ich sicher, dass du die Beschriftung einfach mit deinem Tablet scannen kannst.«

»Ich bin tatsächlich in der Lage, die englische Sprache zu sprechen«, sagte Genos und drückte einen Schwimmhäute-Finger an seine Schläfe. »Sie haben nämlich einen Sprach-Synapsenpunkt in unseren Verstand geladen, bevor wir auf die Erde kamen.«

»Wirklich?«, fragte Chiyo ein wenig schockiert. »Ohne Training und stetige Steigerung? Das scheint mir ein wenig riskant zu sein.«

»Wir mussten natürlich durch eine Vorausbildung gehen. Das Animus-System dazu zu bringen, sich richtig mit unserem Verstand zu synchronisieren, ist etwas anders – und schwieriger – für uns oder eine der anderen nicht-menschlichen Arten. Wenn wir also in die Akademie aufgenommen werden möchten, müssen wir einige Monate der Vorbereitung durchlaufen und ein paar Kurse besuchen. Zum einen, um das Leben auf der Erde einfacher zu machen, zum anderen, um uns für das Animus-Training vorzubereiten. Am Ende bekommen wir einen Synapsenpunkt, den wir im Sozialbaum der Fertigkeiten ausgeben können.« Er bewegte seinen Finger von seiner Schläfe nach unten und zur Seite seines rechten Auges. »Ich habe mich für das Leseverständnis entschieden, da wir Übersetzer und dergleichen haben. Es schien sinnlos, eine EI-Anwendung für das Schreiben von Übersetzungen zu bekommen. Meine EI-Konsole auf alles richten zu müssen, um es zu übersetzen, schien mir ziemlich albern.«

»Warum nicht ein Okular benutzen, was die Informationen auf das Auge projiziert?«, hakte Chiyo nach.

Genos lachte – oder zumindest sah es wie ein Lachen aus – als ob er sagen würde: »Hmm.« Schnell und mit hoher Stimme fügte er hinzu: »Nein, nun, sie haben sie nicht gerade in meiner Größe, oder?« Seine Freude hielt an. »Wir haben einige Prototyp-Brillen, die ein anderer Clan entwickelt hat. Sie funktionieren gut genug, aber ein Teil von ihnen hat von einer Krankheit berichtet, die Euren Kopfschmerzen und Übelkeit entspricht. Die wären für uns ziemlich schrecklich, selbst wenn wir uns nicht gerade an eine neue Atmosphäre gewöhnen müssen.«

Chiyo erkannte die Logik davon an. »Sehr kluge Entscheidung.«

»Ich bin stolz auf die Entscheidung und auch auf die Sicherheit meines Sehvermögens«, bestätigte Genos mit einem Nicken. »Danke für deine Hilfe, Chiyo. Ich hoffe, ich sehe dich wieder. Du bist nun schon der zweite Novize, mit dem ich eine positive Erfahrung gemacht habe.«

Chiyo lächelte und nickte. »Ich bin froh, dass ich es auf die Liste geschafft habe. Ich hoffe, ich bin in guter Gesellschaft?«

»Nun, ich führe eigentlich gar keine Liste, aber das Gespräch mit dir und diesem Mann waren zwei wirklich positive Gespräche, die mir Spaß bereitet haben.« Genos trat zurück und schaute sie weiterhin an, während er fortfuhr. »Obwohl du nicht so viele lustige Worte benutzt hast wie er.«

»Lustige Worte?«, fragte sie.

»Ja, Worte, die mein Übersetzer nicht verstanden hat – Begriffe wie Howdy, aber sie scheinen nett gemeint gewesen zu sein«, erklärte er, hob eine Hand und winkte ungeschickt. »Ich wünsche dir einen schönen Abend beim Lernen.« Damit drehte er sich um und ging die Treppe hinauf.

»Howdy?«, murmelte Chiyo. Der Begriff stammte aus dem amerikanischen Süden ... könnte das bedeuten, dass damit der Mann, den sie in der vergangenen Nacht getroffen hatte, gemeint war? Kaiden hatte einen ausgeprägten Südstaaten-Akzent, obwohl sie bezweifelte, dass er der einzige Novize aus dem Süden war.

Ihre Gedanken führten sie zurück zu ihrem Gespräch beim Frühstück. Er schien von einem komplett anderen Schlag zu sein, als sie selbst oder auch viele der anderen Erstsemester, die sie bisher getroffen hatte – und auch viele der Menschen, mit denen sie zu Hause zu tun gehabt hatte.

Er war geschickt genug, um hier an der Akademie angenommen worden zu sein, aber ein wenig brutal und nicht sehr vorausschauend. Doch beide nannten diesen Ort trotz ihrer unterschiedlichen Wege zur Mitgliedschaft nun ihr Zuhause.

Ein paar Schläger in einer Bar zu vermöbeln ... sie überlegte ratlos, wer dies als Kriterium für das Nexus-Potenzial in Betracht ziehen würde.

Dennoch schien er zumindest bereit zu sein alle ihm zur Verfügung stehenden Annehmlichkeiten zu nutzen, sogar bereit, die quälende Langeweile der Klasseneinschätzung zu durchlaufen. Er wusste vielleicht nicht, was er tun wollte, aber er war sicherlich bereit, alles zu tun, was sich für ihn auftat. Dennoch dachte sie immer noch über ihre Bestimmung hier nach, obwohl sie sich dessen völlig bewusst war, warum und wofür.

Sie blickte wieder auf das Tablet hinunter und las den Titel laut vor. »Die Grundlagen eines Unterstützungstechnikers.« Sie blickte finster auf. Schon das Betrachten des Titels ließ sie ein Gefühl des Verlustes verspüren.

Chiyo war nie eine Führungskraft gewesen und sie arbeitete gut allein, mit ihren eigenen Fähigkeiten und Plänen, um die Aufgaben von Menschen mit dreimal mehr Erfahrung zu erfüllen. Noch wichtiger war, dass sie bisher nie versagt hatte. Es gab kein System, in das sie nicht einsteigen konnte, wenn sie es erst mal probiert hatte. Und jetzt war sie hier und sah sich eine ganz andere Karriere an?

Was würde das für sie bedeuten?

»Kaitō.« Sie sprach laut, und das weiße Drahtgittermodell eines Fuchses erschien in ihrem Augenwinkel.

»Ja, Madame?«, fragte er mit ätherischer Stimme und saß geduldig auf seinen Hinterbeinen. Chiyo holte eine Tastatur mit einem kleinen Bildschirm daran aus ihrer Schultasche heraus und schaltete sie mit einer Hand ein, als sie hinter sich griff und einen Stecker von einem Gerät löste, das an ihrer Taille befestigt war.

Sie steckte den Stecker in eine Schnittstelle an der Tastatur und die EI verschwand aus ihrem Auge und erschien auf dem Bildschirm. »Bereite die Infiltrationsprogramme vor. Sobald ich Zugang zu den Sicherheitsnetzwerken in diesem Gebäude bekomme, stelle die Kameras so ein, dass sie sich in einer Zeitspanne von vier Sekunden drehen.«

»Verstanden, Madame. Bitte beachten Sie, dass Sie nur sechs Stunden Zeit haben, um die Aufgabe zu erledigen, die Sie versuchen zu erfüllen. Sobald die Sonne aufgeht, wird das Video verdächtig aussehen.«

»Ich bin mir dessen bewusst. Ich sollte nur ein paar Stunden brauchen, dann sind wir auf der sicheren Seite.«

»Natürlich.« Der Fuchs-Avatar nickte. Chiyo begann den Prozess, die vergleichsweise geringen Sicherheitsvorkehrungen des inneren Sicherheitssystems der Bibliothek zu umgehen. Ein Blick auf die Funktionsweise der Netzwerkabwehr der Bibliothek erzählte allerdings eine ganz andere Geschichte. Diese sah aus, als wäre das System von Jemandem entwickelt worden, der sich um das kümmerte, was er da tat.

Sie dachte wieder an ihre Hypothese zurück, dass eine Reihe dieser Verteidigungsmaßnahmen einladender gemacht wurden, um die Novizen wie sie selbst ihre Fähigkeiten unter realen Bedingungen testen zu lassen. Oder vielleicht war sie einfach so viel besser als ihre Kollegen.

Chiyo war mit beiden Erklärungen zufrieden.

Wenn die Lehrer wollten, dass sie etwas Initiative zeigte, würde sie das gerne tun. Wenn sie dann den Technikertest als eine der Besten abschließen sollte, wäre das verständnislose Schweigen der paranoiden Idioten ihre heimliche Belohnung. Sie würden schon sehen, dass sie sich irrten mit ihrer Meinung, dass sie erst gar nicht an der Akademie sein sollte. Es würde eine Demonstration ihrer Fähigkeiten und ihres Fachwissens sein, die ihren Platz unter ihnen nicht mehr infrage stellen würde.

Dann hätte sie vielleicht ihren eigenen Weg umso klarer vor Augen.

KAPITEL 15

Kaiden wurde buchstäblich durch die Luft geworfen. Nachdem er sich vom Aufprall erholt hatte, erhob er sich ächzend wieder vom Boden und blickte benommen um sich.

Er stand in einem Kuppelgebäude, kleiner als alle anderen in der Akademie, in denen er bisher war. Ein scharfes Klicken hallte durch den Raum und die Lichter sprangen an. Er blinzelte, während er sich auf die plötzliche Helligkeit einstellte. Neugierig studierte er seine Umgebung genauer. Verschiedene Trainingsgeräte füllten einen Großteil des Raumes – Gewichte, Sandsäcke, Gurte, weitere Gewichte und auch Waffen.

Waffen? Kaiden schaute genauer hin, dort in der Ecke stand anscheinend ein Gestell mit Gewehren. Er blickte auf den Riesen, der ihn in diese Trainingshalle geschleppt hatte – Offizier Wulfson dann wohl, wenn er dieser Verräterin in der Logistikzentrale glauben konnte – der nun an der Eingangstür herumfummelte. Plötzlich wachsam, nutzte er die Gelegenheit, dass der Hüne abgelenkt war, um nach den Waffen zu sehen und rannte schnell zu dem Regal. Wulfson sah ihn beiläufig an.

»Mein Ratschlag wäre die Finger von den Dingern zu lassen«, warnte er.

Als würde er auf den Kerl hören, der ihn buchstäblich gegen seinen Willen hierhergeschleppt hatte.

Kaiden war nun nur noch ein paar Schritte entfernt und griff nach einem der Gewehre, als seine Hand gegen etwas prallte. Er fühlte, wie ihn ein Schock durchfuhr und ächzte, als er zurückgeschleudert wurde und einige Meter entfernt hart auf dem gepolsterten Boden aufschlug.

»*Mösstock.*« Wulfson seufzte, ging hinüber zu Kaidens zusammengebrochenem Körper und hockte sich über ihn. »Glaubst du wirklich, ich wäre so blöd und würde Waffen frei zugänglich und ungeschützt lassen? Ich habe sie mit einer Abwehrsperre abgesichert.« Er kicherte und schüttelte langsam den Kopf »Du bist beileibe nicht der erste Student, der versucht hat mich zu erschießen.«

»Das ist eine höllische Art zum Kennenlernen.« Kaiden stöhnte und beugte sich zur Seite. »Auch die Entführung macht das zu einem besonderen Erlebnis.«

»Pah, ich nenne es administratives Nachsitzen. So oder so, es wird kein Problem sein«, spottete er. »Jetzt beweg deinen faulen Arsch hoch. Wir haben noch Arbeit zu erledigen.«

Kaiden mühte sich vom Boden und stützte sich auf seine Ellbogen. »*Wir* müssen überhaupt nichts tun. Aber *ich* möchte zuerst gottverdammt noch mal wissen, wer zum Teufel Sie überhaupt sind.«

Wulfson stand auf und rollte mit den Schultern. »Fragen Sie doch Ihre EI. Wenn dieser Prozessorhaufen einen Dreck wert ist, hat er meine Akte. Ich muss mich auf den Kampf vorbereiten.« Er drehte sich um und ging zu einer Konsole im hinteren Teil des Raumes.

»Chef, wer zum Teufel ist dieser Typ?«, fragte Kaiden auf wackeligen Beinen.

»Baioh Wulfson, Sicherheitschef der Nexus-Akademie«, informierte ihn Chef mit gedämpfter Stimme.

»Warum flüsterst du? Nur ich kann dich hören, solange du nicht in einem anderen Gerät bist.« Kaiden tastete in seinen Taschen nach seinem Okular.

»Ich werde nicht das Risiko eingehen, dass dieser rasierte Yeti da mich vielleicht doch irgendwie hören kann«, gestand Chef und flüsterte weiter. *»Ich weiß nicht genau, was er für dich empfindet, aber ich bin mir verdammt sicher, dass ich ihm herzlich egal bin.«*

»Darauf kannst du deinen digitalen Arsch verwetten«, bestätigte Kaiden mit einem Nicken. Schließlich fand er sein Okular in seiner Jackentasche, setzte es auf und sah sich dann wieder um. Die meisten Böden und Wände waren gepolstert und die meisten Maschinen und Gegenstände im Raum waren ... eher archaisch.

Es schien nicht allzu viele Relikte moderner Technologie an diesem Ort zu geben, außer der Konsole, an der Wulfson arbeitete. Alle Gewichte waren Metallstangen mit Rundgewichten unterschiedlicher Größe und Masse, Sandsäcke, große Reifen und Seile, die an große Felsen oder Metallstücke gebunden waren, rundeten das Bild ab.

Er blickte zurück auf das Waffengestell, zu dem er zuvor – erfolglos – versucht hatte zu gelangen. »Chef, scanne die Gewehre da drüben, ja?«

»Verstanden ...« Eine weiße Linie glitt durch sein Blickfeld, eine kleine Gruppe von Infoboxen tauchte nach ein paar Sekunden auf. *»Verdammt, die sind echt alt. Es sind alles Replikate und ... ich muss zugeben, es*

ist ist schon irgendwie lustig, dass diese Waffen dreißig Jahre alte Kopien von Waffen sind, die noch älter sind.«

»Sie sind auch alles magnetisch getriebene Modelle und benutzen scharfe Munition«, bemerkte Kaiden. »Hast du noch ein wenig mehr Infos über unseren Traum aller Yeti-Schwiegermütter da drüben?«

»Kommt aus Schweden. Ehemaliger Armeeoffizier des Militärs der Vereinigten Erde, der bei seiner letzten Verwendung eine eigene Division leitete. Anscheinend ist er ein Meister im Nahkampf, mit dem Enterhaken, im Schießen und – als wäre das noch nicht genug – modifiziert gerne Waffen und Maschinen in seiner Freizeit ... ein großer Teil seiner Personalakte ist geschwärzt. Das was ich gefunden habe stammt alles aus dem Akademie-Verzeichnis.«

»Stehen da Infos zu seinem Strafregister?«, flüsterte Kaiden und hoffte inständig, dass es keine positive Antwort geben würde.

»Nein, aber gerade du solltest dich daran erinnern, dass die Akademie kein Problem damit hat, solche Einträge dauerhaft zu verändern.«

Kaiden rollte mit den Augen. »Scheiße, guter Punkt.«

»Mein Rat zum Wohle von uns beiden.« Der Avatar von Chef pulsierte gelb. *»Ich würde dir empfehlen, dass es nun für dich an der Zeit ist, ein Mann zu werden und zu versuchen herauszufinden, was dieser Kerl überhaupt von dir will.«*

»Er kommt mir nicht wie ein Typ vor, der auf ein freundliches Schwätzchen steht. Im ungünstigsten Fall bekomme ich seine Faust zu schmecken.«

»Besser in den sauren Apfel zu beißen als deine Zähne mit seiner Faust zu messen«, antwortete Chef weise.

»Außerdem bist du jetzt ein Ass und solltest dich wahrscheinlich an solche Situationen gewöhnen.«

»So etwas ist üblich?«

»Du meinst, du weißt nicht ... Na toll, was auch immer. Ich werde dich informieren, sobald wir hier raus sind. Fürs Erste, geh rüber und mach dich mit dem Brückentroll vertraut.«

Kaiden seufzte. Das kleine Bastardgerät hatte recht. Er atmete durch, sammelte sich und ging zu Wulfson hinüber.

»Bleib in der Arena«, bellte der Offizier, was Kaiden instinktiv erstarren ließ.

»Arena? Das ist eine Arena?«, fragte Kaiden kopfschüttelnd. »Schauen Sie mal ... ach, vergessen Sie es. Was wollen Sie von mir?«

»Einen Kampf«, antwortete der Sicherheitschef und tippte weiterhin etwas in die Konsole.

»Äh, und wieso?«

»Keine Chance hier rauszukommen«, sagte Wulfson, sein Tonfall wirkte fast desinteressiert. Er drückte eine Taste auf dem Bildschirm und die Lichter im Raum wurden gedimmt. Kaiden sah leuchtende Flecken an verschiedenen Stellen auf der Matte erscheinen.

Er ging zu einer rot leuchtenden Markierung, kniete nieder und streckte die Hand darüber aus. Die immense Hitze, die er spürte, ließ ihn seine Hand wegreißen und in die Luft springen.

»Was ist das?«, schrie er und drückte die Hand auf seine Brust.

»Eine Holofalle – eine Barrieremodifikation«, sagte Chef.

»Modifiziert für was?«

»Ein guter Modder, also ein Techniker mit genügend krimineller Energie, kann ein Barrierepanel oder ähnliches nehmen und sich entweder in die Einstellungen hacken oder einen Chip einbauen, der die Änderungen dann vornimmt. Dann können sie die Energieabgabe, die Aktivierungseinstellungen oder was auch immer sie möchten, ändern. Holofallen sind eine ziemlich typische Barrieremodifikation und verursachen beim Auslösen grundsätzlich Schäden an allem und jedem im Bereich. Eine lustige Abkehr von dem, was eine Barriere eigentlich tun soll. Was die Falle tut oder macht, hängt davon ab, was der Modder eingestellt hat oder welcher Bypass-Chip verwendet wurde.« Chef hielt für einen Moment inne. Kaiden sah Zahlen über den Bildschirm rasen. *»Ich zähle acht Fallen insgesamt, im Einzelnen zwei Schockfallen, zwei Brandfallen und vier Stolperfallen.«*

»Hättest Du das nicht vielleicht mal erwähnen können, bevor ich meine Hand über den Verbrennungsofen gelegt habe?«, meckerte Kaiden, als er mit der Hand hin und her wedelte und damit versuchte sie abzukühlen.

»Soll ich dich dann bei Gelegenheit auch noch daran erinnern, deinen Schwanz nicht in eine Lampenfassung zu stecken?« Chef ärgerte sich über seine offensichtliche Dummheit. *»Außerdem, wie konntest du bisher noch nicht auf diese Dinge gestoßen sein? Ich bin mir ziemlich sicher, dass du in deiner glorreichen Vergangenheit wenigstens ein paar gesehen haben müsstest.«*

Kaiden legte seine Hand gegen sein Kinn und schaute zur Seite. »Ich meine ... vielleicht? Die meisten der Fallen, mit denen wir zu tun hatten, waren etwas gröber außerdem schärfer und explosiver.«

»Nun, ich nehme mal an, du solltest dich glücklich schätzen, dass ich es nicht darauf anlege einen toten Novizen entsorgen zu müssen«, rief Wulfson. Kaiden blickte zurück und sah ihn am Rande der Arena stehen.

»Könnten Sie mir endlich mal ein paar Antworten geben, verdammt?«, forderte Kaiden. »Sie haben gesagt, Sie wollen einen Kampf. Gut, ich gebe Ihnen einen, aber warum wollten Sie gerade mich?«

Der Offizier verschränkte seine Arme vor seiner massiven Brust. »Ich sag' dir was, du gewinnst und ich lasse dich nicht nur auf deinem lustigen kleinen Lebensweg gehen, ich beantworte sogar jede Frage, die du hast, Junge.« Dann streckte er einen Daumen aus und drückte ihn gegen seine Brust. »Wenn ich gewinne, trainierst du mit mir, bis du endlich zu etwas zu gebrauchen bist.«

»Ich möchte einen Moment meiner wertvollen Zeit opfern, um dich daran zu erinnern, dass das Einschlagen deines Schädels definitiv mein System schädigen würde«, warnte Chef. *»Es ist sowieso ein Wunder, dass es mit deiner geringen Gehirnkapazität überhaupt vernünftig arbeitet. Lass uns nicht versuchen das Schicksal hier auf die Probe zu stellen.«*

»All dein Gejammer hilft mir nicht beim Denken«, zischte Kaiden frustriert. Er sah Wulfson direkt in die Augen. »Wie genau wollen Sie das durchsetzen? Ich werde nichts unterschreiben, bis Sie mir sagen, was hier überhaupt los ist. Meine Laune ist eh schon im Keller aufgrund dieser Parade von Verrückten, die ich an der Akademie bisher kennenlernen durfte. Sie haben mir jetzt gerade noch gefehlt, ich werde langsam stinksauer.«

»Dann sollte das eine gute Gelegenheit sein etwas Dampf abzulassen«, grinste Wulfson. »Was die

Einlösung unserer kleinen Wette betrifft, so bin ich mit einer mündlichen Vereinbarung zwischen Ehrenmännern einverstanden.« Er erwiderte Kaidens Blick mit einem grausamen Lächeln.

»Meine Güte, das ist ja mal sehr freundlich von Ihnen«, kommentierte Kaiden sarkastisch. »Ich verstehe immer noch nicht, warum ich hier bleiben muss. Ich habe gesehen, wie Sie an den Türen herumgespielt haben, aber ich könnte wahrscheinlich durch ein Fenster ausbrechen oder vielleicht meine EI dazu bringen, die Personalabteilung anzurufen.«

»Zieh mich da nicht mit rein«, kommentierte Chef mit einem vernehmlichen Seufzer.

»Du steckst bereits mittendrin, du glorifizierter Ping-Pong-Ball«, ermahnte Kaiden ihn scharf.

»Ich fange an, mich mehr als Zuschauer denn als Komplize zu fühlen«, antwortete die EI schnippisch.

»Ist es das, was du willst?« Wulfson grinste. Er nahm eine Fernbedienung aus seiner Tasche. »Sehr gut, dann geh und verschwinde von hier.« Er drückte einen Knopf auf der Fernbedienung, Kaiden hörte ein Klicken und die Tür öffnete sich in der Ferne.

»Interessante Strategie ... denke ich mal ...« Chef klang nachdenklich. *»Ich sage, verschwinde, solange es noch geht.«*

»Woher kommt dieser plötzliche Sinneswandel?«, fragte Kaiden den Sicherheitschef misstrauisch.

»Wen interessiert das?«, mischte sich Chef ein.

»Mir wurde eine Chance versprochen jemanden aufzumischen, der eine Herausforderung sein könnte«, bellte Wulfson. »Aber ich habe keine Zeit damit zu verschwenden hier zu sitzen und einem Feigling beim Quaken zuzuschauen.«

»Wie zum Teufel haben Sie mich gerade genannt?«

»Feigling! Bist du auch noch taub, Junge? Könnte erklären, warum ich immer wieder Dinge für dich buchstabieren muss, als wärst du ein Schwachkopf.«

»Er provoziert dich«, erklärte Chef unnötigerweise.

»Also, ich bin ein Feigling, weil ich nicht mit einem alten Bastard kämpfen will, der wie ein Affe aussieht und sich auch so verhält? Haben Sie alle Ihre Dates ebenfalls niedergeschlagen? Oder waren diese Nächte der Leidenschaft nur aus Mitleid für die körperliche Störung in Form Ihres hässlichen, kaputt geschlagenen Gesichtes?«

»Ich besorge gerade eine Liste der Bestattungsunternehmen in der Gegend. Wäre schön, wenn du für Hinterher schon mal eine Wahl treffen könntest …«

Kaiden nahm sein Okular ab und steckte es wieder in seine Jackentasche. »Sei still, Chef.«

»Normalerweise würde ich das gerne tun, aber du musst lernen ruhig zu bleiben und nicht noch Öl ins Feuer zu gießen. Außerdem, wenn wir wirklich gegen diesen Kerl kämpfen wollen, dann sollte ich am besten …«

»Audio aus.«

»Warte eine Sekunde, du ungedu…« Chef versuchte lautstark zu protestieren, bevor er zum Schweigen gebracht wurde.

»Ich sehe, du bist jetzt ganz schön verärgert.« Wulfson kicherte, sogar die Fragmente seines Lachens kamen wie dröhnende Bassnoten heraus. »Wenn du kein Feigling bist, dann akzeptiere meinen Vorschlag. Ich werde sogar den Deal versüßen und deine Fragen beantworten, unabhängig davon, ob du gewinnst oder verlierst. Na, wie entscheidest du dich?«

Kaiden starrte Wulfson weiter an, während er sich auf den Weg zur Tür machte. Die Augen des Offiziers verengten sich vor Bosheit. Der Novize erreichte die Tür, packte den Griff und schlug sie zu, bevor er sich auf den Weg zurück in die Arena machte.

»Wie wollen wir das regeln?«, fragte Kaiden und stellte sich in die Mitte der Kampffläche.

»Natürlich ein Kampf Mann gegen Mann. Alle Kampfstile sind erlaubt«, erklärte Wulfson und stand schließlich ebenfalls auf der Matte. »Kein Zeitlimit, kein ›Zählen bis Zehn‹, keine Punkte und ›Außerhalb des Rings‹ gibt es auch nicht. Der Gewinner ist derjenige, der am Ende noch steht.«

Kaiden konnte spüren, wie die Angst sein Rückgrat hinaufkroch. Er war vorher schon in großen Schwierigkeiten gewesen, aber jetzt hatte er keine Möglichkeit mehr, einen technischen Sieg gegen diesen Kerl zu erzielen. Selbst wenn er genauso gut wie sein Gegner kämpfen konnte – eine zweifelhafte Aussicht, wenn man bedachte, dass dieser jahrelang in einer Armee trainiert hatte, der Leiter der Sicherheit der Akademie war und wahrscheinlich mindestens eine Weile in der Animus-Ausbildung verbracht hatte – hatte dieses Tier von einem Menschen eine größere Reichweite und mindestens fünfzig Kilo Vorsprung auf ihn. *Wahrscheinlich*, so dachte er düster, *eher näher an fünfundsiebzig Kilo.*

Er presste die Zähne zusammen, als er seine Jacke auszog und sie achtlos zur Seite warf. Es war jetzt ein wenig zu spät, um die Auswirkungen abzuschätzen, wenn man bedachte, wie weit er sein Maul aufgerissen hatte. Aber wenn dieser Kerl einen Kampf wollte, war Kaiden wütend genug, um es zu tun und entschlossen genug, ein Loch in Wulfsons unerschütterliches Selbstvertrauen zu schlagen.

»Für mich so in Ordnung. Ich hoffe, Sie sind bereit«, forderte er heraus und ging ein paar Schritte näher an den Muskelberg heran.

»Pah. Natürlich bin ich das«, schimpfte Wulfson. »Du willst deine EI nicht benutzen?«

»Wofür? Dies ist nur ein regulärer Kampf. Was kann dies hier für mich tun?«, fragte Kaiden verblüfft.

Wulfson lächelte leicht und streichelte nachdenklich seinen Bart. »Du bist ziemlich grün hinter den Ohren, nicht wahr, mein Junge? Du musst alle Vorteile kennenlernen, die du hast, wenn du in einen Kampf ziehst. Schon der geringste Vorteil könnte den Unterschied zwischen Sieg und Tod ausmachen.«

»Tod? Ist das eine Option, um die ich mir Sorgen machen sollte?«

»Nicht, wenn du so gut kämpfst, wie du gerade eben geprahlt hast«, forderte Wulfson heraus. »Also dann, wollen wir endlich zur Sache kommen?«

Kaiden kämpfte innerlich mit gemischten Gefühlen. Auf der einen Seite war er müde, es war mittlerweile ziemlich spät und er war nun schon in die zweite blöde Geschichte hineingezogen worden, in der er um die Unterhaltung oder das Interesse einer anderen Person kämpfen musste, anscheinend nur für einen Kick. Auf der anderen Seite war er diesmal in der Lage, dieser Person tatsächlich in die Augen zu sehen und ihm in sein dummes, bärtiges Gesicht zu schlagen.

Andererseits, bei all den Beleidigungen, die er auf diesen Kerl werfen konnte, konzentrierten sich die meisten von ihnen auf die Tatsache, dass er wirklich verdammt groß und wirklich unheimlich war. Wenn das Schlimmste, was man über eine Person sagen konnte, war, dass sie einem wahrscheinlich in den Arsch treten konnte, war das notwendige Selbstvertrauen etwas schwieriger zu bekommen.

Andererseits hatte der Riese mit einer Sache recht, auch wenn Kaiden diesen Punkt nicht akzeptieren wollte. Er hatte sein ganzes Leben lang dafür trainiert der beste Kämpfer zu sein, der er sein konnte. Wollte er jetzt einfach weglaufen? Er hatte gegen andere gekämpft, die größer waren und wahrscheinlich sogar mehr Erfahrung hatten als er, aber er stand noch, während sich die meisten von seinen Widersachern mittlerweile die Tulpen von unten ansahen.

Er hatte in diesen Fällen allerdings auch Waffen dabei gehabt.

»Ich habe nicht die ganze Nacht Zeit, Junge. Kämpfe gegen mich oder fliehe. Das sind die einzigen beiden Optionen, die du hast und die einzigen, die wichtig sind«, erklärte Wulfson mit spöttischem Grinsen, das Kaiden aus seinen Gedanken zog.

Kaiden ließ seine Knöchel knacken und hob die Fäuste. Er hatte bereits die Option zur Flucht abgelehnt, daher blieb ihm wohl nur der Kampf übrig. Und darin war er viel besser als im Weglaufen.

Er dehnte seinen Oberkörper kurz in verschiedene Richtungen, bevor er tief durchatmete und sich beruhigte, seine Arme eng an seiner Brust anliegend und die Fäuste bereit. »In Ordnung, los geht's.«

KAPITEL 16

Kaiden hatte kaum ausgesprochen, als Wulfson schon auf ihn zustürzte. Er sprang zur Seite, um einem weiten Schwinger des Schwergewichts auszuweichen, landete mit nach vorne gestreckten Armen und nutzte seinen Schwung, um mehr Distanz zu gewinnen.

»Ziemlich gute Bewegungsabläufe, Junge, aber wenn du einem so offensichtlichen Angriff nicht ausgewichen wärst, wäre ich auch maßlos enttäuscht gewesen.« Wulfson zog spöttisch eine Augenbraue hoch. »Und du hättest eine Gehirnerschütterung gehabt.«

Kaiden versuchte, sich seiner Umgebung bewusst zu bleiben, insbesondere den Fallen auf dem Boden. Er erkannte, dass das wahrscheinlich seine beste Möglichkeit war, diesem riesigen Bastard echten Schaden zuzufügen. Er selber konnte wahrscheinlich ein paar Treffer erzielen, aber wenn er nur wild Schläge austeilte, verletzte er wahrscheinlich eher seine eigene Hand als seinen Gegner.

Wulfson griff erneut an. Diesmal waren seine Schläge direkt, mit einer Faust vorne, der Kaiden ausweichen oder sie abblocken musste. Diese zog er dann zurück, während die andere Faust nach vorne schoss. Damit rückte er unerbittlich vor.

Kaiden hielt Schritt und wartete auf den richtigen Moment. Er führte Wulfson zu einer der Schockfallen. Der günstigste Moment um auszuweichen wäre, wenn sie beide direkt darüber stehen würden. Ein paar weitere Schläge kamen ihm mit unerbittlicher Grausamkeit entgegen. Kaiden wand sich zwischen ihnen und lockte seinen Gegner ein paar Schritte näher heran, dann sah er seine Chance.

Mit dem Rücken stand er zu einer der Schockfallen. Ein falscher Schritt und es würde ihn erwischen, aber er hatte nicht vor derjenige zu sein, der hineinging. Er wartete auf Wulfsons Schlag. Diesmal würde er ausweichen und dann um seinen Gegner herumwirbeln, ihm gegen seine Beine treten und ihn dann hineinschieben. Es würde ihn wahrscheinlich nicht aufhalten, aber hoffentlich würde es den Riesen genug erschöpfen, um den Kampf ein wenig ausgeglichener zu machen.

»Woran denkst du gerade?«, fragte Wulfson, ein Lächeln schlich sich auf sein Gesicht. »Ist das nicht eine schöne Falle hinter dir?«

Kaidens Herzschlag beschleunigte sich. Hatte er sich jetzt wirklich auf das typische Vorurteil des großen, tumben Dummkopfs verlassen?

Wulfson kauerte sich zusammen, seine Fäuste entfalteten sich in offene Krallen. »Ich bin sicher, dass du dein Gehirn wirklich arg strapaziert hast, um dir das auszudenken. Schade, dass es vergeudet war.«

Kaiden überlegte, zur Seite zu gehen und seine Strategie zu überdenken, aber ihm blieb nicht die Zeit.

»Keine Sorge, ich werde es nicht zulassen, aber wie wäre es damit ...« Wulfson lief direkt auf Kaiden zu, der wiederum versuchte zu entkommen, wurde aber von

Wulfsons langen Armen gepackt und festgehalten. Sie fielen nun beide auf die Falle zu. »...du schließt dich mir an!«

Sie landeten auf der Matte, Kaidens Kopf schnellte vom Aufprall wieder hoch, als er mit dem Boden kollidierte. Kaum hatte er sich orientiert, konnte er den Schmerz der Elektrizität spüren, die durch seinen Körper strömte. Der verrückte Bastard hatte sie beide direkt in die Falle gerammt, ein wirklich rücksichtsloser Hurensohn.

Kaiden knirschte mit den Zähnen und versuchte Wulfsons Arm von sich zu drücken. Er hatte im Moment nicht gerade die größte Kontrolle über seine Extremitäten, aber der Riese auch nicht. Als er langsam dessen schweren Arm wegzog, versuchte er sich entlang des Bodens und aus dem Wirkungsbereich der Falle zu ziehen. Kaiden spürte den brutalen Ruck an seinem Hemd und blickte zurück, nur um Wulfson anzusehen, der versuchte ihn im Bereich der Falle zu halten.

»Lass mich ... verdammt noch mal ... los«, forderte Kaiden durch schmerzhafte Atemzüge. Er hatte genug Kontrolle wiedererlangt, um seinen Körper zu drehen und seinen Stiefel anzuheben, sodass er Wulfson ins Gesicht treten konnte. Der Griff des Riesen löste sich und ließ Kaiden aus dem Feld rollen. Er rollte noch ein paar Schritte weiter, bevor er bewegungslos auf dem Rücken liegen blieb und tiefe Atemzüge nahm, während sein Körper noch leicht zuckte.

»Bist du ... schon fertig, Junge?«, hörte Kaiden Wulfsons Herausforderung knurren.

Kaiden blickte hinüber und sah seinen Gegner wieder auf die Beine kommen, das Blut seiner Nase auf seinen

Bart und seine Brust fließend. Er verzog das Gesicht zu einer Grimasse. Woraus zum Teufel bestand dieser Typ?

»Das ist ... Neuland ... für mich«, meckerte Kaiden und stand langsam ächzend auf. »Ich habe bisher noch nie gegen jemanden gekämpft ... jemanden, der so leichtsinnig ist. Fühlen Sie überhaupt Schmerzen?«

»Natürlich tue ich das. Das bedeutet nicht, dass ich mich davon abhalten lasse«, bellte Wulfson und wischte sich das Blut mit dem Handrücken vom Gesicht. »Was du lernen musst ist die Vorteile einer Handlung zu erkennen.« Er ging nun um die Falle herum und schlich sich in Richtung Kaiden. »Es war offensichtlich, was du geplant hast, als du versucht hast mich in die Falle zu locken, wenn ich noch einen Seitwärtshaken ausgeführt hätte. Wenn ich jedoch einen Rückzug angetreten wäre, hättest du einfach weggehen und dich neu positionieren können. Also habe ich den kleinen Sprung nach vorne gemacht, um sicherzustellen, dass du dir diese Lektion merkst, vor allem wie teuer törichte Fehler im Kampf sind.«

»Oh! Wie ausgesprochen ...«, grunzte Kaiden, als er sich aufrichtete, seine schmerzenden Muskeln anspannte, »...nett von Ihnen. Ist an Ihnen ein Lehrer verloren gegangen?«

»Ich war früher Lehrer, aber zu viele Schüler waren vom lässigen Studentenleben und moderner Technik verwöhnt, daher hat es mit meinen Trainingsmethoden Probleme gegeben. Meine Klasse wurde eingestampft und ich wurde in die Sicherheitsabteilung versetzt.«

»Fast schon eine moderne Tragödie«, sagte Kaiden ironisch, hob die Fäuste in Boxposition und machte ein paar schnelle Sprünge, um seine Muskeln wieder zu entspannen. »Also versuchen Sie jetzt neue Freunde zu finden? Ich bin nicht gerade ein geselliger Bursche, aber ich könnte Ihnen ein paar Tipps geben.«

»Spar dir den Atem. Sobald ich einen soliden Treffer bei dir lande, wirst du davon sehr viel brauchen«, warnte Wulfson, jetzt nur noch ein paar Meter entfernt. »Außerdem, warum beschwerst du dich, Junge? Wir haben erst seit etwa fünfundzwanzig Minuten gesprochen und ich kann jetzt schon sagen, dass das hier viel mehr nach deinem Geschmack ist.«

»Es könnte eine angenehme Änderung des Tempos hier sein, sicher«, bestätigte Kaiden, als Wulfson näherkam. »Ich dachte, der Sinn dieses Ortes wäre das Animus-Trainingssystem. Ich habe bereits Kampffertigkeiten.«

»Nicht der Rede wert.« Wulfson kicherte, hockte sich nieder und erhob seine Fäuste. »Du bist hartnäckig, das muss ich dir lassen, aber das sind nicht mehr die Slums. Wenn du auf Missionen gehst, wirst du mit einigen wirklichen Bastarden konfrontiert werden, die ein echtes Talent für Mord und vielleicht mehr Blut außen *an* ihren Händen haben als *in* ihnen drin.«

»Sie predigen zum Knabenchor, alter Mann. Außerdem, woher zum Teufel weiß jeder von mir?«

»Ich kann dir versprechen, dass du noch nicht das Schlimmste erlebt hast. Zum Teufel, *ich* habe vielleicht noch nicht das Schlimmste erlebt. Wer weiß, was wirklich da draußen in diesem ewigen Abgrund unserer Welt rumfleucht.« Er sah für einen kurzen Moment auf. »Aber all das ist unwichtig, wenn du nicht einmal damit umgehen kannst, was wir für dich zu bieten haben. Du kannst im Animus trainieren, solange du willst, aber wenn du dich nicht engagierst, bist du nur so gut wie alle anderen.«

»Also sollte ich meine Freizeit besser damit verbringen, mir von Ihnen Arschtritte abzuholen?« Kaiden knurrte und führte einen Schlag aus, dem Wulfson mit Leichtigkeit auswich.«

»Wenn wir zusammen trainieren, könnte das durchaus passieren ...« Wulfson trat tief zu und Kaiden reagierte schnell, sprang über den Angriff und federte sich bei der Landung rückwärts ab. »...wenn du nicht aufpasst.«

»Ja, ja«, spottete Kaiden. »Also, was bieten Sie mir an? Wollen Sie mein supertoller Sparringspartner werden?«

»Ich biete einen Mentor«, sagte Wulfson und machte ein paar schnelle Stöße, die Kaiden blockierte. »Jemand, der dich durch die Mangel dreht, dir ein paar Kniffe, aber auch ein paar Narben besorgen wird, neben all der ganzen ausgefallenen Technologie, die dieser Ort dir bietet.«

»Denken Sie, ich kann mich nicht selbst trainieren?«, fragte er. Wulfson schnaubte, bevor er plötzlich einen schnellen, kraftvollen Tritt gegen Kaidens Kinn schickte. Kaiden brachte seine Arme zusammen und fing den Tritt ab, wurde aber gut anderthalb Meter zurückgedrängt, bevor er stolperte und auf den Boden fiel.

»Ich bin sicher, du könntest ein paar Runden laufen und mit dem Rest der Soldaten grundlegende Übungen machen. Vielleicht wirst du einsichtig genug, um eine Klasse für die Grundlagen zu besuchen, aber das wird dich nicht viel weiterbringen, als du es jetzt bist«, tadelte Wulfson, streckte den Rücken gerade und verschränkte die Arme vor seiner massiven Brust.

Kaiden wischte sich die Stirn ab, als er sich vom Boden abstieß und für einen Moment mit den Händen auf den Knien nach vorne lehnte. »Soll ich etwa annehmen, dass all diese fürsorglichen Ratschläge nur aus dem gutmütigen Herzen eines Riesen kommen? Glauben Sie mir, ich habe hier bisher nur ein paar Leute getroffen und ich weiß, dass es so nicht funktioniert. Nichts ist umsonst.«

Wulfsons Grinsen kehrte zurück. »Natürlich nicht. Ich habe selbst etwas davon, ob Du zustimmst oder nicht. Aber ich war vorher auch schon Lehrer und das war ich bestimmt nicht, weil Maden in Krieger zu verwandeln eine Aufgabe für Faule wäre.«

»Also ist es aus Prinzip?«, fragte Kaiden.

»Es ist Hingabe zu wissen, dass ich dazu beigetragen habe die Helden von morgen zu machen.«

»Dann können Sie mir ja jetzt sagen, warum Sie hier sind, anstatt ein General oder so was zu sein?«

Wulfsons Grinsen verschwand. »Ein anderes Mal vielleicht. Also, wirst du weitermachen?«

»Offensichtlich.« Kaiden stand wieder aufrecht und hob die Fäuste. »An diesem Punkt ist meine einzige Hingabe Ihnen mal gehörig in den Arsch zu treten.«

»Pah. Dann ist es etwas, woran man noch arbeiten muss«, grinste Wulfson und ging ebenfalls in eine Kampfhaltung über.

Kaiden beschloss diesmal die Initiative zu ergreifen, stürmte nach vorne und traf mit voller Wucht Wulfsons Bauch. Sein Gegner grunzte, aber er zuckte kaum. Kaiden tauchte zurück, um Vergeltungsmaßnahmen zu vermeiden, bevor er sich wieder für einen weiteren Schlag in die Rippen näherte. Er hielt diesen Tanz aufrecht – ein oder zwei schnelle Schläge, bevor er sich aus dem Staub machte – aber es begann sich anzufühlen, als würde er versuchen ihn mit Käferbissen zu erledigen.

Seine Fäuste pochten und er versuchte sich zu konzentrieren, aber seine schnellen Schläge erlaubten es ihm nicht sich gut zu positionieren und seine Hände und Arme nahmen die Last auf sich.

Er brauchte einen Weg, um eine echte Gelegenheit zu bekommen, etwas, das es ihm erlauben würde wirklich loszulassen und mit aller Kraft anzugreifen – oder was auch immer davon übrig war.

Sein Gesichtsausdruck zeigte Vorsicht, er bewegte sich zurück, sah sich um und sah einen schimmernden grauen Pool ein paar Meter entfernt. Eine Schnappfalle. Das könnte definitiv helfen, aber er konnte ihn nicht einfach hineinködern. Der Trick hatte beim letzten Mal nicht gerade gut funktioniert.

Wulfson fing an zurückzuschlagen, massive Schwünge und schnelle Stöße, zusammen mit dem gelegentlichen, schwungvollen Tritt, um zu versuchen, ihn unvorbereitet zu erwischen. Kaiden parierte und blockierte und suchte nach einem Weg, ihn in die Falle zu stoßen ohne zu offensichtlich zu sein.

Im Moment kämpften sie zwischen zwei Fallen – der Falle und einer Wärmefalle – etwas, das Wulfson auch zu seinem eigenen Vorteil nutzte. Er machte mit seinen Angriffen größere Bögen und versuchte Kaiden zu ergreifen, da seine Ausweichmöglichkeiten etwas eingeschränkter wurden.

Er erlaubte dem Offizier derzeit ihn herumzuführen, aber im Moment war es der perfekte Ort, um ihn in die Falle zu locken. Irgendwie musste er das hier umdrehen.

Dann dachte Kaiden an etwas. Als Wulfson ihn wieder packte und eine kleine Ecke seines Hemdes festhielt, zog Kaiden sein Hemd schnell aus und wickelte es um seine Hand. Dann zerrte er daran, um Wulfson zu sich zu ziehen. Der Offizier packte mit der anderen Hand eine volle Handvoll des Stoffes und zog und versuchte, Kaiden in den Griff zu bekommen.

Er entschied sich, den Schwung von Wulfsons Zug zu nutzen, um direkt an ihm vorbei und über die Falle zu segeln. Als er landete, drehte er sich schnell, packte das Hemd mit beiden Händen, hob an und überraschte Wulfson, bevor er losließ und auf die Falle stolperte.

Ein Rauschen klang wie ein hexagonales Muster von Lichtern, das Wulfson von seiner Brust nach unten umgab. Es sah so aus, als wäre eine Verteidigungssperre von innen nach außen geschwenkt worden. Wulfson fluchte und kämpfte gegen die Falle, die Muster bewegten sich leicht, hielten sich aber straff.

Kaiden wollte die Gelegenheit nicht vergeuden. Er rannte hinauf und fing an, den Offizier mit allem, was er hatte, zu schlagen. Während er in die Luft springen musste, um ihm tatsächlich ins Gesicht zu schlagen, nutzte er alles, was ihm zur Verfügung stand – Fäuste, Ellbogen und Kopf – und landete sogar ein paar Treffer.

Wulfsons Gesicht war blutig und gequetscht und seine Augen waren geschlossen. Kaiden konnte nicht einmal sagen, ob er bei Bewusstsein war oder nicht.

»Also, geben Sie auf?«, fragte Kaiden und keuchte, als er sich wieder einmal nach vorne lehnte und sich gegen die Knie stützte, wobei Schweiß von ihm tropfte. Es war schon eine Weile her, dass er einen guten Kampf erlebt hatte, der in der Bar war im Vergleich dazu fast ein Witz.

»Ist dies das Beste, was du drauf hast?«, fragte Wulfson und spuckte etwas Blut aus.

»Wollen Sie mich verarschen? Was können Sie jetzt noch tun? Sie stecken in der Falle fest«, kommentierte Kaiden.

»Dein ordentlicher, kleiner Trick hat immerhin besser funktioniert als beim ersten Mal.« Wulfson klang immer noch wütend und arrogant. »Aber ich habe dir schon mal gesagt, dass ich dich in die Mangel nehmen werde ...« Die Barriere um ihn herum begann zu flackern, als Wulfson gegen sie drückte. Er streckte seine Arme aus und brüllte, während er seine Arme auseinanderzog und die Falle dabei zerbrach.

Kaiden sammelte sich, als Wulfson vorrückte und tiefe Atemzüge machte, während er seine Fäuste ballte. »Glückwunsch, du hast mich jetzt wirklich wütend gemacht.«

»Und, wie ist das so?«, begann Kaiden, aber Wulfson griff ihn erneut an und hatte die Distanz trotz seiner Verletzungen unglaublich schnell geschlossen. »Oh, Scheiße ...«

Kaiden war zu erschöpft, um schnell genug auszuweichen. Wulfson stürzte sich auf ihn und schlug ihn zu Boden, bevor er sich irgendwie wehren konnte. Der Riese nahm seinen Arm in einen Schraubstockgriff, bevor er sich umdrehte und ihn wie eine Stoffpuppe umher warf. Kaiden grunzte bei dem harten Aufprall und es fühlte sich an, als ob er gerade gegen eine Ziegelwand geprallt wäre und nicht auf die Matte auf dem Boden.

Er versuchte sich zurückzulehnen und sich zu erholen, aber als er seine Augen öffnete, sah er Wulfsons Stiefel direkt auf sich zukommen. Der Novize hob seine

Arme an, um den Schlag abzuschwächen, aber die Kraft hinter dem Kick war viel härter als jeder Schlag, den Wulfson zuvor ausgeführt hatte. Er fühlte einen stechenden Schmerz, als der Stiefel auf seine Arme traf und er zurückgeschlagen wurde. Hilflos rollte er von der Matte und prallte gegen eine Wand.

Wulfson hatte sich den ganzen Kampf zurückgehalten. Die plötzliche Einsicht brachte eine alarmierende Klarheit – und die bittere Wahrheit sah nicht gerade gut für Kaiden aus.

Er legte eine Hand auf den Boden und kämpfte darum, sich wieder nach oben zu pressen. Schließlich schaffte er es sich aufzurichten, an die Wand zu lehnen und abgehackte Atemzüge zu nehmen. Er sah, wie Wulfson anfing auf ihn zuzugehen. Kaiden schüttelte den Kopf und benutzte die Wand, um sich selbst beim Aufstehen zu helfen. Er würde sich verdammt noch mal nicht den Arsch versohlen lassen, solange er noch auf dem Boden saß.

Nachdem er es geschafft hatte den ganzen Weg aufzustehen, öffnete er ein Auge. Er sah Wulfson direkt vor sich, wobei seine Augen wie zwei dunkle Kohlen aussahen und Blut über sein Gesicht lief. »Also, gibst du auf?«, fragte er. Sein tiefer, bedrohlicher Ton machte es schwer zu entscheiden, ob er ihn gerade verspottete oder todernst war.

»Ist ... ist dies das Beste, was Sie drauf haben?«, spottete Kaiden, während er sich zeitgleich selber fragte, ob es sich um echte Entschlossenheit oder einfach nur um Dummheit handelte. Er krümmte sich zusammen und fiel nach vorne, als seine Sicht anfing zu verschwimmen.

Wulfson lehnte sich zurück und Kaiden hörte ein leises Kichern aus der Tiefe des Bauches des Riesen. »Du bist wahrscheinlich einer der größten Idioten, die ich je getroffen habe, aber du hast einen ziemlich guten Kampf abgeliefert, das muss ich dir lassen, Novize.«

Oh, gut, er hatte ihn anscheinend beeindruckt. Er brauchte jetzt nur einen Liter Blut und hatte wahrscheinlich eine gebrochene Nase und ein paar angeknackste Rippen davongetragen.

Als sich seine Sicht immer mehr verdunkelte, blickte Kaiden zurück und sah Wulfson eine Armlänge voraus auf sich zukommen. Er packte Kaiden an seiner linken Schulter, um ihn aufzurichten. »Ich würde den Kampf einfach zu meinen Gunsten gewonnen erklären, aber wenn du nicht das Handtuch werfen willst … Nun, du warst das erste Mal unten und Regeln sind Regeln.«

Kaiden nickte zwar noch, war aber nicht mehr wirklich bei Bewusstsein, als sich Wulfsons Griff festigte und er seinen hinteren Arm erreichte. Kaiden hatte noch einen letzten Gedanken. *Das wird wahrscheinlich höllisch wehtun.* Dann umhüllte ihn die Dunkelheit und er spürte nichts mehr.

KAPITEL 17

Laserstrahlen zischten vorbei und verfehlten ihn nur knapp – um seine Füße herum wurde Staub aufgewirbelt, als der Boden mit scharfer Munition durchlöchert wurde. Kaiden raste schnell durch die Gasse, vorbei an zusammengesackten Körpern und geschmolzenem Fleisch.

Er fragte sich, woher sie kamen und wie sie durch ihr Revier schleichen konnten, ohne jemanden alarmiert zu haben. Der Alarm war bereits ertönt, Verstärkung hätte schon längst eintreffen müssen. Ein Schauer durchzog ihn. Wie viele hatten sie wohl erwischt, bevor sie hier angekommen waren?

Sein Überlebensinstinkt drückte ihn an die Wand und er versuchte die Aufmerksamkeit von Rocco zu erhaschen, einem ihrer Vollstrecker. Er konnte ihn nicht hören, nicht bei all dem Geschrei und dem Chaos der Schlacht. Er versuchte es noch einmal mit seinem Kommunikator. Nichts. Die Verbindung war immer noch tot, also musste sie blockiert worden sein. Er schaute sich nach Anzeichen von Selena oder Devin um. Sie waren die letzten beiden Techies, die er vor dem ersten Schusswechsel gesehen hatte. Irgendwie mussten sie die Funkverbindung wiederherstellen. Er bemerkte eine kleine Kugel an ihm vorbeifliegen, die dann von der Wand abprallte und zurückrollte. Sie bestand aus Metall, auf dessen Oberseite ein rotes Licht schnell zu blinken begann.

Scheiße, eine thermische Granate.

Kaiden sprang nach vorne, versuchte sie zurückzuwerfen, doch er war zu langsam. Er fühlte sich, als ob er sich nicht vom Fleck rühren würde. Dann sah er, wie Rocco sich auf die Granate warf. Zwei weitere Dead-Eyes tauchten hinter Kaiden auf und zogen ihn zurück, während Rocco aufblickte und ihn anschrie, er solle sich verdammt noch mal verpissen.

Als seine Augen sich weiteten und er nach dem Vollstrecker rief, hörte er einen letzten Schrei: »Zurück!«, bevor der Sprengstoff detonierte, dessen Wucht ihn und die anderen Dead-Eyes zu Boden warf. Sein Kopf knallte auf Beton, die Luft wurde gewaltsam aus seinen Lungen gepresst.

* * *

Kaiden drückte sich schockiert auf, bevor er einen intensiven Schmerz in seiner Brust spürte, der ihn wieder nach unten ins Bett zwang. Seinen Kopf legte er wieder auf ein ziemlich bequemes Kissen. Er stöhnte, als er mit der Hand über seine Brust fuhr und dabei an verschiedenen Stellen leichten Druck ausübte, um nach Verletzungen zu tasten. Es fühlte sich an, als ob seine Rippen von einem Rammbock gerammt worden wären. Dann, als seine Erinnerungen allmählich zurückkamen, wurde ihm klar, dass er da gar nicht mal so falsch lag.

»Hallo noch mal, Novize Jericho«, begrüßte ihn eine ruhige Stimme.

Kaiden drehte langsam seinen Kopf und erblickte ein vertrautes Gesicht. Er befand sich in der Krankenstation und wurde von keiner anderen als der Ärztin behandelt, die neulich seine erste medizinische Untersuchung durchgeführt hatte. »Howdy, Doc«, murmelte er, kaum dazu fähig, seine Worte ohne schmerzerfülltes Stöhnen zu entlassen.

»Ich muss zugeben, ich hatte nicht erwartet Sie so bald wiederzusehen – nicht einmal zwei Tage, das ist eine ziemliche Leistung, wenn man bedenkt, dass das Training offiziell noch gar nicht begonnen hat.«

»Ja, nun, vielleicht nicht für die meisten. Ich sehe mich selbst gerne als Draufgänger.« Er kicherte, hielt jedoch schnell inne und fuhr zusammen. Das Lachen schmerzte.

»Vielleicht kein besonders weiser«, bemerkte die Ärztin trocken. Sie hielt etwas hoch. Es sah aus wie ein kleiner Stock oder Gummischlauch, den sie daraufhin zwischen seinen Lippen platzierte. »Draufbeißen, bitte.«

Bevor er ihre Anweisungen befolgte, zog er eine Augenbraue nach oben und fragte: »Wofür?

Sie drehte sich weg und griff nach einem Gegenstand von einem Tablett neben ihr. Es war eine Spritze, die eine Art blaue Flüssigkeit enthielt und eine ziemlich dicke Nadel hatte.

»Nicht bewegen. Sie sollten gleich ein Kribbeln spüren.« Sie setzte die Nadel auf seine Brust im Bereich seines Herzens. Bevor er lautstark widersprechen konnte, durchbohrte sie seine Haut und injizierte ihm die Flüssigkeit.

Das einzige Geräusch, das seine Stimmbänder von sich geben konnten, war ein überraschtes Quietschen.

Nach einigen Momenten übermannender Überraschung, Wut und Verwirrung begannen diese einem Gefühl der Beschwingtheit zu weichen. Der Schmerz verstummte und wohltuende Wärme breitete sich aus.

»Oh, das ist gutes Zeug», sagte er, als ein Lächeln über seine Lippen kam und das Gummiding aus seinem Mund fiel und auf den Boden rollte.

»Es ist eine eigene Mischung, die ich vor ein paar Jahren entwickelt habe. Es wird eine Weile dauern, aber wenn Sie sich noch ein paar Stunden ausruhen, sind Sie wieder fit.«

»Sie lassen mich wie eine Art Roboter klingen, Doc.«

»Sie sind töricht genug«, erklärte sie, wobei ihr Ton leicht missbilligend war. Kaiden konnte spüren, wie sich seine klugscheißerische Natur empordrängen wollte, aber er fühlte sich innerlich zu benommen, um sich zu beschweren. Was auch immer dieses Zeug war, er wollte ein paar Fläschchen für das Wochenende haben.

»Vielleicht, aber wie kommen Sie darauf?«, fragte er schließlich, nachdem er es sich nach einigem Wälzen auf dem Bett bequem gemacht hatte.

»Nun, wenn man bedenkt, dass Sie hier sind, weil Sie sich für eine Schlägerei mit Officer Wulfson entschieden haben, kann ich nur vermuten, dass Selbsterhaltung für Sie keine hohe Priorität hat.«

»Es war eine Frage der Ehre ... und ich wollte ihm auch unbedingt einmal in sein grimmiges Gesicht schlagen«, gab Kaiden zu. Er fühlte sich langsam ziemlich gesprächig. »Wie bin ich übrigens hierhergekommen?«

»Officer Wulfson hat Sie selbstredend hierher gebracht«, erklärte die Ärztin. »Sie können ihm selbst danken. Er wollte Sie wieder besuchen, sobald Schwester Yates ihn zusammengeflickt hat.«

Das zog Kaiden für einen Moment aus seiner erheiterten Laune. »Bitte lassen Sie mich nicht mit ihm allein. Diesmal könnte er mich auffressen.«

»Seien Sie nicht albern. Außerdem muss ich Sie noch fertig flicken und das Reparaturgel auf Ihre Wunden auftragen, daher bleibe ich sowieso in Ihrer Nähe.«

»Haben Sie hier Geschütztürme oder so was? Sie wissen schon, nur um sicherzugehen?«, fragte Kaiden und musterte die Decke auf der Suche nach versteckten Fächern – eine Aufgabe, die mit der Rückkehr seines mysteriösen Flüssigkeit-induzierten High-Zustands zunehmend schwieriger wurde.

»Haben wir, aber ich bezweifle, dass das notwendig sein wird.« Sie erhob sich vom Krankenbett. »Außerdem verstehe ich nicht, warum Sie sich so sehr ärgern. Er sagte, dass Sie derjenige waren, der überhaupt darum gebeten hat mit ihm zu trainieren«.

Er konnte spüren, wie Protest hochkroch, doch es kam nur ein zufriedener Seufzer heraus.

»Ich muss das Gel und die Utensilien holen. Ich würde Ihnen ja sagen, dass Sie hier warten sollen, allerdings glaube ich nicht, dass ich mir darüber Sorgen machen muss.«

»Ja, nein, mir geht es jetzt ziemlich gut«, versicherte Kaiden mit einem schnellen Daumen nach oben.

»Das ist gut. Ich bin bald wieder da. Oh … nun, es sieht so aus, als hätten Sie Gesellschaft, während ich weg bin«, sagte sie und winkte jemandem außerhalb von Kaidens Blickfeld zu. »Hallo, Officer Wulfson.«

»Guten Abend, Doktor Soni, haben Sie meinen Schützling schon wieder auf die Beine gebracht?«, fragte er, als sein massiver Körper in Kaidens Sichtfeld trat. Kaiden musterte ihn und spürte eine leichte Spur von Verärgerung. Seinem Gesicht ging es besser. Er wollte das Gefühl haben, dass er dem Bastard gut zugesetzt und Spuren hinterlassen hatte.

»Noch nicht. Ich gab ihm eine Injektion mit Auffrischungsserum, die einige Zeit zur Entspannung und Wiederherstellung seiner Muskeln benötigt, dann muss ich noch ein Reparaturgel auf die oberflächlichen Verletzungen auftragen und ein paar tiefere Wunden nähen.« Sie verschränkte ihre Arme. »Ich möchte Sie bitten, es nicht zur Gewohnheit werden zu lassen, jeden Studenten, der bereit ist mit Ihnen zu trainieren, sofort in die Krankenstation zu schicken. Wir werden einen Bericht an den Vorstand einreichen müssen, wenn es zur Regel werden sollte.«

»Das war nur, damit der *Skitstövel* versteht, worauf er sich eingelassen hat. Der Junge hat Mumm. Ich bin sicher, dass er sich in Zukunft besser schlagen wird«, sagte Wulfson, doch als er sich nach Kaiden umdrehte, begann er sich am Hinterkopf zu kratzen. »Wie auch immer ... vielleicht sollte ich zugeben, dass ich doch ein wenig übertrieben habe.« Er sah tatsächlich ein wenig kleinlaut aus.

»Das wäre ein guter Anfang.« Soni seufzte. »Ich bin bald wieder da. Sie können mit ihm reden, wenn Sie wollen, aber ich möchte, dass Sie nach meiner Rückkehr wieder verschwinden.«

»Verstanden, Doktor.« Wulfson nickte. Soni erwiderte das Nicken, ging aus dem Raum und rief nach einer Krankenschwester.

Wulfson nahm sich einen Moment Zeit, bis sie verschwunden war, bevor er sich an Kaiden wandte. Leise schlich er zur Seite des Bettes, griff nach einem rollenden Hocker vom Nachbarbett und zog ihn zu sich hinüber. Ohne ein Wort zu sagen, setzte er sich hin, während er seinen einseitigen Starrwettbewerb fortsetzte.

Kaiden versuchte seinerseits den Blick zu erwidern, aber er war weit davon entfernt, das Lächeln, das auf seinem Gesicht versteinert war, zu unterdrücken. »Also, wie fühlen Sie sich?«

»Ich schätze besser als du«, gluckste Wulfson, legte einen Arm auf sein Knie und hielt sein Kinn mit der anderen Hand hoch.

»Oh, das bezweifle ich, es sei denn, Sie haben auch etwas von dem blauen Zeug bekommen. Es ist ziemlich gut.«

»Hab ich schon mitbekommen. Habe das Zeug aber niemals selbst angerührt.«

»Da verpassen Sie was.«

»Ich beiße mich lieber durch den Schmerz. Da wir gerade davon sprechen, ich muss dir eines lassen, Junge ...«

»Oh, jetzt bin ich wieder nur ein Junge. Na toll«, murmelte Kaiden, obwohl der blaue Glibber ihm effektiv jede Streitlust raubte.

»Du hast mir auf jeden Fall ordentlich zugesetzt – du bist ziemlich flink auf den Beinen und deine Schlagkraft ist auch nicht ohne«, lobte der Offizier. »Allerdings handelst du unüberlegt, deine Verteidigung ist lückenhaft und verdammt, du bist wirklich ein kleiner, vorlauter Bastard«. Wulfson tippte sich mit dem Finger an die Schläfe. »Außerdem schöpfst du nicht dein ganzes Arsenal aus. Warum hast du deine EI nicht benutzt?«

»Wovon sprechen Sie? Wir haben gegeneinander gekämpft, nicht aufeinander geschossen ... obwohl es mir jetzt, da alles vorbei ist, nichts ausmachen würde.«

»Pah, *kronidiot*. Deine EI ist mehr als nur eine Zielhilfe oder ein Scanner. Du weißt echt nichts vom Kampfmodus?«

»Kampfmodus? Chef, bist du da?«

Stille.

»Ach ja, das vergesse ich immer wieder – Ton an.«

»Na, wie geht's, du Idiot? Hast du wenigstens amtlich den Arsch aufgerissen bekommen?«, grummelte Chef.

»Was ist das mit dem Kampfmodus?«

»Das wollte ich dir gerade erklären, bevor du mich abschaltet hast. Danke übrigens dafür, du Saftsack. Ich rede ja eh am liebsten mit mir selber.«

»Hey, Mann, Fehler passieren.«

»Langsam habe ich das Gefühl, dass es sich da nur um deine normalen Entscheidungen handelt«, knurrte die EI verächtlich. *»Jedenfalls ist der Kampfmodus eine spezialisierte Reihe von Anwendungen und Funktionen, die von der Soldatenabteilung verwendet werden. Jede Abteilung hat ihren eigenen, einzigartigen Modus, um sie in ihrem Bereich zu unterstützen. Du hättest sie am ersten Tag des Trainings kennengelernt, aber angesichts der Umstände wollte ich dir einen Crashkurs geben, um uns hoffentlich einen Vorsprung vor dem alten Knöchelbart da drüben zu verschaffen.«*

»Glaubst du, es hätte geholfen?«, fragte Kaiden, während er versuchte sich aufzusetzen und nicht wieder in eine Benommenheit fallen.

»Wahrscheinlich. Du hättest zumindest gewusst, dass die Schnappfalle kaputt sein könnte und hätte dir vielleicht

eine Ohrfeige erspart. Auf jeden Fall hätte es dir geholfen Schwachstellen zu finden und dir Warnungen und Vorhersagen gegeben, wo er angreifen würde, neben anderen nützlichen Tipps und Tricks, die dir den einen oder anderen Arschtritt erspart hätten. Oder zumindest einen, der vielleicht nicht so demütigend gewesen wäre, auch wenn du Schnarchsack das verdient hast.«

»Nun, ich ... Hm. Das klingt tatsächlich nützlich.«

»Wie ich schon sagte, ich habe versucht dir das zu sagen, du Schwanzlutscher«, mahnte der Chef. *»Ich beleidige dich übrigens nur, um deinen Charakter zu stärken. Sonst lernst du ja nie was.«*

»Du und ich unterhalten uns noch, wenn wir wieder im Wohnheim sind«, warnte Kaiden. »Und Sie«, er schaute zu Wulfson hinüber, »wo stehen wir jetzt?«

Nachdenklich strich er sich durch seinen Bart. »Nun, du hast verloren, aber ein Deal ist ein Deal. Ich habe gesagt, wenn du gegen mich kämpfst, werde ich dir ein paar Fragen beantworten. Hast du welche?«

Kaiden setzte sich erfolgreich auf und rollte seinen Kopf im Nacken herum, bis er den Riesen ansah. »Nur eine. Warum wollten Sie überhaupt gegen mich kämpfen?«

»Das ist einfach. Mir wurde gesagt, dass du ein potenzieller Lehrling für mich sein könntest. Ich habe nach ein paar Soldaten gesucht, die ich unter meine Fittiche nehmen kann. Ich war früher Leiter der Grundausbildung, wurde aber entlassen, weil ich zu hart war – das waren die Worte des Vorstands, nicht meine.«

»Na gut, wer hat Ihnen von mir erzählt? Oder sollte ich davon ausgehen, dass mein Ruf mir vorauseilt?«

Wulfson lachte laut. »Du hast hier keinen Ruf, Junge, aber mach einfach weiter so, dann hast du vielleicht irgendwann einen. Nein, dieser verrückte Idiot, Professor Laurie hat mich in deine Richtung gewiesen.«

Obwohl die Chemikalien in seinem Körper seine Euphorie hochhielten, spürte Kaiden die Hitze der Wut, die sich in seinen Adern aufbaute. »Oh, hat er das?«

»Ja, hat mich über deine kleine EI und alles andere informiert. Ich gebe zu, es ist eine interessante Idee, aber es wird nichts bringen, solange du nicht das Rückgrat aufbringen willst, ein wenig Arbeit zu investieren, damit du sie richtig nutzen kannst.«

»Wovon reden Sie? Die Idee ist, dass ich während des Trainings im Animus einen kleinen Schub an Punkten oder so etwas bekomme und mit der Zeit ein paar zusätzliche Synapsenpunkte erhalte«, erklärte Kaiden. »Aber aufgrund von Lauries beschissener Voraussicht bekomme ich nicht einmal das sofort hin. Er muss erst alle Systeme auf den neuesten Stand bringen, bevor ich das tun kann. Sonst könnte mein Gehirn gebraten werden.«

»Dann ist es gut, dass er sich an mich gewandt hat. Denn nach unserem kleinen Spiel hatte ich eine Erleuchtung, während ich deinen Arsch hierhergeschleppt habe.

»Und was genau war das?«

»Das Training im Animus ist nur eine Komponente, um tatsächlich Synapsenpunkte zu erhalten. Die beiden anderen großen Teile sind Verständnis und Technik. Ich kann dir bei beiden helfen.«

Kaiden warf Wulfson einen skeptischen Blick zu. »Sie kommen mir nicht wie jemand vor, der alles über die Vor- und Nachteile einer verschmelzenden Schnittstelle zwischen dem menschlichen Gehirn und der virtuellen Realität weiß.« Er erhob eine schwache Hand in gespielter Kapitulation. »Ich will hier keine Vermutungen anstellen, aber Ihr kleines Dojo schien eher einem Schrottplatz als einer Turnhalle zu ähneln.«

»In meinen Augen ist es ein Testgelände und mein umfassendes Wissen – oder eher der Mangel davon – über das Animus-System ist nicht der Punkt. Ich biete dir an, dich außerhalb des Animus zu unterstützen. Man kann innerhalb nur dieselbe Leistung zeigen, die man auch außerhalb erbringt, zumindest bis die Synapse anfängt zu wirken. Du erhälst nicht nur einen Vorsprung auf deine Konkurrenz, sondern du kannst auch schneller Punkte sammeln, je besser du bist. Das ist einfach eine Tatsache.«

Kaiden dachte angestrengt nach. Er war zwar nicht gerade begeistert von der Niederlage, die er erhalten hatte, aber musste er zugeben, dass es schön gewesen war, endlich wieder in den Ring steigen zu dürfen. Sein kleiner Probelauf hatte ihm das Potenzial und die Leistung des Animus gezeigt, aber er musste eingestehen, dass sich die Maschine unheimlich und auch ein wenig hohl anfühlte, ganz gleich, wie realistisch es ihm erschien.

»Ich bin wieder da«, kündigte Dr. Soni an. »Ich hoffe, dass Sie sich bei dem jungen Mann entschuldigt haben, Wulfson.«

»Nicht ganz. Schließlich war es ja ein einvernehmlicher Kampf«.

»Na klar … und das Stockholm-Syndrom ist eine weitere anerkannte Möglichkeit Freundschaften zu schließen«, murmelte Chef.

Missbilligend seufzte die Ärztin. »Nun, ich werde Sie nicht dazu zwingen, das würde wahrscheinlich sowieso nichts bringen.« Sie schaute auf das Tablet in ihrer Hand, während sie zu Kaiden zurückging. »So oder so, Sie müssen jetzt gehen. Sobald ich mit dem Patienten fertig bin, muss er sich ausruhen, damit er rechtzeitig zu Semesterbeginn fit ist.»

»Ja, keine Sorge. Bin schon weg«, stimmte Wulfson zu, als er aufstand. »Ruhe dich aus, Junge, aber denk über mein Angebot nach. Ursprünglich war es mir egal, ob du dich mir anschließt oder nicht, aber jetzt?« Er lachte leicht, als er Kaiden mit einem breiten Lächeln im Gesicht ansah. »Jetzt könntest du dich zu einem würdigen Krieger mausern – wenn du die Hingabe dafür aufbringst.«

Kaiden beobachtete den Riesen, bis er verschwunden war und sank daraufhin tief in Gedanken in sein Bett zurück.

»Nun, worum auch immer es hier geht, ich würde empfehlen diese Krankenstationsbesuche nicht zur Gewohnheit werden zu lassen«, fügte sie hinzu. »Sonst könnte ich glauben, dass Sie sich nur wegen der Drogen schlagen lassen.«

»Ich streite es nicht ab, das war bisher das Beste an der ganzen Sache«, scherzte Kaiden.

»Du solltest vorsichtig sein. Dieses Zeug hat nach einer Weile wirklich schlimme Auswirkungen, du Schmalspurjunkie.«

»Moment, schlimme Auswirkungen? Zum Beispiel?«

»Ich lasse dich ein wenig über die Möglichkeiten grübeln. Betrachte es als meine Art sicherzustellen, dass du diesmal etwas daraus lernst, du Bildungsallergiker.«

»Deine Art der Fürsorge ist schrecklich.«

»Dir ist klar, dass sie mich nicht hören kann?«, erinnerte Chef ihn.

Kaiden bemerkte Doktor Sonis verärgerten Blick und ihr Stirnrunzeln. Er entschuldigte sich schnell und versuchte zu erklären, dass er nicht mit ihr, sondern mit der El gesprochen hatte, die in seinem Kopf steckte.

Sie wusste natürlich davon – schließlich war sie ja diejenige, die die Informationen an Laurie weiterleitete. Trotzdem hatte es Spaß gemacht, ihn sich im Bett winden zu sehen.

KAPITEL 18

Also sagte ich ihm, er solle sich verpissen. Wenn er einen Arschkriecher haben will, gäbe es sicher eine Menge Schmeichler, die eine Beförderung in der technischen Administration anstreben, obwohl sie nicht in der Lage wären mir das Wasser zu reichen«, erfreute Laurie die Anwesenden mit der Geschichte, während er an seinem Wein nippte. »Oder vielleicht gehen wir mit zweihundert Credits in einen Rotlichtbezirk, obwohl sie sich auch dort nicht mit mir messen könnten«, fügte er lachend hinzu.

»Alexander, wenn du so weitermachst, könntest du dort eine Anstellung finden«, kicherte Mya.

»Ich habe auf jeden Fall das Zeug dazu«, stimmte er freudig zu.

Die beiden Administratoren der Nexus-Akademie speisten im Restaurant ›Belle by the Bay‹, dessen silberner Teppich und die dunklen Wände in sanftem blau-weißem Licht erstrahlten. Der Raum war kreisförmig angelegt und bot durch große Fenster im Süden des Raumes einen Blick auf die Bucht. Die Kellner und Kellnerinnen trugen schwarze Kleider oder Anzüge und bewegten sich den ganzen Abend stets schnellen Schrittes zwischen Küche, Bar und Tisch hin und her.

Als der Professor und die Beraterin weiter Geschichten austauschten, bemerkte Laurie einen vertrauten Mann in weißer Kleidung mit schwarzer Krawatte, der sich ihrem Tisch näherte, begleitet von einer Dame mit haselnussbraunen Augen, dunkler Haut und lockigem Haar. Sie trug ein goldenes Kleid und passende Ohrringe.

»Entschuldigt die Verspätung«, sagte Sasha, stibitzte einen Stuhl vom Nachbartisch und bot ihn seiner Begleiterin an, bevor er sich dazusetzte.

»Schön, dass du endlich zu uns stoßt, Sasha. Wie ich sehe, hast du auch Miss Faraji mitgebracht.«

»Nennen Sie mich Akello, Alex. Wir sollten nicht so förmlich sein«, erwiderte die Dame mit einem verspielten Lächeln.

»Auf den Vornamen zu pochen ist so banal für jemanden, der so majestätisch ist wie Sie«, entgegnete Laurie freundlich.

»Das scheint dich nicht davon abzuhalten mich mit Vornamen anzusprechen«, scherzte Mya und drückte ihm mit dem Ellbogen leicht in die Rippen.

Laurie tat leidend und krümmte sich vor lauter Qualen. »Nicht, wenn du so weitermachst. Das ist einer der Gründe, wieso ich immer ein persönliches Barrierefeld mit mir herumtrage.«

»Normalerweise behaupten Sie, dass Sie das Gerät für eine Verschnaufpause von all Ihren Bewunderern benötigen«, erinnerte Akello ihn.

»Ein Gerät kann mehrere Verwendungen haben.« Laurie trank sein Glas leer und hob es in die Luft, um einem Kellner um Nachschub zu bitten. »Diese schickeren Restaurants brauchen wirklich automatisierte Bars.«

»Vielleicht solltest du dir gleich eine Flasche bestellen, anstatt immer nur ein Glas. Bis dahin – kann ich mir denken – weißt du bestimmt, dass alle Grenzen, die du dir selber setzt, sinnlos sind«, verspottete Sasha ihn mit einem schiefen Lächeln.

»Er beschwert sich zwar, lässt sich aber dennoch gerne verwöhnen.« Mya grinste und entfernte damit den Spott aus den Worten.

»Ja, aber natürlich. Ist das nicht gerechtfertigt, nachdem, was ich täglich erreiche?«, fragte Laurie, als er eine Hand im Kreis bewegte und sie sich dann auf seine Brust legte.

»Wenn man bedenkt, dass der Großteil Ihrer körperlichen Arbeit von Robotern erledigt wird?«, fragte Akello.

»Die ich entworfen habe«, erwiderte er.

»Dann programmiere die doch so, dass sie dir in Zukunft einen Klaps auf die Schulter geben«, sagte Sasha, wobei ihm ein leichtes Glucksen entglitt.

»Ihr seid alle so teuflisch.« Laurie klang verärgert, genoss aber in Wahrheit den verbalen Schlagabtausch.

Sie scherzten und tauschten weiterhin Komplimente aus, bis ein Kellner erschien, um Lauries Glas aufzufüllen und ihre Bestellungen zusammen mit Sashas Wunsch von zwei Flaschen Rotwein aufzunehmen. Zum Wohle der Mitarbeiter, so seine Rechtfertigung.

»Es ist eine wunderbare Nacht. Schade, dass es noch einige Zeit dauern könnte, bis wir uns wieder so zusammenfinden«, bemerkte Akello wehmütig und schaute aus einem der Fenster auf die im Mondlicht schimmernde Bucht.

»Vielleicht, aber wir haben dieses Jahr eine vielversprechende neue Brut – zumindest diejenigen, die ich zugelassen habe«, bemerkte Mya und nahm einen Schluck aus ihrem Glas. »Viele verschiedene Bereiche und Klassenpotenziale.«

»Du hattest dieses Jahr überwiegend Sonderfälle, richtig, Mya?«, hakte Sasha nach.

»Oh ja, ich habe heute Morgen auch ein paar Tsuna abgearbeitet, die letzten der ersten Truppe.«

»Sollte die Dinge sicherlich aufrütteln. Dies ist die größte Gruppe von außerirdischen Novizen, die wir je hatten.« Akellos Tonfall trug eine Note der Vorfreude in sich.

Sasha nickte. »Dies ist das erste Jahr, in dem wir eine vollständige Integration wie diese zulassen. Wir hatten bisher immer nur eine anfängliche Integration in Verwaltungspositionen oder in Sonderfällen, nie eine vollständige Einheit von Novizen.«

»Nun, die Tsuna waren die einzigen uns bekannten Außerirdischen, die sich tatsächlich in das Animus-System integrieren können und selbst dann musste man noch ein wenig daran herumfeilen«, erklärte Laurie. »Überraschend, wirklich. Ich hätte gedacht, dass die Mirus in Anbetracht ihrer psychoaktiven Fähigkeiten empfänglicher wären.«

»Ich dachte, du und dein Team arbeiten mit den Mirus zusammen, um sie in das System zu integrieren?«, wunderte sich Mya.

»Oh, das tun wir, haben aber leider immer noch nicht genau das Ergebnis erzielt, das wir uns erhofft hatten«, gestand er. »Als wir dachten, wir hätten ein geeignetes Hirnwellenmuster für eine stabile Verbindung gefunden, versuchten wir einen Mirus-Freiwilligen zu integrieren.«

»Wie ist das gelaufen?«, fragte Akello.

»Nicht gut.« Laurie nahm einen langsamen Schluck Wein. »Viel Schütteln und – wie ich vermute – Krämpfe. Die normalerweise schwarzen Augen verblassten zu einer grauen Farbe, woraufhin der Proband explodierte.«

Zu diesem Zeitpunkt warfen ihm die anderen drei Tischgäste bereits Blicke zwischen Ungläubigkeit und Entsetzen zu.

Laurie fuhr fort: »Ich sagte deren – ich glaube, ihre Bezeichnung für einen Wissenschaftler ist das Äquivalent von ›Maestro‹, da Wissenschaft in ihrer Kultur eher als Kunst gilt – wie neidisch ich bin. Jedenfalls habe ich mich entschuldigt und er war eigentlich recht pragmatisch. Er sagte, dass dies eine zu erwartende Möglichkeit sei und dass sie im Rahmen weiterer Studien akzeptabel sei. Der Weltrat hat das Projekt vorerst auf Eis gelegt. Sie sagten, dass sie trotz der gleichgültigen Reaktion nicht riskieren wollten, unsere neuen Freunde möglicherweise zu verärgern. Ich muss zugeben, dass ich im Laufe des Studiums eine neu gewonnene Bewunderung für diese Leute gewonnen habe.«

Nachdem Mya einen Moment lang schnell mit den Augen geblinzelt hatte, warf sie ein: »Weißt du, Alexander, ich vergesse immer wieder, dass deine Version der Sachlichkeit, so spaßig du auch sein kannst, ziemlich angsteinflößend ist.«

»Unser Professor wäre nicht so weit gekommen, wenn er moralisch handeln würde«, kommentierte Sasha sarkastisch.

»Oh, vielen Dank, Sasha. Es ist schön zu wissen, dass du meine Leistungen anerkennst.« Laurie hatte es irgendwie geschafft seinen Sarkasmus heiter klingen zu lassen.

»Er ist so leicht zu besänftigen«, flüsterte Akello Mya zu.

»Und was ist mit Ihnen, süße Akello?«, fragte Laurie und schaute ihr in die Augen, woraufhin sie sich ein Lächeln nicht verkneifen konnte und ihre Sitzhaltung sich verbesserte. »Sie werden es in den nächsten Wochen wahrscheinlich am schwersten von uns vieren haben. Die Animus-Prüfungen im ersten Jahr sind immer hart für die Ausbilder. Ganz zu schweigen davon, dass Sie jetzt eine Beraterin sind«.

»Sie sind befördert worden, Akey? Herzlichen Glückwunsch!« Mya beugte sich vor, um mit ihr anzustoßen.

»Danke, Mya, es ist erst eine Woche her. Berater Zhang ist jetzt Chefaufseher. Ich habe seine Position bekommen.«

»Was ist mit Sadira passiert?«

»Man hat ihr eine Stelle beim Weltrat angeboten, wobei ich mir nicht sicher bin, wo, aber sie wird eine Art Verbindungsoffizier sein.«

»Die ehemalige Chefaufseherin De Silva wird tatsächlich die Rolle des Bindeglieds zwischen dem Rat und der Akademie übernehmen. Es scheint, dass der Rat häufigere Updates wünscht und dass ein ehemaliger Verwalter einen besseren Einblick bietet«, erklärte Sasha trocken.

»Wisst ihr, diese ganze Bürokratie gibt mir wirklich langsam den Eindruck, dass unsere Vorgesetzten uns nicht vertrauen«, wetterte Laurie entrüstet.

»Vorsicht, einer dieser Vorgesetzten sitzt dir direkt gegenüber«, neckte Mya.

»Ich bin in diesem Fall geneigt Alexander zuzustimmen«, gab Sasha zu.

»Nun, das nenne ich aufregend und erschreckend zugleich.« Akello weitete ihre Augen mit gespieltem Entsetzen.

»Der Weltrat hatte immer schon seine Finger in der Akademie, ebenso wie bei den anderen vier Arkologie-Schulen, die es auf der Welt gibt. Aber ihr zunehmendes Mikromanagement und ihre Anfragen geben mir und vielen Vorstandsmitgliedern das Gefühl, dass sich etwas zusammenbraut.«

»Irgendwelche Ideen, was das genau sein könnte?«, erkundigte sich Laurie.

»Nichts Gutes. Sie haben keinen finanziellen Einfluss in der Akademie und wir haben weder einen Grund gegeben noch nachgewiesen, dass wir in einer ernsten Notlage wären oder etwas Bösartiges tun. Wenn sie also nicht versuchen, aufgrund interner Probleme eine aktivere Rolle zu übernehmen, dann muss es etwas geben, das sie uns nicht sagen oder sie haben einen begründeten Verdacht, um so zu handeln, wie sie es tun.«

»Sie sind die Regierung der Erde. Paranoia ist bei ihnen eher üblich, oder nicht?«, fragte Akello in die Runde.

»Vielleicht, aber wenn man bedenkt, dass in den letzten vier Jahren in fast allen Bereichen – Zulassung, technologischer und medizinischer Fortschritt – ein Anstieg zu verzeichnen war, so steigt auch die Zahl unserer Absolventen und Ausbildungsteilnehmer stetig an. Nichts deutet darauf hin, dass wir in ihren Augen eine Priorität darstellen sollten.«

»Du glaubst, dass wir zu erfolgreich für sie sind?«, kicherte Laurie.

»Ganz ehrlich? Vielleicht«, brachte Sasha hervor. »Erinnerst du dich an das eigentliche Motiv für die Gründung der Nexus-Akademie?«

»Natürlich, es war kurz vor dem ersten Kontakt mit der ETT«, erinnerte sich Laurie und blickte nachdenklich ins Leere.

»Der was?«, fragte Akello.

»Die Extra-Terrestrische Trinität. Das war ein Spitzname, der den ersten drei Rassen gegeben wurde, mit denen die Menschheit in Kontakt kam – den Tsuna, Mirus und Sauren«, erklärte Mya. »Das war vor unserer Zeit.«

»Danke, Mya. Jetzt fühle ich mich alt«, schimpfte Laurie. »Noch ein Grund, warum ich dich nicht mit deinem Nachnamen anspreche.«

Mya rollte mit den Augen. »Willst du fortfahren, Sasha?«

»Natürlich. Damals, als die Nexus-Akademie gebaut wurde, sollte sie keine Arkologie-Schule sein, anders als heute. Ursprünglich sollte es ein Programm zur Beschleunigung der militärischen Ausbildung sein, um bei der Schaffung fortschrittlicher militärischer Waffen und der schnellen Ausbildung von Soldaten mithilfe von Chemikalien und Instrumenten zur Integration der EI zu helfen.«

»Also Supersoldaten?«, fasste Akello zusammen.

Sasha nickte. »Um es einfacher auszudrücken, abgesehen von einigen anfänglichen Scharmützeln mit den Sauren auf dem Mond und der Station Zappa wurde kein Krieg im großen Stil geführt. Die Grundlagen des Programms waren jedoch bereits gelegt und das Geld ausgegeben.«

»Und wenn man den Friedensbeschluss des Rates gegenüber eines interstellaren Kriegs bedenkt, hätte es vielleicht nicht den besten Eindruck hinterlassen, wenn man eine Fabrik zur Massenproduktion von Supersoldaten und Waffen gebaut hätte, die möglicherweise Kreuzer im Orbit zerstören könnten – und auch, um mögliche außerirdische Plagen zu erschaffen.«

»Hatten Sie etwas damit zu tun, Alex?« fragte Akello und warf dem Professor einen verdächtigen Blick zu.

Er runzelte die Stirn. »Schätzchen, ich bin siebenundvierzig. Ich wäre damals zehn Jahre alt gewesen. Zugegeben, ich war ein Wunderkind, aber die Regierung wäre möglicherweise ein wenig zögerlich einem Kind die Freigabe auf hoher Ebene zu erteilen, schätze ich mal«. Er leerte noch ein Glas Wein und wischte sich den Mund mit einer Serviette ab. »Mein Vater war aber sehr wohl involviert. Bis heute habe ich ihn noch nie so begeistert von seiner Arbeit gesehen wie damals. Einige Jahre lang schien es eher, als würde er meine Mutter und mich nur mal eben besuchen, solange er nicht arbeitete. Als Familienmitglieder haben wir uns da nicht gefühlt.«

»Oh, klasse, Vaterkomplexe. Da kann ich dir helfen«, bot Mya fröhlich an und brachte Akello zum Kichern.

»Ich kann euch allen versichern, dass meine Beziehung zu meinem Vater in Ordnung ist. Obwohl es kaum Gelegenheit zu Gesprächen gibt, da er an den Entwürfen für die Station Ikarus arbeitet«.

»Sie benennen eine Raumstation nach einer Fabelgestalt, die vom Himmel fiel?«, fragte Sasha amüsiert.

»Er hat tatsächlich eine Namensänderung vorgeschlagen, da der Name zu einem Zögern potenzieller Geldgeber führen könnte.«

»Bevor wir vom Thema abkommen würde ich gerne wissen, warum Sie das überhaupt angesprochen haben, Sasha«, warf Akello ein.

»Nun ja, seitdem der Rat beschlossen hatte Nexus in eine Ark-Schule umzustrukturieren, gab es immer einige wenige Kämpfer, die der Meinung waren, dass der ursprüngliche Plan nicht hätte verworfen, sondern einfach umstrukturiert und an einen anderen Ort verlegt werden sollen – an einen Ort, den unsere neuen Verbündeten nicht so leicht beobachten können.«

»Sie wollten, dass wir weiterhin Waffen für den Zweck der Vernichtung von Außerirdischen herstellen?«, fragte Mya.

»Sie würden es als Vorbereitung klassifizieren und obwohl ich mit der Gesamtmethode nicht einverstanden bin, kann ich die Bedenken nachvollziehen.«

Akello hob eine Augenbraue. »Wieso das?«

»Nun, denken Sie darüber nach, meine Liebe«, begann Laurie. »Wir hatten Glück mit unserer ersten Begegnung mit den Wesen aus dem großen Unbekannten, aber glauben Sie wirklich, dass sie die einzigen da draußen sind?«

»Würden sie uns nicht mitteilen, wenn sie feindlich-gesinnten Spezies begegnet wären oder gegen sie gekämpft hätten?«

»Die Tsuna schon, aber sie waren nicht raumfahrend sondern lediglich Beobachter. Die Sauren machen einen Sport daraus gefährliche Kreaturen von anderen Planeten zu jagen, aber die wenigen Gesprächsprotokolle, die ich gefunden habe oder Dokumente, die auf meinen Schreibtisch gelandet sind, deuten darauf hin, dass sie außer den Tsuna keine anderen intelligenten Spezies gefunden haben. Berichten zufolge gab es einen Krieg zwischen ihnen, aber sie konnten einen Waffenstillstand ausrufen nach einer Art rituellen Kampf, der über einen Monat andauerte.«

»Bluthungrig und doch ehrenhaft, eine amüsante Mischung«, bemerkte Laurie.

»Moment, warum mussten wir das nicht tun?«, fragte Mya, alle verwirrten Gesichter nun auf sie gerichtet. »Na ja, ich will keinen Kampf auf Leben und Tod, aber wenn es normalerweise so läuft ...«

»Die kurze Antwort ist, wir hatten die größeren Waffen«, erklärte Sasha. »Allerdings gab es tatsächlich eine Art kurze Version davon in der Schlacht auf Zappa. Einer der Sauren-Kriegsherren zog in die Schlacht gegen einen Sergeant der Armee der Vereinigten Erde. Sie kämpften drei Erdtage lang gegeneinander, bevor eine Bergungseinheit in der Lage war ihn wieder herauszuholen. Es reichte offenbar aus, um sich den Respekt dieses Kriegsherrn zu verdienen und einen Waffenstillstand angeboten zu bekommen.«

»Wer war dieser Sergeant?«

»Ein schwedischer Soldat mit Namen Wulfson. Er arbeitet mittlerweile als Sicherheitschef an der Akademie.«

»Ich bin ihm tatsächlich heute auf dem Weg zu meinem Büro über den Weg gelaufen. Wir hatten eine nette, kleine Unterhaltung«, warf Laurie ein.

»Wirklich jetzt? Verabscheut er dich nicht normalerweise?«, fragte Sasha.

»Ich hatte ein paar Tricks parat, also keine Sorge.« Laurie lächelte breit.

»Und was ist mit den Mirus?«, fragte Akello und blickte zu Laurie.

»Wir haben während meiner Zeit mit ihnen ein wenig Geschichte ausgetauscht. Der Maestro meinte, außer uns und den anderen bekannten Spezies, seien sie auf zwei weitere Spezies gestoßen, die das Potenzial hatten durchs All zu reisen. Die eine endete mit einer nuklearen Apokalypse und der Ausrottung des gesamten Volkes, die andere wurde durch einen planetenweiten Bürgerkrieg behindert.«

»Wissen Sie, es scheint langsam so, als ob wir einfach an die Spitze der Frontlinie gerückt wurden, anstatt wirklich interessant genug für den Eintritt in eine große, galaktische Familie zu sein«, bemerkte sie trocken.

»Wenn Sie sich dadurch besser fühlen: wir sind die einzige Spezies, die Delegierte aller drei Rassen beherbergt und mit ihnen auch Technologie entwickelt«, betonte Laurie, sein Ausdruck ein wenig selbstgefällig.

»Wissen Sie, das tut es tatsächlich«, sagte Akello selbstbewusst.

»Es könnte auch einfach daran liegen, dass sie alle uns im Blick behalten wollen«, schlug Sasha vor.

»Verderbe uns jetzt bitte nicht die Stimmung, Sasha«, schimpfte Mya mit gespielter Beleidigung.

»Moment, verdammt, wir sind schon wieder vom Thema abgewichen«, brachte Akello ihre Irritation zum Ausdruck.

»Es ist in Ordnung, Beraterin Faraji. Das hier ist einfach nur reine Spekulation. Wenn da etwas ist, das wir weiter untersuchen sollten, lasse ich es Sie wissen.« Sashas Tonfall war ruhig und beruhigend.

»Und genau wie aufs Stichwort ist das Essen da!«, rief Laurie aus, als zwei Kellner mit ihren Bestellungen an ihren Tisch kamen.

Nachdem die Teller herumgereicht worden waren und die Lehrer der Akademie mit dem Essen begannen, hob sich die Stimmung, es wurden Witze und Geschichten ausgetauscht und Ideen als Lösungen für die Probleme der anderen angeboten.

Im weiteren Verlauf des Abends genossen die vier Kollegen die gemeinsame Zeit. Bald würde das Schuljahr ernsthaft beginnen und sie alle konnten schon die Vorfreude auf das Unbekannte und die Aufregung spüren.

KAPITEL 19

Kaiden erwachte in seiner Kapsel und gähnte. Seine Erinnerung war blass, er konnte sich nicht daran erinnern, wie er hierhergekommen war und er schmachtete schon wieder nach dem blauen Zeug.

»Wie spät ist es?«, fragte er laut und versuchte sich so weit es ging in der beengten Kammer auszustrecken.

»0500 Montagmorgen, 10. September«, verkündete die künstliche Stimme des Kontrollsystems der Kapsel.

Kaiden riss sich schockiert hoch und schlug mit dem Kopf gegen die Decke. »Argh, gottverda... Was hast du gesagt? Es ist Montag? Wie konnte ich einen ganzen Tag verpennen?«

»Die Krankenschwester, die dich aus der Krankenstation zurückgebracht hat, hat etwas Entspannungsöl in den Diffusor deiner Kapsel gegeben. Das hat dich glatt umgehauen«, erklärte Chef.

»Warum, zum Teufel?«

»Na ja, offiziell sagte sie, damit du etwas Ruhe bekommst, bevor es mit dem Schuljahr losgeht, aber ich glaube eher, dass sie nicht wirklich darauf stand, dass du sie andauernd angebaggert hast, Du Schmalspurcasanova.«

»Heilige Scheiße, Mann ... Mist, mein Unterricht beginnt in etwa einer Stunde. Was für Kurse habe ich überhaupt?«

»Du kannst dich echt glücklich schätzen, dass du mich hast«, kicherte Chef. *»Der erste Tag steht ganz im Zeichen der Animus-Einrichtung. Später kannst du dich auch für Fingermalerei, Moniereisenklöppeln und exotischen Tanz anmelden.«*

Kaiden drückte einen Knopf, die Kapsel öffnete sich, er schälte sich heraus und streckte sich, sobald er Boden unter den Füßen spürte. Er war im Moment der einzige außerhalb der Kapsel, aber er konnte andere Kapseln aufleuchten sehen, in denen sich dunkle Silhouetten bewegten.

»Schließfach öffnen.« Er drehte sich um, als er das Surren und Klicken der aufschnappenden Schublade unter seiner Kapsel vernahm, die sich daraufhin herausschob. Alle von ihm angeforderten Lieferungen waren vorhanden, einige verpackt, andere in Tüten. Er fand ein komplettes Outfit vor – ein schwarzes Hemd mit einem kleinen Nexus-Akademie-Logo in blau, schwarze Hosen, Socken und Stiefel.

Er erinnerte sich daran, persönlich Schwarz als Primärfarbe verlangt zu haben und dass die Versorgungsbeamtin versucht hatte, ihm zu erklären, dass es eine Mischung aus mehreren Standardfarben sein müsse. Aber da alle seine Kleider tatsächlich schwarz waren, hatte Wulfson wohl genug Gottesfurcht in die arme Seele der Angestellten geflößt, um seinen Willen erfolgreich durchzusetzen.

Wenigstens war der ganze Missbrauch für etwas gut.

Als er dann die neuen Gegenstände durchsuchte, fand er seine Jacke – silberfarben mit weißem Rand und blauen Akzenten und einem königsblauen Band um den Arm, die offizielle Kennzeichnung der Soldatendivision.

Er fand zudem ein Logo, ein schwarzes Dreieck, das einen weißen Stern einrahmte.

»Hey, Chef, du weißt nicht zufällig, was das Logo auf der Armbinde bedeutet?«

»Das steht für deine Klasse, Jahrgang und Status. Das Stern-Logo bedeutet Ass, die weiße Färbung Erstjahrgang, und das schwarze Dreieck zeigt jedem, dass du ein Sonderfall bist. Du bist jetzt ganz offiziell Nexus-Schüler, mein merkbefreiter Freund.«

Kaiden kicherte. Er musste zugeben, dass es ihm gefiel. Bei all den verrückten Erfahrungen, die er in den letzten Tagen gemacht hatte, wurde er dadurch doch recht sentimental. Jetzt gab es kein Zurück mehr. Er war da, um zu bleiben.

Er legte die Jacke an und schloss den Reißverschluss. Ein paar andere Novizen kletterten aus ihren Betten oder zogen sich an. Der Schlafsaal der Sonderfälle war eindeutig spärlicher bewohnt als vorher, die meisten mussten also schon in ihre zugeteilten Schlafsäle umgezogen sein. Er vermutete, dass man ihn schlussendlich auch dazu auffordern würde das Gleiche zu tun. Doch vorerst würde er die Ruhe genießen.

Er schnappte sich seine Brille und verschwand, um sich einen Vorsprung zum Frühstück zu verschaffen. Er spürte seinen Magen grummeln und musste einige verlorene Mahlzeiten nachholen.

★ ★ ★

Kaiden setzte sich an den gleichen Tisch, an dem er zuvor mit Chiyo geplaudert hatte. Die Sonne hatte sich kaum über den Horizont geschoben, doch er ahnte, dass er jeden Schatten erhaschen wollen würde, sobald sie aufgegangen war.

Er blickte auf sein Tablett hinab – Omelett, Waffeln, Speck, Frühstückskartoffeln, Haferflocken, Apfel, Kaffee, Orangensaft, Wasser und ein Schokoladenkeks, auf den das Cafeteria-Personal vehement bestanden hatte.

Ich schätze, Sasha hat sein Wort gehalten. Sogar seine Witze waren anscheinend ernst gemeint.

Als er begann sein Essen zu verschlingen, fragte er sich, was ihn wohl erwarten würde. »Hey, Chef, hast du irgendeine Ahnung, worauf ich mich freuen sollte?«

»Klar, da gibt's ein paar Dinge, aber soll ich dir wirklich die Überraschung verderben?«

»Hatte ich nicht schon genug von denen?«, klagte er.

»Nicht, wenn es nach mir ginge. Ich möchte doch auch ein wenig Spaß haben.«

»Gib mir einfach den Tagespl...«

»Was dagegen, wenn ich mich dazu setze oder genießt du gerade dein Selbstgespräch?«, fragte eine bekannte Stimme.

Kaiden schaute auf. Vor ihm stand Chiyo mit einem Essenstablett in der Hand und dunklen Augenringen im Gesicht.

Er nickte lässig über den Tisch und bot ihr den ihm gegenüberliegenden Platz an. »Na klar, nur zu. Ich führe keine Selbstgespräche, ich spreche mit meiner EI.«

Chiyo setzte sich hin und packte ihr Utensilienbündel aus. »Wie das denn? Ich sehe weder ein Tablet noch die Brille, die du beim letzten Mal getragen hast.«

»Es ist eine Stimme in meinem Kopf«, sagte Kaiden ohne nachzudenken. Chiyo stockte kurz beim Öffnen ihres Besteckpakets und starrte ihn an.

»Die meisten Menschen können das nicht. Wir sind etwas Besonderes, schon vergessen? Erkläre ihr schnell, was du meintest, sonst hält sie uns tatsächlich noch für besonders, allerdings auf die falsche Art, wenn du verstehst«, forderte Chef.

»Oh, ups, hab ich glatt vergessen. Du bist die Erste, mit der ich spreche, die davon noch nichts weiß.«

»Wovon genau – von den Stimmen in deinem Kopf?«, fragte Chiyo ausdruckslos, während sie nach Gabel und Messer aus der nun geöffneten Packung fischte und in ihren Pfannkuchen schnitt.

Kaiden fasste schnell die Ereignisse zusammen, die ihn zu Chef gebracht hatten – sein Treffen mit Laurie, den Gemini-Faktor und das EI-Implantat in seinem Kopf, durchtränkt von der Prahlerei über einige seiner Fähigkeiten.

Chiyo hielt Augenkontakt und nickte. Als er mit seiner Geschichte fertig war, spitzte sie die Lippen und klopfte nachdenklich mit dem Finger auf ihnen. »Das ist ... echt interessant. Du behauptest, dass du Professor Alexander Laurie treffen durftest?«

»Ja, eine Erfahrung, von der ich hoffe, dass sie sich irgendwann auszahlt. Ich will meine Akademie-Schulden nicht mit Therapiestunden aufstocken«, murrte Kaiden.

»Ich würde ihn gerne kennenlernen. Allein seine Arbeit über das Animus-System scheint faszinierend zu sein.«

»Na ja, ich würde ja ein gutes Wort für dich einlegen, allerdings müsste ich dann der Polizei erzählen, wann ich dich das letzte Mal lebend gesehen habe.«

Chiyo rollte seufzend mit den Augen, schob einen Moment lang eine einsame Traube auf ihrem Teller hin- und her, bevor sie ihn wieder ansah. »Ich muss auch sagen, dass ich ehrlich gesagt ziemlich überrascht bin, dass dein Gemini-Faktor so spät entdeckt wurde.«

»Nun ja, die Dead-Eyes brauchten halt keine jährliche Untersuchung, weißt du?«, kicherte Kaiden.

»Trotzdem ist es ein unglaublich seltenes Merkmal. Je mehr wir unsere Körper mit EIs und bionischen Implantaten erweitern, desto wertvoller sind die Auswirkungen für die Menschheit.«

»Willst du damit sagen, dass ich, wenn ich meine Karten richtig ausgespielt hätte, das Traumleben als Ausstellungsstück in irgendeiner wissenschaftlichen Abteilung leben könnte?«, scherzte er.

»Möglicherweise, aber ich habe auch Geschichten von Unternehmenssklaverei, illegalen Tests und auf dem Schwarzmarkt verkauften Leichen gehört, die hohe Preise für frische und saubere Tötungen erzielen.«

Kaiden erwartete ein Lächeln oder witzelndes Kopfschütteln, doch Chiyo rührte sich nicht.

»Ich will eigentlich gar nicht mehr besonders sein.«

»Es ist offensichtlich nicht alles schlecht. Ich würde aber wohl für deine EI-Projizierungsfunktion sogar töten.«

»Ich muss unbedingt meine Waffe abholen«, murmelte Kaiden vor sich hin.

»Diese Schnittstellenfähigkeit hat großes Potenzial und ich vermute, dass die rohe Kraft des EI-Implantats selbst die der Spitzenmodelle der Akademie deutlich überflügelt.«

»Du und Laurie klingen, als hättet ihr Spaß daran, so über mich zu reden«, äußerte Kaiden seine Verärgerung. Nüchtern betrachtet schien sein ach so tolles Spezialgen eher eine Irritation als ein wirklicher Nutzen zu sein. »Ich bin mehr als nur mein Implantat, weißt du.«

»Mag sein, aber es ist bisher dein interessantestes Merkmal.«

»Ich mag dieses Mädchen«, rief Chef dazwischen.

Kaiden griff verärgert nach seinem Nasenrücken. »Es scheint an diesem Ort generell an sozialer Kompetenz zu mangeln.«

»Ich werde das sicher berücksichtigen, wenn ich meine Synapsenpunkte vergebe«, bemerkte Chiyo trocken.

»Das würde ich sehr schätzen«, sagte Kaiden, bevor er den Kopf schüttelte, als sich ein leichtes Lächeln auf seinen Lippen bildete. »Ich

mache nur Spaß … irgendwie. Es war nett sich mit jemandem zu unterhalten, die eher meinem Tempo entspricht oder mich zumindest anscheinend nicht in erster Linie als Experiment ansieht.«

Chiyo aß ein Stück Toast und hielt einen Moment zum Schlucken inne. »Na ja, abgesehen von deinem Implantat scheinst du auch anderweitig interessant zu sein. Du sorgst für angenehme Gesellschaft.«

»Was meinst du?«, fragte er.

»Die meisten anderen Novizen hier, auch ich, wenn ich ehrlich bin, kamen mit einem Plan im Hinterkopf hierher. Für die einen ist es einfach ein Ziel, das man anstrebt, während es für andere fast eine Obsession ist. Es war zur Abwechslung mal nett mit jemandem zu sprechen, der auch andere Dinge im Kopf hat.«

Kaiden lehnte sich leicht zurück und blickte in den Himmel. »Um ehrlich zu sein hatte ich noch nie von diesem Ort gehört, bevor ich die Einladung erhielt. Mein ganzes Leben lang bin ich einfach mit dem Strom geschwommen. Ich hatte sowas wie eine Familie und alles schien ziemlich gut zu sein. Ich schätze, ich suche einfach wieder nach meinem Platz im Leben.«

Er blickte auf und bemerkte, dass Chiyo ihn anstarrte, woraufhin er ihr einen fragenden Blick zuwarf. »Was? Zu verweichlicht?«

»Nein, es ist ziemlich ... ich kann's verstehen«, gab sie zu.

»Weißt du, wir haben vielleicht erst dreimal miteinander gesprochen, oder?«

»Richtig.«

»Irgendwie war immer ich das Gesprächsthema. Ich kann nicht behaupten viel über dich zu wissen, aber du scheinst mit nur einem Blick alles über mich zu kennen.«

»Ich habe einfach die normale Scanfunktion in meinen Kontaktlinsen modifiziert. Ich bekomme die Personalakten der Zielperson angezeigt und nicht nur ihren Akademieausweis.«

»Ich dachte, man müsse Mitarbeiter oder sowas sein, um Zugang dazu zu haben?«, fragte er und sie zuckte mit den Achseln.

»Schau dir ihre Armbinde an«, bemerkte Chef.

Kaiden gehorchte. Sie war silberfarben mit einem umrahmenden, goldenen Dreieck und einem inneren weißen Abzeichen, ähnlich der Ziffer 101.

»Silbernes Band bedeutet Technikerabteilung. Das IOI-Abzeichen bedeutet, dass sie zur Infiltrationsklasse gehört. Sie ist eine Hackerin.«

»Was bedeutet das goldene Dreieck?«, flüsterte Kaiden.

»Verdienstbasierte Zulassung, eine andere Version von Spezialfällen. Das bedeutet, anders als bei dir, dass

sie nicht einfach nur Glück hatte, sondern dass die Akademie sie haben wollte. *Da sie eine Hackerin ist, bedeutet das: Verarsch sie nicht, es sei denn, du hast es auf eine mysteriöse ›Fehlfunktion‹ der Sauerstoffzufuhr deiner Kapsel abgesehen oder bist scharf auf den plötzlich auftauchenden, permanenten Aktenvermerk ›bekannter Serienmörder, hat zudem eine Lama-Fixierung‹ in deiner Personalakte. Obwohl, so weit hergeholt ist das mit dem Lama gar nicht ...«*

Kaiden nickte und begriff nun, woher sie seine Informationen bei ihrem ersten Treffen hatte. Es war eigentlich eine Erleichterung. Zumindest hatte es sich noch nicht weiter herumgesprochen.

»Na gut, was suchst du denn dann hier?«, fragte er.

»Wie meinst du das?«

»Nun, um auf unsere anderen Gespräche zurückzukommen, du hast damals etwas von einem Pfad erzählt. Du meintest, dass du die meisten deiner Ziele mit anderen Novizen teilst. Du gehörst zur Infiltration, aber was erhoffst du dir davon?«

Chiyo blickte einen Moment zur Seite und holte dann tief Luft. »Ich bin mir darüber nicht ganz im Klaren, ehrlich gesagt. Bis vor etwa einem Jahr hatte ich keinen Grund herzukommen. Unsere Geschichten unterscheiden sich zwar geringfügig – oder vielleicht sogar sehr stark – aber wir wurden beide durch Zufall hierhergebracht.«

»Nun, es ist schön zu sehen, dass wir etwas gemeinsam haben.«

Sie schaute ihn mit halboffenen Augen an. »Ich erinnere mich von dir gehört zu haben, dass du durch eine Schlägerei hergekommen bist?«

»Ich habe eine Schlägerei *gewonnen*, gegen vier Typen auf einmal«, erwiderte er.

»*Das waren nur Slumbewohner. Lass es nicht so klingen, als hättest du es mit einer Gruppe kampferprobter Söldner aufgenommen, du größenwahnsinniger Bastard*«, höhnte Chef.

Kaiden knirschte mit seinem Kiefer, um nicht auf die EI zu reagieren.

»So oder so wurde ich von der Akademie aufgrund meiner Talente aufgenommen. Sie sind ein bisschen ... subtiler als deine.«

»Hey, jeder hat seinen Nutzen. Müssen ja beeindruckende Fähigkeiten sein, wenn sich ein Ort wie dieser für dich interessiert«, sagte Kaiden.

»Nun, ich würde ... Dankeschön. Ich versuche mich nicht auf Dinge zu versteifen, aber ich arbeite seit meiner Kindheit an meinen Fähigkeiten.«

»Hacken ist ein ziemlich ungewöhnliches Hobby für eine Grundschülerin. Wie kam es dazu?«

Ihr Blick schweifte wieder zur Seite. Dann beobachtete sie, wie die Sonne langsam über die Bergkette stieg. »Ich wollte ... Ich hatte ein Händchen dafür, fühlte, dass es eine Fähigkeit war, die mich weit bringen könnte.«

»Ziemlich nüchtern von dir«, kommentierte Kaiden.

Sie schaute ihn an, diesmal mit einer Spur der Verärgerung in ihren Augen. »Was meinst du?«

Kaiden zuckte die Achseln. »Ich meine, nenn mich einen Schwachkopf wenn du willst, aber ich habe mich auf Kämpfen, Waffen und all das Zeug eingelassen, weil es mir gefiel. Mit der Zeit verbesserte ich mich und fing erst irgendwann an es ernst zu nehmen, doch damit begann alles.«

»Wie alt warst du, als du mit dem Schießen angefangen hast?«

»Eh, vielleicht acht oder neun? Ich habe meinen ersten Schuss abgegeben, als ich noch ein Baby war. Mein Großvater half mir die Waffe zu halten.«

Sie blinzelte ohne ein Wort zu sagen.

»Hör zu, ich bin kein Berufsberater oder versuche dir irgendwie eine Selbsthilfe-Broschüre oder so was anzudrehen. Wenn ich dir jedoch einen Ratschlag im Austausch für all deine bisherigen Ratschläge geben kann, dann, dass du Spaß haben solltest bei dem was du tust oder zumindest ein wenig Stolz mitbringen. Was soll dich denn sonst noch antreiben? Ich bin mir sicher, dass du in deinem Metier verdammt gut bist. Aber du solltest dir im Klaren sein, dass sie dir irgendwann eine Note aufdrücken werden und du wirst dich daran gewöhnen. Viel mehr wird dir nicht übrig bleiben.«

Sie blinzelte weiter, ihr Mund öffnete sich für einen Moment, bevor sie sich wieder fasste. Dann atmete sie tief ein und sagte: »Das ist vielleicht das Eloquenteste und Durchdachteste, was du mir bisher gesagt hast.«

Kaiden kicherte. »Es ist nur eine persönliche Philosophie. Man kann nicht alles im Leben kontrollieren. Da kannst du mir vertrauen. Das Schicksal ist mehr als glücklich dir eins reinzuwürgen, wenn du zu selbstgefällig wirst. Erst der Umgang mit dem Schwachsinn des Schicksals gibt dir die richtige Richtung vor.«

Sie nickte langsam, anscheinend wirklich beeindruckt.

»Nun, sieh sich einer das an – zwei ganze Absätze von etwas Cleverem. Ich bin ja so stolz«, zwitscherte Chef. *»Vielleicht hat ja Wulfsons Faust einige Risse in deinem*

Dickschädel hinterlassen, durch die jetzt ein wenig Weisheit in Deinen Kopf tropft.«

Kaiden rollte mit den Augen und kicherte. »Nun, ich hoffe wir sehen uns wieder. Sieht so aus, als wären Frühstücksgespräche unser Ding. Ich muss jetzt los zum Animus-Zentrum, es sei denn, du willst mich begleiten?«

Sie neigte ihren Kopf leicht auf die Seite. »Du musst noch zur Initiierung und deine Ausrüstung abholen, richtig?«

Kaiden neigte den Kopf und grübelte, wobei ihm klar wurde, dass er sich der Antwort nicht sicher war.

»Die Antwort ist ja«, sagte Chef in einem verärgerten Ton.

»Ja.«

Sie schüttelte den Kopf: »Dann nein danke. Ich habe diese Aufgaben bereits erledigt. Die meisten der Sonderfälle und die späten Teilnehmer sind die einzigen, die da durch müssen. Ich muss mich erst in zwei Stunden beim Zentrum melden. Ich gehe stattdessen zur Bibliothek.«

»Alles klar«, bestätigte Kaiden und stand mit seinem leeren Tablett auf. »Bis bald, hoffentlich.«

Als er in Richtung Mülleimer ging, bemerkte Chiyo das Ass-Abzeichen auf seiner Armbinde. Als sie sich auf den Weg machen wollte, dachte sie darüber nach. Vor ihrem Gespräch wäre sie wahrscheinlich eher überrascht gewesen, aber jetzt?

Sie musste sich eingestehen, dass es ein wenig Sinn ergab.

KAPITEL 20

Kaiden nahm das Animus-Zentrum in Augenschein. Es war ein großes, kreisförmiges Gebäude und mindestens acht Stockwerke hoch. Reflektierendes Glas umschloss die meist spärlich akzentuierte Fassade, die jedoch mit einem großen Metallrahmen verziert war, der ein Nexus-Akademie-Symbol umschloss. Darunter, über sechs Eingangstüren, charakterisierten stilisierte Schriftzüge das Gebäude als Animus-Zentrum.

Er beobachtete einen Strom von Novizen in Richtung der Eingänge drängen und wurde dabei fast umgestoßen, als andere sich an Kaiden vorbeischoben. Das waren nicht einmal alle Studenten und der Strom bewegte sich wie ein reißender Fluss.

Kaiden ging zügig zum Eingang und zwängte sich durch die Menge, um in das Gebäude zu gelangen.

»Chef, ich könnte eine Karte gebrauchen, wenn möglich«, forderte Kaiden, nahm seine Brille heraus, setzte sie auf und schob sie ein wenig weiter den Nasenrücken hinauf, in der Hoffnung, dass er sie im unkontrollierten Andrang nicht verlieren würde.

»*Gute Idee, auf dem Bildschirm*«, bestätigte Chef. Eine Karte des Gebäudeinneren materialisierte sich auf der Anzeige und ein durchsichtiger blauer Pfeil erschien, der nach Nordwesten zeigte.

»Ich habe deine Animus-Halle auf der Karte markiert. Es wäre außerdem nett, wenn du mir deine Meinung dazu sagen könntest.«

Kaiden bemerkte, wie sich die Enden seiner Brillenbügel verlängerten, sich um seinen Hinterkopf wickelten und wie sich kurze Stifte an seinem Hinterkopf festsetzten. Die Linsen schmiegten sich in Richtung seiner Augen, wobei der Bildschirm sich leicht nach außen presste, was ihm das Gefühl gab eine Taucherbrille zu tragen.

»Was ist das?«, fragte er.

»Eine nette kleine Funktion. Nennt sich Gefahrenmodus, der deine Brille fixiert, wenn es mal etwas holpriger im Einsatz zur Sache gehen sollte. Außerdem bietet dir die Anzeige einen gewissen Schutz vor umherfliegenden Trümmerteilchen.«

Kaiden rückte sie etwas zurecht. »Nicht schlecht. Ich schätze, Laurie hat wirklich ein paar coole Schmuckstücke in seiner Schatulle.«

»Ich nehme das jetzt nicht persönlich, da ich streng genommen nicht seine Schöpfung bin, aber pass auf was du sagst, Klugscheißer.«

Kaiden betrat den Hauptteil des Gebäudes. Jedes Stockwerk war abgetrennt vom Rest und umgab jeweils den Rundbau alle sechs Meter nach oben bis zur Spitze. Die Wände waren aus dunkler Eiche und die Böden schwarz gefliest. Er folgte dem Pfeil auf der Karte zu einer Reihe von Aufzügen und lehnte sich an eine Wand, während er auf eine Gelegenheit wartete.

»Und was hast du bekommen?«, hörte er einen Novizen einen anderen fragen.

»Scharfschütze und du?«

»Ingenieurabteilung, Goliath-Klasse. Ich kann da an schweren Waffen, Gefechtsrüstungen, Panzern und dergleichen arbeiten.«

»Verdammt, das klingt aufregend«, meinte ein anderer Novize. »Ich bin in der Feldchirurgie. Ich schätze, das ist gut so, du kennst mich, oder?«

Kaiden hörte dem aufgeregten Geschwätz weiter zu. Er musste zugeben, dass es nett gewesen wäre sich mit jemandem über das Kommende zu unterhalten. Er war sich selbst nicht ganz sicher, aber hey, zwei Köpfe mit halbherzigen Gedanken müssten sich doch ergänzen, oder?

»Entschuldigung, aber ich kenne dich.«

Kaiden drehte seinen Kopf und blickte einem Tsuna entgegen. Einen Moment lang war er überrascht, fing sich aber recht schnell wieder. Beim zweiten Mal war es nicht mehr ganz so überraschend.

»Howdy... Moment, bist du derjenige, den ich am Bahnhof getroffen habe?«, fragte er, stieß sich von der Wand ab und drehte seinen Körper zu ihm, um ihn von Angesicht zu Angesicht anzusehen. »Du bist ... Genos, richtig?«

»Korrekt.« Der Außerirdische nickte, legte eine Hand mit sichtbaren Schwimmhäuten auf seine Brust und hob zwei Finger zum Salutieren in die Luft. »Genos Aronnax, Ingenieurabteilung, Mechanikerklasse.« Er beendete seinen Gruß, bevor er eine Hand ausstreckte. »Es ist schön dich wiederzusehen, Novize Kaiden Jericho.«

»Gleichermaßen«, nickte Kaiden mit einem Grinsen und schüttelte dem Außerirdischen die Hand. »Mechaniker, wie? Scheint eine Art Oxymoron zu sein. Spielen Ingenieure nicht alle an Maschinen herum?«

»Nun, ja stimmt, aber ein Mechaniker zeichnet sich in vielen Feldern aus und ist nicht auf eine bestimmte Gruppe oder Maschinentyp spezialisiert.«

»Alleskönner also?«

»Das wäre ein angemessener Begriff, ja.« Genos nickte. » Es ist wahrscheinlich, dass wir eher direkt vor Ort handeln. Ich muss zugeben, dass es für mich sowohl beunruhigend als auch aufregend ist.«

»Wie das?«

Genos tippte seine Finger aneinander, sein Kopf wippte von einer Seite zur anderen. »Ich werde mein Bestes geben, um es auf einfache Weise zu erklären. Weißt du, mein Volk ist in Gruppen aufgeteilt. Jede Gruppe hat eine bestimmte Aufgabe und außerhalb der Freizeit mischen sie sich normalerweise nicht untereinander. Um an Maschinen und Waffen arbeiten und gleichzeitig in die Schlacht ziehen zu können ... werden diese Jobs dort, wo ich herkomme, normalerweise nicht miteinander vermischt. Wenn ein Fahrzeug oder ein Gerät während des Einsatzes repariert werden muss, schicken wir eine ferngesteuerte Drohne. Auf diese Weise müssen sich Krieger nicht mit Verlusten herumschlagen.«

»Ich glaube, ich kann dir folgen. Das heißt also, dass du keinerlei Kampferfahrung hast? Wie wirst du damit fertig?«

»Nein, du verstehst mich falsch oder ich war nicht deutlich genug. Allen Tsuna werden neben anderen Fertigkeiten die Grundlagen des Kampfes beigebracht, doch sobald wir uns spezialisieren müssen, ist die Weiterbildung von Fertigkeiten, die nicht Teil des Berufs sind, verpönt. Es wird als Zeitverschwendung angesehen.«

Kaiden verschränkte seine Arme und lehnte sich mit dem Rücken an die Wand. »Na gut ... aber wenn es dich so nervös macht, warum fragst du nicht nach einer anderen Klasse oder erklärst einem Berater die Situation? Ich bin sicher, sie suchen keinen Streit mit deinen ... Ich weiß nicht, sind es Älteste?«

»Ich habe kein Problem mit meiner zugewiesenen Klasse ... nicht persönlich zumindest. Es sind lediglich die möglichen Auswirkungen mit meinem Clan, obwohl ich nicht ganz sicher bin, wie sie reagieren werden. Möglicherweise nur verwirrt.«

»Trotzdem muss ich sagen, dass ich es immer noch irgendwie schockierend finde, dass ihr eine Klasse habt, die ihre Leute mit nur grundlegenden Kampftechniken in den Außeneinsatz schicken.«

»Das ist der Grund für mein Zögern. Weißt du, mein Clan war vor vielen eurer Erdenjahre ein Kriegerstamm. Wir wurden zu Wissenschaftlern ernannt, nachdem drei meiner Vorfahren, Brüder derselben Clan-Matriarchin, ein Gerät mit permanenter Lumineszenz entwickelt hatten«, erklärte Genos und legte eine geschlossene Faust auf seine Brust. »Es ist seltsam, wenn man in diesen modernen Zeiten über dieses Gerät nachdenkt, das mittlerweile kaum mehr ist als eine Spielerei – aber damals galt es als kontrovers. Ein Tsuna, der sich gegen seine Bestimmung wandte – das könnte für unsere Gesellschaft traumatisch sein. Jeder hatte seinen wichtigen Platz und wir haben ein Sprichwort: ›Die Säulen unseres Königreichs sind nicht aus Stein gebaut, sondern aus dem Volk.‹ Und sie hatten sich dagegen aufgelehnt.«

Kaiden nickte und fragte sich, zu was dies wohl führen würde. »Ich verstehe, aber warum führt das zu einer kleinen Glaubenskrise?«

»Der ursprüngliche Clan wurde geteilt, wobei einige als Krieger weiterlebten und die Brüder das Oberhaupt eines neuen Clans wurden, der sich der Wissenschaft verschrieb. Sie haben viele Jahre lang gekämpft, um das Stigma unserer Vorfahren abzuschütteln. Wir sind der einzige Clan, dessen Bezeichnung geändert wurde, aber wir haben durchgehalten, und jetzt werden wir hochgeachtet. Als ich jedoch mehr über unsere Vergangenheit erfuhr, wurde ich neugierig. Ich verbrachte meine Freizeit damit, die Wege des Kriegers zu erlernen, um mich den Wurzeln meiner Sippe näher zu fühlen.«

»Deshalb haben sie dich also zu den Mechanikern gesteckt? Du kannst einen Droiden genauso leicht reparieren wie zerstören?«

»Ich empfinde die Zerstörung eines Droiden als weniger zeitaufwendig«, sagte Genos, wobei ein wenig von seiner früheren Melancholie aus seinen Augen wich.

»Nun, ich kann nicht behaupten, dass ich mich mit der ganzen Clan-Sache identifizieren könnte, aber ich würde mich nicht zu sehr davon beeinflussen lassen.« Kaiden lächelte. »Wenn du dich so sehr für deine Vorfahren interessierst, dann sieh dich doch als eine neue Version dieser Brüder – als Wegbereiter. Außerdem ist es so, dass du dadurch das Beste aus beiden Welten kombinierst.«

Genos stand nun etwas aufrechter und legte den Kopf zur Seite. »Deine Denkweise klingt interessant, allerdings mache ich mir Sorgen, wie mein Clan von der Gesellschaft gesehen werden wird.«

»Hey, Mann, ich weiß nicht genau, was los war, als der Vertrag unterzeichnet wurde und man euch hierher geschickt hat, aber das musste ja zur Sprache kommen.

Sieh es so, du bist jetzt auf dich allein gestellt. Was auch immer bei deiner Rückkehr passiert, erzähl ihnen, dass du den Menschen die Fähigkeiten deines Volkes demonstriert hast.«

Kaiden hörte das Klingeln eines herannahenden Aufzugs. Während ihres Gesprächs hatte sich der Flur geleert. Er blickte zurück auf Genos, der ins Leere starrte und offensichtlich über seine Worte nachdachte. »Ich gehe rüber in meinen Saal. Willst du mitkommen?«

Genos schnappte zurück in die Realität. »Ah, nein ... danke, ich warte noch auf andere. Außerdem werde ich nicht in den gleichen Saal gehen wie du. Den Tsuna wird derzeit ein eigener zugewiesen, bis einige der Animus-Spezifikationen allgemeingültig werden.«

Kaiden nickte, als er sich dem offenen Aufzug näherte. »Gutes Gespräch, Genos. Lass dich nicht von kleinen Dingen ins Schwitzen bringen. Du wirst zurechtkommen.«

»Wir schwitzen nicht, anders als ihr, aber – Ah, das war eine Redewendung. Meinen Dank und mach's gut, mein Freund«, sagte Genos und winkte zum Abschied.

Kaiden winkte zurück, als sich die Türen schlossen. Er war jetzt mit einem Alien befreundet. Was sagte man dazu?

* * *

Kaiden betrat Halle sieben und sah Reihen und Reihen von Kapseln, ähnlich der, in die er während seiner Prüfung mit Laurie und Sasha gesteckt worden war, die aber stromlinienförmiger aussahen. Diese waren nicht vertikal angelegt, sondern standen schräg auf dem Boden, der mit Leitungen und Kabeln übersät war.

Er schloss sich einer Gruppe von Studenten an und hörte Bedenken, dass niemand sich wirklich sicher war, ob sie in die Kapseln steigen sollten, als eine Stimme rief.

»Guten Morgen, Novizinnen und Novizen. Willkommen im Animus-Zentrum.« Alle drehten sich um und blickten Akello entgegen, die sich mit einem Tablet in der Hand und einer langen, weiß-silbernen Mitarbeiterjacke mit schwarzer Hose und silbernen Stiefeln präsentierte. »Ich empfehle Ihnen sich an diesen Ort zu gewöhnen. Sie werden hier in Zukunft verdammt viel Zeit verbringen.«

Ein Novize fragte: »Sind Sie die Leiterin?«.

»Ich bin Beraterin Faraji, aber ich war früher einmal Leiterin, ja«, erklärte sie. »Ich bin für sie zuständig, bis ein neuer Leiter ernannt wird. Keine Sorge, ich schicke Ihnen im Animus keine fiesen Biester auf den Hals ... es sei denn, Sie nerven mich.«

»Wie großmütig von ihr.« Kaiden kicherte leise.

»Hey, sie hat die Kontrolle über die Kapseln in diesem Abschnitt hier. Sie könnte es noch viel schlimmer machen«, warnte Chef.

»Kann ich mir vorstellen. Ich werde ab jetzt besser meinen Mund halten.«

»Das wäre angebracht, aber ich bezweifle, dass du Pappnase das hinbekommst.«

Akello tippte etwas in ihr Tablet. »Bitte suchen Sie sich eine Kapsel aus. Gehen Sie langsam und vorsichtig. Wenn Sie sich für eine entschieden haben, halten Sie sich für die Anwesenheitskontrolle bereit.«

Alle Novizen folgten ihren Anweisungen, gingen durch den Saal und sahen sich die verschiedenen Kapseln an.

»*Oh, nimm die da. 7-G5«,* rief Chef.

»Für mich sehen die alle gleich aus«, bemerkte Kaiden.

»*Die hier sieht im Licht besser aus.*«

»Bevor jemand versucht die eine Kapsel mit Rennstreifen zu finden, sie gehört nicht dazu«, rief Akello. »Wir werden erst einmal diese lediglich für die Einrichtung Ihres Profils und das Ausrüsten verwenden. Nach dem Divisionstest wird Ihnen dann eine persönliche Kapsel für das Jahr zugeteilt.«

»Was ist das denn?«, fragte Kaiden.

Akello warf ihm einen kurzen Blick zu: »Ich erkläre es Ihnen, sobald Sie drinnen sind.«

»Juhu, mysteriöse Andeutungen«, murmelte Kaiden.

»Mach dir vorerst keinen Kopf darüber, ich würde dir eher empfehlen, sorgfältig auf deine Ausrüstung zu achten, sobald wir drinnen sind.«

Kaiden ging zu der Kapsel, die Chef vorgeschlagen hatte, wenn auch nur, weil es ihm völlig egal war, welche er bekam.

»Neben jeder Kapsel befindet sich ein Scanner. Bitte legen Sie Ihre Hand auf den Bildschirm, damit er Sie registriert und Ihre Anwesenheit bestätigt«, befahl Akello.

Kaiden ging auf den Scanner zu und drückte seine Handfläche auf die kalte Glasplatte. Ein weißes Licht bewegte sich einen Moment lang auf und ab, bevor der Bildschirm ein paar Mal aufblitzte, gefolgt von einem grünen Licht. Er nahm seine Hand vom Scanner und sah seinen Akademieausweis auf dem Bildschirm erscheinen.

Akello schaute auf ihr Tablet, als sie durch den Raum schritt. Kaiden bemerkte, dass sie stehen blieb und in seine Richtung blickte. Ein unbehagliches Gefühl machte sich in ihm breit.

Er war zumindest sehr zuversichtlich, dass er es mit ihr anstatt mit Wulfson aufnehmen konnte.

Sie ging zu ihm hinüber, das Tablet an ihre Brust gedrückt. »Kaiden Jericho, richtig?«

»Ja, Ma'am«, antwortete er und fragte sich, worum es wohl *diesmal* ging.

Er war angenehm überrascht, als sie lächelte und ihm die Hand reichte. »Schön Sie kennenzulernen. Professor Laurie hat mir ein wenig von Ihnen erzählt.«

»Ach, hat er das?«, fragte Kaiden misstrauisch und vergab einen festen Händedruck. »Ich kann mir nicht vorstellen, dass er viel Positives über mich erzählt hat.«

Sie lachte. »Laurie ist goldig – etwas seltsam, aber goldig.«

»Zumindest kann ich Ihnen bei seltsam zustimmen.«

Sie zog ihre Hand zurück. »Er wollte, dass ich Sie von seiner Systemaktualisierung unterrichte. Die Synchronisation sollte reibungslos funktionieren.«

Er nickte. »Danke, ich weiß das zu schätzen. Dass mir das Gehirn nicht aus den Ohren läuft, ist für mich schon ein ziemlich erstrebenswerter Bonus.«

»Ich werde Sie im Auge behalten, wenn es Sie beruhigt und natürlich werde ich dafür sorgen, dass nichts passiert. Das ist alles Standardprozedere.«

»Ach, ich mache mir keine allzu großen Sorgen. Ich bin mir ziemlich sicher, dass Laurie nicht allzu erpicht darauf ist, dass sein Proband ihm wegstirbt.«

»Da sind wir uns einig.« Sie schenkte ihm ein letztes Lächeln, bevor sie sich umdrehte.

Er sah sie zu einer großen Konsole im hinteren Teil des Raumes gehen. Dort platzierte sie ihr Tablet in eine Nische und drehte sich zurück. »Alle sind hier und haben sich ausgewiesen. Wir fangen jetzt an. Ich hoffe, Sie sind alle bereit.«

Kaiden vernahm aufflammende Gespräche. Er drehte sich um, ein weißes Licht an der Spitze der Kapsel blinkte ihm entgegen. Die Tür zur Kammer öffnete sich und Kaiden sah, dass der Innenraum gepolstert war.

»Wenigstens wird's nicht unbequem, wenn mir diesmal der Verstand herausgerissen wird.«

»Schluss mit dem Gejammer und steig in den Sarg, du Waschlappen«, befahl Chef.

Kaiden hob einen Stiefel hinein, bevor er den anderen nachschob. Er dreht sich noch einmal um und beobachtete, wie die anderen Novizen ebenfalls in die Kapseln stiegen.

»Entspannen Sie sich. Ich weiß, dass dies das erste Mal für einige von Ihnen ist, aber ich verspreche, dass alles in Ordnung sein wird. Ich werde hier sein, um alles Schritt für Schritt mit Ihnen durchzugehen«, versicherte Akello.

Die blinkenden, blauen Lichter der Kapseln leuchteten jetzt durchgehend. Kaiden befand sich einen Moment lang in der Dunkelheit, bevor das vertraute, schwach leuchtende Licht der Glühstreifen seine Kapsel erhellte. Neugierig lehnte er sich nun zurück und bereitete sich auf die Synchronisierung vor.

Akellos Stimme umgab ihn in der Kammer. »Alle Kapseln sind betriebsbereit. Sind alle soweit entspannt genug, um in den Animus zu gehen?«

Kaiden sah ein Pop-up-Fenster vor sich aufsteigen. ›Animus starten?‹ stand über einem grünen und einem rot unterlegten Kasten. Er drückte auf das grüne Feld und der Bildschirm verschwand. Er sah den Lichtpuls um sich herum und ein anderes Licht begann seinen Körper zu scannen. Er fühlte das gleiche schwere Gefühl wie zuvor und schloss die Augen.

Los ging's, zurück ins virtuelle Wunderland.

KAPITEL 21

Umgeben von Wolken standen sie im Himmel. Dutzende Novizen um Kaiden herum tasteten nach Orientierung – zumindest so gut es ging, solange sie scheinbar keinen Boden unter den Füßen hatten.

»Schau nicht nach unten«, witzelte Chef in seiner kugelförmigen Gestalt, die neben Kaiden auftauchte.

»Zum Glück ist das nicht mein erstes Rodeo«, grunzte der Novize. »Den anderen scheint es da anders zu gehen.«

Während die Mehrheit seiner Mitstudenten zurecht zu kommen schienen, auf- und abspringend oder aufeinander zugehend, bemerkte er eine Handvoll, die verzweifelt umherirrten oder wie Kleinkinder am Boden umherkrabbelten.

»Ach, die Pappnasen werden sich schon daran gewöhnen. Formt den Charakter.«

»Sollten sie besser. Sonst wird es noch traumatisch für sie.«

»Synchronisation beendet. Willkommen im Animus, Novizen«, hallte Akellos Stimme durch den Himmel.

»Wo ist der *Boden*?«, rief ein panischer Novize: »Das ist doch *Schwachsinn* – sind Sie *wahnsinnig*?«

»Was sagte ich noch mal übers Nerven?«, fragte Akello.

Ohne Vorwarnung schwappte der Boden unter den Füßen des panischen Jungen weg, der schreiend in die Tiefe stürzte. Für einen kurzen Moment verblasste seine Stimme und verschwand schließlich im Nichts. Kaiden spitzte die Ohren. Der Schrei schien sich zu nähern, diesmal von oben.

Beinahe synchron legten die anwesenden Novizen die Köpfe in ihre Nacken und folgten dem Flug der Heulsuse. Kurz vor dem nahenden Aufprall entschleunigte er sich allmählich und legte an derselben Stelle unsanft eine Bruchlandung hin.

»Solange ich hier an der Hauptkonsole dieses Saals sitze, habe ich die vollständige Kontrolle über den Animus. Die normalen Gesetze der Realität müssen hier nicht gelten – wie das Bedürfnis, auf dem Boden zu stehen.«

»Ich glaube, das weiß er jetzt«, sinnierte Kaiden lachend.

»Gut, dass seine Hose auch virtuell ist.«

»Nun denn, lassen Sie uns in eine entspanntere Stimmung übergehen, was meinen Sie?«, schlug Akello vor.

Das Blau des Himmels um sie herum wechselte in einen violetten, dämmrigen Farbton. Kaiden blickte hinter sich und sah langsam die Sonne in der Ferne verschwinden.

»Reden wir nun zunächst über das Thema ›Synapse‹.«

Vor Kaiden erschien eine große Leinwand voller Statistiken – seine Statistiken, bemerkte er. Bevor er sich jedoch richtig einlesen konnte, tauchte ein lilafarbener, horizontaler Balken auf dem Bildschirm auf. Der Balken war nur leicht gefüllt. Ein Indikator zeigte dabei einen Wert von fünf Prozent an.

»Was Sie hier alle sehen, ist ein Synapsen-Erfahrungsbalken. Er misst die Menge an Erfahrung, die Sie während des Trainings sammeln und wenn er voll ist, erhält man einen Synapsenpunkt.«

»Wie kann ich schon fünf Prozent haben?«, fragte sich Kaiden.

»Wahrscheinlich hast du sie durch Sashas Prüfung bekommen.«

»Dafür habe ich nur mickrige fünf Prozent bekommen?«

»Keine Sorge. Mit der Zeit sammelst du immer mehr und schneller Erfahrungspunkte. Dein Verstand muss sich erst daran gewöhnen.«

»Ich dachte, dafür hab ich dich.«

»Ha, vergiss nicht, mit welcher desolaten Hardware ich in deinem Kopf arbeiten muss.«

Kaiden rollte mit den Augen: »Ich finde, Du könntest ruhig mal ein wenig mehr Gewicht in die Waagschale werfen.«

»Streng genommen hat meine Hardware kein wirkliches Gewicht, aber als Gegengewicht für dein Gehirn dürfte es gerade noch so reichen. Aber wenn du gerne mal einen Trip ohne Puffer im Animus erleben möchtest, kann ich dir den Wunsch gern erfüllen.«

»Nee, danke, ich verzichte.«

»Dann sag mir, dass es dir leid tut.«

»Klar, gib mir vorher nur 'ne Sekunde meine Kotze runterzuwürgen.«

»Frecher Bastard.«

»Haben das alle verstanden?«, fragte Akello.

»Oh, da hätte ich wahrscheinlich zuhören sollen.«

»Ach, improvisiere einfach.«

»Wenn Sie einen Synapsenpunkt – oder kurz SP – erhalten, können Sie ihn nutzen, um ein Talent freizuschalten.«

Der Bildschirm schwang zu einer Reihe an mehreren Auswahlfenstern – Generell, Soldat, Ass, Fitness und EI.

»Die Fenster vor Ihnen stellen die Talentbäume dar, auf die Sie derzeit Zugriff haben. Wenn Sie die richtigen Kurse belegen, können Sie auch weitere freischalten. Vorerst haben Sie einen Baum für Ihre Abteilung und Ihre Klasse sowie drei universelle Fenster, auf die alle Novizen Zugriff haben. Schauen Sie sich ruhig um. Sie können über ein Symbol fahren, um mehr über entsprechende Talente zu erfahren.«

Kaiden öffnete das Fenster ›Soldat‹ und enthüllte Dutzende von Kästchen mit kleinen Logos. Er bewegte seine Hand über eine der oberen Kästchen, dessen Abbild eine abgefeuerte Pistole zeigte.

Erstklassiger Schuss: Verbessert die Standfestigkeit und Genauigkeit des Anwenders mit Handfeuerwaffen.

Status: 0/2

»Null von zwei für das Talent ›Erstklassiger Schuss‹? Warum ist es null? Schießen ist mein Ding!«, fragte Kaiden laut.

»Über die Themen Standfestigkeit und zu schnelles Schießen sollten wir bei dir auch mal reden«, kommentierte Chef höhnisch.

»Daran wird es liegen. Für die meisten Menschen liegt ›Erstklassiger Schuss‹ bei null von vier oder fünf«, antwortete Akello und schnitt damit Kaidens Gedankengang ab, der gerade über eine bissige Erwiderung nachdachte.

»Moment, also ist es für jeden anders?«, fragte ein anderer Novize.

Akello nickte. »Das Potenzial der Synapse ist grenzenlos. Unsere Wissenschaftler, Entwickler und Techniker arbeiten ständig an der Verbesserung des Systems. Vielleicht könnten eines Tages bestimmte Bereiche erweitert werden, um Ihre Fähigkeiten zu verbessern. Momentan lädt der Animus Ihre aktuellen, persönlichen Informationen und Ihre Kompetenzeinschätzungen von Ihrer EI herunter. Sie stützt sich dann auf Ihre potenziellen Upgrades für Ihre derzeit gepflegten Talente und darauf, wie sehr sie diese verbessern können, ohne dass die Dinge ... schmutzig werden. Es wäre gefährlich sie über die derzeitigen Fähigkeiten hinaus zu erhöhen. Sie sollten Ihre Punkte auf Talente anwenden, die unterentwickelt oder neu sind.«

Kaiden schaute sich weiterhin im Soldatenbaum um und hob ein anderes Kästchen hervor, das anscheinend einen stilisierten Roboter mit einem Loch in der Brust zeigte.

Robotik-Terminierung: Gewährt dem Benutzer die Fähigkeit und das Wissen über Anatomie, Schwächen und Schadenspunkte der meisten Robotereinheiten.

Status: 0/3

Er bewegte seine Hand zu dem benachbarten Kästchen. Es war dunkler als die anderen Kästchen und zeigte das Logo eines vierarmigen Wesens mit einem Loch in der Brust.

Mutanten-Terminierung: Gewährt den Anwendern die Fähigkeit und das Wissen über Anatomie, Schwächen und Schadenspunkte bekannter Mutantenarten.

Status: Unbestimmt (gesperrt)

»Weißt du, was es damit auf sich hat, Chef?«

»Das Wissen der Mitarbeiter von Animus und der Akademie über ihre Novizen ist begrenzt. Bis du einen Kurs in

einem bestimmten Bereich belegst, sind also einige Talente so lange gesperrt, bis sie sich ein entsprechendes Bild über deine Fähigkeiten gemacht haben.«

»Wie das Töten von Mutanten?«

»Hast du schon mal gegen einen Mutanten gekämpft?«

Kaiden schüttelte den Kopf. »Hatte noch nicht das Vergnügen, nein.«

»Dann weißt du einen Scheißdreck über sie. Vielleicht bist du ein Fachidiot und kannst ein ganzes Bataillon Mutanten mit einem Buttermesser auslöschen, aber wir wissen es nicht und deshalb wäre es besser, wenn du das System nicht mit einer Überladung an Informationen und Talenten vollstopfst.«

»Wie kann es schlecht sein neue Fähigkeiten zu haben?«

»Der gleiche Grund, warum man nicht ständig Luft in einen Ballon pumpt. Explosionsgefahr. Ohne ein weitreichendes Verständnis der Fähigkeiten eines Novizen kann kein richtiger Pfad geschaffen werden. Was du verlangst, ist, einen Chirurgen durch einen Stümper zu ersetzen, der mit einer ›Scheiß drauf‹-Attitüde jedem seine Exkremente mit einem Pömpel aufdrücken will.«

»Wenn ich also anfangen würde zufällige Fähigkeiten auszuwählen ...«

»Je nach Fähigkeit ist es der Unterschied zwischen einem knallharten Typen und einem blutigen Chaos.«

»Ich denke, das überspringe ich erst einmal.«

»Ja, gute Idee.«

»Also gut, Novizen, lasst uns fortfahren. Die Talentbäume werden nun in Ihre EI-Systeme geladen, sodass Sie sie in Ruhe durchgehen können. Wenn Sie weitere Fragen haben sollten, können Sie Ihre EI konsultieren oder mich danach fragen.«

Die Bildschirme verschwanden. Kaiden sah, wie um jeden Novizen herum durchsichtige Kästen erschienen, die sich kurz darauf verdunkelten. Ein Kasten hüllte ihn ein und blockierte seine Sicht auf die anderen.

»Jetzt kommt der lustige Teil – Ihre persönliche Ausrüstung.«

Kaiden konnte seine Reflexion an der verdunkelten Wand vor ihm erkennen. Daneben wurde eine Reihe von Optionen auf dem Bildschirm eingeblendet.

»Dies ist möglicherweise eine der wichtigsten Optionen in den frühen Tagen Ihrer Schulzeit hier. Was Sie jetzt wählen, ist die Grundausrüstung für Ihre Ausbildung, Übungseinsätze und Tests. Sie wählen Ihre Rüstung, Primärwaffe, eine Sekundärwaffe, zwei Geräte und eine Nahkampfwaffe. Nehmen Sie sich alle Zeit, die Sie brauchen. Wenn Sie fertig sind, bestätigen Sie einfach Ihre Wahl, und Sie werden zu einem Testfeld gebracht. Wenn Sie dort dann fertig sind, können Sie mit Ihrer Ausrüstung noch etwas hantieren oder es sein lassen, eine Nachbesprechung durchführen und den Animus für heute de-synchronisieren.«

Kaiden drückte auf die vor ihm schwebende Schaltfläche für die Rüstung und bekam so eine komplette Liste von Optionen, um jedes einzelne Stück zu betrachten.

»Hast du eine Meinung dazu, Chef?«

»Gehst wohl nicht gern einkaufen?«

»Hatte normalerweise nicht so viel Auswahl. Eigentlich hatte ich bei einem Kampf normalerweise keine Rüstung.«

»Nun, in diesem Fall sollten wir uns Zeit nehmen.« Chefs Avatar verschwand aus Kaidens seitlichem

Blickfeld und erschien an der Wand. Er verhielt sich wie ein Mauszeiger, der über verschiedene Optionen schwebte.

»Du wirst auf jeden Fall eine haben wollen, nur um sicherzugehen, aber wenn du so lange ohne überlebt hast, spricht das für deine Schnelligkeit. Die solltest du besser nicht opfern.«

Er öffnete das Eingabefenster für den Brustpanzer und wählte ein schlankes Modell in schwarz und grau. Kaiden sah die Rüstung auf seiner Brust erscheinen und konnte die Passform in seinem Spiegelbild erkennen. Sie fühlte sich robust, aber flexibel an. Sie könnte zwar wahrscheinlich keinem schweren Schaden standhalten, aber ein paar zufällige Treffer würde sie schon verkraften, bevor sie unbrauchbar wurde. Die Rüstung war nicht allzu schwer und er konnte die Polsterung im Inneren spüren.

Chef wühlte sich schnell durch die anderen Optionen und fügte Handschuhe, Armschützer, Schienbeinschützer, Schulterpolster, die auch die Oberseite seiner Arme schützten sowie einen Gürtel und einen Rückengurt zum Verstauen seiner Waffen und Gegenstände hinzu.

»Was hältst du von einem Helm?«, erkundigte sich Chef.

Kaiden grübelte. Er würde ihn zwar vor einem Kopftreffer schützen, aber er wollte nicht, dass seine Sicht verdunkelt oder verzerrt wurde. »Gibt's noch Alternativen?«

»Wie wäre es damit?«

Eine Maske materialisierte sich und bedeckte sein Gesicht vom Kinn bis zur Spitze der Stirn mit einer metallisch anmutenden Platte. Das Visier war klar und breit, ein langer Streifen, der sein Gesicht umkreiste und ihm ein breites Sichtfeld gab. Es wirkte, als wäre es aus dem gleichen Material wie ein Einwegspiegel gefertigt. Er konnte sein Spiegelbild sehen, nicht jedoch seine Augen.

»Es hat einen Atemfilter, um Luft umzuwälzen und Kohlendioxid auszufiltern, wenn du dich in Situationen befindest, in denen Sauerstoff knapp ist. Das Visier schützt nicht nur vor Trümmern, sondern hält alles auf Abstand, was die Sicht behindert. Die Metallbeschichtung trägt zur Verteidigung gegen Kopfschläge und Schüsse mit Kleinwaffen bei. Die Oberkante deines Oberstübchens liegt immer noch offen, aber dich nicht erschießen zu lassen ist dein Job.«

»Klingt gar nicht mal so übel, Chef«, sagte Kaiden anerkennend. »Gute Arbeit. Lass mich nur eben noch ein wenig schauen, bevor wir weitermachen.«

Kaiden blätterte schnell durch die Eingabefenster. Er fand einen langen schwarzen Mantel, der zusätzlichen Schutz vor Klingen und leichter Munition bot und legte ihn über seine Rüstung, um den Look zu vervollständigen.

»Wenn du schon draufgehst, dann wenigstens mit Stil.«

»Das ist auch ohne die Rüstung offensichtlich. Ich könnte einen Sack als Rüstung tragen und es würde keinen Unterschied machen«, höhnte Kaiden, öffnete seinen Mantel und streckte sich. »Ich schätze, das werden wir sehen, wenn wir in den Trainingsbereich kommen, aber ich habe ein ziemlich gutes Gefühl dabei.«

»Dann auf zu den Waffen!«

Kaiden nickte, drückte den Bestätigungsknopf für die Rüstungseinstellung und ging zum Ausrüsten der Waffen über.

»Versuch die Waffe zu finden, die ich bei der Prüfung benutzt habe.«

»Alles klar«, bestätigte Chef, unternahm einen Schnelldurchlauf durch die Optionen der Primärwaffen, bevor er sich auf die Sekundärwaffen konzentrierte. Er stockte, als er über einem Bild der Pistole schwebte. *»Da haben wir sie.«*

Sie erschien in Kaidens Hand, woraufhin er sie begutachtete und lächelte. Nicht zuletzt wusste er, dass er damit mehr Spaß haben würde. »Die will ich auf jeden Fall haben, kann aber nicht behaupten, dass ich eine Meinung zu den anderen freien Plätzen hätte ... vielleicht eine Schrotflinte oder ein Gewehr als Primärwaffe.«

»Sicher, dass du kein Maschinengewehr haben willst? Macht die Dinge etwas einfacher, wenn man auf Horden stößt.«

»Nein, die Feuerrate der Debonair ist schnell genug. Vielleicht kann ich das Überhitzungsproblem beheben, wenn sie sie uns modifizieren lassen. Schau mal nach, was für Schrotflinten du finden kannst.«

Chef gehorchte, öffnete das Fenster und durchsuchte die Auswahl an Schrotflinten. *»Irgendwelche Vorstellungen?«*

»Schnelle Feuerrate, große Reichweite ... sollte dabei recht ausgeglichen sein.«

»Klingt so, als wolltest du eine Schrotflinte haben, die ein Gewehr ist.«

»Na ja, irgendwie schon, schätze ich. Die meiste Erfahrung habe ich natürlich mit einer Pistole gemacht. Wenn es denn mal keine Pistole oder Maschinenpistole war, habe ich mit der X7-Eviscerator gearbeitet, ein Modell von Tera Sovereign. Sie war nicht so leistungsstark wie einige der anderen Flintenmodelle, aber ihre Genauigkeit war unübertroffen und sie hat auch auf größere Entfernungen einen starken Eindruck hinterlassen. Sie tanzte irgendwie auf beiden Hochzeiten sozusagen.«

»Bestätige. Ich glaube nicht, dass die Akademie dieses Modell in den Akten hat, aber wenn ich raten müsste, haben die Techniker wahrscheinlich etwas Ähnliches ausgetüftelt.« Chef schaute sich einige Augenblicke lang um, bevor er über den Bildschirm segelte und neben dem Bild einer Schrotflinte schwebte, die eine etwas rechteckige Form mit langem Lauf und einem grauen Schaft besaß.

»Sieh dir die mal an. Genau wie ich vermutet habe. Die Jungs in der Forschungsabteilung von Nexus haben diesen kleinen Racker entwickelt. Sie wird Raptor genannt – Unterhebelrepetierer, kleine Streuung, ist hauptsächlich plasmabasiert, hat aber eine zweite Kammer und Lauf für ballistische Munition und eine verdammt große Reichweite für eine Schrotflinte.«

Kaiden streckte seine Hand nach vorne, als sich die Waffe materialisierte. Sie war bemerkenswert leicht und hatte einen soliden Griff. Er drückte den Schaft an seine Schulter und schwang sie umher, dann nickte er zustimmend, da er sich bemerkenswert schnell bewegt hatte, sogar beim Blick nach unten. Er wollte einen Schuss abgeben, um ein Gefühl zu bekommen, aber das hob er wohl besser für einen nicht-geschlossenen Raum auf.

»Sieht gut aus, finde ich. Ich werde sie behalten. Beeilen wir uns und machen uns fertig, ich will diese Waffen auf Herz und Nieren prüfen.«

»Seh' ich auch so. Für den einen Geräteslot deiner Ausrüstung empfehle ich eine tragbare Barriere für den

Fall, dass du eingekesselt wirst und für den anderen eine thermische Granate, um mit Gruppen oder schwer gepanzerten Gegnern fertigzuwerden.«

»Gute Vorschläge, bist ja doch zu was zu gebrauchen. Machen wir so. Was die Nahkampfwaffe angeht, sollte ein Messer immer gut sein.«

»Na gut, aber was für ein Messer?«, fragte Chef und schob die Seite für Messer in Kaidens Blickfeld. *»Hier siehst du verschiedene Klingen-Designs, verschiedene Typen und verschiedene Stile. Hast du irgendwelche Kriterien, um es einzugrenzen?«*

»Wahrscheinlich werde ich es entweder zum Öffnen eines Geräts oder zum Durchschneiden von gehärtetem Material verwenden, eher weniger als Waffe. Allerdings sollte der Kampf immer eine Option bleiben. Gib mir eine gekrümmte Klinge, entweder mit einer Plasma- oder einer vulkanischen Klinge.«

Chef fand schnell ein vulkanisches Modell. Die metallische Klinge war halbmondförmig mit einer Vorrichtung auf der Rückseite in der Nähe des Griffs – ein Zündauslöser, eine Vorrichtung, die die Klinge sofort so stark erhitzte, dass sie durch viele dichte Materialien schneiden konnte.

»Ich nehme sie«, sagte Kaiden selbstbewusst.

»Damit sind wir fertig.« Chef verschwand von der Wand und tauchte in Kaidens Blickfeld wieder auf. *»Bestätige einfach alles, dann können wir alles ausprobieren. Etwas lockermachen, Dinge hochjagen und dabei Spaß haben.«*

»Ich bin bereit.« Kaiden drückte die Bestätigungstaste am oberen Bildschirmrand. Die spiegelnde Fläche und die Ausrüstungsoptionen verschwanden, als ein Countdown auf dem Bildschirm von fünf runterzählte.

Als dieser bei null ankam, sah Kaiden die Welt um sich herum wegfallen, so wie zuvor. Kurz bevor ihn Dunkelheit umhüllte, sah er Lichtstrahlen an sich vorbeischießen und eine lädierte Hausfassade bildete sich vor ihm. Er konnte ein Schlachtfeld in einer verwüsteten Stadt sehen und hörte eine Reihe von Schüssen und Explosionen in der Ferne.

»Sie haben anscheinend schon mal ohne uns angefangen«, bemerkte Kaiden mit spöttischer Verachtung, nahm die Raptor in die Hand und entsicherte die Waffe.

»Ich bin sicher, an dieser Schule wird man nichts gegen eine akdademische Viertelstunde Verspätung haben …«

KAPITEL 22

Kaiden feuerte seine Schrotflinte auf eine Gruppe von vorrückenden Feinden, bestehend aus Droiden und Söldnern, ab. Sein Schuss durchschlug die Schulter eines der Söldner und erwischte auch noch den Droiden hinter ihm.

»Oh, das ist geil!«, jubelte er breit grinsend und schoss erneut. Diesmal erwischte er zwei Droiden auf einmal, allerdings verfehlten auch ein paar Plasmaschüsse nur knapp seinen Kopf.

»Du wirst es nicht mehr so geil finden, wenn du vom Laserfeuer verdampft wirst. Also bleib gefälligst in Bewegung«, machte Chef seiner Missbilligung Luft.

»Richtig«, räumte Kaiden ein, feuerte zwei weitere Schüsse ab und sprintete an der Mauer entlang, hinter der er sich verbarrikadiert hatte, in Richtung der verfallenen Stadt.

Er rannte weiter durch tiefe Gebäudeschluchten. Andere Novizen kämpften erbittert, als er an ihnen vorbeieilte. Goliaths rannten mit Plasma- oder Tesla-Kanonen umher, Panzerfahrer rasten mit ihren fusionsgetriebenen Fahrzeugen mitten durch die Kampfzone. Scharfschützen erwischten weit entfernte Gegner und Kopfgeldjäger testeten verschiedene Geräte und Fallen. Er sah sogar ein paar Feldchirurgen und Feldsanitäter, die die Verwundeten flickten.

Kaiden blieb schließlich stehen, schaute sich um und stellte fest, dass er sich wahrscheinlich dort befand, was man als Innenstadtbezirk bezeichnen würde. Er verstaute seine Raptor am Rücken und spazierte nun seelenruhig die Straße entlang.

»Was machst du da?«

Kaiden warf einen Blick auf umliegende Gebäude und bemerkte die Vielfalt an Details in rauen Oberflächen und einzigartige Elemente wie Graffiti und verstreuter Müll. »Ich schaue mich nur um. Ich habe es nicht eilig.«

»Mag sein, aber hast du auf einmal keinen Spaß mehr am Ballern? Komm schon, Mann, wir haben doch gerade erst angefangen«, jammerte Chef.

»Ich glaube, ich habe dazu später noch genug Zeit. Die Sehenswürdigkeiten hier sind doch mal eine nette Abwechslung. Das ist viel größer und detaillierter als jedes der Gebiete, in denen ich bisher war«, staunte Kaiden und blickte über ein weitgehend zerstörtes Gebäude, um in der Ferne eine Autobahn jenseits der zerstörten Straßen zu erkennen. Aus der Nähe betrachtet, erschienen die Mauern rissig und abgenutzt. »Es ist beeindruckend. Aber irgendwie auch unheimlich.«

Kaiden sah eine weiße Linie, die scannend über die Szenerie zog. *»Es basiert auf einem tatsächlichen Schlachtfeld. Das soll Melbourne, Australien, im Jahr 2113 während der Garett-Gefängnisunruhen sein. Eine lokale Gang, die ›Hanging Tree Dukes‹, versuchte, einige ihrer Jungs aus dem Gefängnis Garrett Gaol herauszuholen. Hat ein wenig zu gut funktioniert. Mehr als achtzig Prozent der Häftlinge kamen frei. Während des Chaos mischte sich eine terroristische Organisation namens ›The Blake Lake‹ ein und verschlimmerte die Situation nur noch mehr.*

Es dauerte drei Wochen, bis der Weltrat wieder alles unter Kontrolle hatte.«

Kaiden blickte nachdenklich auf den Horizont und versuchte, sich die Kämpfe vorzustellen. »Ich kann mich nur vage daran erinnern, dass mir einer der Jungs mal davon erzählt hat. Sein Vater lebte dort in seiner Kindheit und bekam mit, wie alles unterging. Der Weltrat war erst einige Jahre zuvor eingeführt worden.«

»Nicht gerade die beste Art eine planetarische Einheit zu beginnen. Damit wurde der Vorschlag einer Vereinigten Armee der Erde ins Leben gerufen.«

»Irgendwie lustig, wenn man darüber nachdenkt. Der Weltrat wurde beschuldigt nicht schnell genug zu reagieren, doch irgendwie bekamen sie dann am Ende dennoch mehr Macht, indem sie alle Streitkräfte des Landes unter ihrem Banner vereinte.«

»Ich schätze, man muss sich denken ...« Chefs Stimme verstummte, Kaiden konnte kurzzeitig seinen Avatar glitchen sehen, was bedeutete, dass er erratisch in seinem Sichtfeld hin und her sprang, nicht als durchgehende Animation wie sonst.

»Chef, alles in Ordnung?«, fragte er besorgt.

»J-j...J-ja ... Ja, alles gut. Keine Ahnung, was das war.« Chef klang etwas undeutlich.

»Nun, starte eine Untersuchung oder so was. Du klingst, als würde gerade eine Katze ein Fellknäuel aushusten.«

»Ja, ich bin gleich wieder voll da – Oh, Scheiße, Feind im Anmarsch.«

Kaiden drehte sich um und erspähte in der Ferne einen weiteren Droiden, dessen ungnädiger Blick sein potenzielles Opfer fixierte. Dieser war weit größer als alle, die er bisher gesehen hatte – mindestens viereinhalb Meter hoch – und stand auf vier spitzen Beinen. Er hatte einen kegelförmigen Kopf, ein Arm war mit einer dreizackigen Klaue ausgestattet, der andere Arm mündete in einer Art Geschütz.

Als der massige Droide das Geschütz in Kaidens Richtung richtete, bauten sich sprühende Funken im Lauf der Waffe auf. Es war eine Tesla-Kanone. Das war nicht gut.

Blitzschnell zog er seine Barriere raus und konnte sie gerade noch rechtzeitig aktivieren, kurz bevor der Droide feuerte. Er hatte keine Zeit sie auf dem Boden zu verankern, sondern hielt sie wie ein Schild hoch, als die Explosion auf ihn zu zischte. Blitze schlugen in die Barriere ein und Kaiden wurde von der kinetischen Wucht zurückgeschleudert, als sich die Barriere auflöste. Er wurde den Hügel hinuntergeschleudert, auf dem er gestanden hatte und kam erst am Fuße zum Liegen.

Schwer atmend setzte er sich auf und hustete durch die Wucht des Aufpralls. Sein Visier wischte den Schmutz mit einer Art Licht weg. Er stand auf und zog seine Raptor, wobei er den Abzug leicht anzog, als er sich vom Fuß des Hügels zurückzog.

Das Geräusch des herannahenden Droiden brachte Kaiden dazu, sich schnell nach einer Deckung umzuschauen. Als er ein halb zerstörtes Parkhaus entdeckte, stürzte er darauf zu und schwang sich über die Mauer, hinter der er daraufhin auf seinen Knien kauerte.

»Großer Gott, das wurde ganz schnell ganz schön heftig.«

»Was du nicht sagst, das sah wie in einem Comic aus, wie du da durch die Gegend geflogen bist. Warum zum Teufel haben sie einen Asiton Reaver hier?«

»Ist das schlecht?«, fragte Kaiden und lugte vorsichtig über die der Deckung der Mauer.

»Es ist nicht gut«, erwiderte Chef. *»Denk mal eine Minute lang nach – Asiton? Wie in der Asiton-Krise von 2094? Das waren die Droidenmodelle, die durchdrehten und fast ganz Osteuropa und China in Schutt und Asche legten.«*

»Ich lerne ja heute so viel«, bemerkte Kaiden trocken. Er sah den Killerroboter am Rande des Hügels auftauchen, seine spinnenartigen Beine beugten sich, bevor er in die Luft sprang und etwa hundert Meter von ihm entfernt landete.

»Irgendwelche tollen Ideen?«

»Wir müssen nicht hierbleiben. Denk dran, das ist nur eine Übung. Ihr sollt Geräte ausprobieren und euch aus dem Staub machen.«

»Was ist aus all deiner Begeisterung geworden?«, höhnte Kaiden.

»Schau, du magst hier drinnen nicht sterben können, aber der Schmerz ist stets an deiner Seite. Außerdem gefällt mir der Glitch nicht, den ich vorhin durchleben musste. Das sollten wir nicht vergessen.«

»Glitch?«, fragte Kaiden neugierig. »Was heißt das für Nicht-Nerds?«

»Das ist wie ein ruckelnder Film oder Computerspiel. Entweder aufgrund von Systemüberlastung oder Programmierfehlern. Mag von außen komisch aussehen, aber das hier in der Computerwelt, in der ich mich bewege, mitzuerleben, ist kein sehr schönes Gefühl.«

»Gutes Argument, vor allem wegen des Schmerzes.« Kaiden blickte auf seinen Gürtel und zählte drei thermische Granaten. »Ich sage es nur ungern, aber ich werde

Laurie wahrscheinlich einen Hausbesuch abstatten müssen. Na ja, das heißt, danach.«

»Willst du dich wirklich mit diesem Ding anlegen?«

»Wie du schon sagtest, lass uns Spaß haben«, scherzte Kaiden. Er fischte einen Satz mit ballistischer Munition aus seinem Gürtel und schob ihn in die Sekundärkammer seiner Waffe. »Wenn wir genug Rauch aufwirbeln, kommt uns vielleicht auch der eine oder andere Goliath oder Panzerjäger zu Hilfe.«

»Wenn wir das wirklich tun wollen, dann lass mich den Kampfmodus aktivieren«, bot Chef an.

»Mach das, Chef.«

Kaiden sah die Worte ›Kampfmodus aktiviert‹ in seinem Blickfeld aufflimmern, als sich seine Blickwahrnehmung änderte. Er schien alles klarer zu erfassen, die Zeit schien sich zu dehnen und alle anderen Kästchen und Informationen verschwanden aus seinem Visier, einschließlich Chefs Avatar.

»Das ist der Kampfmodus? Was macht es?«, fragte Kaiden verwirrt.

»Es ist ein einzigartiges System für Nexus-EIs und ihre Benutzer. Sie geben der EI die vollständige Kontrolle über alle Funktionen im EI-System, um ihren Benutzern zu helfen, für kurze Zeit ihre Spitzenleistungen zu erbringen.«

»Es gibt ein Zeitlimit?«

»Es braucht viel Saft. Außerdem ist es auf Dauer nicht gut für den Benutzer – schlechte Auswirkungen. Was ich mit deinen Augen mache, würde zu lange dauern, um es zu erklären, aber kurz gesagt, es ist so etwas wie eine Illusion, um dir eine bessere Wahrnehmung im Kampf zu ermöglichen. Ich zeige dir die Schwachstellen des Feindes auf, gebe strategische Ratschläge, überwache deinen

physischen Zustand – kurz gesagt, die ganze Arbeit. Ich gebe auch unterschwellige Befehle, die dir helfen, auszuweichen und zu schießen.«

»Was meinst du mit unterschwelligen Befehlen? Das klingt ja verdächtig.«

»Ich werde dir nichts tun, Trottel. Ich bin auch hier drin, schon vergessen?« Chef klang einen Moment lang streitlustig. *»Ich werde es erklären, wenn wir den großen metallenen Blecheimer töten. Im Moment musst du nur losziehen und schießen.«*

Kaiden nickte und legte seine Waffe über seine Brust. »Wie viel Zeit haben wir?«

»Halten wir es vorerst unter fünf Minuten. Du hast noch vier übrig.«

»Eine Empfehlung, wie wir anfangen sollen?«

»Lasst uns die Kanone ausschalten. Wirf eine thermische Granate hinein, während sie sich auflädt. Wenn du dir etwas mehr Zeit verschaffen willst, schieß mit einigen ballistischen Kugeln auf den Kopf. Das sollte seine Sensoren aufrütteln.«

»Guter Plan.« Kaiden spähte noch einmal über die Mauer und sah den Droiden das Gebiet patrouillieren. »Gib mir ein Zeichen.«

»4 ... 3 ... 2 ... Jetzt!«

Kaiden sprang aus seiner Abwehrposition und raste los. Der Reaver war sofort bei ihm und hob seine Klaue zum Angriff. Er legte einen Schalter an seiner Waffe um, wechselte zu den ballistischen Geschossen und gab zwei schnelle Schüsse auf den Kopf ab. Die Sprengkraft reichte aus, um ihn zu erschüttern, wodurch der Krallenangriff fehlschlug und der Roboter zurücktaumelte.

Das Ding war unerbittlich. Sobald die robotische Kreatur sich erholte hatte, begann sie Kaiden zu jagen, ihre Arme in weiten Bögen gegen ihn schwingend, die ihn entweder knapp verfehlten oder denen er ausweichen konnte. Er nahm eine seiner drei thermischen Granaten heraus, aktivierte sie und warf sie auf den Reaver, um wenigstens ein wenig Schaden anzurichten. Es schnappte sich die Granate mit seiner Klaue direkt aus der Luft. Er hörte die Explosion, aber sie war eingedämmt. Aus was für einem Teufelsmaterial war dieses Ding zusammengebaut worden?

Kaiden versuchte etwas Abstand zu gewinnen, um ihn zum Einsatz seines Geschützes zu zwingen. Jedes Mal, wenn sie sich auflud, feuerte er eine weitere Patrone ab, was eine zusätzliche Verzögerung verursachte und ihm mehr Zeit gab, um ihn zu bombardieren. Auf seiner Anzeige sah er ein rotes Licht aus dem Kopf des Roboters aufleuchten und ein Warnsignal, das in der Ecke auftauchte.

»Schalldämpfer aktivieren«, entschied Chef. Kaiden fühlte, wie sich der Bereich um seine Ohren und die Maske zusammenzog, wodurch die Außengeräusche gedämpft wurden. Nichtsdestotrotz hallten durchdringende Schreie des Reavers durch seinen Kopf.

»Warum schreit der Roboter?«, fragte Kaiden besorgt und hielt sich mit seinen Händen die bereits geschützten Ohren zu.

»Eine hochfrequente Schallwelle zur Lähmung von Zielen. Baller ihm noch eine rein, damit es aufhört.«

Kaiden befolgte den Vorschlag gerne, zielte auf den Kopf des Roboters und sandte zwei weitere Schüsse in die Richtung seines mechanischen Kontrahenten.

Der Kopf des Reavers klapperte und das Geschrei verstummte.

»Schalldämpfer auskuppeln«, berichtete Chef. *»Beeile dich und geh besser in Deckung.«*

»Chef, die Kanone wird nicht abgefeuert und ich habe nur noch ein paar ballistische Schüsse übrig. Werden die Plasmaschüsse ausreichen?«

»Das wird uns nicht helfen. Das Vieh hat eine Barriere. Die Ballistik und die Granaten sind fest und dringen direkt durch den Panzer, aber Plasma wird nicht viel nützen, solange du die Barriere nicht abnutzen kannst.«

Kaiden versteckte sich in einer baufälligen Mautstelle und kauerte hinter die Mauer. »Wie viele Schüsse sind dafür nötig?«

»Viel zu viele. Wir müssen das schnell beenden – zwei Minuten und zehn Sekunden übrig im Kampfmodus.«

Kaiden fluchte leise. Er schaute zurück zum sich nähernden Droiden, schaute dann unter die Beine und bemerkte, dass sie nicht sehr gut gepanzert schienen. »Chef, gibt es eine Möglichkeit ihn zu überrumpeln? Damit er seine Waffe benutzt?«

»Du kannst versuchen die Beine mit deinen letzten ballistischen Projektilen anzuschießen. Du musst auf einen zentralen Punkt zielen und die Beine selbst könnten wahrscheinlich ein paar Schläge einstecken, bevor sie zusammenbrechen.«

»Die werde ich aber brauchen, um es zu besiegen, oder?«, fragte Kaiden.

»Nun, ja, aber wenn du die Beine und die Kanone ausschaltest, bleibt nur die Klaue übrig. Du könntest ihn bestimmt auch mit vielen kleinen Ameisenbissen deiner Plasmamunition erledigen.«

»Gibt es keinen anderen Weg?« Kaiden sah, wie durch das Gewicht des sich nähernden Reavers Steine auf dem Boden zu hüpfen begannen.

»Ich meine, es sei denn, du willst unter ihm hinwegrutschen und die Kompressionspunkte durchschneiden ... Oh, lieber Gott, tu das ni...«

Kaiden verstaute seine Raptor auf dem Rücken und rannte aus der Deckung. Er zog seine Klinge, als er auf den Droiden zuging, der noch immer auf ihn zuraste.

»Du verrückter Bastard!«

»Sag mir einfach, welche Verbindungen ich durchschneiden soll«, rief Kaiden. Der Reaver hob seine Klaue und schwang sie ihm entgegen. Kaiden hatte fast das Gefühl sich in Zeitlupe zu bewegen. Er sah den Winkel des Schlages und konnte erraten, wie lange es dauerte, bis er treffen würde. Gerade als die Klaue ihm näherkam, rutschte er hinunter auf den Boden und wich so dem gezackten Metall aus. Die Kralle knallte hinter ihm auf den Boden, versank im Dreck und wirbelte eine Staubwolke auf.

»Chef!«, schrie Kaiden.

»Die gelbe Stelle, direkt hinter der Oberseite der Beine, du siehst sie auf dem Bildschirm.«

Kaiden drückte den Zünder am Griff der Klinge. Er konnte den Hitzeansturm spüren, der den Stahl umgab, als er seinen Rutsch abbremste. Er sah Drähte, die in seinem Sichtfeld hervorgehoben waren und schlug auf die an den beiden hinteren Beinen, wobei er in das Metall am unteren Ende des Droiden schnitt.

Der Novize rollte unter der Maschine heraus, als der Reaver strauchelte und zusammenbrach und für einen Moment versuchte sich auf seinen beiden Vorderbeinen auszubalancieren, bevor er in den Dreck stürzte. Kaiden sprang zurück, als er eine thermische Granate aus seinem Gürtel nahm. Die obere Hälfte des Droiden drehte sich auf der Stelle und zielte mit der Kanone auf ihn.

Kaiden drückte auf die Granate und aktivierte sie. Er schleuderte sie in das Kanonenrohr und eine weitere Warnung blinkte auf dem Bildschirm auf.

»Er wird wieder kreischen. Aktiviere die Schalldämpfer. Aus dem Weg!«

Als die Kanone sich auflud, zog Kaiden seine Raptor wieder hervor und schoss auf den Kopf des Roboters. Der Aufprall schlug den Reaver zurück, wobei dieser sein Geschütz in die Luft richtete. Er zog sich so schnell wie möglich zurück. Die Waffe zerbarst, die gedämpfte Druckwelle riss Kaiden mit Gewalt von den Füßen.

Er schlug auf den Boden. Vollgepumpt mit Adrenalin, gelang es ihm aufzustehen und zum Reaver zu schauen. Dessen gesamte linke Seite war zerstört und die Reste seiner Beine lagen auf dem staubigen Feld verstreut. In seinem Kopf waren noch immer Lichter aktiv, die Klaue durchzog ein subtiles Zucken.

»Schalt ruhig den Kampfmodus aus, Chef.«

»Vierundzwanzig Sekunden übrig. Nicht schlecht.«

Kaidens Blickfeld normalisierte sich. Seine Sichtanzeige erschien wieder auf dem Bildschirm und Chef tauchte in der Ecke auf. *»Wie fühlst du dich?«*

Übelkeit drang in Kaiden hoch und Kopfschmerzen schlichen sich langsam in seinen Kopf. »Als hätte ich einen Schwindelanfall.«

»Das ist normal. Wahrscheinlich waren wir zu lange drin, nächstes Mal peilen wir vier Minuten an.«

»Klingt gut.« Kaiden stöhnte. Er streckte sich, bevor er zu den Überresten des Reavers ging. Dieser sah ihn einen Moment lang an und versuchte dann mit letzter Energie die Kralle zum Schlagen nach oben zu bringen.

Kaiden grinste. »Ich gebe ihm Punkte dafür, dass er ein zäher Hurensohn ist.«

»Das sollte dir auch zustehen. Außerdem sollte ich dir eine reinhauen für deinen dummen kleinen Stunt, aber da es so gut funktioniert hat, lasse ich es noch einmal durchgehen. Versuche es nur nicht im echten Leben, okay?«

»Kann ich nicht versprechen.« Kaiden gluckste und nahm eine weitere thermische Granate aus seinem Gürtel.

»Hab ich mir schon gedacht.«

»Kannst du meine Wahl bestätigen und mich hier herausholen?«, fragte er.

»Alles klar.«

Kaiden aktivierte die Granate und rollte sie zum Reaver, drehte sich dann um und ging weg. Er sah die Gebäude und den Himmel allmählich verblassen und hörte die letzten Pieptöne der Granate, als er in die Realität zurückgeworfen wurde.

KAPITEL 23

Erschöpft verließ Kaiden seine Kapsel, schüttelte den Kopf und justierte seine Brille.

»Lebst du noch, Chef?«, fragte er. Chefs knollige Form erschien auf dem Bildschirm und leuchtete in einem heiteren Blau.

»Mir geht's besser, als du aussiehst. Deine erste Erfahrung mit dem Kampfmodus war ein ganz schön kinoreifer Trip, oder?«

»Vielleicht eher ein Kopfkino.«

»Lass die Wortspiele sein. Dir nimmt eh keiner ab, dass du dir die Wörter selbst ausgedacht hast«, mahnte Chef.

»Ja, ja, deaktiviere lieber den Gefahrenmodus oder was auch immer. Das frisst sich sonst noch in meinen Schädel.« Kaiden bemerkte, wie sich der Rahmen hinter seinem Kopf entriegelte und bis hinter seine Ohren zurück schrumpfte. Die Linsen kehrten in ihre ursprüngliche Kreisform zurück und bewegten sich wieder den Nasenrücken hinunter.

»Ich weiß das zu schätzen.« Kaiden gähnte und drehte sich um. Akello saß an der Hauptkonsole, umgeben von einer kleinen Gruppe von Novizen. Als er hinüberging, zerstreute sich die Gruppe und verließ den Saal.

»Habe ich die Nachbesprechung verpasst?«, fragte er und kratzte sich am Hinterkopf.

»Diese hier schon, aber ich kann Ihnen einen kurzen Überblick geben«, sagte sie und lächelte: »Ich muss sagen, dass ich wirklich beeindruckt bin, dass Sie diesen Asiton Reaver ganz allein zu Fall gebracht haben. Ich war irgendwie überrascht, dass das Ding überhaupt auftauchte.«

Kaiden schaute sie mit offensichtlicher Verwirrung an. »Sie hatten damit nichts zu tun? Ich dachte, Sie kontrollieren alles.«

»Ich habe die Kontrolle, aber ich bin eher eine Aufseherin. Ich habe lediglich einen Trainingsplatz aus einer vorab genehmigten Liste ausgewählt. Die Einzelheiten werden von einer Animus-Designergruppe unter Leitung eines Protegés von Professor Laurie festgelegt.«

»Und dieser albtraumhafte Blecheimer gehört nicht zum normalen Programm?«, fragte Kaiden.

Akello schlug die Beine übereinander, als sie verwundert über ihr Tablet wischte. »Normalerweise nicht, nein. Das Übungsgelände für die Ausrüstungsübung besteht normalerweise nur aus Kanonenfutter und einfachen Feinden, die lediglich eine Stufe über Zielattrappen stehen.« Sie legte das Tablet ab und lehnte sich an ihren Schreibtisch. »Schätze, sie wollten für die neuen Sprösslinge einige nette Überraschungen dabeihaben.«

»Ich hatte schon mal spaßigere Überraschungen«, murmelte Kaiden. »Also, was ist mit der Nachbesprechung?«

»Da gibt's nicht viel zu sagen.« Akello zuckte die Achseln. »Ich wollte sichergehen, dass Sie keine weiteren Fragen über den Animus, die Synapse oder ähnliches haben.«

»Nee, da weiß ich Bescheid. Aber ich erinnere mich, dass Sie etwas über einen Abteilungstest gesagt haben?«

»Richtig.« Sie nickte. »Am Ende der ersten Woche, nachdem die Erstklässler Zeit hatten, sich an den Animus zu gewöhnen und in der Akademie Fuß zu fassen, hat jede Abteilung einen einzigartigen Test, den alle Mitglieder absolvieren müssen.«

»Was muss ich tun?«

»Das unterscheidet sich von Jahr zu Jahr. Für Soldaten ist es im Wesentlichen ein Hindernislauf. Sie müssen es in einer begrenzten Zeit von Punkt A nach Punkt B schaffen. Es gibt keinen festgelegten Weg, es liegt also an Ihnen, wie Sie die Ziellinie erreichen. Auf dem Weg lauern wahrscheinlich Feinde und Fallen auf Sie, aber auch Sammelobjekte und hilfreiche Ausrüstung.«

»Klingt gar nicht so übel, könnte Spaß machen.«

»Nun, Sie werden auch mit anderen Soldaten konkurrieren, in Gruppen von fünfzig Personen. Sie erhalten Punkte für das Besiegen von Gegnern, das Finden von Sammelobjekten und das Entschärfen von Fallen. Außerdem erhalten Sie einen Bonus, wenn Sie in der Gruppe der ersten fünfundzwanzig Novizen sind, die es bis zum Ende schaffen. Sie haben drei Leben, doch für jedes, das Sie verlieren, werden Ihnen Punkte abgezogen. Wenn Sie alle verlieren, fallen Sie durch.«

»Man fällt also auch durch, wenn man es nicht rechtzeitig schafft?«

»Das liegt doch auf der Hand.«

»In Ordnung, das habe ich verstanden. Was passiert bei einem Sieg und was bei einer Niederlage?«

»Nun, ein Misserfolg führt zu einer Reihe von Dingen, abhängig von Ihrem Endergebnis. Alles von obligatorischen Überstunden im Animus, Zusatzunterricht und einer möglichen Neuzuweisung Ihrer Klasse oder sogar

Abteilung. Im Laufe der Jahre haben sich einige Leute einfach abgemeldet. Sie mussten ihre EI zurückgeben und alle Schulden, die sie angehäuft hatten, auch für ihren kurzen Aufenthalt, begleichen.«

»Also nicht einfach nur ein Klaps auf den Hintern?«, schmunzelte Kaiden.

»Wenn man statt der Hand einen Baseballschläger nutzt und den Hintern mit dem Kopf tauscht, dann sind Sie schon nah dran«, lachte Akello.

»Oh, da werde ich jetzt so langsam doch nervös. Bekomme ich denn auch etwas Tolles für einen Sieg?«

»Es gibt Preise für die Besten, aber die ändern sich jedes Jahr. Davon gibt es aber wenige. Von diesem Jahr weiß ich noch nichts, aber früher waren es Dinge, wie Pässe für den Animus-Freizeitbereich, Essensgutscheine für Feinschmecker, einzigartige Designs für Ihre Rüstung, Waffen im Animus oder auch einzigartige Avatare für Ihre EI.«

»Das will ich haben. Das schlanke Design des Reavers macht mich ganz neidisch. Fühle mich so dick.«

»Also neuartiger Schnickschnack und dergleichen?«, fragte Kaiden.

»Nun, für die ersten sieben der Top Zehn. Die ersten drei bekommen Dinge wie Akademie-Guthaben und Rangaufstiege.«

»Was ist das?«

»Das Akademie-Guthaben ist im Wesentlichen Geld, das Sie in der Akademie für Dinge wie zusätzliche Nahrungsmittel, maßgeschneiderte Kleidung und Ähnliches verwenden können, ohne Ihre bereits angehäuften Schulden zu erhöhen. ›Rangaufstieg‹ erklärt sich wahrscheinlich von selbst – Sie erhalten einen höheren Rang.«

Sie hob drei Finger in die Luft. »Für jedes Jahr gibt es drei Ränge, einschließlich Rang Null. Sie erhalten Ihren ersten Rang, wenn Sie unter den ersten fünfundzwanzig des Abteilungstests abschließen. Dann ist es leistungsabhängig oder aber Sie können einen Einstufungstest beantragen, solange Sie die Zustimmung von mindestens zwei Mitarbeitern der Nexus-Akademie erhalten.«

»Ich könnte also die Chance haben am Ende direkt auf Rang zwei zu landen?«

»Korrekt.«

»Was bringt mir das?«

»Da Sie im ersten Jahr sind, nicht allzu viel, aber man bekommt ein paar Vergünstigungen, wie zum Beispiel die Möglichkeit Fortgeschrittenenkurse und spezielle Schulungen zu besuchen. Zudem erhält man bessere Schlafmöglichkeiten, man muss keine Formulare ausfüllen und nicht auf die Einreichung von mittelgroßen Lieferanfragen warten ...«

»Wie war das?«, fragte Kaiden überrascht, weil er meint sich verhört zu haben. »Nur aus Neugierde: Zählen Trainingswaffen als Versorgungsmittel?«

»Ja.«

Kaiden spürte sein Blut vor Aufregung durch seinen Körper pumpen. Er sprang leichtfüßig auf, der erneute Optimismus gab ihm den Anstoß für die feierliche Reaktion. »Nun, ich habe gerade meine Motivation gefunden.«

»Da bin ich ja froh. Machen Sie weiter so und Sie werden es weit bringen, mein Junge«, sagte Akello ermutigend.

»Es ist kurz nach zwei. Wolltest du nicht noch bei Laurie vorbeischauen?«

Kaiden hörte auf zu zappeln. »Oh, ja, richtig.« Er blickte auf Akello zurück: »Sie haben Laurie schon ein paar Mal erwähnt. Kennen Sie ihn persönlich?«

»Ich habe bei ihm ein Praktikum in seiner alten Firma gemacht. Wir wurden schließlich ziemlich gute Freunde. Dank seiner Empfehlung konnte ich hier überhaupt erst anfangen.«

»Er hat also *doch* ein Herz?«, fragte Kaiden spöttisch.

Akello kicherte. »Ich habe es schon einmal gesagt: Er ist seltsam, aber er meint es gut. Er könnte Ihnen den Eindruck vermitteln, dass Sie nichts weiter als ein Experiment sind, aber er hält ein schützendes Auge auf Sie.«

»Überall diese Herzlichkeit«, dröhnte Kaiden. »Trotzdem muss ich ihn sehen. Wissen Sie zufällig, ob er da ist?«

»Glauben Sie wirklich, Sie könnten einfach in sein Büro spazieren und mit Laurie reden? Sie mögen eines seiner Lieblingsprojekte sein, aber viel Glück dabei an seiner Armee von Technikern und Beratern vorbeizukommen.«

»Ich bezweifle, dass er mich nicht sehen will, vor allem, da ich sein Lieblingsprojekt bin. Chef hat mir von einem Glitch erzählt, als ich im Animus war.«

»Ihre EI?« Akello nahm ihr Tablet zur Hand und starrte einige Momente angestrengt auf den Bildschirm. »Ich kann im Protokoll nichts Seltsames finden. Ein EI-Fehler ist ziemlich ernst, besonders im Animus – sind Sie sich da sicher?«

»Positiv. Wir unterhielten uns, als er plötzlich verstummte – seine Stimme klang abgehakt und sein Avatar war verschwommen. Das kam vorher noch niemals vor und da sich das EI-System in meinem Kopf befindet, möchte ich lieber kein Risiko eingehen.«

Akello strich sich einige Male über ihre Wangen. »Könnte nicht mehr als eine Audio-Video-Störung sein oder aber ein Verbindungsproblem mit dem Animus-System ... Ich schätze, Sie haben recht, wir sollten kein Risiko eingehen.« Sie begann auf dem Tablet zu tippen. »Ich schicke ihm eine Nachricht und sage ihm, dass Sie auf dem Weg sind. Er wird dafür sorgen, dass Sie jemand zu seinem Büro begleitet.«

»Vielen Dank, Ma'am.« Kaiden nickte ihr zu. »Wenn das alles war, gehe ich jetzt.«

»In Ordnung. Sie sollten Ihren Stundenplan bis zum Ende des Tages erhalten. Der wird dann an Ihre EI geschickt. Wenn Sie Fragen zum Animus haben, sprechen Sie einfach mit mir. Ich werde hier die Verantwortung übernehmen, bis ein neuer Leiter bestimmt wird, der meinen Platz einnimmt.«

»Dann sehen wir uns morgen.« Und damit verließ Kaiden das Animus-Zentrum.

★ ★ ★

»Kaiden, mein Junge!«, begrüßte Laurie ihn, die Arme einladend ausgestreckt.

Er winkte ihm zu, als er sich dem Schreibtisch des Professors näherte. »Hallo, Professor, ich habe Probleme mit meiner EI.« Er setzte sich in einen Stuhl, diesmal etwas entspannter.

»Hab ich bereits mitbekommen. Es klingt im ersten Moment so, als würde es sich nur um ein einfaches Audio-Video-Problem handeln, aber etwas so Triviales sollte mit dem Implantat eigentlich gar nicht möglich sein.«

»Sie haben mir doch gesagt, es wäre experimentell«, erinnerte Kaiden ihn, legte einen Arm über die Stuhllehne und lehnte sich zurück.

»Experimentell heißt nicht, dass es solche grundlegenden Probleme haben sollte. Erzählen Sie mir die Einzelheiten.«

Kaiden fasste seine ersten Minuten auf dem Trainingsgelände zusammen – wie er ein paar Ziele ausgeschaltet, durch die Stadt gelaufen und die Sehenswürdigkeiten bewundert hatte, dann kam der plötzliche Ausfall.

»Ist das alles?«

»Alles, was wichtig ist. Ich habe nicht einmal einen Treffer oder so etwas eingesteckt.«

»Das spielt im Animus keine Rolle. Es sollte sicherlich nicht Ihre Hardware beeinträchtigen.«

»Meine Augen waren im Gefahrenmodus, falls das irgendwie wichtig ist.«

»Auch hier dürfte eigentlich kein Problem auftreten. Sofern Ihre Hardware nicht beschädigt oder korrumpiert wurde, sollte sie Ihre Integration nicht behindern. Sind Sie sicher, dass Sie da nicht vielleicht ein kleines Detail ausgelassen haben?«

»Nicht wirklich. Chef und ich unterhielten uns über das Gebiet, dass es die Garret-Gaol-Unruhen als Vorbild hatte und die Schwierigkeiten, die sie damals bei der Eindämmung hatten. Dabei machten wir einige abfällige Bemerkungen über den Weltrat.«

Laurie faltete die Hände zusammen und lehnte sich nach vorne. »Was für Bemerkungen denn?«

Kaiden beäugte ihn vorsichtig. »Was? Sind die im Rat so empfindlich? Ich weiß, dass sie die Oberherren dieser Akademie sind, aber es ist ja nicht so, dass wir einen Bombenanschlag geplant hätten.«

»Nein, nein, nichts dergleichen. Ich bin nur neugierig. Was ist dann passiert?«

»Dann blinzelte Chef für einen Moment und kam fast ebenso schnell wieder zurück. Das war auch gut so, denn er hat mich vor dem Reaver gewarnt.« Kaiden drehte seinen freien Arm und tat so, als ob er die Steifheit abschütteln würde. »Bedanken Sie sich bei dem Klugscheißer, der das Ding da reingesteckt hat. Das hat mir eine Menge Spaß gemacht.«

Laurie hob eine Augenbraue. »Ein Reaver? Asiton-Modell?«

»Ganz genau«, sagte Kaiden lässig und prüfte seine Fingernägel. »Chef und ich haben das Ding allein erledigt. Schade, dass ich dafür keine Bonus-Synapsenpunkte bekommen konnte. Apropos, wie geht es mit dem Upgrade voran?«

»Ich arbeite daran, aber wollen Sie mir gerade wirklich weismachen, dass ein Asiton Reaver auf dem Trainingsgelände war?«

»Ja. Beraterin Faraji sagte, dass einer Ihrer Lakaien ihn wahrscheinlich als Überraschung oder so etwas eingeschleust hat. Sagen Sie ihm, er kann sich das Ding das nächste Mal sonst wo hinstecken.« Kaiden nahm die Hand herunter und lächelte. »Nicht, dass mich das aufgehalten hätte.«

»Ich verstehe. Das werde ich sicher tun.« Lauries Stimme war merkwürdig leise. »Also, Sie und Ihre EI waren auf dem Trainingsgelände. Sie sprachen über den

Rat, als Ihre EI einen kurzen Glitch hatte, dann erschien der Reaver?«

»Das fasst es in etwa zusammen, mit Ausnahme der Beseitigung des Reavers.«

»Interessant ...«, flüsterte Laurie.

»Also, können Sie helfen?«, fragte Kaiden.

»Wie bitte? Oh, ja, einen Moment.« Laurie öffnete eine Schublade, zog ein EI-Tablet heraus und schaltete es ein. »Integrieren Sie Ihre EI in das Tablet, bitte.«

»Hast den Prof gehört, Chef.« Kaiden sah den Avatar von Chef aus seinem Sichtfeld verschwinden und auf dem Tablet wieder auftauchen.

»Ich werde eine schnelle Diagnose durchführen, vielleicht ein oder zwei Dinge unter der metaphorischen Haube reparieren. Das sollte nur wenige Augenblicke dauern.«

»Ach, vor nicht allzu langer Zeit meinten Sie, dass wir mal zusammen einen trinken sollten. Jetzt wäre dafür gerade ein guter Zeitpunkt, finde ich.«

Laurie brachte eine Flasche Cognac zum Vorschein und schenkte jedem von ihnen ein Glas ein. Sie unterhielten sich, während Laurie arbeitete und nach einer halben Stunde war Chef wieder in Kaidens Brille.

»Das sollte genügen.«

»Fühlst du dich besser, Chef?«

»Ich habe zwar immer noch keine Ahnung, was kaputt war, aber da ich nun nicht mehr glitche, ist es ein Anfang.«

»Was haben Sie gefunden?«, fragte Kaiden, als er seinen Cognac austrank.

»Nichts Konkretes, aber ich habe einige unnötige Dateien gelöscht und ein paar Einstellungen angepasst. Sie sollten keinen signifikanten Unterschied feststellen, aber da die EI in Ihrem Kopf sitzt, sollten wir da lieber kein Risiko eingehen.«

Kaiden zuckte die Achseln. »Wenn das alles ist, was wir im Moment tun können, dann ist's auch gut.« Kaiden schob seinen Stuhl nach hinten und stand auf. »Das war eigentlich recht angenehm, Laurie. Wenn Sie so weitermachen, kriege ich vielleicht doch noch ein angenehmeres Bild von Ihnen.«

»Noch mehr als jetzt?«, fragte der Professor grinsend.

»Sicherlich«, versprach Kaiden. »Ich muss los, mir was zu essen holen und dann noch jemandem einen Besuch abstatten.«

»In Ordnung. Passen Sie auf sich auf, mein Junge, und wenn Ihnen noch etwas Verdächtiges auffällt, dann lassen Sie es mich wissen. Obwohl wir beim nächsten Mal vielleicht wieder in den Operationssaal zurückkehren müssen.«

»Ich versuche es zu vermeiden. Chef und ich fangen gerade erst an, ein gutes Verhältnis aufzubauen.« Kaiden winkte dem Professor und ging.

Laurie beobachtete den Soldaten, bis er um die Ecke verschwunden war und blickte dann zurück auf seinen Monitor. Er hatte etwas recht Interessantes in der EI gefunden – etwas, was der Junge noch nicht zu wissen brauchte. Sasha allerdings wäre wahrscheinlich sehr daran interessiert.

Es schien, als hätte der Rat mehr Verbindungen, als der Führungsriege der Akademie bekannt war und – was ihn am meisten wurmte – sie hatten mit seinem Spielzeug gespielt.

★ ★ ★

Kaiden lief über den Platz der Akademie, lauschte dem Zwitschern der Vögel und dem aufgeregten Geplapper anderer Novizen.

»Also, wo gehen wir jetzt hin?«

»Wie ich schon sagte, erst zur Cafeteria, dann muss ich noch mit jemandem reden.«

»Eine Gehirnzelle für deine Gedanken.«

»Du siehst meine Gehirnzellen als Währung?«

»Man sollte halt ein knappes Gut als Währung festlegen. Spuck's einfach aus.«

Kaiden faltete die Hände hinter dem Kopf zusammen und blickte in den Nachmittagshimmel. »Ich habe über den Abteilungstest und die Preise nachgedacht.«

»Ich hätte nichts gegen einen schickeren neuen Look. Du schuldest mir was, weil du mir dieses langweilige Disco-Kugel-Outfit verpasst hast«, murmelte die EI.

»Ich werde sicher nach einem zweiten Preis fragen, aber ich will diesen Rangaufstieg.«

»Das ist kein Garant dafür diesen Rangaufstieg zu bekommen, selbst, wenn du Erster werden solltest.«

»Ich möchte trotzdem diese Chance nicht verpassen. Außerdem bin ich konkurrenzfähig.«

»Wofür willst du das überhaupt?«

»Es wäre schön, wieder eine Waffe dabei zu haben. Ich habe meine alte bei Julio in Seattle zurückgelassen und dachte mir, dass ich mir hier ganz leicht eine beschaffen könnte.«

»Du hörst dich an wie ein Kleinkind, dass so lange rumjammert, bis es endlich seine vermisste und heißgeliebte Babydecke bekommt.«, kommentierte Chef ironisch.

»Die schwebende Melone kritisiert die Wahl meiner Accessoires?«, erwiderte Kaiden grinsend.

»Nochmals, dieses beknackte Erscheinungsbild war nicht meine Entscheidung. Man munkelt mittlerweile schon auf der Damentoilette im Animus-Zentrum, dass du da irgendwie mit deinem unfassbaren Intellekt dran beteiligt warst.«

Kaiden seufzte und setzte seinen Spaziergang fort. »Außerdem geht es mir nicht nur um die Waffe. Wenn ich die Gelegenheit habe mich zu verbessern, nutze ich sie auch.« Er spürte einen zunehmend starken Windhauch durch seine Haare wehen, als er sich der Cafeteria näherte. »Auf jeden Fall brauche ich einen Vorteil, wenn ich an die Spitze gelangen will.«

Er ging zum Eingang der Cafeteria, die Türen öffneten sich, als er sich näherte. »Und bevor ich das kann, brauche ich erst einmal Treibstoff.«

★ ★ ★

Wulfson trainierte gerade mit einer Zielscheibenattrappe, als sich die Tür hinter ihm öffnete. Er hielt kurz inne, ehe er sich umdrehte und grinste, als Kaiden seine Jacke auszog.

Er sah den Offizier ruhig an. »Sind Sie immer noch bereit mich auszubilden?«

Wulfson spannte den Kopf, stand gerade und still, während er ihn studierte. »Willst du trainieren?«

»Ich will gewinnen«, antwortete er.

Der Riese lächelte, ging auf Kaiden zu und legte seine Jacke auf eine Bank. »Ein gutes Ziel für den Anfang«, sagte er und streckte eine Hand aus.

Kaiden schüttelte sie kräftig, dann zog Wulfson kräftig an seinem Arm und schleuderte ihn auf die Matte.

»Und jetzt fangen wir auch schon an.«

KAPITEL 24

Der Rest der Woche verging wie im Flug. Kaidens Morgen begann stets mit einem Frühstück, dann folgte ein Training im Animus bis zum Mittag, gefolgt von einem Mittagessen vor dem Training mit Wulfson – irgendwie konnte der Officer es als Grundlagenkurs gelten lassen, obwohl er sich nie die Mühe gemacht hatte, zu fragen, wie er das geschafft hatte. Danach kehrte er wieder in den Animus-Unterricht zurück und verbrachte ein paar Stunden mit einem Zusatztraining. Schließlich genehmigte er sich noch ein Abendessen, bevor er eine weitere Sitzung mit Wulfson hatte. Am Ende des Abends schwang er sich dann erschöpft in seine Schlafkapsel.

Die ganze Woche hatte er diesen Plan verfolgt, um auf den heutigen Tag bestmöglichst vorbereitet zu sein, den Tag des Abteilungstests.

Seinen Wecker hatte er auf Punkt fünf Uhr eingestellt. Er hatte gehofft, dadurch einen kleinen Vorsprung auf die anderen Studenten zu haben, aber wie sich herausstellte, war er bei Weitem nicht der einzige mit dieser Idee. Eine große Gruppe hatte sich bereits angezogen und verließ gerade den Raum, als er aus seiner Kapsel herausrutschte. Er fluchte, als er sich hastig anzog und zur Tür hinauslief.

Er ging zur Cafeteria, nahm sich ein paar Müsliriegel, eine Flasche Orangensaft sowie etwas Wasser und schob sein Frühstück auf dem Fußweg zum Zentrum in sich hinein. Als er den Pfad über den Platz entlang ging, bemerkte er eine große Gruppe von Studenten, die zu einem anderen Gebäude in der Ferne spazierten.

»Wo gehen die denn alle hin?«, hörte er einen Novizen fragen.

Jemand antwortete: »Das sind Zweit- und Drittklässler. Da das Animus-Zentrum wegen des Tests voll ist, nehmen sie sich den Tag frei. Die meisten von ihnen gehen in den Beobachtungsraum, um bei den Tests zuzuschauen.«

»Einige von ihnen platzieren sogar Wetten auf Erstklässler, andere gehen, um sie anzufeuern«, fügte eine dritte Stimme hinzu.

Kaiden ignorierte das Geplapper, beschleunigte sein Tempo und drängte sich an vielen der anderen Studenten vorbei. Er wollte wirklich nicht den ganzen Tag herumsitzen und auf seinen Start warten.

★ ★ ★

Als er in der Lobby des Animus-Zentrums wartete, fiel Kaiden auf, dass es im ersten Jahr verdammt viele Studenten gab.

Er seufzte, griff in die Innentasche seiner Jacke, brachte seine Brille zum Vorschein, setzte sie auf und aktivierte sie.

»Wie lange muss ich noch warten, Chef?«, fragte er murrend.

Er sah einen Zeitplan auf seiner Brille erscheinen, der seine Position in der Warteschlange anzeigte. *»Nicht mehr lange. Vielleicht etwas mehr als eine Stunde, höchstens.«*

Kaiden stöhnte, lehnte sich zurück und starrte an die Decke. Er war bereit – sogar ganz aufgeregt. Die Vorfreude auf den Test hatte sich während der ganzen Woche aufgebaut.

Und die ganze Aufregung war auf Däumchendrehen reduziert worden, weil er vergessen hatte eine Nummer zu ziehen.

»Hallo, Kaiden.«

Er schaute auf. »Chiyo?«, fragte er, etwas überrascht sie vor ihm stehen zu sehen. »Hey! Wie geht es dir?«

Sie lehnte sich an die Wand gegenüber von ihm. »Sehr gut. Ich habe mich in der ersten Woche schnell an die Akademie gewöhnt, sogar schneller als erwartet.«

»Das ist schön zu hören.« Er bot ihr seinen Stuhl an, doch sie winkte ab. Schüchtern fuhr er sich mit den Fingern durchs Haar. »Tut mir leid, dass ich während des Frühstücks nicht mehr bei dir vorbeigeschaut habe. Mein Alltag ist ziemlich hektisch geworden.« Als er zur Seite blickte, bemerkte er einige Leute am Ende der Halle, die sie anstarrten und sich gegenseitig zuflüstern. »Die Jungs von der ersten Nacht, in der wir uns trafen, haben dir doch keine Probleme mehr gemacht, oder?«

»Offensichtlich sind es nicht nur die«, sagte Chiyo und strich sich einige ihrer langen Haare hinter das Ohr, während sie den Klatschtanten im Flur zunickte. »Aber das war ja klar. Mach dir keine Sorgen. Die können nur heiße Luft blasen und würden es nicht wagen etwas anderes zu versuchen.«

Kaiden schniefte wütend aus und verbesserte seine Haltung. »Gut zu wissen, schätze ich.« Er neigte seinen Kopf und fixierte sie mit einem neugierigen Blick. »Hattest du deinen Test schon?«

Sie schüttelte den Kopf. »Noch nicht und du?«

»Sonst würde ich wohl kaum hier sitzen und Menschen hinterhergaffen«, murmelte er. »Ich warte schon seit zwei Stunden. Wie lange dauern diese Dinger?«

»Es hängt von der Prüfung ab, aber die Soldatenprüfung sollte in einer Stunde zu absolvieren sein, glaube ich. Das Zeitlimit ist drei Stunden.«

»Oha, wirklich?« Verdutzt kratzte sich Kaiden am Kinn. »Ich schätze, es ist wohl auch ein Ausdauertest. Mal abgesehen von allen anderen Fähigkeiten.«

»Na ja, geht so. Wenn du jedoch glaubst, dass drei Stunden da draußen eine lange Zeit ist, dann musst du dich wohl auf etwas gefasst machen.«

»Ich kann damit umgehen«, sagte er und klopfte beschwörend auf die hölzerne Armlehne seines Stuhls. »Ich habe viel Ausdauer. Außerdem bezweifle ich, dass ich nicht mit dem fertigwerde, was die mir zuwerfen.« Er konnte seinem Impuls zur Prahlerei nicht widerstehen.

»Ich verstehe.« Chiyo schaute kurz auf seine Armbinde. »Sag mal, was hast du gelernt, seitdem du in der Ass-Klasse bist?«

Kaiden blickte auf seine Armbinde und zuckte die Achseln. »Dass ich anscheinend ein Schweizer Armeemesser auf zwei Beinen sein soll.« Er seufzte. »Sie haben uns jeden kleinen Überlebenstipp, jedes medizinische Schaubild, jeden Waffenplan und alle möglichen anderen Dinge in den Kopf gehämmert. Wenn es nicht den Soldatenunterricht und etwas Übung im Animus gäbe, hätte ich nach dem Ausrüsten bestimmt keine Waffe abfeuern können.«

»Weißt du, warum sie dich das tun lassen?«, fragte sie.

»Nun, die wollen, dass ich ein breites Spektrum an Fähigkeiten habe und mehr als nur ein Schütze bin.«

»Korrekt, aber weißt du ...«

Er hob eine Hand, um sie zu stoppen. »Wenn du jetzt fragst, ob ich weiß, dass Asse im Kampf die Führung übernehmen sollen, dann bin ich bereits zu diesem Schluss gekommen«, sagte Kaiden und schob sein rechtes Bein über sein linkes.

»Oh ... das ist in Ordnung für dich?«

Er zuckte wieder mit den Achseln. »Um ehrlich zu sein, habe ich nicht wirklich viel darüber nachgedacht«, gab er zu. »Ich habe die Klasse aufgrund einer Empfehlung gewählt. Ich denke, ich bleibe vorerst dabei und schaue, wohin es führt. Ich kann immer noch Kopfgeldjäger oder Attentäter werden, etwas, das ein wenig mehr meiner Geschwindigkeit entspricht.«

»Denkst du so, weil du dich nicht wohlfühlst?«, fragte sie und senkte ihre Stimme, während sie den Blickkontakt aufrechterhielt.

Kaiden spottete: »Also bitte, Schätzchen, wenn es in dieser Akademie eine Berufsklasse gibt, die wie für mich gemacht ist, dann ist es die Ass-Klasse.«

»Langweilt es dich denn?«

»Ich könnte meine Zeit anders verbringen, aber ich kann den Wert erkennen. Ich habe in einer Woche mehr über die Anatomie von Mutanten und giftigen Blumen gelernt, als mir in meinem ganzen Leben lieb war. Aber ich bekomme immer noch meine Zeit im Animus und habe auch noch etwas Training außerhalb, also ist es gar nicht so übel.«

»Warum erwägst du dann weiterzumachen?«

Kaiden schob seine Brille nach unten und gab ihr einen verwirrten Blick. »Fragst du mich das, weil du dich langweilst?«

Sie stieß sich von der Wand ab und ging ein paar Schritte den Flur hinunter, bevor sie noch ein paar Worte herausließ. »Natürlich nicht, aber beim letzten Mal hast du was gesagt, das ich ... inspirierend fand.«

Dies erregte seine Aufmerksamkeit. »Jetzt ohne Scheiß, ich glaube, dieses Kompliment wurde mir noch nie gemacht.« Ein Lächeln kroch über seine Lippen. »Ein bisschen Lob kann ich immer gebrauchen. Was genau habe ich gesagt, das so inspirierend war?«

»Dass es darauf ankommt, wie man mit dem umgeht, was das Leben einem zuwirft, und natürlich dass man erst dann wirklich sein Schicksal selbst in die Hand nimmt.«

Kaidens Augen verengten sich mißtrauisch. »Soll mir die Ironie auffallen?«

Sie verschränkte ihre Arme. »Ich weiß, dass du noch keine Entscheidung über einen Klassenwechsel getroffen hast, aber wenn ich eine Vermutung äußern darf, warum du das überhaupt in Betracht ziehst, dann wohl, weil du keine Lust auf Verantwortung hast.«

»Kann nicht behaupten, dass ich das hätte«, gestand Kaiden. »Ich kann kaum Befehle annehmen, geschweige denn welche geben, also könnte ich genauso gut eine Klasse wählen, für die ich bereits ein Talent habe. Ich würde mehr davon haben.«

»Es wäre aber auch einfacher für dich.«

Kaiden rollte mit den Augen. »Ich find's echt toll, wenn unsere Gespräche zu einer spaßigen, sportlichen Verhörrunde werden«, höhnte er.

»Liege ich falsch?«

»Nicht wirklich, aber um mal selbst den Ketzer zu spielen, tust du nicht dasselbe? Du kommst hier an als geschickte Hackerin und gehörst jetzt zur Hacker-Klasse. Manchmal hat man einfach eine Berufung, oder?«

Chiyo blickte ihn an. Kaiden spürte für einen Moment den Stimmungsumschwung und einen kühlen Schauer über den Rücken laufen.

Sie nahm einen tiefen Atemzug, atmete dann wieder aus, bevor sie sprach: »Mein Lebensziel war es nicht, eine Hackerin zu sein. Ich hatte noch andere Vorstellungen, aber es wurde ... verkompliziert durch die Gefühle und Handlungen anderer. Also beschloss ich einen neuen Weg zu gehen.«

»Du hast aufgegeben?«, fragte er.

Sie blickte ihn wieder an und er hielt seine Hände hoch. »Ich will dich nicht aus der Bahn werfen, aber du kommst mir wie jemand mit einem Plan vor. Du scheinst alles im Griff zu haben. Ich bin nur überrascht zu hören, dass du anscheinend nicht deinem wirklichen Ziel folgst, was auch immer dieses Ziel von dir war.«

Sie schaute weg und senkte ihren Blick. »Wie ich schon sagte, war es ... auf lange Sicht gesehen die bessere Entscheidung. Je mehr ich darüber nachgedacht habe, desto mehr wurde mir klar, dass ich vielleicht nie wirklich gewusst habe, was ich wollte.« Sie schaute zurück zu ihm mit neuer Entschlossenheit in ihren Augen. »Das ist der Unterschied zwischen uns, Kaiden. Ich versuche mit den erworbenen Fähigkeiten einen neuen Weg zu gehen. Ich wollte dich wissen lassen, dass ich der Meinung bin, dass du das auch tun solltest. Es gibt viele Möglichkeiten eine Führungspersönlichkeit zu sein und ich glaube, dass du großes Potenzial dafür hast.«

Kaiden saß nun mit offenem Mund auf seinem Stuhl. Es war einen Moment lang still, bevor sein Lächeln zurückkehrte und er seine Brille wieder über seine Augen schob. »Nun, die Stimmung hat sich schnell geändert.« Er lehnte sich mit dem Rücken an den Stuhl und zwang sich zur Entspannung. »Ich höre immer wieder Leute über mein Potenzial sprechen. Das ist ein völlig neues Konzept für mich. In dem Leben, das ich bisher hatte, bist du entweder *aufgewachsen* oder aber du bist *gestorben*. Darüber nachzudenken, was man sein könnte ... das hatte irgendwie dieselbe Bedeutung wie ein imaginärer Freund.«

Chiyo blickte zur Decke und beobachtete Studenten in den oberen Stockwerken mit einem verträumten Blick.

»Vielleicht ist ein imaginärer Freund für andere Menschen albern ... aber ich bin sicher, dass er der Person, die ihn sich ausgedacht hat, viel bedeutet.«

Kaiden lachte. »Sieh mal einer an. Wer ist hier jetzt so inspirierend?«

Sie blickte ihn an, ein kleines Lächeln erschien auf ihrem Gesicht.

»Hallo, Freunde«, entgegnete eine gedämpfte Stimme.

Die beiden drehten sich zu Genos um, der den Saal entlangschritt und sie mit einem überschwänglichen Winken begrüßte.

»Guten Morgen, Genos«, antwortete Chiyo.

»Ihr kennt euch auch?«, fragte Kaiden.

»Wir haben uns in der Bibliothek getroffen und uns seitdem fast jeden Abend dort gesehen.«

Genos hielt kurz mit nur wenig Abstand vor den beiden an und richtete seinen Blick auf Kaiden. »Ja, Chiyo und ich haben viele faszinierende Notizen und Artikel zu verschiedenen Themen ausgetauscht. Sie hat mir auch geholfen meinem Übersetzer mehr Wörter und Slang hinzuzufügen.« Er legte eine Hand auf seine Brust. »Ich weiß jetzt auch, was ein ›Howdy‹ ist.«

»Oh, gut, Fortschritt.« Kaiden lachte.

»Hast du schon den Ingenieurstest abgelegt, Genos?«, fragte sie.

»Noch nicht. Ich bin der Nächste in der Warteschlange.« Er rieb sich seine schwimmhäutigen Hände. »Wie aufregend. Seit meiner Ankunft auf diesem Planeten konnte ich meine Fähigkeiten noch nicht testen.«

»Stehst du noch immer auf dem Schlauch, was deine Klasse betrifft?«, fragte Kaiden.

»Ich besitze gar keinen Schlauch«, bemerkte Genos mit einem leichten Stirnrunzeln.

Kaiden wechselte einen kurzen Blick mit Chiyo aus, die mit den Schultern zuckte. »Er lernt langsam, aber halte besser deine Redensarten und Übertreibungen auf ein Minimum.«

Er schaute zurück zum Außerirdischen und tippte seine Armbinde an. »Bist du immer noch unschlüssig wegen deiner Berufsklasse?«

Genos schüttelte den Kopf. »Nicht mehr so sehr, nicht seit unserer Diskussion. Ich frage mich, welche Art von Hysterie mich bei meiner Rückkehr in die Heimat erwarten wird, aber ich sehe auch ein, dass dies eine einzigartige Gelegenheit für mich ist. Ich bin daran interessiert, zu sehen, wohin sie mich führt.«

Chiyo warf Kaiden einen bedeutungsvollen Blick zu. »Ich glaube, er sieht das Potenzial von etwas Neuem.«

Er wirbelte mit dem Finger in der Luft herum. »Hoch leben die Metaphern.«

»Legst du deine Prüfung mit einer gemischten Gruppe oder nur mit Tsuna ab?«, fragte Chiyo.

»Es gibt nicht genug Tsuna in der Ingenieursabteilung für einen richtigen Test, also wird es eine gemischte Gruppe.« Er schaute sich im Raum um. Sein Gesichtsausdruck war eine amüsante Mischung aus Neugierde und Aufregung. »Ich bin gespannt auf die Ergebnisse. Ich habe in den letzten Tagen einige nette Menschen bei den Ingenieuren kennengelernt, aber ich freue mich auch darauf sie zu schlagen.«

»An einem gesunden Wettbewerb ist nichts auszusetzen. Außerdem ist das doch schon die halbe Miete, wenn man darüber nachdenkt. Wettbewerb ist doch Sinn der Sache«, kommentierte Kaiden.

Genos nickte. »Ja, es ist so, wie du vorher schon gesagt hast. Ich möchte anderen zeigen, welche Fähigkeiten mein Volk zu bieten hat – aber auch was ich bieten kann.«

»Wenn du da draußen bist, zeig – Hey, Mann, deine ... äh, Hose vibriert.«

Genos blickte nach unten und öffnete ein Fach an seinem Hosenbein, nahm ein Tablet heraus und wischte über den Bildschirm. »Sieht aus, als würde mein Test in Kürze beginnen. Ich muss in meine Halle gehen. Ich wünsche euch beiden viel Erfolg bei den Prüfungen.«

»Viel Glück, Genos«, sagte Chiyo und winkte.

»Hals- und Bein ... Gib dein Bestes«, ertappte sich Kaiden rechtzeitig, um Verwirrung zu vermeiden.

»Werde ich. Ade.«

Die beiden sahen dem Außerirdischen hinterher, wie er zu den Aufzügen ging. Kaiden kicherte mit einer Spur von – möglicherweise – Zuneigung. »Dieser Typ ist einfach zu goldig. Er wird lebendig gefressen werden.«

»Schreib ihn nicht so einfach ab. Nicht ohne Grund ist er Teil der ersten außerirdischen Studenten.«

»Oh, das musst du mir nicht sagen. Er hat mir eine Menge über seine Familie und Vorfahren erzählt.«

Chiyo gluckste, als ein Licht in ihrer Augenlinse erschien. »Sieht aus, als wäre ich jetzt auch an der Reihe.«

Kaiden stand auf und streckte eine Hand aus. »Viel Glück.«

Sie schüttelte ihm lebhaft die Hand. »Das Glück war mir noch nie hold. Glücklicherweise habe ich die Fähigkeiten, die das ausgleichen.«

»Verdammt richtig. Geh und veranstalte deinen krassen Voodoozauber oder was auch immer du da tust.«

Sie gab ihm eine kleine Verbeugung, bevor sie ebenfalls zu den Aufzügen ging und ließ Kaiden wieder allein.

»Ich bin total euphorisch, jetzt wo du endlich Freunde hast«, trillerte Chef, während sein Avatar sich in ein entzückendes Rosa einfärbte.

»Da hast du wohl recht. Ich habe mich selbst nie für sozial gehalten«, gab er mit einem leisen Glucksen zu.

»Ich habe dich immer als Softie eingeschätzt.«

»Erwische mich zum richtigen Zeitpunkt, dann kann ich auch geradezu liebenswürdig sein.«

»Also, wie denkst du jetzt über den Test?«

Kaiden setzte sich wieder. »Ich bin nicht allzu besorgt.«

»Du hast dich noch nie mit der Konkurrenz befasst«, stellte Chef fest. *»Vielleicht gibt's hier noch ein paar Studenten, die hart im Nehmen sind.«*

»Vielleicht«, stimmte Kaiden mit einem Achselzucken zu. »Aber niemand hat einen Partner wie dich.«

Der Chef wechselte zu einer Art seltsamer violetter Farbe, sein Avatar wandte sich auf dem Bildschirm ab. *»Hey, Mann, ich bin doch nur wegen des Essens hier.«*

»Du isst ja gar nicht, Klugscheißer.«

»Ich werde noch nicht zugeben, dass du ein guter Kerl bist. Es gibt immer noch Dummheit in dir, die wir dir austreiben müssen.«

»Ich bin sicher, dass wir das irgendwann schaffen.« Er lehnte sich in den Stuhl zurück und nahm seine Brille ab.

Kaiden hörte ein leichtes Piepen. *»Hey, mach es dir nicht zu bequem. Sieht so aus, als wären wir gerade in der Warteschlange nach oben gerückt worden«*, informierte Chef.

»Ach echt?«, fragte Kaiden und schob seine Brille wieder auf. Er fand eine Nachricht auf seinem Display vor, die ihn aufforderte, in Halle 7 zu gehen. »Wie ist das denn passiert?«

»Sieht aus, als wären gerade eine Menge Novizen auf einmal degradiert worden. Ach, wie schade.«

»Für die sicherlich, klar.« Kaiden kicherte, streckte sich, als er aufstand und ging auf die Aufzüge zu.

»Soll ich einen Motivationstanz aufführen, um dich aufzuwärmen?«

»Nein, verschone mich. Ich krieg das schon gut selbst hin.«

Er erreichte den Aufzugsflur und rutschte in eine beengte Kammer. Er drückte den Knopf für Ebene vier und trat zurück.

»Und los geht's, meine Damen und Herren.«

KAPITEL 25

Kaiden öffnete seine Augen. Neben ihm schwebte Chefs Avatar in der Dunkelheit. Er war im Animus. Entweder dort oder im leeren Weltraum. Das wäre beunruhigend und verwirrend, entschied er.

»Ich schätze, es sind noch nicht alle verbunden?«, fragte Kaiden nach.

»*Wenn ich eine Vermutung riskieren müsste, arbeiten die sich wahrscheinlich gerade durch den Ausrüstungsbildschirm*«, sagte Chef, der in der weiten Leere herumschwebte.

»Ich dachte, wir hätten darauf keinen Zugriff vor einer Mission?«, fragte Kaiden, schaute nach unten und überprüfte seine Ausrüstung. »Alles, was ich letzte Woche ausgewählt habe, ist hier, außer meine Waffen und mein Zubehör.«

»*Ist es nicht toll, dass eine Granate als Zubehör betrachtet wird?*«, kicherte Chef. »*Und du hast recht. Normalerweise darf man vor einer Mission keine Rüstung austauschen. Man muss sie vorher kaufen und ausrüsten, aber man kann seine Waffen modifizieren und Geräte austauschen – kleine Dinge halt.*«

»Hast du irgendwelche Empfehlungen?«

»*Nein, deine Ausrüstung ist gut so. Sie spielt deine Stärken aus und wir wollen mal nichts überstürzen, da wir nicht genau wissen, womit wir es zu tun haben werden.«*

»Gutes Argument«, stimmte Kaiden zu, dann sah er Lichtstrahlen um sich herumwirbeln.

Sie schlängelten sich an seinem Körper hoch und drehten sich immer schneller, während sie ihn umkreisten. Dann, als sie immer höher stiegen, dehnten sich die Lichter um ihn herum um einige Meter aus. Farbe und Struktur begannen sich zu festigen und hinter Kaiden erschien ein Stuhl mit einem Sicherheitsbügel. Er nahm schnell Platz. Wenn dieser Stuhl einen Sicherheitsbügel hatte, würde er ihn wahrscheinlich auch brauchen.

Seine Umgebung setzte sich puzzlegleich zusammen – rundherum gepolsterte Wände und der Umriss einer Tür vor ihm mit einem seitlichen Monitor. Bis auf ein paar Glühstreifen an der Decke war nicht viel Licht auszumachen. Einen Moment lang war er verwirrt. Es sah aus, als wäre er wieder in der Röhre, aber nach einem Moment konnte er draußen lautes Rauschen vernehmen – Wind.

»Chef ... sind wir in einer ...»

»... *Landekapsel. Anschnallen, Kumpel. Das wird wohl eine holprige Fahrt.«*

Kaiden gehorchte, indem er den Bügel um seine Schultern nach unten zog und die Griffe fest umklammerte. Der Monitor schaltete sich ein und zeigte einen Mann mit grauen Haaren mit formellem Militärschnitt. Er hatte braune Augen und asiatische Gesichtszüge.

»Guten Tag, Novizen«, formulierte er, seine Stimme war sanft, aber autoritär. »Ich bin Oberaufseher Zhang, der Verantwortliche für das Animus-Zentrum. Ich möchte Sie zu Ihrer Soldatenabteilungsprüfung willkommen heißen.«

»Irgendwie komisch in einem Kriegsgebiet willkommen geheißen zu werden«, bemerkte Chef.

»Dieser Test wurde von einem Team aus Mitgliedern des Animus-Zentrums entworfen – einschließlich mir und den Beratern Palaye, Faraji, Wilhelm, Lehrern und Offizieren der Soldatenfakultät. Desweiteren zusammen unter Anleitung und Design der Technikerabteilung und den Fachbereich für Forschung und Entwicklung von Nexus.«

»Mit besonderem Dank an Mister Mittens, meiner Hauskatze und einem besonderen Vorwort meines Kindermädchens, die mich schon recht früh in die lieblichen Künste der ...«, äffte Kaiden den Aufseher nach. »Na los, komm schon.«

»Sie werden die Testzone in zehn Minuten betreten. In der verbliebenen Zeit dürfen Sie Details Ihrer Ausrüstung, einschließlich Geräte und Farben, ändern und auch noch Änderungen an Waffen und Rüstungen vornehmen, falls Sie dies wollen.«

Ein separater Bildschirm öffnete sich zu seiner Linken und zeigte ihm seine Ausrüstung.

»Dies ist zwar ein Test der Fähigkeiten und Handlungen jedes einzelnen Novizen vor Ort, wird aber auch als Übungsmission behandelt. Machen Sie sich dementsprechend mit dieser Karte der Testzone und einem Verzeichnis möglicher Feinde und Fallen, auf die Sie stoßen könnten, vertraut.«

Kaiden sah einen neuen Menüpunkt auf dem Ladebildschirm erscheinen. Als er es anwählte, sah er das Gebiet aus der Vogelperspektive. Ein gelb markierter

Punkt wurde als ›Startpunkt‹ bezeichnet, während sich am anderen Ende der Karte ein weiterer grün markierter Bereich mit der Bezeichnung ›Endpunkt‹ befand.

»Während des Einsatzes werden Sie keinen Zugang zu dieser Karte haben. Sie sollen sich auf Ihre persönliche Sinnesschärfe und die Fähigkeiten Ihrer EI verlassen, um Ihr Ziel zu erreichen. Es spielt keine Rolle, wie Sie dorthin gelangen, aber das Erreichen des Endpunkts ist das absolute Minimum zur Erfüllung der Siegbedingungen und zur Bestehung des Tests. Die ersten fünfundzwanzig Novizen erhalten zusätzliche Punkte für ihre Endwertung, wobei der erste Platz mit zehntausend Punkten belohnt wird.«

Der Bildschirm änderte sich wieder, zeigte eine Liste der Feinde an und scrollte durch sie hindurch.

»Natürlich sind wir hier, um Ihren Mut und Ihre geistigen Fähigkeiten zu testen. Es gibt überall zahlreiche Feinde. Sie unterscheiden sich in Schwierigkeit und Häufigkeit und für jeden, den Sie erledigen, gibt es Punkte. Dessen Punktewerte hängen von der Schwierigkeitsbewertung ab. Sie entscheiden also, ob das Risiko die Belohnung wert ist.«

Kaiden drückte die Option, die das Glossar in Abschnitte unterteilte. Er fuhr mit dem Finger die Seite hinunter und fand die üblichen Verdächtigen vor – ein paar zufällige Söldner, einige Schwergewichte, ein paar robotische Gegner verschiedener Art und sogar ein paar Mutanten.

»Ich schätze, wir werden sehen, ob du wirklich ein geborener Mutantentöter bist.«

»Ja, vielleicht ...«, flüsterte Kaiden, fokussiert auf die Liste. Als er ans Ende kam, wurde ihm die Silhouette eines Feindes angezeigt, wobei die Statistiken und Beschreibungen leer blieben. »Hey, Chef, was meinst du, was das ist?«, fragte er und zeigte auf das unbekannte Wesen.

Chef schwebte näher heran und betrachtete das Bild. *»Ich kann nichts finden. In meiner Datenbank erscheinen keine Informationen.«*

»Sagt dir die Silhouette vielleicht was?«, fragte Kaiden.

»Schon versucht, aber nicht wirklich. Was auch immer es ist ... ich denke, vielleicht sollten wir uns nicht damit anlegen.«

»Ich habe das Gefühl, dass wir es doch tun sollten.«

»Nun, das einzige Feld, das ausgefüllt ist, ist der Punktewert. Schau mal.«

Kaidens Blick richtete sich auf das Punktewertfeld. Erstaunt stieß er einen scharfen Pfiff aus. »Hunderttausend. Meinst du, damit werden wir sicher Erster?«

»Darauf kannst du deinen Arsch verwetten. Wenn wir dieses Ding irgendwie allein erledigen sollten, müssten wir entweder sterben oder es nicht innerhalb der Frist schaffen, um durchzufallen.«

»... sollten Sie es nicht in der vorgesehenen Zeit bis zum Endpunkt schaffen.« Kaiden kehrte mit Zhangs Warnung wieder in die Realität zurück.

»Verdammt. Wahrscheinlich hätten wir in den letzten Minuten besser aufpassen sollen«, murmelte Chef verlegen.

»Sie verlieren hundert Punkte pro Minute und bekommen fünftausend für das Erreichen des Endpunktes, was wiederum das absolute Minimum ist, um zu bestehen. Wenn Sie bei Ihrer Ankunft weniger als fünftausend Punkte haben oder alle drei zugeteilten Leben verlieren sollten, werden Sie durchfallen und eine beliebige Anzahl von Strafen und/oder Korrekturen erleiden, die von den Leitern Ihrer Abteilung zusammen in einem Gespräch mit Ihrem zugewiesenen Berater beschlossen werden.«

Kaiden schauderte. Wenn Mya schon Gefechtstürme als Scherz auf ihn gerichtet hatte, was würde dann passieren, wenn er tatsächlich Mist bauen würde?

»Dies ist das Ende der Testeinführung. Nun beginnen Ihre zehn Minuten der Vorbereitung. Am Ende der Vorbereitungszeit können Sie Ihre Landekapsel nach eigenem Ermessen innerhalb einer bestimmten Frist abwerfen. Wenn Sie dies nicht tun, gelten Sie als ›nicht einsatzfähig‹ und fallen durch die Prüfung.«

Kaiden wandte sich zurück zur Karte und zoomte zum Startpunkt. Er sah eine Reihe von Pfaden, Feldern und Berghängen, die alle potenzielle Vor- und Nachteile hatten, wie zum Beispiel die Nähe zu feindlichen Stützpunkten oder höhergelegenes Gelände.

»Damit werde ich mich ausklinken. Viel Glück, Novizen. Zeigen Sie uns, woraus unsere zukünftigen Soldaten gemacht sind«, befahl Zhang, wobei der Bildschirm schwarz wurde, als er fertig war.

Kaiden schaute sich noch einmal die Karte an. »Chef, irgendwelche Ideen, was wir uns hier ansehen?«

Chef verschwand, um wieder auf dem Bildschirm zu erscheinen und über der Startzone zu schweben. *»Der größte Teil der Karte ist Dschungel. Die Startzone und die Ränder des Gebiets sind Strände, Hügel und Bergkämme sowie ein paar Berge, um die wir uns wahrscheinlich keine Sorgen machen müssen... Obwohl ich meine* *farbveränderliche Haut verwetten würde, dass es wahrscheinlich einige Luftfeinde gibt, die dort lauern, um die wir uns Sorgen machen sollten.«*

»Kein Zweifel«, pflichtete Kaiden bei, als er auf die Liste zurückblickte und ein paar Flugdrohnen und eine Art mutierten Raubvogel entdeckte. Der Name lautete Teufelsvogel, tiefrotes Fleisch mit nur wenigen Federn, ein langer, lanzenähnlicher Schnabel und Krallen wie Krummsäbel blickten bedrohlich auf Kaiden. Er wäre froh, wenn er sich nicht darum kümmern müsste.

Chef rückte in Sichtweite und zog Kaidens Aufmerksamkeit auf sich. *»Planen wir gut vor. Willst du den Schlussbonus haben?«*

Kaiden schüttelte den Kopf. »Ich hab's nicht eilig. Ich wollte mir den Weg zum Sieg freischießen, wenn es dir nichts ausmacht.«

»Dachte ich mir. Klügerer Schritt. Einige der gutbetuchten Söhne von den Vorbereitungsschulen haben wahrscheinlich Medaillen im Langlauf gewonnen.«

»Apropos, müssen wir uns Sorgen machen, dass sie sich gegen uns wenden?«

»Ich würde mir keine Sorgen darüber machen. Die meisten werden sich wahrscheinlich auf sich konzentrieren, versuchen am Leben zu bleiben und bis zum Ziel zu kommen, anstatt auf alle anderen loszugehen. Außerdem erhält man keine Extrapunkte für das Erledigen anderer Novizen.«

Kaiden seufzte. »Tja, das war's dann wohl mit diesem Notfallplan.«

Chefs Avatar färbte sich leicht rot. *»Warte, das hattest du vor?«*

»Wenn es eine Option wäre ... und abhängig vom Punktewert.«

Die EI kühlte sich wieder auf ihr natürliches Blau ab. »*Weißt du, ich wollte eigentlich etwas dagegen sagen, aber wenigstens zeigst du Initiative. Hätte ich dir so gar nicht zugetraut.*«

»Na immerhin.«

»*Außerdem, wenn es eine Option wäre, hieße das, dass der Großteil der Klasse in den ersten fünf Minuten durch einen Schusswechsel aus der Prüfung geworfen werden würde. Nicht gut für das Endergebnis der Akademie.*«

»Gutes Argument ... und was ist mit Zusammenarbeit?«

»*Keine schlechte Idee. Es erhöht Überlebenschancen und etwa zwanzig Prozent der Novizen kooperieren in kleinen Gruppen, aber dabei kommt es zu einigen Problemen. Zwei besonders wichtige.*«

»Die da wären?«

»*Nun, das erste Problem bist du, da du eigentlich mindestens eine weitere Person finden müsstest, die mit dir arbeiten möchte. Um in eine Gruppe zu kommen, müsste entweder jemand eine von dir verschickte Einladung annehmen oder jemand lädt umgekehrt dich ein.*«

Kaiden ließ einen verachtenden Laut aus. »Was? Du glaubst, dass ich keine neuen Freunde finden kann?«

»*Nicht so schnell zumindest. Außerdem siehst du mit dem schwarzen Anzug und deiner Maske wie ein Cyborg-Sensenmann aus.*«

Kaiden öffnete seinen Kragen mit einem dramatischen Schnippen. »Zufällig finde ich, dass es gut aussieht.«

»*Vielleicht ist es nicht so übel, um seine Feinde in Angst und Schrecken zu versetzen oder die anderen Nonkonformisten an der Akademie zu beeindrucken, aber für freundlichen Smalltalk macht es keinen großen Eindruck.*«

Er schaute finster drein. »Muss ich dich daran erinnern, dass du mir bei der Auswahl geholfen hast?«

»Du bist derjenige, der es bestätigt hat«, sagte Chef mit einem Augenrollen. *»Es stand mir nicht zu darüber zu urteilen. Ich habe mir nur meinen Teil gedacht.«*

Kaiden klopfte verärgert mit dem Finger gegen seinen Kopf. »Wir werden vielleicht später darauf zurückkommen, du Nervbolzen. Was war das andere Problem?«

»Nun, in einer Gruppe teilt man sich die Punkte. Was bedeutet, dass wir wahrscheinlich nicht gerade in Punkten schwimmen werden, solange wir keinen Massengenozid begehen.«

Kaiden nickte, verschränkte die Arme und wippte mit dem Fuß. »Das ist definitiv ein Problem.«

»Ich dachte mir schon, dass du nicht teilen willst», kicherte Chef.

»Das ist nicht das Problem«, sagte Kaiden und schüttelte den Kopf. »Wahrscheinlich bleibt nicht genug Zeit, um die Insel zu durchkämmen und jeden einzelnen Punkt zu ergattern.«

»Gut, dass wir jetzt über virtuelle Menschen und Dinge sprechen. Sonst müsste ich dich möglicherweise für eine psychologische Beurteilung melden.«

»Hey, erinnerst du dich, was Sasha gesagt hat? Wir tun, was immer wir tun müssen, um unseren Auftrag zu erledigen, und wir sind sehr gut in dem, was wir tun«, erinnerte Kaiden ihn mit einem Schmunzeln. »Könnten wir nicht einfach einer Gruppe hinterherlaufen?«

»Nette Idee, aber nein, du wärst automatisch mit ihnen verbunden, wenn du einem anderen Novizen oder einer anderen Gruppe zu lange zu nahe kommst.«

Kaiden lehnte sich zurück, seine Finger tippten auf eine Tätowierung auf seinem Arm. »Kannst du nicht am System spielen? Genug Entfernung zu anderen Novizen bekommen?«

»Könnte funktionieren, wenn wir nicht überwacht werden würden, Dumpfbacke.«

»Oh … ja, richtig.« Er grunzte und schlug die Beine übereinander. »Clevere Bastarde.«

»Weniger clever, sondern eher ›wir machen das nicht erst seit gestern‹.«

»Ich glaube, das nennt man Weisheit, Chef.«

»Was dir eindeutig fehlt, du hohle Nuss.«

»War einen Versuch wert.« Kaiden zuckte mit den Achseln. Er blickte zurück auf den Bildschirm – noch viereinhalb Minuten bis zum Abwurf. »Also regeln wir das alleine. Wo sollen wir anfangen?«

»Wie willst du zum Endpunkt kommen?«

»Warum nicht einfach durch die Mitte gehen?«, fragte er mit Blick auf die Karte. »Ich sehe weder Sackgassen noch gefährliches Gelände – ein paar feindliche Lager und mögliche Patrouillen, aber solange wir uns knapp außerhalb des Zentrums aufhalten, sind wir von der offenen Straße weg und werden kein leichtes Ziel darstellen.«

»Ich schätze, diese Logik kann ich nicht bestreiten, aber sie scheint ein wenig zu offensichtlich zu sein. Wahrscheinlich gibt es dort viele Fallen, wenn man es so angeht. Zudem bin ich mir sicher, dass zumindest einige der anderen Knallköpfe auch so denken.«

»Vielleicht, aber es bedeutet auch, dass wir für den Fall der Fälle ein paar Fleischschilde dabeihaben.«

»Dein Einfühlungsvermögen ist bemerkenswert«, stelle Chef sarkastisch fest. *»Aber wenn du das so willst, bin*

ich damit einverstanden. Ich halte mehr Ausschau nach Fallen und du konzentrierst dich auf das Vorankommen und das Ausschalten von ... Punkte-Piñatas.«

»Klingt gut. Wo sollen wir also aussteigen?«

»*Genau hier«*, kündigte Chef an und schwang auf der Karte von der Startzone in ein Gebiet am nördlichen Ende der Zone. »*Ich gebe dir ein Zeichen, aber wir springen, kurz bevor der Countdown endet. Wir werden auf einem hohen Bergkamm landen, über den wir uns in das Blätterdach schleichen können. Dort gibt es ein kleines Lager, das wir für einige Punkte ausschalten können und von dort aus gehen wir weiter.«*

»Verstanden.« Kaiden nickte. »Jetzt, da wir die Karte besser verstehen ... bist du sicher, dass wir nichts anderes einpacken sollten?«

Chef öffnete das Ausrüstungsfenster. »*Wir sollten wohl deine Rüstungsfarbe für eine bessere Tarnung ändern«*, schlug er vor und änderte sämtliche Rüstungsteile. Von der Maske bis hin zu den Stiefeln änderte er sie in ein Dschungeltarnmuster und den Anzug darunter tauchte er in ein Dunkelgrün. »*Was die Waffen betrifft, so haben wir noch keine Mods, aber ich bezweifle, dass die anderen welche haben, daher macht das nichts. Die Barriere und die thermischen Granaten ... vielleicht tauschen wir die Granaten gegen Schock- oder Rauchgranaten und die Barriere mit einem Chamäleon-Generator für eine heimliche Vorgehensweise?«*

»Die meisten meiner Punkte werde ich durch Tötungen erzielen, Chef, also ist es wahrscheinlich besser sich auf einen großen Kampf vorzubereiten, als zu versuchen alles heimlich anzugehen.«

»Gutes Argument. Ausgeprägte Heimlichkeit ist sowieso nicht unser Stil.«

Als Kaiden sich die Auswahlmöglichkeiten genau ansah, bemerkte er ein neues Kästchen am unteren Bildschirmrand. »Hey, was ist das für ein neues Kästchen, Chef?«

Die EI bewegte sich nach unten und schwebte über der Box. *»Versorgungsbeutel. Kann ich nicht verändern. Es gibt Gegenstände, die man im Gebiet einsammeln kann – Gesundheitspakete, verschiedene Munitionstypen, Granaten, Stimulanzien und so weiter. Ein zusätzlicher Beutel ist Standard.«*

»Gut zu wissen.«

Die Lichter wurden rot. Kaiden schaute auf, bemerkte, dass der Zeitmesser die Null erreicht hatte. Die Karte änderte sich und zeigte ein Dreieck, das sich über den Bildschirm in Richtung der Startzone bewegte.

»Genau aufs Stichwort. Bereit machen zum Abwurf in fünfundzwanzig Sekunden.«

Kaiden sah, wie eine Debonair in seinem Halfter an seiner linken Hüfte erschien, zusammen mit seinen anderen Geräten und einem Satz ballistischer Munition für seine Raptor, die sich an seinem Gürtel materialisierten. Die Raptor erschien auf einem Gestell neben der Tür der Kapsel. Er fühlte, wie der Sicherheitsbügel leicht gegen ihn drückte und einrastete. Kaiden atmete ruhig, der Timer erreichte sein Ziel.

»Zieh den roten Hebel zu deiner Rechten in zehn Sekunden.«

Kaiden blickte auf, fand den rot-weiß gemusterten Hebel und griff nach ihm.

»Fünf … vier … drei …«

Er fühlte sein Herz gegen seine Brust schlagen. Trotz allem, was er durchgemacht hatte, war dies wie ein Rausch.

»*Abwurf*«, rief Chef.

Kaiden zog den Hebel nach unten. Die ganze Kapsel zitterte, als sie in Richtung Planetenobrfläche schoss. Er schaute wieder auf den Bildschirm. Eine Minute bis zur Landung.

Er lockerte seinen Griff und bereitete sich auf die Entschleunigung und den Aufprall vor. Kaiden spürte den Adrenalinschub und wusste, dass er bereit war. Die Kapsel verlangsamte sich, als sie die Hälfte des Weges passierte, wobei die Schubumkehr aktiviert wurde, um den Abstieg zu verlangsamen. Als die Kapsel auf den Boden traf, wurde er im Sitz hin und her geschleudert. Um ihn herum hallten Geräusche des Aufpralls anderer Kapseln wider.

Er drückte den Sicherheitsbügel nach oben und die Tür der Kapsel begann sich mit einem Zischen zu öffnen. In einer einzigen schnellen Bewegung schnappte er sich seine Raptor, als sich die Tür öffnete und einen wolkigen Himmel und den Blick auf den Strand freigab, der zum feuchten Boden des Dschungels dahinter führte.

Kaiden griff an die Seiten der Tür und katapultierte sich aus der Kapsel. Er hechtete über den Sand des Strandes hinweg und begab sich in Richtung Dschungel. Andere Novizen stoben in verschiedene Richtungen aus, alle mit dem gleichen Ziel.

In Eile und sich darauf gefasst es mit allem aufzunehmen, was ihm in den Weg kam, hörte er Chef schreien.

»*Kaiden! Achte auf die ...*«

Er fühlte einen kurzen Aufprall seines Fußes, dann hörte er einen lauten Piepton, bevor er von einer Explosion verschlungen wurde.

In der Aufregung hatte er vergessen, dass man immer auf Minen achten sollte.

KAPITEL 26

Im ersten Wimpernschlag sah Kaiden Feuer und Rauch. In nächsten war er wieder in der Landekapsel. Er saugte Luft ein und drückte seine Hände gegen den Kopf.

»Was zum Teufel ist passiert?«, schrie er.

»Du bist über eine Pulsmine gestolpert. Ist wohl auch zum Teil meine Schuld. Ich habe ja gesagt, dass ich nach Fallen Ausschau halten würde«, murmelte Chef. *»Zugegeben, du hättest etwas überlegter handeln können, als dich in eine buchstäbliche Insel des Todes zu stürzen, aber sagen wir einfach, dass wir beide Schuld tragen und Decken den Mantel des Schweigens über die Sache.«*

Kaiden knurrte, als er sich vom Sitz in der Kapsel erhob und seine Raptor erneut von der Ablage griff. »Ich habe also schon ein Leben verloren?«

»Ja, sei froh, dass es nur eine Simulation ist. Minen haben die Angewohnheit dich in Stücke zu reißen und dich nicht nur zum Ausgangspunkt zurückzuschicken.«

Kaiden sprang aus der Kapsel und schob die Raptor in das Halfter auf seinem Rücken. »Wenn ich also wieder sterbe, komme ich den ganzen Weg hierher zurück?«

»Es gibt wahrscheinlich ein paar Kontrollpunkte, aber die sind tief im Dschungel. Wenn du meinen Rat willst, geh lieber auf Nummer sicher und stirb nicht noch einmal. Es

ist ja nicht so, dass man einen Cheat-Code eintippen und dann in Wirklichkeit ein Bonus-Leben erhalten kann.«

»Ich dachte, der Sensenmann akzeptiert keine Credits.« Kaiden ärgerte sich, als er wieder einmal auf das Blätterdach zusteuerte. Diesmal joggte er zügig, anstatt zu sprinten, wobei seine Augen den Boden und die Umgebung viel sorgfältiger abtasteten.

»Verhalte dich wie bei einem deiner alten Jobs – sei auf der Hut und schießbereit. Du kannst vielleicht nicht sterben, aber den Schmerz gibt's immer noch. Apropos, wie fühlst du dich?«

»Na ja, abgesehen von höllischen Kopfschmerzen …«, sagte er, als er es endlich vom Sandstrand weg in die Feuchtigkeit des Dschungels schaffte.

»Pfeife dir besser ein paar Schmerzmittel rein, wenn wir rauskommen. Das wird sich wahrscheinlich auf die Realität übertragen.«

»Oh, herrlich«, murmelte Kaiden sarkastisch. Sein Tempo verlangsamte sich etwas, als die Steigung immer steiler und der nasse Boden merklich rutschiger wurde. »Hältst du immer noch deine Augen offen?«

»Ja. Ich empfange hier nichts. Wahrscheinlich ein paar Klugscheißer in der Technikerabteilung, die sich amüsieren und darauf wetten, ob jemand gleich zu Beginn in eine Falle tappt.«

»Na ja, ich werde wahrscheinlich in einem Sammelvideo von ›Novizen-Unfälle des Jahres‹ enden.« Er seufzte, vernahm leise Schüsse in der Ferne – das Echo von Kugeln, das dissonante Geräusch von Plasmafeuer und sogar die gelegentliche Entladung von Elektrizität. Sein Magen drehte sich, er beschleunigte sein Tempo. »Sieht aus, als hätten wir genug verpasst.«

»*Es wird sich ausgleichen*«, versicherte ihm Chef. »*Ich glaube nicht, dass alle unbeschadet aus diesen Kämpfen kommen. Manche werden vielleicht selbst an den Anfang zurückgeschickt.*«

»Trotzdem könnten das Feinde sein, die wir hätten erledigen können – extra Punkte«, konterte Kaiden. Nach ein paar weiteren Schritten kam er zu einer Kreuzung. Mehrere Pfade zweigten in verschiedene Richtungen ab, keiner erstreckte sich nach vorne. Er schaute jeden Weg einen Moment lang hinunter. Nichts gab Hinweise auf das, was dahinter lag. »Hey, Chef, ich weiß, dass wir keine Kopie der Karte bekommen haben, aber du musst sie doch analysiert haben, oder?«

»*Offensichtlich.*« Die EI kicherte.

»Hilfst du mir? Welchen Weg soll ich wählen?«

»*Das ist nicht so einfach.*«

»Was meinst du?«

»*Nun, noch einmal, das machen die Jungs nicht erst seit gestern. Sie erwarteten sicherlich, dass jeder selbst eine Kopie der Karte anfertigen würde; die war aber ziemlich grob. Sie zeigte keine individuellen Wege, ebenso fehlten andere Details.*«

»Bringt also nichts, wie?«, fragte Kaiden und verschränkte die Arme.

»*Nun, wir wissen bereits, dass es keine Sackgassen gibt, wenn wir weiter geradeaus laufen.*«

»Es gibt aber keinen Weg durch die Mitte«, bemerkte er und zeigte in das Dickicht.

»*Das sehe ich auch, du klugscheißender Spast, aber wir waren uns bereits einig, dass wir uns wahrscheinlich sowieso abseits der Wege bewegen müssen, um die Chancen zu verringern vor aller Augen überrascht zu werden. Ich schätze, das wird früher als später geschehen.«*

Kaiden nahm seine vulkanische Klinge aus der Scheide am Gürtel. »Ich schätze, ich behalte sie besser bei mir.«

»Noch ein Ratschlag, Kumpel. Sei bloß vorsichtig mit dem Zünder. Die Klinge brennt so heiß, dass sie mit Sicherheit ein Feuer entfacht, obwohl der größte Teil der Pflanzen feucht ist. Du wirst dich selbst und den gesamten Dschungel in Flammen aufgehen lassen.«

»Ich halte sie bereit, um auf Sträucher und mögliche heimliche Angriffe vorbereitet zu sein. Hatte kein Grillfest geplant.« Kaiden kicherte, als er den ungepflasterten Weg voller Reben, Moos und Überwucherung entlang strauchelte.

»Ja, ja, bleib bei deiner Einstellung ...« murmelte Chef mit einem Augenrollen. *»Was ist schon das Schlimmste, was passieren kann?«*

* * *

Commander Sasha befand sich in einem privaten Raum in einem der oberen Stockwerke des Observatoriums. Er überwachte über ein Dutzend Bildschirme, jeder mit einer anderen Ansicht und einem anderen Blickwinkel auf das Geschehen im Soldatentest.

Er sah einige Novizen triumphieren – fallende Feinde, die Umgehung von Fallen, das Finden versteckter Gegenstände für Bonuspunkte ... alles gut. Dann würde er sich einem oder zwei anderen Bildschirmen zuwenden und Novizen scheitern sehen. Ziemlich heftig. Sie starben in Schusshageln aus Schießscharten oder Bestien im

Dschungel würden aus der Dunkelheit springen und sie töten. Manchmal fielen sie einfach ihrer eigenen Dummheit zum Opfer. Sasha sah, wie sich ein Novize irgendwie in einer Rebe verfangen hatte. Er war dabei sich selbst herauszuschneiden ohne zu merken, dass sich eine um seinen Hals gewickelt hatte. Als er die Liane durchtrennte, in der er gefangen war, fiel er in Richtung Boden, wobei die andere Liane ihm das Genick brach.

Dann das, was Novize Kaiden passiert war ... den Moment würde er abspeichern und eine Kopie auf sein Tablet ziehen und nutzen, wenn das Ass das nächste Mal über seine Fähigkeiten zu prahlen begann.

»Na, hallöchen, Sasha.«

Er drehte seinen Kopf und erkannte Laurie, der mit einem schwindelerregenden Lächeln und unruhigen Fingern den Raum betrat.

»Wenn ich mich recht erinnere, habe ich das Schloss an der Tür auf ›Privat‹ gestellt. Wie bist du hereingekommen?«, murrte Sasha.

Der Professor ließ einen verhöhnten Laut aus. »Also hör mal, glaubst du wirklich, dass etwas so Einfaches mich aufhalten könnte?« Er hielt eine silberne Karte mit einer schwarzen Linie hoch. »Außerdem habe ich eine Universalzugangskarte.«

Sasha seufzte, drehte sich wieder zu den Monitoren. Er griff auf eine Schaltfläche vor sich zu und betätigte verschiedene Tasten. Die Ansichten auf dem Monitor änderten sich entsprechend und zeigten verschiedene Ansichten der Einsätze oder fokussierten auf bestimmte Studenten.

»Sollst du nicht die Animus-Operationen beaufsichtigen?«, fragte Sasha.

»Das erledigt Techniker Arvin. Was bringt es mir andere Leute zu trainieren, wenn ich dann doch die ganze Drohnenarbeit selber erledigen muss?«, fragte er, als er sich zu einer Minibar an der Wand begab und sich einen Drink eingoss. »Da ich heute etwas frech bin, werde ich wohl mit dem Hinweis darauf antworten, dass du normalerweise derjenige bist, der vom Ausschuss als Juror für diese Art von Tests bestimmt wird. »

»Eine ziemlich vornehme Art Schiedsrichter zu sagen«, gab Sasha zu bedenken. »Und das schon seit zehn Jahren. Die haben einen Ersatz geschickt. Der Vorstand wollte, dass ich dieses Jahr eine Pause einlege.«

Laurie trat neben ihn und schwenkte das Glas in seiner Hand hin und her. »Ich verstehe ... ich habe das Gefühl, dass wir uns über deine umfassenden Fähigkeiten unterhalten müssen, Sasha«, sagte er und nahm einen Schluck. »Entweder das oder eine Intervention für deine Arbeitssucht.«

»An wie vielen Robotern hast du in deiner Freizeit rumgebastelt? Oder neue Geräte erfunden, von denen du Tagträume hast?«, fragte Sasha.

Laurie nahm noch einen Schluck. »Oh, die Zahl liegt irgendwo im Bereich von ›Halt die Klappe, Klugscheißer‹.«

Das ließ ein aufrichtiges Grinsen auf Sashas Gesicht erscheinen. »Übrigens schaue ich mir die Tests nicht an, weil ich arbeitssüchtig wäre. Ich beobachte die verschiedenen Studenten aus persönlicher Neugierde – und natürlich aufgrund der Vorbereitung.«

Laurie warf ihm einen verwirrten Blick zu. »Vorbereitung? Ach ja, die Liga. Das scheine ich jedes Jahr wieder zu vergessen.«

»Heißt das, dass du nicht teilnehmen wirst?«

»Vielleicht nicht. Ich scheine sowieso immer einen Untergebenen zu delegieren, der für mich über meine Dienstpläne wacht«, stellte der Professor klar. »Außerdem denke ich, dass man davon ausgehen kann, dass wir beide versuchen würden mindestens einen Studenten zu bekommen.«

Sasha verließ die Konsole und ging zu einer Gruppe von vier Stühlen in der Mitte des Raumes, die einen Tisch mit einem großen Monitor vor jedem Sitzplatz umgaben. Er setzte sich hin und holte sein Tablet heraus. »Wenn du dich auf Novize Jericho beziehst, ist er ein potenzieller Kandidat auf meiner Liste, aber es braucht mehr als einen Studenten, um ein Gewinnerteam zu bilden.«

»Wow, das klingt überraschend respektlos, wenn du das sagst«, meinte Laurie. Sasha schloss sein Tablet an den Monitor an und erhielt eine isometrische Ansicht der Insel, auf der der Soldatentest stattfand. Laurie setzte sich in den Stuhl gegenüber von ihm und wechselte zur selben Monitoreinstellung. »Nach all den kleinen Stupsern und der Sonderbehandlung hätte ich gedacht, dass Kaiden eine naheliegende Wahl für dich wäre.«

»Präferenz führt nicht immer zu besseren Ergebnissen, Laurie. Ich sehe Potenzial in dem Jungen, aber ich gewinne auch gerne. Im Moment ist er jedoch immer noch meine erste Wahl, aber mal sehen, was nach dem Test der Fall ist.«

»Es stimmt wohl, dass du einen zu verteidigenden Ruf hast«, sagte Laurie mit einem Hauch von Fröhlichkeit. Er hielt inne, als er gerade wieder einen Schluck nehmen wollte. »Wie geht es ihm bis jetzt?«

»Nun, er begann den Test mit einer Explosion.«

Laurie erstarrte, sein Gesichtsausdruck erschrocken. »Was hat er explodieren lassen?«

»Er hat sich selbst in die Luft gesprengt – hat eine Mine ausgelöst.«

Laurie stellte sein Glas auf den Tisch und lehnte sich in seinem Stuhl zurück. »Das ist weder gut für ihn noch für mich.«

»Ich nehme an, dass unsere Vorgesetzten sich fragen werden, warum du einem so Waghalsigen so teure und fortschrittliche Ausrüstung gegeben hast, aber das ist nur eine Vermutung.« Sasha kicherte.

»Er kann es vor dem Ende wieder ausgleichen«, erklärte Laurie, fuhr in Gedanken mit dem Finger über seinen Kiefer. »Ich frage mich, ob seine EI ihn gewarnt hat. Seine Abwehrsysteme sollten ordnungsgemäß funktionieren. Ich habe dafür gesorgt, dass sie nach der Diagnose neugestartet wurden.«

Sasha schaute Laurie von der anderen Seite des Tisches aus an. In seinem Gesicht war Überraschung auszumachen, obwohl seine Augen durch seine dunkle Brille verdeckt waren. »Du musstest seine EI schon mal reparieren?«

Laurie winkte ihm ab. »Nicht reparieren, aber er hatte einen Glitch während des Trainings und ich habe es mir angesehen – eine gute Gelegenheit, um auf das Eigentliche zurückzukommen und dir zu sagen, warum ich überhaupt hier bin. Weißt du ...«

Sasha hielt eine Hand hoch. »Sei mal ganz kurz ruhig. Sieht so aus, als würde Kaiden seiner ersten Söldner-Gruppe begegnen.«

Laurie schaute angestrengt auf seinen eigenen Bildschirm und sah Kaiden hinter einem großen

Baumsockel ducken, ausgerüstet mit seiner Schrotflinte. Eine Patrouille von Söldnern – vier einfache und zwei schwer gepanzerte – watete durch den tiefen Dschungel, anscheinend ohne sich seiner Anwesenheit bewusst zu sein. »Nun, mal sehen, ob er im Unterricht genug aufgepasst hat.«

* * *

»*Wirst du angreifen?*«, fragte Chef.

Kaiden drückte die Raptor gegen seine Brust. »Offensichtlich.« Er beschränkte seine Stimme auf ein leises Flüstern. »Wir brauchen die Punkte, um den Verlust eines Lebens auszugleichen.« Er kroch vorsichtig um den Baum, als die Söldnerpatrouille sich näherte. »Außerdem war es sowieso der Plan.«

»*Natürlich*«, pflichtete die EI ihm bei. Kaiden sah, wie sich eine weiße, nur für ihn sichtbare Scanlinie kurz über die sechs Gegner bewegte. »*Vier an der Front sind mit leichter Panzerung und Pulsgewehren ausgerüstet, die zwei hinten haben schwere Panzerung und ballistische Raketenwerfer.*«

»Die müssen zuerst weg. Ich will ihre Wut nicht heraufbeschwören oder meine Barriere schon benutzen. Energieverschwendung«, erklärte Kaiden.

»*Hast du einen Plan?*«

Kaiden warf noch einmal einen Blick auf die vorbeischreitende Gruppe. Er bemerkte zwei große Behälter, die an den Gürteln der Schwergewichte hingen. »Chef, was ist das?«

»*Der linke ist anscheinend ein Munitionsbehälter, der mit Sprengstoffmunition gefüllt ist. Der andere ist ein größeres Magazin für Granaten und enthält wahrscheinlich etwa sechs bis acht.«*

»Splittergranaten?«

»Wahrscheinlich eher Thermische.«

Kaiden nahm sich einen Moment Zeit zum Nachdenken. Er griff zu seinem eigenen Gürtel und entnahm dem Magazin ein Explosivgschoss. Er schob sie in die zweite Kammer der Raptor. »Ja, ich habe einen Plan. Tu mir einen Gefallen und schalte auf Schalldämpfer um.«

»Verstanden«, bestätigte Chef. Kaidens Maske dehnte sich seitlich aus und sein Gehörsinn wurde abgedämpft.

Er zielte auf den Behälter mit den thermischen Granaten und stellte den Wahlhebel mit einem Klicken auf den zweiten Lauf der Waffe um. Ein paar der Söldner hielten an und drehten sich um, um nach der Lärmquelle zu suchen. Er feuerte das explosive Projektil ab.

Er war so nah am Geschehen, dass er die Wucht der Eruption sowohl sah als auch spürte, welche die Gruppe der Söldner zu Boden schleuderte.

»Chef, schnell, wie sieht's aus?«

»Drei Tote ... zwei normale Söldner, ein schwerer. Der andere Dicke ist bewusstlos und die beiden anderen sind verletzt, aber bei Bewusstsein.«

»Nicht mehr lange«, sagte Kaiden und zielte durch den Rauch auf eine Gestalt, die versuchte aufzustehen.

»Wenigstens müssen wir nicht mehr im Schatten rumkriechen«, bemerkte Chef.

»Nicht wahr?« Kaiden kicherte, zog den Abzug und sah, wie sich ausbreitende Plasmaenergie auf den Schulterschutz und den freiliegenden Nacken des Soldaten traf. Der Söldner knickte zu Boden. Er sah, wie der andere Söldner schnell, aber quälend auf die Füße kam und nach seinem Gewehr und Helm suchte, die bei der Explosion weggeschleudert worden waren.

Kaiden steckte seine Schrotflinte ein und zog seine Debonair aus dem Halfter. Der Söldner fand sein Gewehr und wollte gerade schießen, als Kaidens Abzugsfinger sein Werk vollbrachte und einen weißglühenden Laserstrahl durch seinen Kopf jagte.

»*Das war lustig und hilfreich*«, sang Chef.

»Ziemlich«, stimmte Kaiden zu, als er auf das bewusstlose Schwergewicht hinüberschaute. »Bekomme ich für den irgendwelche Punkte?«

»Da es ein K.O. ist, ja, aber er wird wahrscheinlich aufwachen und andere alamieren.«

»Die Explosion war auch nicht wirklich zu hören, oder?«, kommentierte Kaiden mit einem Augenrollen. Er gab drei schnelle Schüsse aus seiner Debonair in die Brust ab, wobei der erste Schuss die Außenseite des harten Panzers schmolz, der zweite sich teilweise durchbohrte und der letzte Schuss die Organe des Söldners durchdrang und versengte. »Lieber auf Nummer Sicher gehen. Denke ich. Auf jeden Fall sollten wir jetzt weiter.«

»Willst du vorher noch sichergehen, dass du nichts von den Leichen willst?«

»Zum Beispiel?«, fragte er, als er seine Debonair entlüftete.

»Panzerung, Waffen, Munition, so was halt. Schau einfach kurz nach und vergewissere dich, ob nichts Wertvolles oder Hilfreiches zu finden ist. Man bekommt auch ein paar Punkte dafür, ein kleiner Bonus also.«

Kaiden warf einen Blick auf die leichten Infanteristen. Zwei von ihnen waren verkohlt und die anderen beiden hatten nur noch ihre Panzerung und Gewehre, alles seiner Ausrüstung unterlegen. Er ging zu den Schwergewichten hinüber, durchsuchte deren Gegenstände, wobei er eine an seiner Taille befestigte Schließkassette bemerkte, die durch die Explosion und den Aufprall eingedellt, aber noch intakt war. Die Explosion hatte sogar das Schloss durchbrochen oder vielleicht war es auch nur der Aufprall gewesen.

Er öffnete sie und fand eine Röhre mit thermischen Granaten, ein kleines Magazin mit ballistischen Kugeln und eine kleine Spritze mit einem medizinischen Symbol darauf.

»Was für ein Zufall«, sagte Kaiden, befestigte das Granatenrohr an seinem Gürtel sowie das zusätzliche Magazin. Die Spritze platzierte er in seiner Tasche. »Das kann ich alles gebrauchen.«

»Virtuelle Welt. Die Plünderquote ist immer hoch.«

»Schätze schon ... Warte, da ist noch etwas.« Ein kleiner schwarzer Kasten, der sich in das Schließfach geschmiegt hatte. Er entfernte und öffnete es, wobei ein dünnes silbernes Quadrat mit einem roten Kreis in der Mitte zum Vorschein kam. »Eine Modifikation?«

»Sieht so aus. Erhöht den Schaden von Laserwaffen – allerdings auf Kosten steigender Überhitzung.«

»Das würde bei der Debonair funktionieren ...«, murmelte Kaiden nachdenklich und schloss den Schacht. »Aber das Überhitzungsproblem ist schon schlimm genug.«

»Na ja, behalte es trotzdem. Wenn du fertig bist, wird es deinem Ausrüstungsbestand hinzugefügt. Ich bin sicher, dass wir irgendwann eine Verwendung dafür finden werden.«

Kaiden nickte und legte es in den Versorgungsbeutel. Er schob seine Debonair zurück in sein Halfter und begann tiefer in den Dschungel zu laufen.

»Halten wir am Plan fest?«, fragte Chef.

Er nickte: »Wir müssen noch einige Kilometer aufholen ...« Er blickte mit einem Schmunzeln auf die besiegte Gruppe von Söldnern zurück. »Aber bisher habe ich Spaß.«

KAPITEL 27

Sasha und Laurie beobachteten, wie das Ass den Schauplatz seines Hinterhalts verließ und was von der Patrouille übrig geblieben war. Die rauchenden Überreste der drei bei der Explosion getöteten Wachen waren fast sofort verschwunden, nachdem er gegangen war. Die anderen blieben noch eine Minute, bevor sie sich auflösten.

»Das war ziemlich brutal.« Laurie kicherte. »Eine gewitzte Lösung im Alleingang eine Gruppe auszuschalten, obwohl das nicht wirklich viel für die Heimlichkeit aussagt.«

»Ich glaube, das war wahrscheinlich nie eine Option für ihn«, vermutete Sasha und schaltete wieder auf Kaidens Blickwinkel. »Ich sollte ihm wohl mitteilen, dass er ein Seminar darüber besuchen muss.«

»Fairerweise muss man sagen, dass er als Tarnung die neunundneunzig anderen Soldaten hat, die ebenfalls auf der Insel herumlaufen und Chaos verursachen«, kommentierte Laurie, als er von seinem Sitz aufstand, um sich ein weiteres Getränk einzuschenken. »Ich finde ja, dass es so ein viel interessanteres Kinoprogramm ist. Möchtest du etwas trinken, Sascha?«, fragte er und wandte sich von der Bar aus mit einem Mixbecher in der Hand an den Commander.

Sasha schüttelte den Kopf und blätterte durch die Blickwinkel verschiedener Soldaten auf dem Feld, bevor er auf die Rangliste oben auf dem Bildschirm tippte. »Das hat ihm einige Punkte eingebracht, aber er ist derzeit eher Mittelmaß. Er wird sich beeilen müssen, wenn er den Bonus für die Top 25 haben will.«

»Er kann die Distanz mit dem richtigen Pfad aufholen«, erklärte Laurie und schüttete einige verschiedene Liköre und ein paar Gewürze in den Mixbecher. »Solange er es in die Top 10 schafft, würde ich es als Erfolg betrachten. Die meisten Sonderfälle schaffen es höchstens als zwanzigster ins Ziel, wenn's gut läuft.«

Sasha nickte langsam und hatte kaum ein offenes Ohr für den Professor zu diesem Zeitpunkt. Er beobachtete, wie ein Trio von Soldaten von der Karte verschwanden und zu einem Kontrollpunkt etwa drei Kilometer entfernt zurückteleportiert wurden. Sie schienen wohl auf etwas besonders Fieses gestoßen zu sein oder waren überrascht worden. Der Commander wählte einen der drei Studenten aus, griff auf die Sicht-Kamera zu und spulte sie bis zu dessen Tod zurück.

Seine Augenbrauen hoben sich für einen Moment, als er die Kreatur sah, die die Studenten getötet hatte. Er lehnte sich in seinem Stuhl zurück und dachte einen Moment nach. Dann sah er sich die Position der Kreatur auf der Karte an und verglich es mit Kaidens aktuellem Pfad.

Das Ass hatte ein vierköpfiges Team von Söldnern erledigt, während er die anderen Studenten beobachtet hatte. Als Kaiden sich weiter über die Karte bewegte, schloss Sasha, dass sich sein Weg und der der Kreatur wahrscheinlich nicht kreuzen würden.

Er war ein wenig enttäuscht. Ehrlich gesagt hätte er ein Aufeinandertreffen der beiden gerne gesehen. Er hatte keine Statistiken über das Lösen solcher Probleme durch Soldaten. Dann sah er den Punkt der Kreatur auf dem Bildschirm beschleunigen, sich schnell über die Kartenlandschaft bewegen – in Kaidens Richtung. Bei der derzeitigen Geschwindigkeit war es sehr wahrscheinlich, dass sie ihn abfangen würde.

»Laurie, vielleicht solltest du dich mit deinem Getränk beeilen«, informierte Sasha den Professor, als er zu Kaidens Blickwinkel zurückkehrte. »Wir könnten etwas ganz Spannendes erleben.«

* * *

Kaiden lupfte eine thermische Granate in Richtung eines Rudels bewaffneter Droiden. Ihr leichtgepanzertes Fahrgestell half wenig, als sie bei der Explosion auseinandergerissen wurden. Im Schnelldurchlauf untersuchte er mit einsatzbereiter Raptor ihre Überreste. Er atmete beruhigt aus, denn beide waren ausreichend deaktiviert.

»*Ah, diese süßen, köstlichen Punkte*«, murmelte Chef fröhlich. »*Ich habe hier nicht die Punktzahlen aller Studenten, aber die bekommst du am Ende.*«

»Wie, meinst du, stehen wir momentan?«, fragte Kaiden, als er die zerstörten Droiden durchsuchte.

»*Könnte immer besser sein. Unser gegenwärtiges Ergebnis liegt bei elftausend, aber abgesehen von den Schwergewichten der ersten Söldnergruppe hatten wir noch keine wirklich großen Treffer.*«

»Punkte-Piñatas«, korrigierte Kaiden mit einem Grinsen.

»Echt jetzt? Soll sich das durchsetzen? Wird es sowieso nicht.«

Kaiden zuckte mit den Schultern, als er seinen Lauf durch den Dschungel fortsetzte. »Wie weit sind wir drin? Oder weißt du das überhaupt?«

»Nicht ohne einen Überblick über die echte Karte. Deinen Schritten zufolge haben wir über acht Kilometer zurückgelegt, aber da wir gekämpft und die Wege sich leicht verändert haben, sind wir wahrscheinlich ein wenig darunter.

»Also keine Zeit zum Ausruhen?«

»Das hängt davon ab, wie schnell du laufen kannst und wie viele Punkte du noch sammeln willst. Die Ziellinie liegt etwas mehr als zweiunddreißig Kilometer vom Startpunkt entfernt.«

»Wirklich? Das ist gar nicht so schlecht. Die kann ich in einer Stunde laufen«.

»Ich vermute auf flacher Ebene? Ohne das Gewicht von Waffen, Geräten und Rüstungen?«

»Gutes Argument«, räumte Kaiden widerwillig ein. »Wahrscheinlich werden wir nicht unter den ersten zehn im Ziel sein.«

»Wahrscheinlich nicht, aber auf der anderen Seite lassen diejenigen wohl Punkte für Tötungen und Sammlerstücke aus.«

»Ich wünschte, es gäbe etwas, das uns wirklich einen Schub geben könnte. Apropos andere, ich habe noch nicht allzu viele andere Novizen auf dem Weg gesehen.«

»Es ist ein großer Dschungel. Außerdem haben wir mit dem Minenfiasko etwas Abstand aufgebaut.«

»Ziemlich sicher, dass zumindest einige in der Zeit gestorben sind, in der wir ... wie lange sind wir eigentlich schon hier draußen?«

»*Zweiunddreißig Minuten und dreiundfünfzig Sekunden.*«

»Siehst du? Gar nicht so schlecht.«

Kaiden hörte von irgendwo vor ihm ein Knacken. Er hielt mitten im Schritt an, zog seine Debonair und rutschte hinter einen Baum. »Chef, Feindscan aktivieren«, befahl er und schaute hinter dem Schutz des Baumes hervor.

»*Alles klar*«, bestätigte Chef, die weiße Linie bewegte sich erneut durch sein Blickfeld. »*Offensichtlich nichts auf dem Bildschirm ... hinter dem Baum da, fünfzehn Meter voraus, sind ein paar warme Abluftströme ... und ein Prisma-Glitch.*«

»Heißt?«

»*Der Abluftstrom stammt von einer Waffe. Aus der Entlüftung schließe ich, dass das Modell keines ist, das die Söldner oder Droiden benutzt haben. Der Prisma-Glitch bedeutet, dass ich einen Körper registriere, allerdings ohne Lebenszeichen oder körperliche Details. Sieht aus, als hätte jemand einen Tarnkappengenerator.*«

Kaiden senkte seine Waffe leicht. Er legte eine Atempause ein – Zeit ein Risiko einzugehen. Vorsichtig lehnte er sich aus seiner Deckung und brüllte: »Ich bin Kaiden Jericho, Ass in der Soldatenabteilung. Wenn du ein anderer Soldat bist, empfehle ich dir dich jetzt zu melden. Ansonsten verlierst du wohl in den nächsten dreißig Sekunden ein Leben.«

»Ekelhaft arrogant, heh?«, meldete sich eine Stimme mit hörbar australischem Dialekt. Kaiden sah die plötzliche Bewegung eines Körpers mitten im Dickicht. Eine Gestalt erschien und war gekleidet in einer leichten Tarnpanzerung wie er selbst, mit einer Kapuze über der Maske. Zwei Augen starrten hinter kreisförmigen Linsen hervor. »Vor allem, wenn man bedenkt, dass ich dich schon im Visier hatte, bevor du dich hinter den Baum versteckt hast«, fügte er hinzu und hielt ein schwarz-silbernes Scharfschützengewehr in den Händen. Kaiden konnte an der Konstruktion erkennen, dass es sich um ein magnetisches Modell handelte. Es sah aus wie eine Scharfschützenversion der Yokai-Pistole, mit der er während seiner Tests mit Sasha gespielt hatte.

»Wenn du wirklich Schaden anrichten wolltest, hättest du den Schuss laden müssen. Da du direkt vor mir warst, hätte meine El gemerkt, wie der Magnetmechanismus deines Scharfschützengewehrs aktiviert wird und mich gewarnt, bevor du überhaupt geschossen hättest.«

»Und dann? Hättest du dich hinter dem Baum versteckt? Dies ist ein Revenant-Modell, Kumpel. Sie hätte den Baum bei voller Ladung durchbohrt.«

»Das würde auch von deinen Fähigkeiten abhängen.«

Der Scharfschütze senkte seine Waffe und neigte den Kopf. »Frecher Bastard, heh?«

»Könnte genauso gut mein zweiter Vorname sein«, räumte Kaiden ein.

Der Mann kicherte, dann schaute er zurück. »Marlo, Amber, ihr könnt rauskommen.«

Kaiden sah zwei Soldaten hinter den Bäumen auftauchen. Einer war ein ziemlich großer Mann mit einer kanonenartigen Waffe, der mit einer schweren roten Rüstung ausgestattet war. Die andere war eine Frau mit einer leichten Tarnpanzerung und einem Vollschutzhelm mit einem großen Visier, das ihr ganzes Gesicht bedeckte.

»Der große ist Marlo, Sprengstoffexperte, und die junge Dame ist Amber, eine Feldsanitäterin«, sagte er, als er sich umdrehte und eine Hand auf seine Brust legte. »Ich bin Flynn – Scharfschütze, offensichtlich.«

»Schön euch kennenzulernen«, sagte Kaiden mit einem Nicken. »Ich habe mich schon darüber gewundert, dass ich noch niemandem über den Weg gelaufen bin.«

»Ja, wir haben uns nach etwa fünf Minuten von der Gruppe getrennt. Die meisten von ihnen sind in ein Lager am westlichen Rand der Startzone gelaufen, um einige einfache Punkte einzuheimsen. Eine gute Entscheidung unsererseits. Die Mehrheit geriet in eine Explosion und verlor ein Leben«.

»*Wow, jetzt fühle ich mich ein bisschen besser.*«

»Kein Scheiß«, flüsterte Kaiden.

»Was war das?«, fragte Flynn.

»Ich spreche mit meiner EI«, antwortete Kaiden mit einem Wink seiner Hand. »Und, wie erging es euch bisher?«

»Können uns nicht beklagen.« Amber tat ein paar Schritte und verschränkte ihre Arme. »Der große Mann hier hat den größten Schaden für uns genommen.«

Marlo kicherte. »Die blutrote Rüstung gibt ihnen ein leichtes Ziel, aber sie ist so dick, dass ich kaum was spüre. Flynn erledigt sie aus der Ferne und Amber flickt alle Aua-Bubus, die ich von ihren Erbsengeschützen erleide.«

»Du hast Glück, dass wir nicht auf eine Gruppe von Schwergewichten gestoßen sind. Du musst vorsichtiger sein«, warnte sie.

»Natürlich, Mama. Ich werde ganz nett mit den anderen Kindern und ihren Tesla-Kanonen spielen«, höhnte er.

»Du bist alleine, nehme ich an?«, fragte Flynn.

»Ja, ein Teamplayer zu sein ist ein wenig ... um ehrlich zu sein sind Kollateralschäden bei mir eher üblich.«

»Daran sollte man arbeiten, wenn man ein Ass ist«, sagte Amber.

»Ist nicht das erste Mal, dass ich das höre. Aber dafür sind die Schulungen und Seminare da, oder?«

»Nur, wenn du bereit bist zu lernen, aber es scheint für dich vorerst zu funktionieren. Das ist ein beeindruckender Punktestand, den du erreicht hast«, gab Flynn zu.

»Du kannst meine Punkte sehen?«, fragte Kaiden.

»Ja. Wenn deine EI einen anderen Novizen in einem Kriegsspiel wie diesem begegnet, kann sie dessen grundlegenden Statistiken lesen«, erklärte Marlo.

»Hm. Chef, hau mal raus«, befahl Kaiden.

»Der Name deiner El ist Chef?«, fragte Flynn überrascht.

»Besser als bei dir.« Amber kicherte. »Jeeves? Ernsthaft? Fehlt dir dein Butler in deinem schicken Haus?«

»Er war wie ein Vater für mich«, erklärte Flynn.

»Ich finde Dingo immer noch besser für dich«, murmelte Marlo.

»Das ist ein Australier-Klischee, Marlo. Das hab ich dir schon mindestens ein Dutzend Mal gesagt.«

Als das Trio sich mit Smalltalk beschäftigte, erhielt Chef ihre Statistiken; ihre Namen, Klassen, Abteilungen, Waffen, Rüstungen und Gerätebestand sowie Punktestand – jeder von ihnen hatte 6500 Punkte. Insgesamt vierzehn Feinde getötet – und keine Sammlerstücke gesammelt. Dazu gab es jeweils ein Bild von ihnen ohne Rüstung. Kaiden bemerkte auch einen kleinen blauen Kreis mit der Zahl Drei darin.

»Der kleine Kreis bedeutet wohl, dass sie in einer Gruppe sind?«, flüsterte Kaiden.

»Genau. Wir könnten es zu unserem Vorteil nutzen. Es wäre keine schlechte Idee bei ihnen zu bleiben.«

»Würde mit unserem Plan nicht klappen. Wie du schon sagtest, müssten wir uns die Punkte teilen. Die drei haben mehr getötet als wir, trotzdem weniger Punkte.«

»Klingt auch so, als ob sie nicht wirklich auf etwas Wertvolles gestoßen sind, aber du hast recht.«

Kaiden nickte, als er auf das Trio zurückblickte. »Schön euch kennengelernt zu haben, aber ich muss noch einiges an Arbeit erledigen.«

Flynn blickte zurück. »Das Gleiche gilt für uns, aber es war schön jemand Freundlichem zu begegnen. Ich hoffe, wir sehen uns im Ziel.«

»Du könntest mit uns kommen«, bot Amber an.

»Ich weiß das zu schätzen, aber wie ich schon sagte – Kollateralschäden«, erinnerte Kaiden sie. Als er an ihnen vorbeischaute, sah er, wie das Laub zu schwanken begann und der Wind leicht auffrischte.

»Darüber brauchst du dir keine Sorgen zu machen. Ich würde derjenige sein, der vorne steht«, erklärte Marlo, stemmte seine Kanone in den Boden und stützte sich mit einem Arm darauf ab. »Und ich komm mit allem klar.«

In diesem Moment bohrten sich lange Krallen durch Marlos Brust – woraufhin er nach hinten gezogen wurde und im Unterholz verschwand. Die anderen sprangen zurück, als ihnen ein lauter Schrei durch Mark und Bein ging. Kaiden zog seine Raptor.

»Was zum Teufel war das?«, knurrte er, sein Blick über die Umgebung wandernd.

»Wo ist Marlo?«, schrie Amber und zog eine Maschinenpistole aus ihrem Hüfthalfter.

Dann hörten sie ihn in der Ferne schreien: »*Sssscheeeeiiiißeeeee!*« Nach einigen Sekunden verblasste der Ausruf.

»Verdammt, Marlo ist tot!«, fluchte Flynn lautstark. »Er hat gerade ein Leben verloren und wurde zum Kontrollpunkt zurückgeschickt.«

»Das sind fast zwei Kilometer«, rief Amber und stellte sich mit dem Rücken gegen einen Baum.

»Nun, je nachdem, was da auf uns lauert, werden wir uns ihm vielleicht bald anschließen«, murmelte Flynn.

Kaiden suchte weiter die Umgebung mit seinem Blick ab und griff nach seiner Explosiv-Munition.

»Ich sollte dich daran erinnern, dass wir keinen Kontrollpunkt haben, um …«

»Wenn ich sterbe, geht es zurück an den Anfang.«

»Hilfreicher Tipp: Nicht sterben«, warnte die EI.

»Hatte ich nicht vor – Oh, Scheiße! Feind im Anflug!«, rief Kaiden.

Eine fliegende, rote Kreatur mit langer Flügelspannweite, spitzem Schwanz und massiven, sensenähnlichen Klauen, stürzte sich vom Himmel hinab. Sie feuerten gleichzeitig – Plasmaschüsse von Kaiden, metallische Stacheln von Flynn und Schnellfeuerlaser von Amber. Die Bestie manövrierte um die Schüsse herum und wurde bestenfalls gestreift, als die Waffen in den Himmel schossen.

»Teufelsvogel!«, schrie Amber. »Wir müssen rennen!«

»Nichts da!« Kaiden brüllte in seiner Wut heraus, wechselte auf den sekundären Lauf seines Gewehrs und jagte seine explosive Munition in die Luft. Das

Ungeheuer stoppte seinen Sturzflug und drehte ab, um den Sprenggeschossen auszuweichen.

»Wir können dem Ding ohne eine schwere Waffe nichts anhaben. Es wird uns in Stücke reißen«, warnte Flynn.

»Dann verschwindet und holt eure große Kanone«, rief Kaiden zurück und schoss weiter. »Ihr meintet, er sei keine zwei Kilometer entfernt, richtig? Könnt ihr ihn nicht orten? Er sollte doch auf dem Weg sein.«

Flynn lud seine Waffe erneut nach. »Ja, aber er ist schwer gepanzert, schon vergessen? Sprinten ist da nicht.« Er schoss auf den Teufelsvogel, als dieser wieder in Sichtweite kam.

»Deck mich. Ich muss mein Gewehr nachladen«, befahl Kaiden, wobei er schnell das leere Magazin aus der sekundären Magazinaufnahme auswarf und ein neues nachlud. Amber sprang aus ihrer Deckung und schoss in den Himmel.

Kaiden zielte nach oben und schoss auf den aufsteigenden Riesenvogel. »Lauft zu Eurem Kumpel. Entweder erwische ich das Vieh und hole die Punkte oder ich sterbe beim Versuch. Bis dahin solltet ihr zurück sein und mehr Glück haben.«

»Du bist doch verrückt, Kumpel. Normalerweise braucht man ein Team von Jägern, um dieses Ding zu Fall zu bringen«, erklärte Flynn.

»Mein Plan war wahrscheinlich ohnehin schon verrückt, bei dem, was die uns auf dieser paradiesischen Insel aufladen. Deine Informationen, die an meine EI übertragen wurden, sagen mir, dass du Rauchgranaten dabeihast – was dagegen, mir eine abzutreten?«

Flynn holte eine große schwarze Kugel heraus. Er drückte einen Knopf an der Seite und warf sie, bevor er seinen Tarnkappengenerator aktivierte und verschwand. »Du hast Eier in der Hose, Kaiden. Wir sehen uns im Ziel. Amber, Rückzug. Lass uns Marlo holen.«

»Verstanden«, rief die Feldsanitäterin, stoppte ihren Angriff und entlüftete ihre Waffe. »Viel Glück.«

»Es war insgesamt scheiße, aber ein guter Endspurt.« Kaiden kicherte. Er nutzte den Rauch als Deckung, um ein Versteck zu finden und darauf zu warten, dass der Teufelsvogel sich dem Boden näherte.

Die beiden anderen verschwanden im Wald. Kaiden machte sich schussbereit, falls das Monster hinter ihnen her sein sollte, aber nach einer Minute, in der es das Gebiet umkreiste, landete es. Er wartete und warf einen guten Blick auf das karmesinrote Raubtier, als es knurrend die Baumgrenze mit seinem Blick absuchte.

»Seit wann knurren Vögel?«, flüsterte er.

»Seit wann sehen die so Furcht einflößend aus? Das ist ein Mutant, Dumpfbacke. Dem sind die Regeln von Mutter Natur scheißegal.«

Kaiden drückte sich an den Baum, als der Teufelsvogel in seine Richtung blickte; schwarze Augen mit roten Iris glänzten, bevor es sich in die entgegengesetzte Richtung bewegte.

»Irgendwelche hilfreichen Tipps?«

»Einen Arsch voll Kugeln reicht normalerweise aus, aber wir würden wahrscheinlich aufgefressen werden, bevor du wirklichen Schaden anrichten kannst.«

»Hat es irgendwelche Schwachstellen?«

»Die Kopfdecke ist ziemlich formbar, aber du müsstest auf einen Baum oder so klettern, um freies Schussfeld zu

bekommen. Selbst dann würde es dich wahrscheinlich bemerken, bevor du oben ankommst.«

Kaiden dachte einen Moment nach, als er die Rückenkrümmung der Kreatur studierte. Die Bestie war groß, mindestens fünf Meter. Das brachte ihn auf eine neue Idee.

Eine Idee, die er bald bereuen würde – oder zumindest Chef, als Kaiden sein Gewehr in die Tasche steckte und sein Messer herausnahm.

»Oh, heiliger Teufelsschwanz und Jesus, tu das bloß nicht ...«, stöhnte Chef.

»Zu spät.« Kaiden raste auf den Teufelsvogel zu und sprang in die Luft, gerade als es den Kopf zu ihm drehte. Er entzündete die Klinge und grub das Messer in den Rücken der Kreatur. Sie schrie vor Wut und Schmerz und schlug um sich.

»Du hörst nicht auf meine Tipps!«, schrie Chef verärgert.

»Wenn ich ihm in den Kopf stechen kann, lässt mich die Hitze der Klinge vielleicht in den Schädel eindringen und sein Gehirn durchstechen. Das sollte doch reichen, oder?«, fragte Kaiden und krampfte sich am pterodaktylusähnlichen Vogel fest.

»Ja. Wenn es dich nicht vorher umbringt. Und wenn nicht ...« Chefs Stimme verstummte, als der Teufelsvogel seine Flügel ausbreitete und mit einem harten Flügelstoß in den Himmel schoss.

»Abflug.«

KAPITEL 28

Flynn rutschte den kleinen Hügel hinunter und winkte Marlo zu. »Schön, dass du noch in einem Stück bist, Kumpel.«

»Was zum Teufel ist passiert?«, forderte er und schulterte seine Waffe. »In einem Moment haben wir mit diesem Ass geplaudert, im nächsten wird meine Brust aufgespießt und ich werde wie eine Puppe durch die Luft geschleudert.«

»Der Sturz hat dich getötet?«, fragte Flynn.

»Ich bin über sechzig Meter weit geflogen. Meine Panzerung war sowieso angeschlagen.«

»Ja, könnte hinkommen. Sieht aus, als wärst du nicht so leicht zu knacken.«

»Das will ich aber hoffen; nicht, dass ich auf Söldner mit Trampolinwerfern stoße, sonst bin ich am Arsch«, höhnte Marlo und rollte mit den Augen.

»Schön dich zu sehen, Marlo, aber wir müssen zurück«, rief Amber von der Kuppe des Hügels.

»Warum, was ist los?«, rief er zurück.

»Ein Teufelsvogel hat dich getötet. Kaiden – das Ass, mit dem wir gesprochen haben – blieb zurück, um zu versuchen dem Vieh den Garaus zu machen«, erklärte Flynn.

»Mit seinen winzigen Pistolen?«, fragte Marlo erstaunt und schüttelte ungläubig den Kopf. »Der dumme

Bastard wird wahrscheinlich getötet, bevor er den kleinsten Kratzer hinterlässt.«

»Da kommst du ins Spiel, haben wir uns gedacht. Wenn wir uns beeilen, können wir ihm wahrscheinlich noch rechtzeitig helfen, bevor das Vieh ihn auffrisst.«

»Wir haben genug Zeit mit Gesprächen verschwendet. Lasst uns los«, befahl Amber.

Marlo ging mit seiner Waffe in Bereitschaftsmodus. »Okay. Welche Richtung?«

In diesem Moment hörte das Trio das Gebrüll des Teufelsvogels. Der Wind heulte, als die Kreatur über ihre Köpfe durch den Himmel raste. Sie hörten auch einen Mann schreien.

»Miiiiiiiiiiiiiiist!«

»Ist das ...« Marlos Stimme verblasste.

»Sieht so aus«, erklärte Flynn und rüstete sich auf. »Auf geht's!«

»Gegen einen Teufelsvogel in Höchstgeschwindigkeit haben wir doch keine Chance. Den kriegen wir nie eingeholt«, rief Amber aus, als sie den Hügel hinunterrutschte.

»Wahrscheinlich nicht«, gab Flynn grinsend zu. »Aber ich würde gerne den Ausgang sehen.«

* * *

»Ist das der Letzte von ihnen, Izzy?«, fragte Silas, ein Soldat der Vollstrecker-Klasse, die Späherin.

»Sieht so aus. Sonst ist nichts auf den Sensoren zu sehen«, erklärte sie, als sie von den leblosen Söldnern und Droiden aufblickte.

»Wir sind auf jeden Fall auf diesen Hinterhalt hereingefallen«, murmelte er und steckte sein Gewehr wieder ins Halfter.

»Tut mir leid. Ich hätte den Scan auf Bewegung statt auf Wärme stellen sollen.«

Er winkte es ab. »Nicht deine Schuld. Es ist ja nicht so, als wärst du die einzige Späherin hier.«

»Apropos, was glaubst du, wie viele draufgegangen sind?«

»Von den Novizen? Ich glaube, es waren etwa vierundzwanzig von uns, die hier durchgerannt sind. Wir scheinen die einzigen Überlebenden zu sein.«

Die Späherin wischte sich dramatisch über den Helm. »Junge, Junge, haben wir ein Glück.«

»Oder ich bin einfach nur gut«, kicherte er.

»Ich bin auch noch hier«, schmunzelte sie und verschränkte die Arme.

»Ich bin sicher, dass du ein paar erwischt hast.« Er zuckte mit den Schultern: »Aber, ja, gute Arbeit.«

Sie seufzte, bevor sie auf den Bergrücken schaute. »Wo sollen wir jetzt hingehen?«

Silas ging zur Lichtung hinüber und blickte über den Berghang hinunter in die weite Fläche aus Dschungel und Strand, die den Rest der Insel ausmachte. »Sieht aus, als gäbe es eine Art Labor oder so etwas ein paar Kilometer vom Fuße des Berges entfernt. Es liegt ziemlich nah an der Endzone, sodass wir vielleicht noch ein paar Punkte einsammeln können, bevor wir dort ankommen.«

»Klingt wie ein ...« Die Stimme der Späherin wurde von einem Rauschen übertönt. Die beiden drehten sich um, um Zeuge eines Teufelsvogels zu werden, der schnell auf sie zuflog. Sie zogen beide ihre Waffen, als der mutierte Vogel nach links abbog und davonflog, wobei sich ein Mann an der Seite des Vogels festklammerte.

»*Huuuuureeeennnsooohhhnn!*«, hörten sie ihn schreien, als das Monster davonflog.

»Was zum ... wer zum ...«, murmelte Silas fassungslos.

»Der scheint sich nicht zu amüsieren«, meinte Izzy lapidar und drehte sich um. »Los, mal sehen, ob wir den Vogel einholen können.«

»Bonuspunkte?« fragte Silas.

»Was denn sonst?«

* * *

»Hey, Raul, wie lange müssen wir noch durch dieses Chaos stapfen?«, fragte Cameron.

»Ich bin ein Fährtensucher, kein Späher«, murmelte Raul. »Außerdem bist du Kopfgeldjäger. Solltest du nicht irgendein Gerät haben oder etwas, das uns helfen könnte?«

»Es ist ja nicht so, dass ich auf dem Weg nach unten aus meiner Landungskapsel ein Leuchtspurgeschoss in die Endzone schießen könnte«, murmelte Cameron.

»Ruhe, ihr beiden«, forderte Jaxon, das Ass und der Führer ihrer Gruppe, und schaute genervt zurück zu seinen Gefährten. »Wir haben immer noch einen ziemlich guten Vorsprung auf die anderen, nehme ich an. Ich will das nicht riskieren, indem wir in ein großes Feuergefecht geraten, weil euer Gezanke ein Bataillon auf uns hetzt.«

Cameron seufzte. »Verstanden, Jax.«

»Ja, ja, schon kapiert.« Raul seufzte und blickte über seine Schulter. »Luke, kommst du klar?«

»Mach dir um mich keine Sorgen.« Der Titan kicherte. Er trug einen großen Hammer auf dem Rücken und einen großkalibrigen Revolver in seinen Händen. »Ich hinke sicher nicht hinterher. Außerdem, wenn uns etwas angreift, wollt ihr mich ganz bestimmt nicht so weit hinten haben.«

»Wenn du keine Kugeln einsteckst, bist du uns auch nicht gerade nützlich«, erklärte Cameron.

»Schön, dass du dich sorgst, Cam«, murmelte Luke.

Jaxon blieb stehen und hielt eine Hand zum Stopp hoch. »Spürt ihr das?«

Das Trio hinter ihm schaute sich um. Raul schüttelte den Kopf und Cameron zuckte mit den Schultern.

»Ich spüre nicht sehr viel in dieser Rüstung«, sagte Luke.

»Ihr Schwergewichte habt alle die gleichen Sprüche«, grunzte Raul wütend, eindeutig irritiert.

Sie schauten auf eine Baumgruppe, deren Äste und lange Blätter im Wind wehten. »Der Wind ändert sich. Er wird stärker.«

In der Ferne hörten sie ein lautes, wütendes Kreischen. Die vier hielten ihre Waffen bereit. Raul hielt ein Gewehr, Cameron hatte eine Schrotflinte, Jaxon ein Maschinengewehr und Luke hielt seine dicke Wumme in den Himmel.

»Was glaubt ihr, was das ist?«, fragte Lukas.

»Teufelsvogel, kein Zweifel. Meine EI hat ein Kreischen im Archiv, das mit diesem übereinstimmt. Zudem stand es im Glossar, das sie uns vor dem Test gezeigt haben«, erklärte Raul.

»Oh, geil. Zumindest kannst du uns dafür nicht die Schuld in die Schuhe schieben, Jax«, stellte Cameron fest.

»Gib mir nur nicht die Schuld, wenn es dir den Kopf abreißt«, erwiderte das Ass.

Mit einem weiteren Schrei und einem Windrauschen streifte der Teufelsvogel an den vier vorbei. Durch die hohe Windgeschwindigkeit wurden sie beinahe von den Füßen gerissen und konnten daher keinen Schuss abgeben.

Als sie sich erholten, hörten sie einen Schrei, als das Monster davonflog: »*Huuurrreeeenfiiicckkeeerrr!*«

»Ist das auch der hiesige Schrei eines Teufelsvogels?«, fragte Luke verwundert und blickte fragend zu Raul.

»Nur wenn sie sich aus irgendeinem Grund an unser Fluchen angepasst haben«, sagte er, wobei eine Hand die Seite seines Helms umklammerte, als ob er versuchen würde ihn festzuhalten.

»Der Vogel hatte jemand auf dem Rücken«, sagte Jaxon und legte seine Waffe weg.

»Wie zum Teufel hat der das geschafft?«, fragte Cameron.

Jaxon zuckte die Achseln. »Keine Ahnung, aber wenn wer auch immer da dranhängt das überlebt, werden wir definitiv nicht mehr in Führung liegen.«

»Was du nicht sagst.« Lukas starrte noch immer in den nun leeren Himmel.

Jaxon schaute zu dem Fährtensucher hinüber. »Hast du was, Raul?«

Er nickte. »Habe die Hitzesignatur erfasst. Wir können es bis zu fünf Kilometer in jede Richtung verfolgen.«

»Fliegt es noch von uns weg?«, fragte Cameron.

»Jap, aber es verlangsamt sich. Sieht aus, als würde sie sich zur Landung bereit machen.«

Jaxon schaute nach vorne, rollte die Schultern und begann zu sprinten. »Also gut, im Laufschritt, Jungs. Lasst uns aufschließen.«

»Nehmen wir es mit dem Ding auf?«, fragte Lukas, legte seine Handkanone weg und stürmte mit den anderen vor.

»Könnte sich für Punkte lohnen, wenn der Vogelcowboy es nicht zuerst zur Strecke bringt«, erklärte Raul.

»Also bitte, als ob ein Typ alleine einen Teufelsvogel zur Strecke bringen könnte«, lachte Cameron.

★ ★ ★

»Das ist echt spannend geworden.« Lauries Augen blieben auf dem Bildschirm fixiert. Kaiden schlug um sich, als der Teufelsvogel Kreise zog. »Ich denke nicht, dass er das geplant hat.«

»Zweifelhaft«, bemerkte Sasha trocken. »Wäre echt ein Ding, wenn er das überleben sollte.«

»Nun, scheint so, als ob Unterstützung auf dem Weg wäre«, freute sich Laurie, als er auf die Karte schaute und ein paar Dutzend Punkte sich auf seine Position zubewegten. »Wenn er die Punkte für sich selbst haben will, sollte er sich besser beeilen.«

Die Türen des Raumes öffneten sich. Beide Männer drehten ihre Köpfe in Richtung Baioh Wulfson, der in den Raum trat.

»Was zum Teufel macht ihr beide hier?«, fragte der Sicherheitschef streng, seine Arme an die Seite gestemmt.

»Dir auch einen guten Tag, Wulfson«, spottete Laurie. »Commander Sasha hier hat die Tests von diesem Raum aus beobachtet. Ich dachte, ich leiste ihm Gesellschaft.«

»Das ist das, was ich meine. Normalerweise beobachte ich die Tests von hier aus. Wer, glaubst du, stockt die Bar auf?« Er beäugte das Getränk in Lauries

Hand, schaute zur Bar hinüber und blickte auf ein paar geleerte Flaschen. »Wie ich sehe, hast du das Angebot mit Begeisterung aufgenommen.«

»Stell mir später eine Rechnung aus«, sagte Laurie abweisend.

»Ich dachte, du hättest einen dieser schicken Räume, in denen die Vorstandsmitglieder die Tests beobachten können, Sasha?«, fragte Wulfson und schnappte sich eine Flasche Scotch, bevor er sich an einen der Bildschirme am Tisch setzte.

»Ich gehöre in diesem Jahr nicht zu den Aufsehern, deshalb habe ich beschlossen, vom Observatorium aus zuzuschauen. Tut mir leid, dass ich dir deinen Platz weggenommen habe, Wulfson.«

»Ach, mach dir keinen Kopf. Ich bin ganz froh, dass ich hier jemanden zum Plaudern habe. Wollt ihr wetten?«, schlug der Riese vor.

»Wenn wir das tun, hat der Commander vermutlich schon seinen Schützling gewählt.« Laurie nahm einen schnellen Drink. »Er hatte schon ein Auge auf einen bestimmten Studenten geworfen, bevor er überhaupt hierherkam.«

»Ach? Und wer könnte das sein?«

»Novize Kaiden Jericho«, gestand Laurie.

Wulfson hielt inne und blickte vom Professor zum Commander. »Na, wenn das nicht interessant ist.«

Sasha schaute auf. »Wieso das?«

»Dein Kumpel hier hat mich dazu gebracht deinen kleinen Schützling unter meine Fittiche zu nehmen. Es brauchte ein wenig liebevolle Strenge, also habe ich ihn in der vergangenen Woche trainiert.«

Sasha hob eine Augenbraue und schaute den Professor an, der seinen zweiten Drink beiläufig hinunterkippte.

»Laurie, an dem Abend im Restaurant meintest du, dass du Wulfson getroffen hättest.«

»Einige Absprachen könnten stattgefunden haben.« Laurie zuckte mit den Schultern. »Aber ich habe auch ein persönliches Interesse an unserem Jungen, Sasha. Wulfson schien die richtige ... Persönlichkeit für unseren kleinen Novizen zu haben. Er scheint eher ein pragmatischer Führer zu sein.«

Sasha blickte zurück auf Wulfson. »Und wie läuft es?«

»Eigentlich ganz gut«, prahlte er, köpfte den Deckel einer Flasche und nahm einen großen Schluck. »Der Junge kann wirklich arbeiten, wenn er will. Hat ein paar harte Schläge eingesteckt, aber die Krankenstation leistet gute Arbeit. Allerdings sollte ich wohl darauf achten, dass er nicht von Doktor Sonis Mischung abhängig wird. Er mag das Zeug wirklich gerne.«

»Wäre ganz gut.« Sasha drückte einen Knopf auf seinem Tablet, woraufhin Wulfsons Bildschirm eingeschaltet wurde. »Derzeit befindet sich Kaiden in einer misslichen Zwangslage.«

Wulfson schaute einen Moment auf den Bildschirm, bevor sein Gesichtsausdruck aufhellte und er zu lachen begann. »Ha! Auf dem Rücken eines Teufelsvögels reitend – der Junge hat Eier.«

»Hoffen wir, dass er sie behält. Sieht so aus, als würden sie gleich landen.« Sie beobachteten Kaiden den Rücken des mutierten Vogels hochklettern. »Obwohl es scheint, dass Kaiden ziemlich ungeduldig wird.«

★ ★ ★

»Sohn einer … mutierten … federlosen … *Hure*«, knurrte Kaiden und rammte seine Klinge in den Teufelsvogel, als er sich den Weg zum Kopf hochstach. Das Monster kreischte und heulte, zappelte unruhig vor Schmerz, als Kaiden den höchsten Punkt erreichte.

»Tief einatmen, Partner. Fällst du jetzt runter, bin ich mir ziemlich sicher, dass dieses Ding dich ausweiden wird.«

»Meinst du, es hatte das nicht vorher auch schon vor?«, schrie Kaiden und klammerte sich an den großen Hals des Raubtiers, als es krampfhaft versuchte ihn abzuwerfen.

»Es hätte dich vielleicht mit einer Enthauptung davonkommen lassen, aber ich bin ziemlich sicher, dass du seine Gefühle verletzt hast und es jetzt ziemlich angepisst ist.«

»Ich werde noch viel mehr tun«, erklärte Kaiden. Als er den Kopf erreichte, hob er sein Messer in die Luft und wartete auf den richtigen Moment sich auf das Haupt zu stürzen.

»Willst du wirklich nicht auf die Landung warten?«, fragte Chef.

»Scheiß drauf.« Kaiden stieß das Messer in den Schädel des Tieres, das vor Schmerz brüllte und wild mit dem Kopf schüttelte. Er spürte, wie sich das Messer einen Weg bahnte, allerdings nicht tief genug. Da er wusste, dass er nur noch wenig Zeit hatte, riss er das Messer heraus und stach wahllos auf das Biest ein, manchmal mit Stichen, dann wieder mit Schnitten und versuchte so ans Gehirn vorzudringen.

»Lass uns das auf ›angepisst und rasend‹ hochstufen«, brüllte Chef besorgt.

Kaiden spürte, dass sich die Klinge allmählich abkühlte. Er konnte den Zünder nicht so schnell wieder auslösen, sonst riskierte er einen Klingenbruch, aber es reichte aus. Er hatte ein Loch in die Schädeldecke des Vogels gebohrt. Als er das Messer wieder verstaute, griff er nach einer thermischen Granate von seinem Gürtel.

»*Wie zum* Teufel *bin ich nur an dich Bekloppten geraten? Jeder verdammte Taschenrechner könnte dir ausrechnen, dass das eine Scheißidee ist!*«

Kaiden ignorierte ihn, als er die Granate aktivierte und sie in das Loch rammte.

»*Deckung!*«

Kaiden warf sich vom Vogel. Er drehte sich in der Luft, der Vogel starrte ihn direkt an. Dann ging der Sprengstoff hoch und der Kopf des Tieres zerplatzte, als sein Körper vom Himmel fiel.

Direkt auf ihn zu.

»*Scheiße! Barriere – Jetzt!*«

Kaiden kramte die Barriere heraus und aktivierte sie, sodass sich vor ihm eine Halbkugel formte. Der Kadaver des Teufelsvogels prallte von ihm ab und katapultierte Kaiden mit beschleunigter Geschwindigkeit in Richtung Boden.

»*Drehe die Barriere zum Boden. Es ist unsere einzige Hoffnung nicht als Matsch zu enden.*«

Kaiden gehorchte und wandte sich dem Dschungel darunter zu, als eine Masse von Bäumen in Sichtweite kam. Er kollidierte mit ihnen und wurde hin und her geschleudert. Die Barriere absorbierte den größten Teil der Aufprallenergie, aber verdammt, es wäre ein Wunder wenn seine Brust nicht gleich zerbersten würde.

Das Gerät deaktivierte sich, als er gegen einen Ast fiel und er stürzte noch einige Sekunden lang, bevor er zum Halten kam. Als er aufblickte, schoss Schmerz durch ihn hindurch, sein Verstand raste vor Qual. Er blickte zu einer Lichtung hinüber. Der kopflose Leichnam des Teufelsvogels lag ausgestreckt auf dem Boden.

Angeschlagen stand er auf und bewegte sich zur Kreatur. Er legte eine Hand auf den Körper und starrte es mit einer Mischung aus Zufriedenheit und Unbehagen an. »Hab ich dich, du großer Bastard.«

Die Leiche verweilte einen Moment, dann verschwamm sie, verwandelte sich in ein Drahtgitter und verschwand dann vollständig. Dahinter stand eine große Gruppe von Soldaten.

Er bewegte eine zittrige Hand zum Halfter. »Gott, ich hoffe, die sind mir freundlich gesinnt.«

Die Menge war einen Moment lang still, bevor erregtes Geschrei und Klatschen ausbrachen. Es wirkte etwas surreal, da die jubelnde Menge ganz in Rüstungen und Waffen gekleidet war, ihre Gesichter hinter verschiedenen Arten von Masken und Helmen versteckt. Aber, Mann, es fühlte sich gut an.

»Wow, ich ... Nun, ich glaube, das ist das erste Mal, dass sich so viele Leute freuen, dass ich etwas töte.« Kaiden kicherte.

»Nimm es einfach an und verdirb den Moment nicht«, befahl Chef.

»Selbst dafür bin ich zu erschöpft«, seufzte er.

»Wirklich phänomenal, Kaiden.«

Kaiden drehte sich um und sah Flynn und seine Partner herbeieilen. »Du hast das Ding wirklich ganz allein getötet? Das gibt's ja nicht.«

»Na ja, irgendjemand muss ja für euren Kameraden Rache üben, oder?«, sagte Kaiden und nickte Marlo zu.

Der Zerstörer schnaubte. »Ich wünschte, ich hätte es erledigt, aber die Quittung nehme ich auch.« Er schaute auf die Stelle, an der der Vogel vor seinem Verschwinden gelegen hatte. »Es hätte noch eine Minute länger dauern können. Ich wollte dem Vieh zumindest noch einen Tritt geben.«

Kaiden begann sich besser zu fühlen. Er spürte nur noch nachlassenden Schmerz und seine Muskeln entspannten sich. Er schaute zu Amber, die ihn mit einem Gerät untersuchte. »Das ist ein netter Trick.«

»Feldsanitäterin, schon vergessen?« Sie hielt ein Gerät hoch, ein weißer, pistolenartiger Apparat mit einigen Fläschchen grüner Flüssigkeit. »Aufputschmittel. Ein Feldsanitäter geht nie ohne auf Einsatz.«

»Funktioniert ziemlich gut, aber sprich mal mit Doktor Soni von der Krankenstation. Sie hat dieses blaue Zeug, das *unglaublich* ist.«

»Merke ich mir«, kicherte sie.

»Nicht schlecht, muss ich sagen.« Kaiden blickte auf und sah einen Mann in dunkelgrüner, mittlerer Rüstung und einem breiten Visier, ähnlich wie seins. Dessen Helm war aber mit Stacheln verziert, die aus der Rückseite ragten. Ihm folgten drei weitere Soldaten – ein großer Kerl mit schwerer Silberrüstung, ein weiterer mit blutroter, mittlerer Rüstung und ein weiterer mit getarnter, leichter Rüstung. »Mein Name ist Jaxon. Das ist mein Team – Luke, Cameron und Raul.« Er zeigte entlang seiner Kumpanen. »Schön, ein weiteres Ass in Aktion zu sehen. Ich glaube, ich habe dich in den Seminaren gesehen.«

»Ja. Ich bleibe meistens für mich, aber du liegst richtig. Ich sehe nicht allzu viele andere Asse.«

»Nicht viele haben das Zeug dazu, so wie du einen Teufelsvogel alleine zur Strecke zu bringen. Nicht wirklich ein normales Kriterium, aber ich würde sagen, es zählt.«

»Das war verdammt grausam«, hörte Kaiden eine andere Stimme sagen und spürte eine Hand auf seiner Schulter. »Gute Vorstellung noch dazu. Nenn mich Silas.« Kaiden drehte sich um und stand vor einem Mann in braun-grüner, mittlerer Rüstung, der eine Maske mit Visier trug. Sie war hinten offen, lange Dreadlocks schauten hervor.

»Schön dich kennenzulernen, aber wenn du für einen Moment loslassen könntest – diese Stelle ist noch nicht ganz verheilt.«

»Oh, richtig«, sagte Silas und trat zurück. Kaiden drehte sich um und Amber fuhr fort ihm das Aufputschmittel zu verabreichen.

»Das ist meine Partnerin Izzy.« Silas zeigte auf eine Frau in dunkelvioletter, heller Rüstung, die sich ihnen näherte.

»Isabella. Gute Arbeit mit dem Teufelsvogel. Wahrscheinlich gibt es dafür viele Punkte, was?« Sie bot ihre Hand an.

Kaiden schüttelte sie. »Das will ich aber mal hoffen«, sagte er trocken.

»Aber hallo. Hast 35.000 Punkte für das Monster bekommen! Wir sind bei insgesamt 46.000 Punkten. Man kann mit ziemlicher Sicherheit sagen, dass wir bisher wohl in Führung liegen sollten.«

»Abartig«, antwortete Kaiden. »Ich schätze, wir müssen nur noch bis zum Ziel kommen ... was jetzt wo ist? Bin irgendwie vom Kurs abgekommen.«

»Etwa fünf Kilometer in diese Richtung.« Izzy zeigte nach Westen.

»Also gut.« Kaiden nahm seine Raptor aus dem Halfter und schaute zurück auf den Boden hinter ihm: »Wir sind fast am Ziel, Leute. Ab nach Hause«, schrie er und erntete mehr Jubel, als die anderen auf sie zugingen.

»Wir *fühlen uns jetzt wohl alle feierlich, was?«*, fragte Chef.

Kaiden lächelte unter seiner Maske. »Kein Grund zu schmollen. Wir sind fast am Ziel und haben noch viel Zeit und es sind etwa dreißig Leute hier. Sieht aus wie ein Endspurt.«

»Das Spiel läuft noch. Bleib auf der Hut.«

»Ich schätze schon, aber ausnahmsweise habe ich nicht das Gefühl, dass ich mir Sorgen machen muss.«

Kaiden fühlte ein Vibrieren, dann hörte er das laute Knacken eines Lasers. Schreie ertönten hinter ihm, als eine Explosion losging, die ihn und die Gruppe um ihn herum von den Füßen warf.

Er fluchte, als er gegen einen Baum knallte und taumelte dann hastig auf seine Füße, als das Licht der Sonne sich verdunkelte. Das Vibrieren ging weiter. Kaiden sah mindestens ein Dutzend Soldaten verschwinden. Er hörte, was wie das Summen eines Energiekerns klang und fühlte das Zittern des Aufpralls. Verwirrt blickte er über das Dickicht, um herauszufinden, was auf ihn zukam, solange sich die anderen erholten.

Seine Augen weiteten sich, als Bäume umgestoßen wurden und etwas auf die Lichtung kam.

»Was zum Teufel ist das?«, brüllte Chef erstaunt.

Kaiden schob ein weiteres Magazin mit Explosivgeschossen in seine Waffe, sein letztes.

»Chef ... Kampfmodus aktivieren.«

KAPITEL 29

»Verdammt, was ist das für eine Maschine?«, fragte Sasha und beobachtete, wie sich das Chaos auf dem Bildschirm entfaltete.

»Ich kann's mir denken.« Laurie seufzte und schaute zu Wulfson, der genüsslich eine Flasche Scotch in sich hineinkippte – natürlich ohne sich die Mühe zu machen, ein Glas zu benutzen.

»Ist das ein Entwurf von dir, Professor?«, fragte Sasha. »Ich kann mich nicht erinnern, dass es so etwas in früheren Tests schon mal aufgetaucht wäre.«

»Ja, stimmt und man sollte das Ding auch eigentlich überhaupt nicht einsetzen, schon gar nicht in einem Test«, erklärte Laurie. »Das ist ein Droide, der auf alten Asiton-Designs basiert. Ich habe ein paar Anpassungen – Verbesserungen – vorgenommen und ein wenig von meinem Flair hinzugefügt. Es sollte eigentlich eine Verteidigungseinheit werden, die unsere Gegenüber abschrecken und uns einen Vorteil verschaffen dürfte, falls irgendwelche ... galaktischen Probleme auftauchen sollten.«

Sasha hob eine Augenbraue. »Ein Vertrag mit dem Weltrat, nehme ich an?«

Der Professor nickte. »Bis die mich dann irgendwann gestoppt haben – oder besser gesagt, der Akademieausschuss war es. Aber da der Rat das Projekt geheim halten wollte, musste ich mitspielen und den Prototyp zur Demontage in eine andere Einrichtung schicken. Ich habe jedoch eine digitalisierte Kopie für die Verwendung im Animus behalten, um sie noch weiter zu testen ... bis mir langweilig wurde und ich sie in einen meiner Archivordner bugsierte. Seitdem sammelte sie dort digitalen Staub an.«

»Was macht sie denn dann da drinnen?«, knurrte Sasha und deutete dabei auf den Bildschirm, wobei sich merklich Ärger in seine Stimme geschlichen hatte.

»Frag den riesigen Trunkenbold da drüben«, grummelte Laurie wütend und zeigte mit dem Daumen auf Wulfson.

»Ganz schön heuchlerisch mich als Säufer zu bezeichnen, *Narhat*«, spottete der Sicherheitsoffizier.

Der Professor schnippte sich die Haare aus dem Gesicht, stand auf und wandte sich zurück an die Bar. »Wenigstens kann ich mich zügeln.«

»Ich bin ein Riese, schon vergessen? Eine Flasche auf einmal bedeutet Zügeln«, scherzte er und polierte die Flasche liebevoll.

»Warum solltest du die Datei des Droiden in deinem Besitz haben, Wulfson? Und wie ist das Ding in den Test gekommen?«, fragte Sasha.

Wulfson platzierte seine Füße auf der Tischplatte und lehnte sich in seinem Stuhl zurück. »Das war Teil der Abmachung, die ich mit dem langhaarigen Idioten da drüben mit dem Silberlöffel im Arsch getroffen habe. Ich wollte es für persönliches Training nutzen, um mich selbst zu testen. Ich kam wohl noch nicht dazu, bevor ich vom Oberaufseher nach möglichen Ideen für den Soldatentest gefragt wurde.«

»Die haben dich um Hilfe gebeten? Schätze, sie hatten keinen Raum voller Affen und Schreibmaschinen zur Hand, also haben sie sich auf einen Gorilla mit Animus-Zugang geeinigt«, höhnte Laurie und spülte sein Glas ab.

»Du hast ihnen Zugang zu diesem ... galaktischen Kriegsdroiden gegeben?«, mutmaßte Sasha und verschränkte die Arme.

Wulfson streckte sich, bevor er seine Arme hinter dem Kopf verschränkte: »Ich gab ihnen die Möglichkeit die Daten zu benutzen. Ich sagte, dass ich Laurie dazu gebracht habe mir ein paar Killerroboter zu basteln, damit ich mein Kampftalent testen kann.«

»Wenigstens weißt du, wie du deinen dicken Arsch aus der Affäre ziehst«, kicherte Laurie und schüttete sich Wein ein.

»Zu viel von diesem Zeug wird dich noch umbringen, Laurie – oder zumindest dein betrunkenes Gebrabbel«, tadelte der Riese ihn.

»Die haben es bisher noch nicht benutzt. Ich frage mich, ob niemand einfach darauf gestoßen ist oder ob es einen anderen Grund gibt«, sprach Sasha seine Gedanken laut aus.

»Der Oberaufseher meinte, dass sie es wahrscheinlich nicht einsetzen würden – zu schwierig für Erstklässler. Vielleicht ist die Gruppe dieses Jahr so gut, dass sie sich gedacht haben ... wie würde man das sagen? Einen Bonus-Level einzuführen?«

»Das oder ein weiteres Hindernis«, schlug Laurie vor und setzte sich wieder. »Es ist schon eine Weile her, dass ein Teufelsvogel bei einem Test getötet wurde und sicherlich noch nie von einem einzelnen Novizen.«

»Vielleicht …« Sasha beobachtete weiterhin die Novizen, die durch den Wald rannten, während die riesige Maschine sie verfolgte. »Aber wieso testen sie die ganze Gruppe?«

★ ★ ★

Marlo gab einen weiteren vollgeladenen Schuss an den Kopf der Maschine ab. Er fand sein Ziel, stieß den massiven Droiden für einen Moment auf die Seite, bevor dieser daraufhin einen seitlichen Geschützturm aktivierte. Die Maschine zielte in seine Richtung und feuerte eine Kaskade von Plasmabolzen auf ihn ab.

Er sprang zur Seite, während Silas einen Granatwerfer herausholte und ein thermisches Explosivgeschoss auf den Turm feuerte. Dessen Basis zerbarst und schleuderte die Kanone seitlich hinunter.

»Danke dafür, Alter«, rief Marlo.

»Danke mir, wenn wir hier rauskommen«, schrie Silas zurück. »Wir müssen weiter.«

Er half dem Zerstörer auf. Sie liefen schnellen Schrittes tiefer in den Dschungel, als die Maschine begann einen weiteren Energieschuss aus ihrer Hauptkanone aufzuladen. Ein Strahl riss durch den Wald und löschte alles aus, was sich ihm in den Weg stellte.

»Das ist doch bescheuert«, schrie Cameron und feuerte auf den massiven Körper der Maschine, nur um auf eine schussabsorbierende Barriere zu treffen.

»Energiegeschosse werden dem Körper nichts anhaben können. Ziel auf den Kopf«, befahl Jaxon.

»Nur Schwergewichte können dem Ding wenigstens einen Kratzer verpassen«, rief Flynn und benutzte sein

Scharfschützengewehr, um die kleinen Geschütze an der Seite des massiven Droiden auszuschalten.

»Wie kommt es, dass *seine* Schüsse durchkommen?«, beschwerte sich Cameron.

»Ich nutze Metallgeschosse. Da kommt die Barriere nicht gegen an«, antwortete Flynn.

Cameron sprang aus dem Schussfeuer und sah nach der Landung zu der Gruppe hinüber. »Das ist dumm. Wer würde so eine Barriere entwickeln?«

»Es ist eine Holo-Barriere – weniger Belastung für den Energiekern, die ihm trotzdem eine gute Verteidigung bietet«, erklärte Izzy.

»Das heißt, wir können ... oh, *verdammt*. Luke, weg da!«, rief Jaxon dem Titanen zu, der auf die Unterseite der Maschine hämmerte. Er hatte eindeutig nicht bemerkt, dass sich eines der Beine über ihn erhoben hatte und das Licht blockierte.

Als er aufblickte, schnellte das Bein herunter und schlug ihn zu Boden. Sein Körper verschwand.

Amber zuckte zusammen. »Aufputschmittel werden da wohl nicht mehr helfen ...«

»Verdammt, wie viele sind noch da?«, fragte Raul.

»Nun, diejenigen von uns, die mit diesem Kaiden zu tun haben, scheinen größtenteils intakt zu sein. Einige der anderen, die nicht vom Laser gebraten wurden, sind den Auswirkungen zum Opfer gefallen. Von umgefallenen Bäumen erschlagen oder in Brand gesetzt worden, halt so peinliche Tode.« Silas nahm mit Marlo Stellung und feuerte eine weitere Granate ab.

»Wenn wir nicht gerade eine Menge Schwergewichte den Kopf bearbeiten lassen, bezweifle ich, dass wir viel ausrichten werden«, meinte Flynn grimmig.

Jaxon feuerte noch ein paar Schüsse ab, bevor er seine Waffe senkte. »Die beste Chance ist tatsächlich auf das Ding zu steigen und zu versuchen den Kern zu zerstören.«

»Dir fehlt wohl noch ein Kurs in Sachen Teammoral, Ass«, höhnte Izzy. »Oder könntest du zumindest einen Plan auszuarbeiten, der plausibel erscheint?«

»Nicht viel Auswahl«, murmelte Raul. »Wir könnten alle draufgehen, aber dieses Ding steht zwischen uns und der Endzone. Entweder müssen wir es zerstören oder einen Weg finden es zu umgehen.«

»Ich schätze, wir werden bald sehen, wer der schnellste Sprinter ist«, murmelte Cameron.

»Das ist doch Schwachsinn«, stöhnte Marlo.

»Apropos Kaiden, wo zum Teufel ist er?«, fragte Flynn.

★ ★ ★

Kaiden blinzelte einen Moment lang, bevor er wieder auf die Beine kam. Er sah sich um, als der Boden zu beben begann, aber er fand weder Soldaten noch den Riesendroiden.

»Was ist passiert, Chef?«, fragte er und rieb sich seine Schläfen.

»Du wurdest ins Koma geblasen, das ist passiert«, schnaubte die EI.

»Ich bin gestorben?«

»Nein. Aber fast, wenn du nicht aus dem unmittelbaren Explosionsradius gesprungen wärst und dein Körper hierher geschleudert worden wäre. Die Kämpfe finden etwa dreihundertsechzig Meter südöstlich von hier statt.«

Kaiden fluchte, als er einen Schritt wagte. »Mein Körper fühlt sich an, als wäre er durch einen Fleischwolf gedreht worden. Das blaue Zeug könnte ich jetzt echt gut gebrauchen.«

»Langsam glaube ich, du hast da ein Problem.«

»Ich kann jederzeit aufhören ... gleich nach der nächsten Dosis ...« Kaiden taumelte und konnte sich gerade noch vor einem Sturz retten, indem er sich an einen Baumstamm abstützte.

»Du hast noch die Regenerationsspritze aus der Schließkassette. Die solltest du benutzen.«

»Guter Tipp.« Kaiden griff in seinen Versorgungsbeutel, entnahm die Spritze und schaute auf seinen Arm. Seine Handschuhe waren größtenteils zerfleddert, und das meiste seines Fleisches war versengt oder zerrissen. Er stach die Nadel in sein Fleisch und drückte den Kolben nach unten, wobei er die Auswirkungen fast sofort spürte, als seine Kraft zurückkehrte und der Schmerz nachließ.

»Zwar wird die Panzerung nicht repariert, aber wenigstens geht's dir etwas besser.«

»Das reicht für den Moment«, sagte Kaiden. Er schaute sich um und machte ein Gerät in der Ferne aus. »Was ist das?«

»Berühre es und finde es raus.«

»Das ist meiner Erfahrung nach ein Satz, worauf normalerweise nichts Gutes folgt«, murmelte er und näherte sich dem Gerät, einer Kugel, die über einer Art Basis schwebte. Zaghaft legte er seine Hand darauf, woraufhin sie grün aufleuchtete. Sein Display meldete sich.

Checkpoint erreicht.

»Wenigstens müssen wir uns keine Sorgen machen, dass wir zurück an den Strand geschossen werden.«

»Nach all dem Scheiß könnte ich dort einen Tag vertragen«, entschied er. Ein weiteres Beben meldete sich und Kaiden drehte sich zu einem entfernten Blitz und folgender Explosion.

Sein Kurzzeitgedächtnis schaltete sich wieder ein. Er erinnerte sich an eine riesige Maschine mit langgezogenem Kopf, aus dessen Mitte eine Art glühende Vorrichtung hervorlugte, die einen Hochleistungslaser abfeuern konnte. Das Ding stand auf vier massiven Beinen, hatte einen weißen Metallkörper mit einem ovalen Design. Aus Öffnungen ragten Türme, Plasmakanonen und Raketenwerfer. Er wusste allerdings nicht mehr so genau, was ihn weggeschleudert hatte.

»Gut, dass du den Kampfmodus aktiviert hast. Sonst hätte ich wahrscheinlich nicht so schnell reagiert.«

»Hab es auch fast sofort abgeschaltet. Du warst für eine Weile ohnmächtig.«

»Also ist es noch verfügbar?«

»Ja, aber ich bezweifle, dass es gegen das Ding, was auch immer es ist, nützlich sein wird.«

Kaiden dachte an den Anfang des Tests zurück und ging in Gedanken das Glossar durch. »Das war wahrscheinlich der unidentifizierte Feind.«

»Sicherlich.«

»Du weißt immer noch nicht was das ist? Obwohl wir es von Nahem gesehen haben?«

»Dem Aussehen nach sieht das Teil wie ein Asiton-Droide aus. Allerdings klingelt da bei mir nichts. Wir haben nichts im Archiv, was so aussieht«, gab Chef zu.

»Das heißt, wir haben keinen Spielplan, hm?«

»Sicher haben wir den. Uns hier aus dem Staub machen«, erklärte Chef scharf. *»Das Ding ist abgelenkt und wir sind nur noch wenige Kilometer von der Endzone entfernt. Das haben wir locker in der Tasche.«*

»Was ist mit den anderen?«

»Was ist mit den anderen?«, äffte ihn Chef kichernd nach. *»Ihre Opfer werden nicht umsonst sein und so weiter … was auch immer dein Gewissen reinwäscht, denk dir einfach irgendwas aus. Es ist ja nicht so, dass sie tatsächlich abkratzen.«*

Kaiden dachte nach. Es stimmte. Er lag wahrscheinlich in Führung dank des Teufelsvogels und er würde wahrscheinlich auch einen Bonus dafür erhalten, dass er als einer der ersten ins Ziel kam. Schließlich war dies ein individueller Test und nicht für Gruppen.

Er bemerkte eine weitere Explosion, bei der sich Bäume entlang des Energiestrahls zersetzten. Er schaute zur Kampfzone, dann zum Weg Richtung Ziel und seufzte.

»Du gehst doch nicht etwa zurück, oder?«, fragte Chef entsetzt.

»Eine solche Herausforderung kann ich mir doch nicht entgehen lassen«, gestand Kaiden mit einem Schulterzucken. »Außerdem, wenn wir nicht wissen, was es ist, hat noch niemand so ein Ding zerstört. Ich darf dann meinen Namen in die Geschichtsbücher und den ganzen Schrott schreiben.«

»Das stimmt, aber wenn das wirklich der Fall wäre, wärst du begeistert. Ich kann deine Vitaldaten ablesen – kein Adrenalinschub und keine Erhöhung der Herzfrequenz«, bemerkte Chef, als sein Avatar vor Kaiden auftauchte. *»Komm schon, Kollege, was ist der wahre Grund?«*

Er ging zu der Stelle, an der er erwacht war. Chef schwebte neben ihm. Seine Raptor lag einige Meter entfernt auf dem Boden. Er hob sie auf und wischte einige Staubklumpen ab, wobei er den Lauf und seine restlichen ballistischen Projektile kontrollierte.

»Ich habe das ganze Überlebe-für-den-nächsten-Kampf-Ding schon einmal durchgemacht. Es ist nicht so siegreich, wie es sich anhört.« Er rüstete seine Waffe und betätigte den Hebel zum Umschalten der Läufe: »Ich erinnere mich immer wieder an etwas, was ein alter ... Freund von mir einmal gesagt hat. Sein Name war Jake.«

»Das Vorbild meiner synthetisierten Persönlichkeit?«, fragte Chef.

»Ja, obwohl das nicht wirklich meine Entscheidung war. Du hast dort einfach eine Vermutung aufgestellt.« Kaiden schnaufte streitlustig aus und blickte auf den Avatar der EI zurück.

»Du meintest zu mir, ich solle das Verfahren zügig durchführen. Von allen Optionen, die sich dir geboten haben, war es die einzige, die eine positive Reaktion hervorgerufen hat. Das ist genauso deine wie meine Schuld«, betonte Chef hochmütig, wobei seine Farbe in ein leicht verärgertes Rot übersprang. *»Außerdem ist es nicht eins zu eins. Ich bin nicht exakt wie er, ich bin meine* eigene ... *künstliche Persönlichkeit.«*

Kaiden lachte auf. »Ja, ich kann wohl oder übel den Unterschied definitiv erkennen.« Er schwang die Schrotflinte auf den Rücken und drehte sich zur EI. »Du bist eine Nervensäge, aber bisher hat es Spaß gemacht. Ich beschwere mich nicht.«

»Na, wenn das nicht mein kleines Cyber-Herz erwärmt«, sagte Chef im sarkastischen Ton, was ihn

aber nicht davon abhielt in ein leicht entzücktes Rosa einzutauchen.

Kaiden tat ein paar Schritte und blickte zur Schlacht in der Ferne. »Etwas, was er vor langer Zeit gesagt hat, hallt in meinem Kopf wider, seit ich hierhergekommen bin. Bleib niemals am selben Fleck.« Er zog seine Debonair heraus und überprüfte sie auf Schäden. »Ein ziemlich simpler Spruch, aber verdammt, das bringt mein Blut zum Kochen. Als würde er auf mich herabblicken.« Mit einem zufriedenen Grinsen steckte er seine Pistole wieder in den Holster. »Aber je mehr ich darüber nachdenke, desto mehr denke ich, dass er es anders gemeint hat.«

Die gleitende Kugel schwebte um ihn herum, bis beide auf Augenhöhe waren. *»Ich glaube, so langsam verstehe ich es.«*

»Ach, wirklich?«

»Er meinte, dass man es immer besser machen kann«, erklärte Chef. *»Nimm es von einem, dessen Ideen du immer wieder bockig gegenüberstehst. Die meiste Zeit denke ich mir nichts dabei. Du wirst draufgehen oder verprügelt werden, ich werde lachen, dann lernst du draus und folgst den Anweisungen. Aber irgendwie hast du dich mit deiner Sturheit durchgeschlagen.«*

Kaiden zuckte mit den Schultern. »Hilft irgendwie, dass ich fast immer recht habe.«

Die Kugel begann sich zusammenzuziehen und auszudehnen, aus der EI brach ein lautes Lachen hervor. *»Ha! Nicht einmal annähernd – ›kaum‹ wäre näher dran und das ist schon großzügig.«*

»Für eine Minute dachte ich doch fast, du wärst sentimental geworden.« Kaiden schaute finster drein.

»Ich kann dieses Ego sich nicht zu weit aufblasen lassen, sonst stellst du vielleicht noch etwas erschreckend *Dummes an.«*

Kaiden kicherte. »Vielleicht. Es wäre aber ziemlich lustig, oder?«

Chefs Auge blickte zur Seite. *»Wahrscheinlich, aber ich frage mich auch langsam, ob EIs Aneurysmen haben können, also halt es besser auf ein Minimum, okay?«*

»Kann ich nicht versprechen.«

Chef seufzte, bevor er verschwand und wieder im digitalen Blickfeld erschien. *»War ja klar.«*

Kaiden nahm eine Laufposition ein, bevor er zurück in die Schlacht sprintete. »Halt die Klappe. Du liebst es doch.«

* * *

»Luke ist auf dem Rückweg«, informierte Jaxon die Gruppe. »Er kann noch ein weiteres Leben opfern, aber wenn er wieder stirbt, muss er versuchen sich zu retten.«

»Ich bin sicher, dass wir etwas für ihn finden können, was er tun kann«, murmelte Raul.

»Haben wir schon einen Plan?«, fragte Marlo und schoss eine weitere Kugel ab, die den Kopf nur knapp verfehlte. »Verdammt!«

Jaxon schoss einige Male auf das Haupt der Maschine. »Wie ich schon sagte, wir müssen auf oder in das Ding gelangen ... versuchen den Kern zu zerstören.«

»Tolle Idee«, machte Flynn seinem Ärger Luft und schaltete einen weiteren Raketenwerfer aus. »Irgendwelche Vorschläge, wie wir da hochkommen?«

»Cameron hat einen Skorpion-Haken. Das Teil kann die Schilde durchdringen und jemanden hochziehen. Den Rest des Weges muss dann jemand hinaufklettern, während die anderen den Droiden ablenken.« Jaxon schien nicht überzeugt, dass dies eine realisierbare Option war.

»Du willst, dass ich auf das Ding steige?«, fragte Cameron fassungslos.

»Ich habe ›jemand‹ gesagt, nicht ›Cameron‹«, erwiderte Jaxon. »Du hast wahrscheinlich ohnehin nicht genug Feuerkraft.«

»Wer sollte dann gehen?«, fragte Amber und versorgte Silas mit ihrem Aufputschmittel.

»Wenn dieser Psycho hier wäre, der auf dem Teufelsvogel herumgeritten ist, würde er wahrscheinlich ...« Izzy brach ab, als sie sahen, wie der Kopf einen weiteren Schuss auflud. »Scheiße, das wird uns nicht verfehlen.«

Ein paar Explosionen erschütterten den Kopf der Maschine, stoppten die Ladung und brachte es zum Stottern. Sie drehten sich um und sahen Kaiden, der seine Waffe senkte und ihnen zuwinkte. »Sorry dafür. Der Bastard hat mich ziemlich gut erwischt. Kann ich helfen?«

Jaxon bemerkte, dass die anderen ihn alle anstarrten. Dann blickten sie synchron auf Kaiden zurück, während Flynn mit dem Kopf nickte. »Oh, aber hallo.«

KAPITEL 30

Der Plan sieht also vor, dass ich meinen Arsch auf die Todesmaschine schwinge, ihren Kern finde und ihn zerstöre – vorausgesetzt, es gibt nichts, was ihn blockiert?«, fragte Kaiden gepresst. Er und die übrigen Soldaten rannten durch den Dschungel, um etwas Abstand zwischen sich und den Killerdroiden zu bringen. »Ich fange an zu glauben, dass spontane Pläne nicht sehr gut durchdacht sind.«

»Wenn du eine Alternative kennst, bin ich ganz Ohr«, erwiderte Jaxon. »Luke und die anderen Schweren werden mit dem Gewicht ihrer Rüstung die Linie durchbrechen, keiner von uns hat Sprengstoff übrig und du scheinst dich nach dem Tod zu sehnen. Das macht dich zu einem Spitzenkandidaten.«

»Ich sehne mich nicht nach dem Tod, ich will nur manchmal wirklich etwas tot sehen. Da muss man halt nah ran«, konterte Kaiden.

»Ich arbeite nur mit den Informationen, die mir vorliegen.«

»Du kennst mich erst seit fünf Minuten.«

»Und in diesen fünf Minuten bist du auf einem Teufelsvogel geritten, hast ihn in die Luft gejagt, hast eine Bruchlandung hingelegt, wurdest von einer Rakete getroffen und hast dich dafür entscheiden zurückzukommen, um einer schlachtfeldfähigen Albtraummaschine endgültig den Garaus zu machen«, lachte Jaxon.

»Da hat er nicht ganz unrecht, Kumpel. Ich wollte erst sagen, dass du ziemlich mutig bist, aber Selbstmordtendenzen ergeben auch Sinn«, erklärte Flynn, als er über einen umgestürzten Baum sprang.

»Immerhin bekomme ich einen Vertrauensvorschuss.«

»Also, steht der Plan so oder nicht?«, fragte Izzy und schaute über ihre Schulter. »Weil dieses Ding zurückkommt und es sauer zu sein scheint.«

»Großer Gott, meinst du, dass der das nicht schon vorher war?«, erkundigte sich Raul und schulterte sein Gewehr.

»Passiv-aggressiv?«, schlug Silas vor und zog auch seine eigene Waffe.

»Also, wie sieht's aus, Ass?«, fragte Jaxon.

»Bin ich jetzt dein Haustier oder nennst du mich so, weil wir zur selben Klasse gehören?«, fragte Kaiden, verlangsamte seinen Schritt und drehte sich zu ihm um.

»Würde es helfen, wenn ich dir nach dem ganzen Scheiß einen ausgebe?«, fragte Flynn und hantierte an einer Rauchgranate.

»Das wäre schon mal ein zusätzlicher Anreiz.« Kaiden blickte auf Jaxon zurück: »Wer hat den Haken?«

Jaxon wandte sich an seinen Teamkollegen. »Cameron, komm her!«

Der Kopfgeldjäger eilte herbei, als Raketen um sie herum explodierten. Er zog seinen Handschuh ab und reichte ihn Kaiden. »Schussauslöser an der Seite, der obere Knopf zieht dich nach oben. Der Haken ist magnetisiert, also reicht es grob zu zielen.«

Kaiden nickte und nahm die Enterhaken-Kanone, während sie dem Plasmafeuer auswichen. Er rutschte neben Jaxon. »Hast du eine Idee, wie ich das anstellen soll?«

»Ziel auf die Spitze des Körpers. Ich vermute, dass es eine Luke oder ein Loch gibt. Wenn nicht, dann mach dir eins. Ich denke, wir sind über das Verletzen seiner Gefühle schon hinaus.«

Eine weitere Salve von Raketen schlug wenige Meter entfernt ein und trieb sie zurück. »Trotzdem finde ich, dass er ein wenig überreagiert.« Kaiden stöhnte und drückte sich vom Boden ab.

»Wir geben dir Deckung, aber es sind immer noch ein paar Geschütztürme übrig und sie scheinen automatisiert zu sein, also versuch dich nicht von Kugeln durchlöchern zu lassen, bevor du die Chance hast den Helden zu spielen.«

Kaiden befestigte den Handschuh an seinem rechten Arm. »Held? Das interessiert mich nicht, aber ich nehme die Punkte gerne entgegen.«

»Warte mal kurz«, sagte Flynn und drückte dabei auf die Seite seines Helms.

Kaiden sah eine Nachricht in seinem Blickfeld erscheinen.

Flynn King lädt Sie ein, seiner 9-köpfigen Gruppe beizutreten.

Kaiden schaute Flynn an und neigte den Kopf. »Wozu ist das gut?«

»So können wir uns gegenseitig im Auge behalten und über unsere EIs kommunizieren, nur für den Fall.«

»Ihr seid alle in einer Gruppe?«, fragte Kaiden.

»Wir waren lange genug zusammen, dass das System das automatisch gemacht hat, aber da du dich verflüchtigt hattest, bist du nicht eingestiegen«, erklärte Jaxon.

Kaiden schaute zu Flynn und Jaxon. »Bedeutet das nicht, dass wir Punkte teilen müssen?«

Die beiden sahen sich einen Moment lang ungläubig an und wandten sich dann wieder Kaiden zu. »Das ist jetzt wirklich deine größte Sorge?«, fauchte Flynn.

»Ich bin einfach ... neugierig«, sagte Kaiden mit einem Schulterzucken.

»Wir würden ohnehin Punkte teilen, da jeder daran beteiligt ist, dieses Ding zu Fall zu bringen – wenn wir es denn schaffen. Wenn es dich beruhigt, bekommst du wahrscheinlich sowieso ein paar Extrapunkte für den tödlichen Schlag«, murmelte Jaxon.

»Die nehme ich«, lachte Kaiden, gab ihnen den Daumen hoch und nahm die Gruppeneinladung an.

»Super, jetzt aber los!«, kommandierte Jaxon angenervt.

Kaiden sprang auf und rannte auf den Droiden zu. Seine Gefährten feuerten Schüsse ab und versuchten die Todesmaschine abzulenken.

Er feuerte den Enterhaken auf die Oberseite des Droidenkörpers ab. Dieser hakte sich fest und Kaiden holte seine Debonair heraus, als er den Knopf zum Aufsteigen drückte. Er feuerte auf einen Turm, der es auf ihn abgesehen hatte, wobei die Laserpulse einen Moment lang an der Barriere abprallten. Als Kaiden kurz darauf durchbrach, fanden die Laserpulse ihr Ziel und brannten sich durch die Geschütze.

»Geschafft«, rief er erleichtert, nur um zu sehen, wie sich alle Geschütztürme auf dem Deck gleichzeitig in seine Richtung drehten. »Oh, Scheiße!«, schrie er, als er sich von dem entgegenkommenden Geschützfeuer wegrollte.

»*Aktiviere deine Barriere*«, rief Chef.

Kaiden gehorchte und stellte das Gerät vor sich auf. Die Barriere sprang auf und formte einen gebogenen Schild, der ihm einen gewissen Schutz vor den Explosionen gab.

»*Das Ding hat sich noch nicht vom Sturz erholt. Viel Zeit bleibt dir nicht.*«

»Scan nach einer Luke oder einem Durchgang«, befahl Kaiden.

»*Schau nach unten.*«

Kaiden blickte zu seinen Füßen hinunter und nahm überrascht zur Kenntnis, dass er auf einen Kreis blickte, der von einer Linie durchzogen war. »Die nehme ich.« Er untersuchte die Öffnung und fand einen seitlichen Hebel. Mit angehaltenem Atem griff er danach und betätigte ihn mit schneller Bewegung. Die Türen öffneten sich und er sackte hinunter in die Öffnung.

* * *

»Nun, das ist eine interessante Entwicklung.« Laurie sah eher amüsiert als besorgt aus.

»Warum gibt es eine Luke an einem Killerroboter?«, fragte Wulfson.

»Es sollte eigenständig oder als Transportmittel funktionieren. Außerdem ermöglicht es so leichter interne Reparaturen«, erklärte Laurie. »Eigentlich wollte ich dort eine Barriere einbauen, um ungebetene Gäste fernzuhalten, aber ich habe sie nie in die künstliche Version implementiert.«

»Sieht so aus, als würden die Soldaten siegreich hervorgehen, vorausgesetzt Kaiden verirrt sich nicht oder stolpert und schlägt sich dabei selbst bewusstlos.« Sashas Stimme war ausdruckslos, obwohl ein deutliches Zwinkern in seinen Augen seine Zufriedenheit verriet.

»Das gäbe einen Aufstand«, lachte Wulfson auf.

»Den gäbe es sicherlich, aber er sollte sich um andere Dinge sorgen«, gab Laurie zu.

Der Commander und der Sicherheitsoffizier drehten ihre Köpfe gleichzeitig zu Laurie und starrten ihn an, beide mit Neugier in ihren Gesichtern.

Laurie rollte mit den Augen, als er sein Getränk auf den Tisch stellte. »Das ist der größte Schwachpunkt des gesamten Designs. Als würde ich so etwas einfach ungeschützt lassen.« Er sprach in vernünftigem Ton und faltete die Hände zur Kinnstütze. »Kaiden wird noch andere Probleme haben als nur einige Drähte am Boden, das kann ich euch versichern.«

* * *

»Verdammt, ist das dunkel hier drin«, murmelte Kaiden und bewegte sich durch das Innere des Roboters.

»Aktiviere Nachtsichtmodus«, erklärte Chef, woraufhin Kaidens Sichtfeld grün und seine Umgebung klarer wurde.

Er war in einem kahlen Gang. Ein paar funkelnde Lichter schimmerten an der Wand, aber nichts deutete auf eine Stromquelle oder Waffenfunktion hin.

»Hey, Flynn, Jaxon, jemand da?«, flüsterte Kaiden.

»Sprich etwas lauter, Kumpel. Ziemlich laut hier draußen«, antwortete Flynn.

»Bist du drin?«, fragte Jaxon.

»Ja. Allerdings sehe ich keinen Energiekern. Es ist irgendwie karg hier drin, ein bisschen nervenaufreibend.«

»Du bist wahrscheinlich auf der obersten Ebene«, sagte Silas. »Es wird weiter unten sein, in der Mitte oder nach unten hin. Du musst ...« Seine Stimme brach ab.

»Ist die Verbindung gestört?«, fragte Kaiden und klopfte auf die Seite seines Helms.

»Nicht im Animus. Ein Plasmabolzen hat ihn in die Brust erwischt und er wurde zurückgesetzt«, informierte Jaxon ihn.

»Verdammt!«, fluchte Silas, als er sich wieder in die Frequenz einschaltete. »Ich habe jetzt nur noch mein letztes Leben.«

»Das ist bedauerlich«, klagte Kaiden, als er sich den Gang hinunterbewegte und nach einer Leiter oder einer anderen Luke suchte.

»Riskiere es besser nicht. Versuch einfach dich vorbeizuschleichen«, befahl Jaxon. »Das gilt auch für den Rest von euch. Wenn ihr ein Leben entbehren könnt, bewegt euren Arsch wieder hierher. Wenn nicht, versuchen wir es ohne euch.«

»Ziemlich pragmatisch von dir«, meinte Amber.

»Wenn das nicht funktioniert, ist das alles, was wir haben. Wir können es uns nicht leisten noch länger herumzuspielen. Die Zeit wird knapp und wir haben immer noch ein gutes Stück Strecke vor uns«, gab Jaxon zu.

»Wenn einer von euch es vor mir in die Endzone schafft, schaut mal, ob ihr Luftschlangen und Konfetti für meine Ankunft auftreiben könnt«, kicherte Kaiden.

Er hörte Flynn lachen. »Tut mir leid, ich habe keine Partybombe in meiner Ausrüstung. Vielleicht beim nächsten Mal.«

Als Kaiden lachte, hörte er ein metallisches Klopfen. »Ich höre etwas ... oh, jetzt nicht mehr ...«

Er schaltete die Verbindung ab, als er seine Debonair einsteckte und mit der Raptor tauschte. Er zielte den Gang hinunter und wartete darauf, dass etwas – irgendetwas – hervorkommen würde.

Kaiden wurde mit einem Schuss in die Brust begrüßt, der ihn zurückstolpern ließ. Er schaute schnell nach oben und gab mehrere Schüsse ab, wobei sie etwas trafen und durch die Einschläge Funken zu sehen waren.

Kaiden hielt einen Moment inne, dann ging er in die Knie und wartete auf Gegenwehr. Nichts passierte. Nach einigen Minuten stand er wieder auf und kroch den Gang hinunter, wo er die Überreste eines Droiden fand – ein runder Körper mit einer Waffe auf der Oberseite und vier Beinen, wie eine Miniaturversion der massiven Maschine, in der er sich befand.

»Was zum Teufel ist das, Chef?«, fragte er und die bekannte weiße Scanlinie wandert durch sein Sichtfeld.

»Abwehrdrohne, sicherlich nicht die einzige. Sei auf der Hut. Es wäre ziemlich bescheuert so weit zu kommen, um dann durch einen dieser kleinen Bastarde zu sterben«.

Kaiden untersuchte seine Umgebung und erkannte eine Leiter, die nach unten führte. Er nähert sich ihr und rutschte hinunter, seine Raptor stets einsatzbereit. Er befand sich nun in einem größeren Raum, dessen Gänge sich kreuzten. Kisten mit Maschinen und Technik standen verstreut herum.

»Meinst du, es würde helfen einige zu zerstören?«

»Nee, du bräuchtest ballistische Kugeln oder thermische Granaten, um diese Behälter überhaupt zu verbeulen. Hebe die lieber für den Kern oder weitere Drohnen auf.«

Kaiden nickte zustimmend. »Kannst du nach Energie oder so etwas scannen und mir sagen, ob ich irgendwie näherkomme?«

»Aber sicher«, bestätigte Chef. Kaiden sah einen sich drehenden, weißen Kreis auf seiner Brille, bevor ein weißer Pfeil nach unten zeigte. *»Noch eine Ebene tiefer und wir sollten richtig sein.«*

»Das beruhigt mich etwas ...« Seine Stimme wurde leiser, als er weiteres Klopfen vernahm – eine Menge davon.

»Scheint, als hättest du ihre Aufmerksamkeit.«

»Ausnahmsweise wäre ich diesmal auch ohne klargekommen.« Kaiden zog eine Grimasse und rannte in einen der angrenzenden Gänge.

»Ich kann nicht genau sagen, wie viele es sind, aber genug, um ein Problem darzustellen.«

»Großartig«, murmelte Kaiden und fluchte ein leises Schimpfwort, als er die sich nähernden Drohnen wahrnahm. »Hoffentlich halten die anderen draußen durch.«

* * *

»Schlimmer geht's einfach nicht!«, brüllte Cameron in seiner Wut und schoss auf die kleinen Roboter, die nun einer nach dem anderen aus dem Bauch der gigantischen Maschine fielen.

»Schätze, das Ding setzt unserer Infiltration etwas Unterstützung entgegen«, murrte Izzy rückwärts laufend und zerstörte ein paar Drohnen.

»Zumindest sind sie viel leichter zu zerstören«, rief Luke mit einem Hammerschlag, wobei er ein paar zerstörte und andere zurückschlug. »Macht sogar Spaß!«

»Besser als dieser bescheuerte Laser«, knurrte Marlo und feuerte einen Schuss aus seiner Tesla-Kanone ab. »Wo wir gerade davon sprechen, es hat keinen weiteren Schuss mehr abgegeben, seit Kaiden aufgetaucht ist. Weiß jemand, warum?«

Nachdem Amber Raul behandelt hatte, wechselte sie zu ihrer Maschinenpistole und schoss auf den Schwarm. »Ich glaube nicht, dass mich das interessiert, solange es nicht wieder anfängt durch die Gegend zu schießen.«

»Ich schätze mal, dass seine ballistischen Projektile eine Zeit lang zu Fehlfunktionen bei den Sensoren führten. Solange Kaiden da drin ist, wechselt es sich wohl mit innerer und äußerer Verteidigung ab«, erklärte Jaxon, als er seine Waffe entlüftete.

»Ich frage mich, ob er gut vorankommt.« Flynn hob einen Finger an seinen Helm. »Hey, Kaiden, wie geht's dir da drin?«

★ ★ ★

Kaiden stand mit dem Rücken zu einer Wand. Aus beiden Gängen neben ihm prasselte konstantes Laserfeuer herein, als die Drohnen vorrückten.

Er hielt zwei Finger an seinen Helm. »Alles wunderbar«, murmelte er sarkastisch. Eine kleine Rakete zischte aus dem Gang zu seiner Rechten an ihm vorbei, knallte gegen eine Wand und hinterließ einige Kratzer.

»Oh, gut. Raketen. Spaß.« Er seufzte.

»*Eigentlich ist das ziemlich hilfreich*«, sagte Chef.

»Was meinst du?«

»Sieh doch, die Wand wurde beschädigt.«

»Glaubst du, es könnte ein möglicher Ausweg sein?«, fragte Kaiden.

»Auch nach unten. Wie viele ballistische Kugeln hast du noch?«

Kaiden schaute auf die Hilfsanzeige an der Seite seiner Waffe. »Noch fünf.«

»Das sollte genügen. Zerstöre die Wand, verankere dich mit dem Skorpion-Haken an der Seite und sprenge ein Loch in die Außenwand darunter. Das sollte uns direkt zum Kern führen.«

»Besser, als hier zu sein«, rief Kaiden und feuerte eine Sprengladung auf die Wand ab, die sie auseinandersprengte und einen Blick auf den Himmel offenbarte. Er rannte und sprang durch das Loch, feuerte den Enterhaken hinter sich ab und hielt sich fest.

»Kannst du mir ein Ziel geben, Chef?«

»Auf dem Bildschirm. Es wird ein paar Schüsse brauchen.«

Kaiden sah ein blaues ›X‹ an der Außenwand eingeblendet, etwa vier Meter unterhalb. Er zielte, feuerte zwei Schüsse ab und durchbrach die Außenseite. Vorsichtig versuchte er sich hinüberzuschwingen, aber wenn er losließ, würde er den Sprung nicht schaffen. Es war zu knapp.

Kaiden stellte die Verbindung wieder her. »Cameron, wie steige ich ab?«

»Du musst die Taste zum Ziehen gedrückt halten«, antwortete er.

Kaiden drückte auf den Knopf, die Leine ließ locker und er stieg hinab. Er versuchte sich gerade in dem

Moment hinüberzuschwingen, als die Drohnen wieder anfingen auf ihn zu schießen. Er hatte den neuen Eingang kaum berührt, da verschwand die Leine. Das Ass rutsche ab, fing sich gerade noch auf der Kante, kletterte hinauf und bewegte sich aus der Sichtlinie der Drohnen.

»Der Enterhaken ist verschwunden. Was ist passiert?«, fragte Kaiden.

»Die Drohnen haben Cameron erwischt. Da der Enterhaken ihm gehörte, ist er mit ihm verschwunden. Er hat jetzt auch nur noch ein Leben übrig. Marlo haben wir auch verloren«, sagte Jaxon.

»Verdammter Hurensohn. Du lebst noch?«, fragte Cameron, als er wiederauferstand.

»Ja, ich bin auf der Höhe des Kerns«, antwortete Kaiden. Er hörte Klopfen an der Außenseite der Maschine. »Laufen die Drohnen an der Seite der Maschine entlang?«

»Jap. Ich nehme an, du hast die Löcher zu verantworten?«, fragte Flynn.

»Höchstwahrscheinlich, aber ich habe nicht damit gerechnet, dass diese Dinger klettern können. Ich mache mich auf den Weg zum Kern.« Als er sich umdrehte, hörte er ein lautes Surren in der Maschine.

»Scheiße! Der Laser ist wieder online«, rief Jaxon mit aufgeregter Stimme.

»Geht ihr nur. Ich treffe euch in der Endzone.«

»Roger«, rief Jaxon und die Leitung verstummte.

Kaiden rannte durch den Raum, in dem er sich befand, zu einer Tür auf der gegenüberliegenden Seite. Es dauerte nicht lange, bis Laserfeuer an ihm vorbeischoss. Er schlängelte sich durch den Raum und sprengte die

Tür mit einer ballistischen Kugel auf, nur um von einer anderen Gruppe von Droiden begrüßt zu werden, die eine weitere Tür blockierten.

»Scheißdreck, das sind verdammt viele«, knurrte Chef seinen Unmut heraus.

Kaiden vernahm das Geräusch einer startenden Rakete hinter sich und rollte instinktiv zur Seite. Sie flog über ihn hinweg und in den anderen Raum herein, zerstörte dort allerdings die Droiden und den dahinterliegenden Zugang.

»Haben wohl doch ihren Nutzen«, höhnte Kaiden. Er rannte in den nächsten Raum und blieb kurz stehen, als er einen riesigen, metallischen Würfel sah, der blau glühte und an dem eine große Anzahl von Drähten und Verbindungen befestigt war.

»Das ist der Kern?«

»Gut geraten. Aus dir wird vielleicht doch noch was.«

Kaiden hörte ein lautes Klappern und drehte sich um. Eine Deckenkanone aktivierte sich. Drohnen betraten den Raum und begannen in Kaidens Richtung zu feuern, sodass ihm nichts anderes übrigblieb, als hinter eine Konsole zu springen.

»Glaub nicht, dass wir hier unbeschadet rauskommen werden.«

»Wir können diesen metallenen Bastard zumindest mitnehmen.«

Er konnte hören, wie sich die Kanone auflud. Mit ruhigem Puls nahm er nun den Gürtel ab, aktivierte die verbleibenden thermischen Granaten und warf sie unter den Kern.

»Noch nicht sterben. Wenn du stirbst, bevor die Granaten hochgehen, werden sie verschwinden.«

Kaiden blickte zur Kanone hervor, deren Energie sich ballte. Er feuerte mit seinen letzten beiden ballistischen Schüssen auf das Deckengeschütz, sodass die Waffe leicht nach oben zielte. Der Novize tauchte ab, als sie feuerte und wurde auf die andere Seite des Raumes und direkt ins Schussfeld der Drohnen geschleudert.

Mühsam drehte er sich um und starrte flehend auf die Granaten. Dann hörte er den letzten Piepton, als sie explodierten und die Drohnen zu schießen begannen.

»Gut, dass wir den Kontrollpunkt haben, was?«

»Das kannst du laut sagen.«

KAPITEL 31

Als Jaxon die Endzone erreicht hatte, blickte er auf seine Gruppe zurück. Einer nach dem anderen schafften sie es hierher, einige jubelten, während andere vor Erschöpfung zusammenbrachen.

Er hörte, wie jemand nach ihm rief und drehte sich zu einem winkenden Silas um. »Schön, dass ihr es geschafft habt.«

Jaxon nickte, bevor er Silas seine Hand zum Schütteln entgegenstreckte. »Danke für deine Hilfe. Bist du schon lange hier?«

»Seit etwas weniger als zehn Minuten«, gab Silas zu und schüttelte die Hand des Asses. »Ich wünschte, ich wäre dabei gewesen, als ihr das verdammte Ding erledigt habt, aber die Detonation habe ich gesehen. Was für ein wunderbarer Anblick!«

»Stimmt.« Jaxon schaute sich um und sah Cameron, der sich ihnen näherte. »Ich hätte nie gedacht, dass es so befriedigend sein kann ein virtuelles Wesen explodieren zu sehen.«

»Ich habe die winzige Drohne, die dich getötet hat, für dich erledigt, Cam«, sagte Luke, der schwerfällig den Pfad entlang trampelte.

Cameron nahm seinen Helm ab und offenbarte gebräunte Haut und dicht geschnittene, rote Haare. Er warf seinem Titanen-Teamkollegen einen verärgerten Blick zu. »Danke, dass du das so rumposaunst«, seufzte er.

»Oh ... äh ... es zählt der Gedanke, oder?«, erkundigte sich Luke verlegen und Cameron rollte mit den Augen.

»Marlo wurde ebenfalls von einer Rakete getroffen und Izzy wurde vom letzten Laser-Einschlag erfasst. Haben die beiden es schon zurückgeschafft?«, erkundigte sich Jaxon.

»Bin hier«, rief Izzy.

Sie drehten sich zu Izzy und Marlo, die sich, zusammen mit einigen anderen Soldaten, in die Endzone drängten.

»Oh, Gott, bin ich heute viel gelaufen!«, stöhnte Marlo und nahm auf der Wiese neben der Gruppe Platz.

»Zum Glück lag mein Kontrollpunkt nicht allzu weit entfernt. Auf dem Weg hierher bin ich dem großen Kerl hier begegnet«, erklärte Izzy, die sich schnaufend auf ihr Knie stützte.

»Schön, dass ihr es geschafft habt«, gratulierte Flynn und ging mit Amber und Raul zum Rest hinüber.

»Ich schätze, das bedeutet, dass wir vollzählig sind«, sagte Amber, bevor sie auf den Dschungel zurückblickte. »Mit Ausnahme von Kaiden.«

»Ist er auf dem Weg?«, fragte Flynn mit Blick auf Jaxon.

Er zuckte mit den Schultern. »Kann ich nicht sagen. Er hat die Gruppe verlassen.«

»Vielleicht, weil wir im Ziel sind?«, fragte Flynn und verschränkte die Arme.

»Nein, kurz nachdem der Killerdroide explodierte, ist das passiert. Ich vermute, als er wieder auferstanden ist.«

»Vielleicht war es ein Fehler?«, schlug Silas vor.

Flynn und Jaxon sahen sich gegenseitig an und erinnerten sich an eines ihrer letzten Gespräche mit Kaiden, bevor sie auf die Gruppe zurückblickten.

»Wahrscheinlich Punkte«, sagten sie im Chor.

Ein lautes Geräusch ertönte hinter ihnen und sie blickten aus der Endzone. Eine Rakete flog direkt auf sie zu und knallte in die Außenbarriere der Mauer ein.

»Was zur Hölle? Warum wird auf uns geschossen, wenn wir das Ziel schon erreicht haben?«, schrie Cameron.

»Ich glaube nicht, dass sie auf uns schießen«, sagte Jaxon. Er zeigte auf eine achthundert Meter entfernte Baumgrenze. Ein Soldat in leichter Tarnpanzerung, einer langen Jacke und einem breitkrempigen Hut rannte auf sie zu, gefolgt von Dutzenden von Söldnern und bewaffneten Bots, die auf ihn feuerten.

★ ★ ★

»Beweg deinen fetten Arsch«, brüllte Chef, während Kaiden auswich und sich durch einen Schussregen und massenweise Explosionen schlängelte.

»Nur positive Ermutigung, Chef«, erwiderte Kaiden und feuerte ungezielt mit seiner Debonair ein paar Schüsse zurück, als er die Grenze seiner Laufgeschwindigkeit erreichte.

»Du hast dieses Privileg verloren, als du dich entschieden hast mit deinem letzten Leben eine Söldnerbasis zu durchqueren.«

»Ich dachte, ich könnte auf dem Weg noch ein paar Extra-Punkte mitnehmen. Hätte nicht gedacht, dass sie Verstärkung anfordern würden oder ein Lager voller Bots haben.«

Er hörte zwei Raketen in seine Richtung schießen und rollte zur Seite, taumelte beim Aufstehen, bevor er seinen Sprint fortsetzte.

»Nur noch knapp vierhundert Meter bis wir die Endzone erreichen«, teilte ihm die EI mit.

Kaiden blickte auf, sah eine riesige durchsichtig-grüne Wand. »Glaubst du, sie geben auf, wenn wir dort durch sind?«

»Sollten sie. Sonst müssen wir uns mit einem Haufen Novizen herumschlagen, die alle sauer darüber sind, dass du ein Bataillon zur Medaillenverleihung mitgebracht hast.«

»Es ist mehr eine Horde als ein Bataillon.« Kaiden blickte zum Kamm auf, bemerkte, wie sich eine Reihe der genannten Novizen am Rand der Endzone bildete.

»Oh, gut, ein Begrüßungskomitee.«

Kaiden ließ einen sarkastischen Laut heraus. »Es wäre schön, wenn sie … oh, Scheiße«, rief er aus, als über dreißig seiner Kollegen ihre Waffen anlegten und in seine Richtung zielten.

»Ab in den Dreck.«

Kaiden warf sich zu Boden, als Schüsse und Geschosse an ihm vorbei in Richtung seiner Verfolger zischten. Er hörte schmerzhaftes Aufjaulen, Fluchen und Geräusche von angesengtem und durchlöchertem Metall hinter sich. Bald wurde es still, abgesehen von Brandgeräuschen und statischer Entladung.

Kaiden stand auf und drehte seinen Kopf zu seinen ausgelöschten Verfolgern. Er tat ein paar Schritte und winkte, als er seine Gruppe erkannte. »Ich weiß das zu schätzen, Leute.«

»Jetzt sind wir quitt«, antwortete Jaxon und steckte seine Waffe ein.

Kaiden blickte auf die abgeschlachteten Feinde zurück. »Ich schätze, die Punkte gehen auf eure Konten?«

Flynn drückte einen Knopf an seinem Scharfschützengewehr, wodurch der Lauf schrumpfte und sich Körper und Schaft in sich selbst falteten, bevor er es am Rücken verstaute. »Jetzt mal im Ernst, Kumpel. Du hast echt ein Problem.«

»Davon habe ich mehrere«, murmelte Kaiden, als er die Endzone betrat. Er brach vor ihren Füßen zusammen, als sie einen Kreis um ihn herum bildeten. »Aber für den Moment gebe ich mich mit deinem Versprechen zufrieden mir einen auszugeben, wenn ich diesen großen, mechanischen Schwanzlutscher erledige.«

»Das klingt gerade ehrlich gesagt ziemlich gut«, gab Flynn zu.

»Wir haben danach ein paar Tage Freizeit. Ich kenne da einen tollen Schuppen in der Stadt. Ich werde uns ein Festmahl besorgen«, kündigte Luke an.

»Essen klingt auch fantastisch. Hätte nicht gedacht, dass man im Animus so viele Kalorien verbrennen kann«, stöhnte Kaiden.

»Nun, der Verstand verbrennt eine Menge Kalorien, wenn er ausgiebig angesprochen wird«, informierte Amber, als sie ihr Aufputschmittel hervorkramte. »Und technisch gesehen bist du viel gelaufen, zumindest in deinem Kopf.« Sie verabreichte Kaiden ihr Wundermittel. Er spürte seine Energie zurückkehren.

»Oh, das fühlt sich wirklich gut an.« Kaiden seufzte fröhlich und nahm sich einen Moment Zeit zur Entspannung, bevor er sich vom Boden in eine Sitzposition erhob.

»Das war meine letzte Ladung, aber ich glaube nicht, dass ich sie in den nächsten fünfzehn Minuten noch einmal benutzen muss.«

»Also sind wir fast draußen?«, fragte Kaiden.

»In vierzehn Minuten, vierundfünfzig Sekunden«, versicherte Jaxon ihm.

Kaiden nickte, bevor er sich vom Boden erhob und zurück in den Dschungel blickte. Der Sonnenuntergang meldete sich und er erkannte Silhouetten von Soldaten, die den Weg ins Ziel fanden.

Er blickte auf die Gruppe zurück. »Bekommt einer von euch den Platzierungsbonus?«

»Silas, Cameron, Flynn, Amber und ich«, antwortete Jaxon. »Obwohl wir letzten drei gerade erst Platz dreiundzwanzig bis fünfundzwanzig ergattern konnten.«

»Wir vier hätten wahrscheinlich die ersten Plätze bekommen, wenn diese Maschine nicht aufgetaucht wäre«, beschwerte sich Cameron bei Jaxon, bevor er einen resignierten Atemstoß ausstieß. »Aber es ist so, wie es ist. Ich bin immer noch als Siebzehnter durchs Ziel und es war eine ziemlich lustige Tour.«

»Sehe ich auch so«, stimmte Silas zu. »Weder Izzy noch ich hatten eine Auseinandersetzung mit einer wandelnden Kriegsmaschine geplant, aber es war auf jeden Fall ein Nervenkitzel.« Er sah Cameron an und gab ihm den Daumen hoch. »Ich bin Vierzehnter.«

»Ich habe auch einige ... interessante Leute getroffen«, summte Izzy, als sie einen Arm auf Silas' Schulter legte und sich auf ihn stützte.

Flynn schaute Kaiden an. »Ich bin froh dich bei unserem ersten Treffen nicht erschossen zu haben.«

Kaiden verschränkte die Arme und hob seine Schultern. »Du hättest mich eh nicht getroffen.«

»Vielleicht nicht.« Flynn lachte und deutete mit dem Daumen auf Marlo. »Aber Marlos große Kanone bestimmt.«

Kaiden untersuchte die Tesla-Kanone mit seinem Blick. »Das wäre ... wahrscheinlicher gewesen, ja.«

Die Gruppe verstummte, als die Sonne hinter dem Horizont verschwand und die letzten Soldaten eintrafen. Bald liefen Dutzende von Soldaten herum und unterhielten sich über dieses und jenes.

Ein letzter Soldat drängte sich zwischen die Reihen. »Das macht hundert«, kommentierte Raul.

»Noch sechs Minuten«, kündigte Jaxon an. »Aber da jetzt alle hier sind, werden sie uns wahrscheinlich in einer Minute rausholen.«

Wie aufs Stichwort ertönte ein lautes Klingeln und riesige Bildschirme bildeten sich in der Luft. Alle Soldaten schauten auf und blickten auf Oberaufseher Zhang.

»Herzlichen Glückwunsch, Novizen, nicht nur zum Bestehen des Tests, sondern auch, dass Sie die bisher einzige Soldatengruppe sind, bei dem alle hundert Novizen ins Ziel gekommen sind.«

»Verdammt, der Schwierigkeitsgrad muss echt erhöht worden sein dieses Jahr.« Silas klang irritiert.

»Noch ist Zeit«, fügte Izzy hinzu.

»Wir werden zu gegebener Zeit damit beginnen, Sie aus dem Animus zu de-synchronisieren, aber zuerst zu Ihrem finalen Punktestand.«

Zhang verschwand vom Bildschirm und wurde durch eine Anzeigetafel ersetzt, auf der die fünfundzwanzig unteren Platzierungen angezeigt wurden.

Marlo stampfte seine Kanone in den Boden und lehnte sich dagegen. »Ich frage mich, wer Erster geworden ist.«

Flynn schaute über die Schulter. »Immer noch zuversichtlich, Kaiden?«

»Und anmaßend«, antwortete er mit erhobener Faust.

Die Anzeigetafel stieg weiter an, bis sie die besten zwanzig erreichte, wobei es sich um jeweils fünf Platzierungen aktualisierte.

»Hey, Marlo wurde Achtzehnter«, meinte Amber.

»Nicht allzu schlecht, schätze ich. Ich denke mal, dass sich meine Tode wohl etwas auf mein Ergebnis niedergeschlagen hat«, seufzte Marlo.

»Ach, hör doch auf, du bist doch gut dabei, Kumpel«, ermunterte ihn Flynn und klopfte ihm auf den Rücken.

Die Tafel wechselte erneut, zeigte den fünfzehnten bis elften Platz an.

»Ich bin Dreizehnter?«, stotterte Cameron überrascht.

»Hey, ich habe den fünfzehnten Platz bekommen«, betonte Izzy.

»Ich bin Elfter.« Silas verschränkte die Arme hinter seinem Kopf. »Nicht schlecht.«

»Das Töten dieser verrückten Todesmaschine hat unsere Punkte wirklich in die Höhe schießen lassen.« Izzy schaute die Gruppe aufmunternd an. »Gute Arbeit, Team.«

»Das bedeutet, dass der Rest von uns unter die besten Zehn gekommen ist«, stellte Luke fest.

»Mal sehen, wer der Sieger ist«, schmunzelte Cameron.

Die Tafel blinkte und offenbarte diesmal den zehnten bis sechsten Platz.

»Sechster«, ärgerte sich Raul. »Könnte aber schlimmer sein, denke ich.«

Der Bildschirm änderte sich erneut und zeigte die fünf besten Platzierungen jeweils einzeln nacheinander an.

5. Platz: Amber Soni 75.000 Punkte

»Ich bin Fünfte!«, rief Amber und sprang aufgeregt in die Luft.

»Du bist Doktor Sonis Tochter?«, fragte Kaiden und blickte überrascht zu ihr.

»Könnte auch eine andere Soni sein«, wies sie wehmütig darauf hin. »Aber in diesem Fall hast du recht.«

Kaiden kratzte sich an der Unterseite seines Kinns. »Verstehe ... Wegen des blauen Zeugs ...«

»Sieh mal, es ändert sich«, kündigte Izzy an und unterbrach ihn.

4. Platz: Luke Kruger 79.500 Punkte

»Vierter!«, rief Luke mit einem breiten Grinsen.

Raul schlug seitlich auf seinen Helm ein. »Luke hat mich geschlagen? Das ist echt noch schlimmer als erwartet.«

»Das bedeutet, dass wir drei an der Spitze stehen«, kommentierte Flynn.

»Ein paar letzte Wetten?«, fragte Kaiden.

»Ich gebe der Gruppe schon Getränke aus, also kein Grund, mehr Geld loszuwerden«, schmunzelte Flynn. »Außerdem wette ich nur, wenn ich die Chance habe zu gewinnen.«

»Also dann, wer glaubst du, steht oben?«, fragte Kaiden. Flynn starrte ihn einen Moment an, bevor er wieder auf die Anzeigetafel schaute.

3. Platz: Flynn King 89.200 Punkte

Flynn pfiff. »Diese Geschütztürme und Drohnen müssen ein Dollar-Pfund wert gewesen sein.«

»Was zum Teufel ist ein Dollar-Pfund?«, erkundigte sich Kaiden.

»Jetzt kommt der zweite Platz«, bemerkte Silas. »Sie zeigen normalerweise die letzten beiden Platzierungen gleichzeitig.«

Jaxon klopfte Kaiden auf die Schulter. »Was auch immer passiert, es tat gut mit dir zusammenzuarbeiten«, sagte er und salutierte.

Kaiden erwiderte den Gruß, obwohl seiner nicht so förmlich war. »Das Gleiche gilt für dich.«

»Hab mir schon gedacht, dass die Spitzenpositionen an Asse gehen werden«, murmelte Amber.

Kaiden klopfte ein paar Mal gegen seine Brust. »Hey, das sagt doch schon der Name aus.«

Der Bildschirm wurde für einen Moment dunkel, bevor das Endergebnis auf dem Bildschirm hereinplatzte.

2. Platz: Jaxon Cage 101.900 Punkte

1. Platz: Kaiden Jericho 113.500 Punkte

»Heilige Scheiße«, rief Flynn. Die anderen Soldaten jubelten, als am Himmel bunte Lichter auftauchten und der Bildschirm in hellen, weißen Buchstaben *›Glückwunsch, Novizen‹* zeigte.

»Wir haben es geschafft, Partner.« Chefs Kugel tauchte neben Kaiden auf und erstrahlte in einem glücklichen Rosa.

»Du musst wirklich aufhören so pessimistisch zu sein«, kicherte Kaiden.

»Wie ich schon sagte, man darf dein Ego nicht allzu viel füttern.«

»Darf ich mich wenigstens eine Weile damit brüsten?«

Das Auge der EI schaute einen Moment lang zu beiden Seiten, bevor es ihn wieder ansah. »*Übertreibe nicht, aber du hast dir ein wenig Großspurigkeit verdient.*«

»Du weißt, dass das vorher schon da war«, höhnte Kaiden.

»*Und es hat bisher funktioniert*«, gab Chef zu.

»Ihr zwei wart der Wahnsinn«, dröhnte Silas. Kaiden schaute auf und bemerkte, wie sich die Gruppe um sie herum versammelte. »Eure beiden Ergebnisse sind die höchsten, die jemals bei diesen Tests erzielt wurden.«

»Der letzte Rekord lag bei glatten hunderttausend Punkten«, bemerkte Jaxon. »Fühlt sich gut an sie zu übertreffen, auch wenn ich nicht ganz oben bin.«

»Wie du schon sagtest, hab ich wahrscheinlich einige Extrapunkte für den tödlichen Schlag bekommen«, antwortete Kaiden. »Aber wir werden noch andere Möglichkeiten haben uns miteinander zu messen. Schön zu wissen, dass ich bei den Assen echte Konkurrenz habe. Das könnte mich überzeugen hierzubleiben.«

»Nach dem, was ich gesehen habe, empfehle ich es. Das motiviert mich auch ein wenig«, antwortete Jaxon mit einem Nicken.

»Oh wie süß, ist das deine EI, Kaiden?«, fragte Amber und pikste in die rosa Kugel. »Sie ist bezaubernd.«

»*Nun, äh, danke, Schätzchen*«, meinte Chef verlegen und wusste nicht, ob er sich freuen sollte.

»Rosa steht dir«, sang Amber, bevor sie ging.

»*Es ist ... äh, nicht meine natürliche Farbe. Ich habe dieses Emotions-Hautdingens ... bitte komm zurück*«, rief Chef und schwebte ihr nach.

»Das ist das erste Mal, dass ich Chef nervös sehe. Muss ich mir merken«, dachte Kaiden laut.

»Das ist also Chef, was?«, fragte Flynn und ging auf die Kugel zu. »Ziemlich cool. Das hier ist Jeeves.« Er streckte seine Hand aus und ein durchsichtiges, gelbes Känguru, das ein Smokingoberteil trug, präsentierte sich.

Kaiden kicherte. »Ich dachte, du meintest zu Marlo, dass Stereotypen schlecht sind.«

»Ja, sicher ... aber jetzt sieh dir doch nur diesen süßen kleinen Kerl an«, gurrte Flynn und hielt den Avatar näher an Kaiden, als dieser umhersprang.

Kaiden griff nach dem Handgelenk des Scharfschützen und schob die Hand aus seinem Gesicht. »Gut zu wissen, dass ein Typ, dessen Aufgabe es ist Kugeln durch Schädel zu jagen, eine weiche Seite hat.«

Jeeves verschwand und Flynn setzte seine Kapuze, dann seine Maske ab und offenbarte blaue Augen, lange blonde Haare und ein strahlendes Lächeln. »Natürlich kann ich auch sentimental sein.«

»Das ist eines der Dinge, die uns bei all dem bei Verstand halten.« Die beiden sahen Jaxon mit seinem Helm in der Hand auf sie zugehen. Die dunkelblaue Haut, die zu einem langen Zopf gebündelten, seetangähnlichen Haare und die dunklen schwarzen Augen überraschten sie.

Flynn pfiff. »Ein Tsuna, wie? Ich habe nicht allzu viele von euch unter den Soldaten gesehen.«

»Fast alle sind für technische, wissenschaftliche oder medizinische Zwecke an diese Akademie gekommen. Ich wurde ausgewählt, um die Krieger meiner Spezies zu vertreten.«

»Bisher verdammt gute Arbeit geleistet«, versicherte Flynn.

»Wo ist dein, äh …« Kaiden bewegte seinen Arm um seinen Hals. »Wasseratemkreislauf-Dingensgerät? Das was alle Tsuna haben.«

»Mein Hydroisolator, wie das Gerät genannt wird, befindet sich bei mir in der Kapsel. Ich benötige es nicht im Animus.«

»Das ist raffiniert.« Flynn nickte.

»Also ich schätze, wir machen hier eine große Enthüllungsaktion?«, fragte Kaiden, nahm seinen Hut ab und öffnete seine Maske. »Seid nicht zu erstaunt über das, was ihr sehen werdet.«

Als Kaiden die Maske abnahm, schmunzelte Flynn. »Ich glaube nicht, dass ich irgendwas gegen dich haben werde, Kaiden.«

Kaiden warf ihm einen nachdenklichen Blick zu. »Frecher australischer Bastard.«

»Sind alle so dort, wo ich herkomme, obwohl ich gerne wüsste, woher du diese Narbe hast.« Er zeigte auf die Linie direkt neben Kaidens linkem Auge.

Kaiden rieb sich die Narbe einen Moment lang. »Das erzähle ich dir später bei den Drinks.«

Flynn nickte. »Ich nehme dich beim Wort.«

Kaiden bemerkte, wie ein Novize nach dem anderen in einem Lichtblitz verschwand. Chef tauchte wieder auf dem Bildschirm auf.

»Zeit hier zu verschwinden. Du kannst die De-Synchronisation einleiten, wenn du bereit bist.«

»Alles klar«, bestätigte Kaiden mit Blick auf die anderen. »Ich sehe euch alle auf der anderen Seite.«

»Sorge gefälligst dafür.« Jaxon klopfte an die Seite seines Kopfes.

Vor Kaiden tauchte eine Anfrage auf.

Jaxon Cage möchte ein Netzwerk aufbauen (Ja/Nein)

»Was ist ein Netzwerk?«, fragte Kaiden.

»Oh, gute Idee, Jaxon«, rief Flynn und klopfte ebenfalls gegen seine Schläfe. Kaiden erhielt eine weitere Anfrage.

»So können wir uns jederzeit innerhalb der Akademie finden – damit können wir uns für Tests oder Schulungen verbünden oder soziale Kontakte pflegen«, erklärte Jaxon.

Als Kaiden die Bitten akzeptierte, erschienen in seinem Blickfeld Informationsblöcke von jedem der Soldaten, an deren Seite er gekämpft hatte. Er atmete tief durch und akzeptierte sie alle.

»Sieht so aus, als würden wir schon bald ein eigenes Bataillon haben«, bemerkte Silas.

»Wir haben uns hier verdammt gut geschlagen. Sie sollten uns wahrscheinlich in Zukunft trennen, wenn sie uns herausfordern wollen«, erklärte Amber nachdenklich.

»Bring sie jetzt nicht auf dumme Gedanken«, meinte Marlo und lachte leise.

»Außerdem sind wir allein schon sehr gefährlich«, fügte Cameron hinzu.

Jaxon drückte erneut auf die Seite seines Kopfes. »Ich bin dann mal weg. Wir sehen uns alle bei der Zeremonie.« Damit verschwand er in einem Lichtblitz.

Die anderen nickten und verabschiedeten sich, bevor sie verschwanden und Kaiden für einen Moment allein ließen. Er blickte ein letztes Mal über die sich verdunkelnde Insel.

»Du wirst automatisch herausgeworfen, wenn du zu lange brauchst«, informierte Chef.

»Ich gehe ja schon. Na los, beginne mit der De-Synchronisation.« Kaiden seufzte. »Das hat eigentlich verdammt viel Spaß gemacht.«

»*Der Test?*«, fragte Chef, als Kaiden die Insel verschwinden sah.

»Der auch.«

KAPITEL 32

Kaiden warf die kreisförmige Medaille in die Luft und fing sie auf, bevor er sie noch einmal untersuchte. Die Rangaufstiegs-Medaille war aus Silber und etwas größer als eine 5-Credit-Münze, in die das Symbol der Nexus-Akademie mit einer zwei oben eingestanzt war.

»Jetzt kommt der große Wurf, was?«, fragte Chef.

Kaiden setzte seine Brille auf. »Vielleicht nicht ganz so groß, aber ich bin schon viel weiter als vorher.«

»Und das in nicht mal zwei Wochen. Viel besser, als ich anfangs vermutet habe.«

»Wieso? Was dachtest du?«

»Ganz ehrlich? Ich dachte, du müsstest das Jahr wiederholen«, gab Chef mit einem Augenrollen zu.

Kaiden schmunzelte, als er die Medaille auf sein Kapselbett legte. Dann stand er auf, um seine Akademiejacke anzuziehen. »Um fair zu sein, habe ich wirklich mit mir gehadert, ob ich überhaupt hier sein wollte.« Er nahm die Medaille wieder auf und befestigte sie am Kragen seiner Jacke. »Schätze, es ist doch nicht so übel hier.«

»Wow, ausnahmsweise war ich *mal der Optimist«*, meinte Chef amüsiert.

Kaiden zog seinen Reißverschluss hoch. »Apropos, ich bin überrascht, dass ich dir keinen schicken, neuen

Skin besorgen sollte. Da ich den Rekord geknackt habe, konnte ich mir meine Preise im Grunde genommen aussuchen. Du hättest etwas wirklich Schickes bekommen können.«

»*Vielleicht, aber ich fühle mich mit meinem jetzigen Aussehen gut aufgehoben. Die Bräute stehen drauf.*«

»Anscheinend.«

»*Außerdem habe ich das Känguru im Anzug gesehen und mir gedacht, schlimmer geht immer – oder dass du auf ziemlich schreckliche Ideen kommen könntest.*«

»Ich werde das weder bestätigen noch dementieren.« Kaiden zeigte eine gleichgültige Geste. Er sah sich im SF-Schlafsaal um, der bis auf ihn leer war.

»*Ziehst du hier endlich mal aus?*«, fragte Chef.

»Ich bin einer der letzten hier, aber ja. Obwohl die Räumlichkeiten ganz schön sind, werde ich nach meiner Rückkehr in das Soldatenwohnheim umziehen«, erklärte Kaiden.

»*Weiter nach oben.*«

Kaiden schüttelte den Kopf, als er seine letzten Sachen zusammenpackte. »Apropos Soldaten, weißt du, warum sie sich mit dem Finger an die Schläfe tippen müssen, um mit ihren EIs zu sprechen?«

»*Es ist das Gerät, das sie benutzen. Das Tippen verhindert, dass EIs unnötige Maßnahmen ergreifen oder Befehle missverstehen, eine Art Absicherung*«, erklärte die EI. »*Die typische Soldaten-EI ist nicht so komplex und scharfsinnig wie ich.*«

»Wow, hab ich ein Glück«, witzelte Kaiden.

»*Außerdem kann ich deine Gedanken lesen.*«

Kaiden stockte im Lauf und blickte auf die EI am oberen Rand seiner Brillengläser. »Ist das dein Ernst?«

»Nun, nicht auf eine unheimliche Art und Weise. Ich kann neurale Funktionen lesen. Wenn man das zu den normalen EI-Messungen der physischen Werte des Partners hinzuzählt, weiß ich besser, wann ich Befehle befolgen oder dir helfen muss.«

Kaiden seufzte, bevor er lächelte. »Ich lerne jeden Tag etwas Neues über dich.«

»Ich bin ein künstliches Wesen von einzigartigem Charakter und vielen Talenten«, tönte Chef stolz.

»Da ist zumindest ein wenig Wahrheit dran«, gab Kaiden zu. Er drehte sich um und schaute noch einmal in die Quartiere der SF. »Vielleicht liegt es daran, dass ich Veränderungen nicht mag, aber ich glaube, ich werde diesen Ort ein wenig vermissen.«

»Du musst nicht gehen. Du bist immer noch ein Sonderfall. Aber es ist wohl ein wenig merkwürdig, dass einer der besten Soldaten nicht bei den anderen wohnt.«

Kaiden verließ den Schlafraum und schloss die Tür hinter sich. »Na ja, das und weil das Soldatenwohnheim ein bisschen schöner ist.«

»Ja, aber kriegst du nicht auf jeden Fall mit dem Rangaufstieg eine bessere Unterkunft?«, fragte Chef.

»Die Schlafsäle der SF haben keine höherrangigen Räume, aber das Studentenwohnheim der Soldaten schon.«

Chef rollte mit seinem Auge. *»Daher weht also der Wind.«*

»Hey, wenn die mir schon eine schickere Bude anbieten, dann können wir auch drin wohnen, oder?«

»Wie pragmatisch von dir.«

»Gut, dass ich mir Ihrer einzigartigen Verbindung zu Ihrer EI bewusst bin, sonst müsste ich Sie vielleicht in die Psychiatrie verfrachten lassen.«

Kaiden drehte sich um und fand Commander Sasha vor, der durch den Saal auf ihn zu ging.

»Hallo, Commander, lange nicht mehr gesehen«, sagte Kaiden lächelnd und bot seine Hand an. »Sie sind den ganzen Weg hierhergekommen, nur um mein bescheidenes Ich zu sehen?«

Der Commander griff mit festem Händedruck nach seiner Hand und schüttelte sie ein einziges Mal, bevor er losließ. »Ich wollte Ihnen zu Ihrem Erfolg in der Prüfung gratulieren. Ich hatte mit Professor Laurie etwas zu besprechen, sodass ich der Zeremonie nicht beiwohnen konnte.«

»Ich verstehe. Ich war allerdings überrascht, dass Laurie nicht da war – übertriebene Feierlichkeiten scheinen sein Ding zu sein«.

»Nun, normalerweise ist er ein Einsiedler, wenn Sie sich recht erinnern. Aber durch Ihre Anwesenheit hier scheint er sich nicht mehr so häufig in sein Loch zu verkriechen, denn er war in den letzten Wochen so aktiv wie seit Jahren nicht mehr.«

Kaiden rollte jetzt mit den Augen. »Ich scheine diese Wirkung auf andere Menschen zu haben. Vor allem bei Frauen.«

»Es ist eine besondere Eigenschaft. Seien Sie nicht so bescheiden damit«, riet Sasha und faltete seine Hände hinter dem Rücken. »Ich habe gehört, dass Sie einen Rangaufstieg als Preis für den ersten Platz gewählt haben.«

Kaiden nickte. »Ich habe auch eine kleine Schatzkiste mit Annehmlichkeiten erhalten – einige spezielle Skins für meine Rüstung, ein paar tausend Akademie-Credits, sogar ein paar Modifikatoren für meine Waffen zusammen mit dem Zeug, das ich im Test gefunden habe.« Er lehnte sich an die Wand und verschränkte die Arme. »Ich muss schon sagen, dass sie sich hier echt gut um die Gewinner kümmern.«

»Das Sprichwort, dass Erfolg sein eigener Lohn ist, mag zwar wahr sein, aber ein gewisser, zusätzlicher Anreiz bringt sicherlich mehr Begeisterung hervor«, sagte er mit Blick auf die Seite. »Ich habe gehört, dass Sie mit Officer Wulfson trainiert haben?«

Kaiden ließ einen dramatischen Seufzer los. »Ich bin sicher, dass er es aus rechtlichen Gründen so nennt. Ich würde es eher als Überfall oder Folter bezeichnen, aber ich kann wohl nicht behaupten, dass ich keine Ergebnisse erzielt hätte und das in lächerlich kurzer Zeit.«

Sasha formte ein kleines Lächeln. »Wulfsons Methoden sind ein wenig extrem, aber glauben Sie mir, wenn ich sage, dass ich ihn, wenn es um körperliche Fähigkeiten und Überlebenstaktiken geht, mit den Besten in- und außerhalb der Akademie aufstellen würde.«

»Das bezweifle ich nicht. Es klappt jedenfalls.« Kaiden öffnete den Reißverschluss seiner Jacke, hielt die linke Seite offen und offenbarte eine silberne Pistole in einem seitlichen Holster. Zwei leuchtend blaue Linien auf jeder Seite zierten die Waffe.

Der Commander warf einen kurzen Blick auf die Pistole und schaute dann zurück zu Kaiden. »Wie ich sehe, nutzen Sie Ihre Vergünstigungen bereits.«

Kaiden schloss seine Jacke wieder mit dem Reißverschluss. »Klar, aber obwohl ich nicht diese dummen Formulare ausfüllen und eine Wartezeit und all den Müll durchmachen musste, muss ich mich trotzdem täglich bei einem Sicherheitsbeamten melden, damit er meine

Waffe darauf überprüfen kann, ob sie abgefeuert wurde. Wenn ja, muss ich einen Bericht ausfüllen. Ich habe dies bereits gegenüber der Dame in der Abteilung für Lieferungen erwähnt, aber ihr Leute seid wirklich pedantisch, wenn es um Waffen in einer Militärakademie geht.« Er schüttelte den Kopf. »Zum Glück ist es Wulfson scheißegal und er ist der Sicherheitschef, also ist es auch okay für mich.«

»Ihnen ist schon klar, dass Sie das einem Mitglied des Verwaltungsrates der Akademie gegenüber erwähnen?«, erkundigte sich Sasha.

Kaiden senkte seine Brille, um ihm einen vernichtenden Blick zu geben. »Kommen Sie schon, Commander, seien Sie nicht so. Sie sind derjenige, der mich hierher gebracht hat. Ich hätte nicht gedacht, dass Sie jetzt den Ton ändern würden.«

Der Commander ließ ein kurzes Lachen raus, was Kaiden überraschte. »Sie haben wohl recht, aber seien Sie vorsichtig damit.« Er wollte weitergehen, hielt dann aber inne, um ihn mit erhobener Augenbraue zu betrachten. »Wenn etwas passieren würde, würde ich möglicherweise als Komplize betrachtet werden.«

Kaiden schmunzelte. »Ich werde Ihren guten Namen sicher nicht in den Dreck ziehen.« Er stieß sich von der Wand ab. »Ich und einige der Soldaten, die ich während des Tests kennengelernt habe, wollen in den freien Tagen nach Seattle, um einen trinken zu gehen. Möchten Sie vielleicht mitkommen?«

»Sehr freundlich, aber nein danke. Während Sie freihaben, gibt es Dinge, um die ich mich kümmern muss.« Sasha zögerte. »Obwohl ich schon gerne wüsste, warum den ganzen Weg nach Seattle? Bellingham hat auch viele gute Bars und Restaurants.«

»Luke wollte uns zu einem dieser Schuppen bringen, aber ich dachte mir, ich würde lieber an einen Ort gehen, an dem es etwas gibt, von dem ich weiß, dass ich es mag.«

»Und wo ist das?«

»Nun, ich war nur lange genug in Seattle, um eine Bar zu kennen.«

Der Kommandant näherte sich wieder einige Schritte. »Sie gehen also in die Emerald Lounge? Der Kreis schließt sich für Sie ein wenig.«

Kaiden steckte seine Hände in die Jackentaschen. »Ich bin nicht so sentimental, aber als ich mit Julio sprach, bot er mir einige Getränke zur Feier des Tages an. Einer der anderen Jungs, Flynn, bot bereits an mir einen auszugeben und Luke wollte Essen besorgen, also dachte ich mir, dass ich mich füttern und volllaufen lassen kann ohne einen einzigen Credit zu bezahlen.«

»Wie pragmatisch von Ihnen«, äußerte sich Sasha ausdruckslos.

»Wissen Sie, bei Ihnen und Chef fange ich an zu glauben, dass das eher als Beleidigung gemeint ist und nicht als Kompliment«, bemerkte Kaiden trocken.

Der Kommandant wandte sich ab. »Ich denke, es hängt von Ihrer Sichtweise ab.«

Kaiden streckte die Hand aus und packte ihn an seiner Schulter. »Hey, Sasha?«

Sasha blickte zurück auf ihn. »Ja, Novize?«

»Ich wollte nur ... danke sagen.« Kaiden entfernte seine Hand, ein wenig verlegen, obwohl er es nie zugeben würde. »Danke, dass Sie mich hergebracht haben.«

»Unsinn, Novize Jericho, ich habe lediglich die Gelegenheit dazu geboten«, erinnerte ihn der Kommandant. »Sie haben sich selbst hierhergebracht.«

Kaiden seufzte. »Ich würde ja eine klugscheißerische Bemerkung über Ihr kleines philosophisches Geschwafel abgeben, aber ich verstehe Sie.« Er versteckte die Hände wieder in seiner Jacke und drehte sich in die andere Richtung. »Außerdem habe ich wahrscheinlich besser abgeschnitten, als selbst Sie gedacht haben«, prahlte er, bevor er sich zum Ausgang des Gebäudes begab.

»Wie kommen Sie darauf?«, fragte Sasha.

Ohne Pause rief Kaiden zurück. »Ich vermute, dass Sie wahrscheinlich nicht dachten, dass ich Ihren Rekord schlagen würde!«

Damit verließ Kaiden das Gebäude und ließ Sasha allein im Flur zurück. »Zunächst habe ich das wirklich nicht«, murmelte er und legte sich eine Hand auf die Brust. »Aber wenn man bedenkt, was ich gesehen habe und wo Sie herkommen ... da begann ich zu glauben, dass die Möglichkeit bestünde.« Er ging in die andere Richtung zum Hinterausgang. »Ehrlich gesagt habe ich sogar gehofft, dass Sie viel mehr als nur mein Testergebnis übertreffen könnten.«

* * *

Kaiden verließ das Gebäude und das Licht der untergehenden Sonne ließ ihn blinzeln. Er wollte seine Augen gerade mit einer Hand abschirmen, als seine Brillengläser sich abdunkelten.

»Da kann ich nur Danke sagen, Chef.«

»*Kein Problem. Wo gehen wir jetzt hin?*«

»Ich wollte sehen, ob wir ...«

»Guten Abend, Kaiden«, rief eine bekannte Stimme.

Kaiden drehte seinen Kopf und sah Chiyo neben einem Baum in der Nähe des Eingangs zu den Schlafsälen stehen. Sie winkte, als er sich ihr näherte.

»Schön dich zu sehen. Ich konnte dich nach der Zeremonie nicht finden – Glückwunsch zum ersten Platz.«

»Dir auch. Ich hoffe, es hat dich überzeugt in der Ass-Klasse zu bleiben?«, fragte sie.

»Nur wenn dein Erfolg dir geholfen hat, deine ... inneren Dämonen zu überwinden? War das richtig?«, fragte er und klopfte mit den Fingern gegen seinen Arm.

Sie hob eine fragende Augenbraue. »Es ... ich denke, das stimmt schon so. Und ich bin mir etwas sicherer, wo ich hingehöre, danke.«

»Hey, quid pro quo ... benutze ich das auch richtig?«

Chiyo lächelte, als sie wegen seiner Albernheit den Kopf schüttelte. »Nur wenn du meine vorherige Frage beantwortest.«

Kaiden nickte. »Ja, ich bleibe hier. Ich habe während des Tests ein weiteres Ass getroffen. Er ist ironischerweise ein wenig zu trocken für meinen Geschmack, aber er hat definitiv ein besseres Verständnis für die ganze Führungssache als ich.«

»Wirst du seinem Beispiel folgen?«, fragte sie.

»Oh, nein«, spottete Kaiden. »Aber seit ich hier bin, habe ich gelernt, dass Leute ihre blö... Hilfe anbieten, ob ich will oder nicht. Also dachte ich mir, wenn ich mir wenigstens etwas davon anhöre, lassen sie mich in Ruhe und ich kann vielleicht hin und wieder einen guten Ratschlag bekommen.«

Chiyo schmunzelte. »Wie pragmatisch von dir.«

Kaidens Auge zuckte. »Was zum Teufel? Sagt das hier heute jeder?«

»Wovon redest du?«, fragte sie und warf ihm einen verwirrten Blick zu.

»Ach, vergiss es«, seufzte er. »Dafür bin ich nicht hier.«

»Und warum dann sonst?«

Kaiden hielt einen Finger hoch als Zeichen, dass sie kurz warten solle. »Chef, schicke ihr bitte die Einladung, ja?«

Chiyos Augen schimmerten einen Moment. »Eine Netzwerk-Einladung?«

»Ich habe während des Tests davon erfahren und dachte mir, dass ich dir dieses Angebot machen sollte«, erklärte er. »Es wird es dir nicht mehr so leicht machen, ständig aus dem Nichts zu erscheinen, aber es wird unsere Verständigung viel einfacher machen, als uns einfach dauernd nur aufs Glück zu verlassen.«

Sie starrte ihn einen Moment lang an, bevor sie lächelte und die Augen schloss. »Kaitō, nimm die Einladung an«, sagte sie, bevor sie die Augen öffnete und auf ihn zurückblickte. »Dankeschön.«

»Keine Ursache.« Er stemmte seine Hände an die Seite. »Ich hätte es schon früher gemacht, wenn ich davon gewusst hätte. Ich hab auch eine an Genos geschickt – oder besser gesagt, Jaxon hat es und mir dann den Link gegeben. Anscheinend kennen sie sich. Obwohl ich vermute, dass die sich alle kennen, da es hier nur etwa dreißig von ihnen gibt.«

»Ich sollte ihm wahrscheinlich auch eine schicken«, gab Chiyo zu.

»Das hast du noch nicht? Er schien dich ziemlich gern zu haben.«

»Ich glaube, das liegt in seiner Natur.« Sie zuckte mit den Schultern.

»Er und Jaxon scheinen ziemlich verschieden zu sein.«

»Dachtest du, die wären alle so?«, fragte sie mit vorwurfsvollem Blick.

Kaiden hob die Hände zur Verteidigung. »Hey. Ich habe noch nie eine ganze außerirdische Rasse kennengelernt. Ich dachte, es sei vielleicht eine Gemeinsamkeit oder ein kultureller Unterschied oder so etwas.«

Sie kicherte. »Ich mache nur Spaß.«

Er senkte seine Hände. »Nun, das ist eine nette Abwechslung. Nicht gerade tröstlich, aber schön.«

Ihr Lächeln hielt an. »Es ist schön manchmal ein wenig Erleichterung zu haben.«

»Das stimmt. Unsere kleinen Unterhaltungen haben mir sehr geholfen. Ich helfe gerne, auch wenn es auf meine Kosten geht«, fügte Kaiden hinzu.

»Du warst mehr als hilfreich, auch solange du kein Opfer eines kindischen Streiches warst«, gab sie zu. »Wo gehst du jetzt hin?«

»Nun, eigentlich habe ich nach dir gesucht, aber da das erledigt ist, fahre ich nach Seattle, um mit einigen der anderen etwas trinken zu gehen. Willst du mitkommen?«

Sie blinzelte einen Moment lang und wirkte überrumpelt. »Ich möchte mich nicht aufdrängen.«

»Tust du nicht. Die anderen bringen auch Freunde mit und Genos wird auch dabei sein. Wir alle lassen etwas Dampf von den Tests ab. Wer weiß, wann wir das nächste Mal eine Chance dazu bekommen?«

Chiyo schaute zum Himmel und dachte einen Moment lang nach. »Wahrscheinlich erst nach dem Halbjahrestest.«

»Was ist das?«, wunderte sich Kaiden. »Was auch immer es ist, es klingt, als wäre es noch eine ganze Weile entfernt.«

»Ein paar Monate. Ich werde unterwegs mehr davon erzählen«, sagte Chiyo.

Kaiden drückte seine Hand zu einer Faust zusammen. »Du kommst also? Also gut, dann sollten wir zu den Bussen gehen. Die letzte Fahrt ist in einer halben Stunde.«

»Zwanzig Minuten«, korrigierte Chiyo.

»Ja, dann ein Grund mehr sich zu bewegen«, erwiderte er, drehte sich um und gestikulierte mit dem Finger. »Sollen wir?«

Sie nickte. Die Sonne hatte sich dem Horizont ein Stück weit genähert, der Beginn der Nacht drängte sich in den Himmel und eine kühle Brise wehte herein.

»Also kann man jetzt sicher davon ausgehen, dass du dich einlebst?«, fragte sie, als sie am Rand der Insel entlangspazierten. Ein kühler Windhauch wehte herein und das Wasser prallte gegen die Barriere.

»In der Akademie? Na klar.« Kaiden nickte. »Aber was das Leben betrifft? Nein, da lasse ich mich nie nieder.«

ENDE

Kaiden Jericho kehrt zurück in:
»Animus 02 – Co-op«

Vielen Dank, dass du nicht nur diese Geschichte, sondern auch die Anmerkungen von mir hier am Ende des Buches gelesen hast.

So ist die Reihe der Geschichten, die herauskommen, seit Mitte Februar 2018 in Produktion (sozusagen bei Michael Anderle Productions™). Ich fragte also meinen potenziellen Co-Autor, ob er Lust hätte, an einem neuen Projekt zu arbeiten, und glücklicherweise sagte er ›ja‹.

Ein wenig über mich

Viele von euch wissen vielleicht, was folgt, aber für einige von euch könnte dies eine Geschichte sein, die du noch nie gehört hast. Als ich siebenundvierzig Jahre alt war, beschloss ich, dass ich bei Gott einen Versuch unternehmen würde, Bücher zu schreiben und zu veröffentlichen. Der erste Grund war übrigens, dass das Schreiben und Veröffentlichen von etwas Eigenem ein Punkt auf meiner sogenannten Bucketlist war. Ich war also fast fünfzig Jahre alt und somit schon ein bisschen zu spät dran, um meinen Arsch in Bewegung zu setzen, wenn ich diesen Punkt von meiner Liste der Dinge, die ich in meinem Leben noch zu erledigen hatte, streichen wollte, bevor ich … nun ja, fertig bin.

Der zweite Grund ist, dass mein ältester Sohn, der damals in der Junior High School Fan-Fiction geschrieben hat, es nicht versuchen wollte, weil er nicht den Dreh herausbekommen hat, wie man alle Stücke der Geschichte zu einem großen Ganzen zusammen packt. Meine Idee war, das Geheimnis des Geschichtenschreibens selber zu entdecken und es dann an ihn weiterzugeben. Das lief nicht so gut, zumindest bis ich dann endlich den Dreh heraushatte

Ein wenig über Joshua

Er ist mein ältester Sohn, ein talentierter und lustiger Schriftsteller, aber nicht sehr gut in 'lasst mich da rausgehen und das ausprobieren!' Selbst nachdem ich ihm alles über das Verlagswesen sagen konnte, was ich herausgefunden hatte, dauerte es SEHR lange, bis er sich dann wirklich hinsetzte und ein Buch schrieb.

Ein Teil des Problems war das unter Autoren sehr verbreitete SNIS (Shiny-New-Idea-Syndrom), bei dem das Arbeiten an einer Geschichte Spaß macht, solange eine andere Geschichte nicht die Aufmerksamkeit des Autors erregt. Der andere Teil es Problems war die Anstrengung, 60.000 oder mehr Wörter in ein Manuskript zu bekommen.

Er ging dann durch den gesamten Prozess und eröffnete sein eigenes Konto bei Amazon, um sein erstes Buch zu veröffentlichen. Leider hat er das zweite Buch nicht rechtzeitig veröffentlicht und er taumelte in der Rangliste nach unten. Außerdem ist er ein bisschen mehr Perfektionist als ich und er war ziemlich kritisch, sodass es schwer war, ihn von außen voranzubringen.

Als ich einige der Strategien meines aufstrebenden Verlagshauses änderte, wandte ich mich an ihn und fragte ihn, ob er bereit wäre, für mich zu schreiben – ich erwartete einen Korb zu bekommen, aber dennoch musste ich ihn einfach fragen. Überraschenderweise stimmte er zu.

Warum gerade ihn fragen?

Joshua ist im Moment fünfundzwanzig, er wird in ein paar Monaten sechsundzwanzig Jahre alt. Er hat

Videospiele – viele Videospiele – gespielt, seit er vielleicht zwei oder drei Jahre alt war. Ich wollte ein Universum schaffen, das für die Genres LitRPG oder GameLit funktioniert. Ich brauchte jemanden, der das Universum mit mir zusammen bearbeitet, damit ich es leiten kann, aber nicht alle Antworten geben muss. Außerdem hatte ich einen gewissen Anspruch an den Schreibstil. Beide Anforderungen passten bei ihm wie die Faust aufs Auge. Wenn du ihn nach seiner Meinung zu Spielen fragen solltest, müsstest du einiges an Zeit mitbringen.

War die Zusammenarbeit eine Katastrophe?

Glücklicherweise nicht. Am Anfang sind wir beide eher auf Zehenspitzen umeinander rumgeschlichen. Wir haben die Details der Welt ausgearbeitet, dann die Charaktere und dann die Beats für das erste Buch. Die Beats sind das Grundgerüst der Geschichte, was in welchen Kapiteln passiert, wie der Herzschlag einer Geschichte. Aus den Beats für Buch eins wurden letztendlich drei Bücher.

Ich habe darauf bestanden, den Fantasy-Football-Aspekt in die Geschichte aufzunehmen, also das Punktespiel der Lehrer mithilfe der Leistung ihrer Schüler. Joshua war davon nicht so begeistert, aber ich quengelte einfach immer weiter. Im dritten Buch letztendlich erhielt ich meinen herrlichen Höhepunkt mit den Lehrern und ihrem inoffiziellen Wettbüro.

Nicht, dass er nicht auch dort einige meiner Ideen geändert hätte. Ich freue mich, sagen zu können, dass ich ein großmütiger Mitarbeiter und voller Geduld bin ... okay, das wirst du mir eh nicht glauben. Es waren gute Ideen und ich habe sie beibehalten.

Geplante Bücher für diese Reihe

Derzeit sind zwölf Bücher für diese Reihe geplant. Drei für jedes Jahr von Kaiden an der Akademie (Novize, Co-Op, Death Match sind die ersten drei Bücher) In jeder Trilogie (Jahr seiner Zeit an der Schule) macht Kaiden etwas ein bisschen radikaler im Vergleich zum Vorjahr. Nach den zwölf Büchern wollen wir Kaiden und sein Team aus der Schule entlassen und auf das größere Universum loslassen. Auch haben wir noch ein paar Ideen, Geschichten über andere Studenten zu schreiben. Wir werden sehen, wo es uns hintreibt.

Ich hoffe, das Buch hat dir gefallen. Mein Sohn und ich freuen uns über konstruktive Rezensionen bei Amazon. Gerade für uns unabhängige kleine Verlage sind die Rezensionen eine sehr gute Möglichkeit, ohne ausschweifende Werbebudgets Sichtbarkeit für unsere Bücher zu erhalten. Und natürlich sehen wir auch, ob unseren Lesern die Geschichten gefallen.

Ad Aeternitatem,
Michael & Joshua Anderle
11. September 2018

SOZIALE MEDIEN

Möchtest Du mehr?
Abonnier unseren Newsletter, dann bist Du bei neuen Büchern, die veröffentlicht werden, immer auf dem Laufenden:
http://kurtherianbooks.com/deutscher-newsletter/

Tritt der Facebook-Gruppe und der Fanseite hier bei:
https://www.facebook.com/groups/ZeitalterderExpansion/
(Facebook-Gruppe)
https://www.facebook.com/DasKurtherianischeGambit/
(Facebook-Fanseite)

Die E-Mail-Liste verschickt sporadische E-Mails bei neuen Veröffentlichungen, die Facebook-Gruppe ist für Veröffentlichungen und ‚hinter den Kulissen'-Informationen über das Schreiben der nächsten Geschichten. Sich über die Geschichten zu unterhalten ist sehr erwünscht.
Da ich nicht zusichern kann, dass alles was ich durch mein deutsches Team auf Facebook schreiben lasse, auch bei Dir ankommt, brauche ich die E-Mail-Liste, um alle Fans zu benachrichtigen wenn ein größeres Update erfolgt oder neue Bücher veröffentlicht werden.
Ich hoffe Dir gefallen unsere Buchserien, ich freue mich immer über konstruktive Rezensionen, denn die sorgen für die weitere Sichtbarkeit unserer Bücher und ist für unabhängige Verlage wie unseren die beste Werbung!

Michael Anderle, LMBPN Publishing

DEUTSCHE BÜCHER VON LMBPN PUBLISHING

Unzähmbare Liv Beaufont
(Sarah Noffke & Michael Anderle – Urban Fantasy)

Die rebellische Schwester (01) · Die eigensinnige Kriegerin (02) · Die aufsässige Magierin (03)

In Vorbereitung sind die restlichen Bücher bis Band 12

Der unglaubliche Mr. Brownstone
(Michael Anderle – Urban Fantasy)

Von der Hölle gefürchtet (01) · Vom Himmel verschmäht (02) · Auge um Auge (03)

In Vorbereitung sind die restlichen Bücher bis Band 20

Die Chroniken des Komplettisten
(Dakota Krout – LitRPG)

In Vorbereitung sind die derzeit verfügbaren Teile

Das kurtherianische Gambit
(Michael Anderle – Science Fiction)

Erster Zyklus:

Mutter der Nacht (01) · Queen Bitch – Das königliche Biest (02) · Verlorene Liebe (03) · Scheiß drauf! (04) · Niemals aufgegeben (05) · Zu Staub zertreten (06) · Knien oder Sterben (07)

Zweiter Zyklus:

Neue Horizonte (08) · Eine höllisch harte Wahl (09) · Entfesselt die Hunde des Krieges (10) · Nackte Verzweiflung (11) · Unerwünschte Besucher (12) · Eiskalte Überraschung (13) · Mit harten Bandagen (14)

Dritter Zyklus:

Schritt über den Abgrund (15)

Kurzgeschichten:
Frank Kurns – Geschichten aus der Unbekannten Welt

In Vorbereitung:
...die restlichen Bücher bis Band 21
des kurtherianischen Gambits

Stahldrache
(Kevin McLaughlin & Michael Anderle – Urban Fantasy)
Drachenhaut (01) · Drachenaura (02) · Drachenschwingen (03)
In Vorbereitung sind die restlichen Bücher bis Band 15

Animus
(Joshua & Michael Anderle – Science Fiction)
Novize (01)
In Vorbereitung sind die restlichen Bücher bis Band 12

Die Geburt von Heavy Metal
(Michael Anderle – Science Fiction)
Er war nicht vorbereitet (01)
In Vorbereitung sind die restlichen Bücher bis Band 8

Das zweite Dunkle Zeitalter
(Michael Anderle & Ell Leigh Clarke – Science Fiction)
In Vorbereitung ist die komplette Serie
aus dem Kurtherian-Gambit-Universum mit vier Bänden

Die Chroniken von KieraFreya
(Michael Anderle – LitRPG)
In Vorbereitung ist die komplette Serie
mit sechs Teilen

Printed in Poland
by Amazon Fulfillment
Poland Sp. z o.o., Wrocław

59390140R00275